东京罪恶

TOKYO VICE

一个美籍记者的日本警方采访实录

[美] 杰克·阿德尔斯坦◎著
曾光◎译

南方日报出版社
NANFANG DAILY PRESS
中国·广州

图书在版编目（CIP）数据

东京罪恶 / （美）杰克·阿德尔斯坦著 ; 曾光译. — 广州: 南方日报出版社, 2013.4
ISBN 978-7-5491-0692-9

Ⅰ. ①东… Ⅱ. ①杰… ②曾… Ⅲ. ①长篇小说－美国－现代 Ⅳ. ①I712.45

中国版本图书馆CIP数据核字(2012)第213028号

DONGJING ZUIE
东京罪恶 (美)杰克·阿德尔斯坦 著 曾光 译

出版发行：南方日报出版社
地 址：广州市广州大道中289号
电 话：（020）83000502
经 销：全国新华书店
印 刷：广东信源彩色印务有限公司
开 本：889mm×1194mm 1/16
印 张：18
字 数：280千字
版 次：2013年4月第1版
印 次：2013年4月第1次印刷
定 价：38.00元

投稿热线：（020）83000503 读者热线：（020）83000502

网址：http://www.nfdailypress.com/

发现印装质量问题，影响阅读，请与承印厂联系调换献给——

关口警探
他让我懂得了什么样的人品是高尚的。我正在身体力行。

我的父亲
他一直是我心目中的英雄，他教导我要维护公道。

日本东京都警视厅和美国联邦调查局
他们为我、我的朋友和家庭提供人身保护，为遏制黑势力而不懈努力着。

那些我曾爱过的和永远离开了我的人们
我想念你们，难以忘怀。

会うは別れの始め

相聚只是离别的开端。

——日本谚语

目　录

序幕：记不得抽了多少根烟

“不把那篇报道撤了，咱就把你废了。还可能把你的家人也废了。不过，咱会先把他们给收拾了，让你学乖了再去见阎王。”

衣冠楚楚的执法杀手[①]说话慢条斯理，就像人们对傻子或小孩说话那样，有的时候，日本人对一无所知的外国人也是这样说话的。

看来是没有商量的余地了。

“撂下那篇报道，撂下你那份工作走人，咱就权当什么事都没发生。要是写那篇文章，你在这个国家就甭想有藏身之地。听懂了吗？”

和日本最大的有组织犯罪团体山口组[②]对着干绝对不是件明智的事情。山口组的成员有4万人左右，这帮人可不是好惹的。

日本黑帮，你可以称他们为“压酷砸”[③]，不过，他们当中有很多人还是喜欢称自己为“极道”。山口组就是众多极道组织的首脑。在构成山口组的许多小组织中，拥有900多名成员的后藤组是最卑鄙肮脏的。他们砍伤电影导演的面颊，把别人从旅馆阳台上扔下去，把推土机开进别人家里……干的全都是这样的事。

坐在桌子对面向我提出这笔交易的这个人就是后藤组的。

他提议的时候口气里没有恐吓的味道，眼睛没有乜斜着看我，脸上也没有显

①译注：黑社会集团内为维护黑纪律而设的执法者。

②译注：日本是世界上唯一承认黑帮的合法性的国家，山口组则是日本最大的黑帮组织，总部设在神户市，目前势力遍及东京都、北海道、大阪和京都，在亚洲其他国家及美国也有活动据点。

③译注：日本社会里从事暴力或有组织犯罪活动的黑社会犯罪集团被称为“暴力团”。“压酷砸”就是日本对暴力团成员或团体的俗称，来自日本一种纸牌游戏的一个最坏组合“八九三”。

露出轻蔑的表情。若不是他那身暗色西服，你甚至看不出他是个压酷砸。他的手指一根也没少，说话也不像日本电影里的恶棍那样发出重重的卷舌音。要说有什么区别的话，他的面孔稍稍僵硬了点，更像个高级餐厅里的服务员吧。

他听任烟头上的烟灰掉落在地毯上，然后不露声色地把烟头捻灭在烟灰缸里，接着又用镀金的登喜路打火机点上一根。他抽的是绿福，白盒黑字的——记者就会注意这些东西——但不是一般的绿福牌香烟，只有普通香烟的半截那么长，又短又粗，尼古丁含量更高，都有可能致命[①]。

这个压酷砸是带着另一个执法杀手一起来会面的，但那个人一声不吭。他又瘦又黑，长着一张马脸，一头乱蓬蓬的长发染得黄黄的——“茶色头发”[②]款式，身上穿着一模一样的暗色西服。

我也搬来了援兵，他是一位曾供职于埼玉县反有组织犯罪特别小组的下级警官，名叫关口千昭。他个头比我稍高一点，身材黝黑而壮实，有着一双深凹的眼睛，留着20世纪50年代猫王那种样子的发型[③]，常常被别人误以为是压酷砸。如果他走了不同的道路，我敢肯定，他早该是个备受尊敬的犯罪头目了。他是个出色的警察，是我的好朋友，在许多方面都是我的良师，这次也是他自告奋勇跟我一起来的。我瞥了他一眼，他扬了扬眉毛，把头转向一边，然后耸了耸肩。看来他不准备再给我出什么主意了，至少现在还不想这么做。我得靠自己了。

“能不能让我抽根烟想一想？”

“请便。”压酷砸说道，态度比我还客气。

我从西服夹克的口袋里掏出一盒盐仓牌印尼丁香烟[④]。这种烟含有大量的尼古丁和焦油，闻起来有股焚香的味道，这让我回想起上大学时住在禅寺里的那段时光。也许我应该去当个和尚，不过现在为时过晚。

我往嘴里塞了一根烟，然后在身上摸来摸去找打火机，这时，那个执法杀手熟练地啪的一声打着他那只登喜路打火机，举到我面前，为我点着了烟。他的动

---

①译注：日本的短支香烟绿福（Hope）、喜力（Hi-Lite）、和平（Peace）等香烟中所含的尼古丁毒性比一般想象的要厉害得多，据称含有与氰酸相匹敌的毒物。一个婴儿，有时一两支就可能致死。现在市售的短支Hope和Hi-Lite香烟含有1.6毫克的尼古丁，短支Peace含有2.7毫克的尼古丁。

②译注：茶色头发是染成茶褐色或用化学药品去掉了原色的头发的俗称。

③译注：一般称作蓬巴杜（Pompadour）发型。

④译注：盐仓牌（Gudang Garam）香烟是印尼最有名的丁香烟，是由华侨蔡云辉创办的盐仓集团生产的。盐仓集团是印尼最大的丁香烟上市公司，拥有最大的丁香烟种植区及工厂，市场占有率超过40%。

作显得非常殷勤，非常内行。

我望着浓浓的烟圈一个套一个地从烟头飘浮而出；每吸一口，裹在烟纸里的丁香叶就会燃烧得噼啪作响。我觉得整个世界仿佛都变得鸦雀无声，唯一听得见的就是这种声音了。噼噼啪啪，火花闪闪，丁香叶很容易这样的。我心里想着，但愿火花不会把我的衣服烧个洞，也别把他的衣服给烧坏了……但转念一想，管它呢！

我不知道该怎么做，也不知道该说些什么，脑子里一点头绪也没有。我并没有足够的材料来写那篇报道。见鬼，那不是一篇报道，至少现在还不是。他不了解情况，可我心里明白。我手头只有足以让我陷入这种不愉快的对峙的消息。

也许这个问题有着光明的一面，也许到了该回家的时候了。是啊，也许我已经厌倦了一周工作80小时的生活，厌倦了半夜两点才回家、早上5点又得离开家的生活，厌倦了总觉得困顿不堪的生活。

厌倦了追逐独家新闻的生活，厌倦了独家新闻被竞争对手抢走的生活，厌倦了一天要应付六个截稿时间（早上三个晚刊截稿时间，夜里三个早刊截稿时间）的生活，厌倦了每天在宿醉中醒来的生活。

我认为他并不是在虚张声势，他看上去特别真心实意。他在意的就是，我打算写的那篇报道会置他的头子于死地。虽然没有直接的关系，但结果会是那样的。那个人可是他的“干爹”——日本最恶名昭彰的恶棍后藤忠政①。理所当然，他认为杀了我是天经地义的事儿。

不过，要是我把这个约定履行到死，他们会守信么？而实际问题在于，我写不出那篇报道。我还没有掌握所有的事实，但我不能让他们知道这个情况。

我了解到的情况就是这些：2001年的夏天，后藤忠政在杜蒙特的加州大学洛杉矶分校肝癌中心进行了肝脏移植手术。我知道（或认为自己知道）做移植手术的医生是谁。我了解到后藤是花了多少钱非法弄到肝脏的：有些消息人士说他花了近100万美元，还有人说他花了300万美元的。我了解到他在医院里的一些花销是通过拉斯维加斯一家赌场的东京分店从日本送往美国的。我弄不懂像他这样的人起初是怎样进入美国的。他一定是伪造了护照，要不然就是收买了日本政客或美国政客。有些事情不大对劲，他的名字被列入美国的移民海关执法局、联邦调查局、缉毒署的监视名单。既然上了黑名单，他应该是进不了美国的。

①译注：后藤忠政（1942—　）是暴力团后藤组组长，本名忠正。其祖父后藤幸正发迹于“富士川发电”（后与“东京电灯”合并，成为现在世界第一大电力公司“东京电力”）以及“伊豆箱根铁道”。

我敢肯定，后藤这一路上和他的手术背后一定有着非同寻常的故事。所以，我在这上面花了好几个月的时间。我只能猜测有人在我挖故事的时候出卖了我。

我发现自己的手在颤抖，香烟似乎在我思来想去的时候从指间消失了。

我又点燃了一根，暗自思忖：我到底怎么会落到这种地步？

在这个问题上，我有一次做出正确选择的机会。以后不会再有会面的机会，也没办法改口了。我能觉察到自己开始慌了起来，胃痉挛着，左眼也跳了几下。

我干这活儿已经20多年了，而且准备洗手不干了。不过，不应该这样结束。我是怎么落到了这种地步的？这个问题不错，比我刚刚被问到的那个问题强。

我陷入了沉思，记不得自己抽了多少根烟。

“不把那篇报道撤了，咱就把你废了。”执法杀手是这样说的。

这就是提议。

我没招儿了，烟也没了。

我咽了口唾沫，吐了一口气，又咽了几口唾沫，然后喃喃地说出自己的答复。“好吧，”我说，“我不……写那篇报道……给读卖新闻。”

“好，”他显得十分欣慰地说道，“我要是你的话，就离开日本。那老头疯了。你有家室，还有两个孩子，对吧？去休假吧，休个长假，或许再换个工作。”

大家都站了起来。鞠躬也显得再勉强不过了，跟微微颔首、冷眼对峙差不多。

执法杀手和他的帮手走了之后，我转头问关口：“你觉得我做得对不对？”

他把手放在我的肩上，揉捏了一阵子：“你已经尽力了，做得对。没有什么报道值得你为它付出生命，也没有什么报道值得你的家庭为它付出生命。英雄只不过是些走投无路的人。可你还有一种选择，你做出了正确的选择。”

我茫然若失。

关口陪着我走出酒店，坐上了一辆出租车。我们在新宿找了一家咖啡店，坐进雅座，关口掏出他的烟，递了一根给我，还替我点上了。

“杰克，”关口开口说道，“反正你一直在考虑离开报社的事情，现在应该是时候了。你这样做并不意味着你是个懦夫，你没有别的办法。稻川会？住吉会？①他们跟这些家伙比起来可爱多了。我不清楚他到美国进行肝脏移植会牵涉到什么该死的交易，但后藤一定有充分的理由不想让这件事传出去。不管他做了什么，对他来说都是件非同小可的事。做出让步吧。”

关口随后拍了拍我的肩膀，让我注意听。他接着用锐利的目光注视着我，说

---

①译注：日本的黑道势力主要有三大帮派，分别是山口组、住吉会和稻川会。势力最大的山口组早期盘踞在关西一带（神户、大阪、京都），住吉会和稻川会则控制着东京。近年来，三大帮派在东京的竞争呈白热化状态，经常在东京上演街头火并事件。

道："做出让步吧，但不要放弃对这件事的调查。查出这混蛋到底在害怕什么。你必须了解清楚这件事，因为你和这个人之间的和平条约是靠不住的，我敢跟你打保票。这些家伙是不会善罢甘休的。你必须了解清楚这件事，否则你就要在恐惧中度过你的余生。有的时候，你不得不先后退再反击。别放弃，等待时机。有必要的话，等上一两年也可以。但得去把真相查出来。你是个记者，那就是你的工作，是你的使命。是它让你落到了这种地步。

"查出他害怕被别人查到的事情，查出他不想让别人知道的事情。因为是他感到害怕——害怕到这样来纠缠你的地步。知道了真相，你就有对策了。慎用它，你以后就还有可能回去做你想做的事情。

"想当初我遭暗算被降格为交警——因为有人，一个自己人，给我设了套——我就想退伍，每天都在想，不干了。你简直无法想象，就因为一些既没有自信又不学无术的卑鄙小人怎么都成不了气候，一个警探被迫去开交通罚单是一种什么样的感觉。但我有家庭要照顾，做选择不能光考虑我自己。我只好等待时机，默默忍受着这一切，一天天过去了，只有时间在流逝；过了一段时间，情况有了变化，我可以证实我自己了，现在我又回去做我拿手的事情了。你现在的情况也一样，杰克，别认输。"

当然，关口说的是对的，事情并没有结束。

可我正在超越我自己。

曾几何时，我还没有得罪压酷砸，也还不是个一根接一根地吸烟、患有慢性失眠症、累得筋疲力竭的记者；曾几何时，我还不认识关口警探，也没听说过后藤忠政这个名字，甚至用日文连一篇像样的抢钱包报道都写不了，压酷砸也只是在电影里才见到过。

曾几何时，我还确信自己是个好人。这似乎是很久以前的事情了。

第一部 | 朝日

命运会站在你这一边的

1992年7月12日，这一天是我接受日本教育过程中的一个转折点。我一动不动地守在电话机旁，两只脚搁在迷你冰箱里——在炎热的夏天里，怎么凉爽就怎么来了——等着日本最负盛名的读卖新闻社随时都会打过来的电话。我想得到一份记者的工作，否则就得当无业游民了。这是一个漫长的夜晚，进行了整整一年的求职活动到了最关键的时刻。

就在一年前，我还沉溺于安逸的大学生活，对自己的未来漠不关心。我当时是在坐落于东京市中心的索菲亚大学（上智大学）①攻读比较文学学士学位，同时为学生报写些文章。

不错，我有一定的经历，但没有一种经历可以成为我职业生涯的开端。我是从教英语开始做起的，现在做的是把英文版的功夫教学录像翻译成日文版的，收入相当可观；加上偶尔给有钱的日本家庭主妇做做瑞典式按摩，我的收入足够应付日常的开支，但学费还是得靠父母替我交。

我当时并不知道自己想做什么。我的大多数同学在毕业之前就已经敲定了他们的工作岗位——俗称“内定”（这种做法虽然违反就业规定，但每个人都这么干）。我也从索尼电脑娱乐公司那儿得到了这样的许诺，机会好是好，不过我得因此延长一年学业。这并不是我真正想做的工作，可那毕竟是索尼公司啊。

于是，在1991年的年底，趁着课程压力不大，自己又有的是时间，我决定埋头苦学日语。我下了去参加大众传媒专业考试的决心，这样，我就可以直接读研究生，然后试着找一份职业，当一名能用日语工作和写作的记者。我曾异想天开地以为，我都能为校报写文章了，为一份拥有八九百万读者的全国性报纸写文章应该也不算什么太难的事。

在日本，想在大报上开拓职业生涯的人并不需要从地方小报兢兢业业地做起。这些大报每年都会直接从大学毕业生中招聘大量的记者，不过，新人必须先通过一个标准化的“联考”——可以说是报业的SAT考试②吧。这类考试通常是这

---

①译注：索菲亚大学（又称上智大学）是日本的一所由天主教耶稣会教士创办的天主教大学，与早稻田大学、庆应义塾大学并称为“日本私立三大名门”，在欧美国家知名度较高。上智大学开办时只招收男性学生，1957年才开始招收女性学生。但目前女生比例已经高于男生。

②译注：SAT考试是由美国大学委员会委托美国教育测验服务社（ETS）定期举办的考试，考试成绩将成为美国各大学申请入学的重要参考条件之一。SAT考试是美国高中生进入美国大学前必须参加的考试，其重要性相当于中国的高考，也是世界各国高中生申请进入美国名校学习能否被录取及能否获得奖学金的重要参考。

样进行的：有抱负的记者都可以到一个大礼堂去报到，参加为期一天的测验。如果你的分数达标，就会得到一次面试的机会，然后还可能会有第二次、第三次。如果你在面试中表现得都挺不错，而且面试官也喜欢你，那么，你可能就会得到一份工作的许诺。

说实话，我当时并没有想到自己真的会被日本的报社录用。换句话说，一个来自美国密苏里州的犹太小子要想得到这么高端的日本新闻团体的青睐，得有什么样的机遇啊？但我当时也没太在意。我想，只要有东西学，有目标，即便达不到目的，在追求的过程中也可能会有一些别的收获。最起码我的日语会有所进步吧。

不过，我应该去申请哪一家呢？日本的新闻媒体多如牛毛，也比美国显得更有活力。

在日本，《读卖新闻》的发行量最大——每天1000万份以上，所以，它也是世界上发行量最大的报纸①。《朝日新闻》一直紧随其后（现在这个差距有点拉大了，但仍位居第二）。人们常说，《读卖新闻》是自民党（即保守的自由民主党，它自从第二次世界大战以来就一直主宰着日本政坛）的喉舌，《朝日新闻》是社会党人（现在几乎销声匿迹了）的党报，第三大报《每日新闻》是无政府主义者的报纸，这家报社根本摸不透是站在哪个党派一边的。《产经新闻》可能是当时的第四大报，一般认为这份报纸是为极右翼分子说话的；有的人说，它的可信度跟超市小报差不多。不过，它常常也会登一些挺不错的独家新闻。

共同通讯社（共同社）相当于日本的美联社，这家新闻媒体就更让人摸不透了。它的前身“同盟通讯社（同盟社）”是二战时期日本政府的官方宣传部门，战争一结束，它就独立出来了，但和日本政府仍有着藕断丝连的关系。此外，电通社——日本（乃至世界）最强大的广告代理机构——拥有共同社的控股权，有可能干涉共同社的新闻报道。不过，让共同社成为众多记者趋之若鹜的一流通讯社的，是它的工会——每个日本记者都羡慕的地方。共同社的工会保证记者能够享用到他们应得的假期，这在日本的大部分企业里是非常罕见的。

还有一家叫时事通讯社（时事社），有点像共同社的小弟弟②，但肯吃苦耐

---

①译注：《读卖新闻》是日本的第一大报。1874年在东京创刊，1924年合并九家中小型报纸，由地方性晚报一跃成为全国性大报，政治立场倾向于亲美保守派。2003年，报纸的每日发行量超过了1400万份，排行全世界日报发行量第一名，被列入吉尼斯世界纪录大全。读卖集团拥有读卖巨人队（日本最有名气的棒球队）、中央公论社（日本的著名出版社）、读卖电视台、日本电视台等众多子公司。

②译注：时事通讯社成立于1945年11月1日，其前身是同盟通讯社。1945年10月同盟通讯社解散后，以该社海外局和经济局为基础设立了时事社。

劳。它的读者群较小，记者也较少。有个笑话说，时事社的记者都是在看了共同社的报道之后才动手写自己的报道的——真是残酷行业里的一个残酷玩笑啊。

起先我挺看好《朝日新闻》，可后来发觉这份报纸一有机会就说美国的坏话，心里觉得很不舒服。这种做法似乎和我对大多数日本人的印象不太相符。我一直觉得他们是把美国看作一种民主之声，在将自由和正义遍布自由世界。

《读卖新闻》的社论读起来相当艰涩（行文极为谨慎而暧昧，而且使用大量的汉字），但国内新闻栏目的文章的确给我留下深刻的印象。还是在“人口贩运”一词尚未成为流行语的时候，《读卖新闻》就刊登了一系列很有深度的文章，犀利地披露了那些被偷运到日本当性工作者的泰国妇女的境况。这组文章对待那些妇女的态度比较庄重，对警方在这个问题上的不作为持批评的态度（尽管含蓄了点）。在我看来，报纸是坚定地站在弱势群体一边的，是在为正义而战。

朝日新闻社和读卖新闻社的考试在同一天举行，我报名参加了读卖新闻社的考试。

考试是读卖新闻社的新闻研讨会中的一个环节，这是报社在正式的求职期开始之前招聘人才的一种众所周知的秘密招数——有助于他们百里挑一。这一活动没有大张旗鼓的宣传，因此，如果你真的想进读卖新闻社，就必须一丝不苟地读报，否则就会错失良机。为大学校报工作的那些有志成为读卖新闻记者的人都在一字不漏地查看着报纸的每一个版面。在一个注重面子的国家，我也得打扮得体面一些。我把衣柜翻了个遍，却发现潮湿的夏天早已把我的两套西服拿去做霉菌实验了。没办法，我赶紧跑到一家大折扣男装店，买了一件约合300美元的夏季西服。这件西服的面料很薄，很透气，上面的黑色粗纹也显得很考究。我穿上它挺好看的。

犬养是我的朋友，也是校报的编辑，我想在他面前显摆一下我挑选服装的眼光。可当我走进他那间坐落在暗得像地牢的地下室里的事务所时，他的反应完全出乎我的意料。

“杰克，谨致以深切的慰问。”

另一位女同事青山也显得神色忧伤起来，但什么也没说。

我弄不清楚发生了什么事。

“出什么事了？你的朋友出事了？”

“朋友？”

“谁死了？”

“咦？没有谁死了啊。我认识的人都好好的。”

犬养摘下眼镜，用衬衫擦了擦镜片：“这么说，这西服是你自己买的咯？”

“没错。三万日元。”

我看得出来，犬养被这景象逗得很开心，因为他的眼睛眯缝得像只快活的小狗。“你当时想买什么样的西服来着？”他装出一本正经的样子问道。

“广告上写的是‘礼服’。”

青山小姐吃吃地笑了起来。

“怎么了？”我说，“有什么问题吗？”

“糊涂蛋！你买了件葬礼用的西服！这不是‘礼服’，是‘丧服’！”

“有什么区别吗？”

“丧服是黑色的。没有人会穿黑西服去面试。”

“没有人这么穿？”

“嗯，也许压酷砸会吧。”

“哦，那我能不能假装刚参加过葬礼回来？也许还能博得一点同情。”

“那倒也是。人们一般都会同情智障人士。”

青山插了一句：“你也许可以去应聘当压酷砸！他们都是一身黑！你可以成为头一号‘老外’压酷砸！”

“他天生就不是当压酷砸的料，”犬养说，“要是他们把他撵出来可怎么办？”

“那倒也是，”青山点了点头说，“万一当不成压酷砸，要回头来当记者就没那么容易了。九个指头可打不好字哦。”

犬养已经笑得前仰后合了：“我想他不可能留着九个指头出来，最多八根吧。他是个典型的成事不足败事有余的人，粗鲁，不圆滑，从不守时——野蛮人一个。”

“可以理解，”青山说，“其实，他还是可以用食指打字法[①]嘛。不过，从职业生涯的观点来看，我认为他真不是块压酷砸的料，尽管他穿着黑西服看上去的确很帅。”

“那我该怎么办？”

“另买一套吧。”他们异口同声地说道。

“可我没钱了。”

犬养显得很体贴人的样子：“嗯。你是老外，兴许别人不会把你怎么样。也许有人还会觉得这身打扮很可爱呢……如果他们不会因为这个就把你当作白痴的话。”

而我真的就这么干了。

①译注：食指打字法就是看一个字用食指按一下键的打字方法。

5月7日12点50分，我穿着丧服，带着其他的必需品，硬着头皮参加了研讨会的第一场研习会，会场设在读卖新闻总部隔壁的一个富丽堂皇的大楼里。研讨会预定分两天举行，但这两天不是连在一起的。第一天整天是讲课；第二天是“演习”——这个词还有“实地操练”的意思，是考试的一种委婉说法。看到他们用这个词，我有点惊讶，它基本上就是个军事术语①。

研讨会以开幕词和一个题为“给有志成为新闻记者的人”的讲座拉开了序幕，接下来的一个讲座是关于新闻报道的基本伦理。然后是两个小时的研习会，那些“火线佬”——现职的记者们——谈了他们的工作、获得独家新闻的欢乐和被竞争对手捷足先登的痛苦。

讲座中的许多细节我都记不住。我在阅读和学写半吊子日语文章上花了很多时间，看来这也有不利的一面：我的听力太烂了。我的发言也的确不算是最流利的。但我要做一次有可能成功的冒险。即使你想得到一次面试的机会，也必须在笔试中取得好成绩，所以，我花在阅读和写作上的时间比别的地方多。我并不是听不懂日语，只不过是听力和会话差了一点而已。

不过，在我能听懂的内容里，我认为那个警方记者对东京都警视厅的公安部门的评论很不错。那人看上去四十来岁，一头灰色的卷发，肩膀耷拉着——日本人把这种姿势叫作“猫姿”。

他介绍说，东京都警视厅的公安部门很少发布公告，也从来没有发放过新闻稿。凡事都是在新闻发布会上口头传达，所以，你一不留心就会错过新闻报道的题材。那儿不是有肾上腺素瘾的人（或者外国人）待的地方。有的时候，记者耗在那儿一整年也写不出一个字来。但是，如果有逮捕事件发布，那可就一定是个大新闻，因为这样的事件都涉及到国家安全。

实际考试（或叫“演习”）定于三天后进行，地点是坐落在东京郊外的读卖理工学院。

我没看过这家企业的公司宣传册，有点摸不着头脑：一家报社竟然还能开一所职业教育学校。我当时还不知道读卖新闻社远不止是一家报社；它是一个业务范围极其庞大的综合企业，包括读卖乐园游乐场、读卖旅行社、位于镰仓的读卖旅馆（传统式日本客栈）。读卖新闻社在公司总部的三楼还有公司自己开的小医院，四楼有休息区，还有餐厅、药店、书店和一名公司内部专用的按摩治疗师。

---

①原注：读卖新闻记者整体有时被称为“读卖军”，社会部（包括国内新闻组、犯罪组、首都组）里还没有职务的记者被称为“游军”（字面上是“游手好闲的军队”之意，但带有传统意义上的“后备军”之意）。

公司拥有的棒球队（读卖巨人队）在日本国内的知名度很高，常常被比作纽约扬基队。有了娱乐、度假、保健和体育的设施，你一直待在读卖新闻帝国里都可以了此一生。

从车站出来，我跟在成群结队的年轻日本人后面，他们都身穿深蓝色西服，系着红色领带——当时流行的“新人款式”。1992年的时候，那些曾经跟风把自己的头发染成棕色或红色的人又都把头发染成了黑色。穿藏青色女式西服的女孩子寥寥无几。

我在考试前15分钟到了职业教育学校。签到后，接待处的一个工作人员问我：“您确定自己没搞错地方？”

“我敢肯定没有搞错。”我谦虚地回答道。

考试分为四个部分。第一部分是日语测验；第二部分是外语测验，你有几种外语可以选择；第三部分是短文写作；第四部分是给你一次机会，把自己当作具有职员潜力的人来推销自己。

我很轻松地答完了第一部分的问题，比别的人提前了20分钟。我在那儿坐了一会儿，挺为自己感到自豪；不过，当我漫不经心地把试卷翻过来时，发现事情有点不对劲——试卷的另一面上还有问题呢。我拼命想答完那些问题，但恐怕这一轮是考砸了。时间到了，我把答完了的（或者说是没答完的）卷子交了上去。我怀着对自己的满腔愤怒回到自己的座位上，心里盘算着要不要放弃其余的考试回家去。

我想必是受到了打击，茫然若失地坐在那儿。这时，一位读卖新闻社的人走到我的面前，拍了拍我的肩膀。他剪着披头士式的短发，戴着一副丝边眼镜，有一副跟他的身材和相貌不太般配的沙哑嗓子。（我后来才知道，他是人力资源部的远藤先生，数年后死于咽喉癌并发症。）

“你在应征者当中很惹眼呐，”他用日语对我说道，“你为什么要参加这个测验？”

“我想，如果考好了，可能会对去英文版《读卖日报》[①]找工作有所帮助。”

“我瞄了一眼你的卷子。你正面的问题答得真不错，背面的问题怎么了？”

“真不好意思，我没想到卷子两面都有问题，等我发现的时候已经来不及了。”

---

①原注：《读卖日报》是《读卖新闻》的英文版，但有一些不同的报道。大部分文章还是选译自《读卖新闻》的日文版。一些驻东京的外国记者和外国特派员都是在那儿找到他们的第一份工作的，而且有些文章也非常富有创意。另一方面，许多日本职员把被调到那儿工作看作是一种降级、折磨和处罚，或者是在国际新闻部晋级前的考验阶段。

“哦，让我记一下。”他边说边从上衣口袋里掏出一台小小的电子记事本，在上面匆匆地写着什么。

然后他又抬起头来对我说：“别考虑读卖日报，到那儿去是一种浪费。你应该争取去报道真实的东西。你还有机会在这次考试中发挥出自己的水平。你是索菲亚大学的学生，对吧？”

“是的。”我说。

“果然不出所料。坚持下去。”他轻轻拍了拍我的肩膀说。

听了这番话，我坐在那儿，内心斗争得很厉害。是放弃考试回家呢，还是坚持下去？我起身离开座位，把背包甩上肩头，我环视了一下教室，一刹那仿佛时间都停滞了——唧唧喳喳的闲聊声消失了，大家的动作都停在半空中，我的耳边响起一阵尖锐的嗡嗡声。就在那一瞬间，我意识到，离开还是留下将成为我一生中最大的决断。也许在另一个世界的某个地方，我离开了。但在这个世界里，我不会那样做。

我“砰”的一声把背包放在桌上，坐了下来。我拿出铅笔，拉正椅子，坐直身子，做好了参加第二轮考试的准备。如果能为自己的人生配乐，我当时就会选詹姆斯·邦德的主题曲①吧。诚然，摆放好铅笔并不能为你开个好头，但这毕竟是我有生以来最英勇的行为了。

接下来是外语测验，我精明地选择了英语。于是，那几个月为功夫教学录像制作单调乏味的翻译字幕的经历就派上用场了。当时，我得将一段评论俄罗斯自由经济的英语文章翻译成日文，然后还得将一小段谈论现代社会进步的日语文章翻译成英文。我在十分钟的休息时间到来之前就把这两段都搞定了。

然后是短文写作，文章的主题是“外国人”。经历了第一轮的痛苦，我开始感觉到幸福了。这是外国人常常会被问到的一个话题，在索菲亚大学，学校还会要求外国人写这样的文章。

有时，水平高不如运气好。

成绩公布了，虽然我的日语测验一败涂地，但我还在100个申请人中排第90名，也就是说，我的日语测验成绩比排在我后面的那10%的日本本国的申请人好。而我的外语测验得了第一名——不论是英文翻译成日文还是日文翻译成英文。事实上，我的英文翻译也丢了几分，但这并不表明我的英语有什么问题。我

①译注：风靡全球的007系列谍战电影的主题曲。

的短文写作得了个C，问题在于内容，而不是语法。前三门测验的成绩加起来，如果总分按100分算，我的得分是79分，名次上升到100人中的第59名。虽然我的成绩不算响当当，但还是被叫去面试了。我所能想到的唯一理由就是，有人考虑到我看漏了日语测验的背面，去掉了我的一些丢分。

三个星期后的第一次面试短得让我乐而忘忧。我得到了解释自己为什么会考砸的机会，然后他们问我对工作有什么期望，是否乐意长时间工作。我强调说自己愿意努力工作。他们问到我对《读卖新闻》的了解程度，我就提到了那组关于泰国妓女的系列报道，谈了那个深度报道给我留下的深刻印象，当时在场的那几位首都组的记者因此给我加了马屁分。

他们告诉我还会有两次面试，但过了好几个星期也没有一点音信。

我焦躁不安起来。刚开始只不过是一种疯狂的挑战，现在却出现了可能成功的端倪。我每天都早早地回到家里等电话，一字不落地读报，憋足劲儿学日语。我想，如果得到这份工作，我怎样才能干得下去？我开始看电视，希望自己在听力理解上有所进步。

然而，这种不安定的生活所产生的失落感变得越来越强烈；有一天，我受不了了，不由得冲出家门，跑到歌舞伎町的一家电影院里看了一部烂恐怖片。

看完电影，走在回家的路上，我瞥见一台模样挺古怪的塔罗牌占卜机立在商店街的入口。我心想，既然这么心神不定，听一听专家的意见也没有什么坏处吧。

我往占卜机里投了100日元，屏幕亮了，粉红色和绿色的灯呈旋涡状盘旋起来。我在占卜类别中选了"职业"，算命先生选了"坦陀罗夫人"，然后仔细键入我的个人信息。接着，坦陀罗夫人伴随着一阵耀眼的烟雾出现在屏幕上，她是个很可爱的日本女人，身着披肩，额头上有一点红记，活像个印度女祭司。她让我挑几张牌，我滚动着水晶球状的鼠标，在虚拟桌上一字摆开的牌堆上点了几下。

定论：剑神，一身正气。

成功。

关键词：好奇心

你最适合的工作是当一名撰稿人或编辑，或者做一些与写作有关的事情。这种工作需要有文学功底，还要有一定的厚脸皮、好打听（刨根问底）的本领。你同时具备这两种特质，这些本领有朝一日必定派得上用场。只要你不断让自己接收新的信息，照料好你那近乎病态的好奇心，命运会站在你这一边的。

我兴奋极了。这简直太准了，我把占卜机打出来的这张字条收好，带着命运的青睐让自己增强了的信念，坐上末班电车回到了家里。我查看了一下录音电话，有一条读卖新闻社的来电，让我去参加第二轮的面试。

第二轮的面试官有三个人，其中两位似乎对我很热情，第三位却用异样的眼光看着我，仿佛我是一只盘旋在他的生鱼片上的苍蝇。我有一种感觉，自己是个有争议的候选人。几个问题之后，一位面试官带着极其严肃的口吻问了我下面这个问题。

"你是犹太人，对吧？"

"是的，名义上是的。"

"日本有许多人认为犹太人在操控着世界经济，你怎么看？"

我不假思索地回答道："如果犹太人真的在操控着世界经济，你认为我还会来这里找工作当报社记者吗？我知道第一年的薪水是多少。"

我猜想这个回答不错，因为他忍俊不禁，朝我眨了眨眼。他们就没有再问别的问题了。

我站起身来正准备离开时，一位面试官叫住了我："阿德尔斯坦先生，最后还剩下一轮面试。如果你被叫到，你的工作就十拿九稳了。我们会在7月12日那天给最后人选打电话。在家里等着吧，我们的电话只打一次。"

这样，时间又回到1992年7月12日，在我的那间小公寓里，我半个身子都塞在冰箱里，一只手紧贴在电话机上，口干舌燥，身子哆嗦着，觉得自己好像是在等着获得舞会之夜的最关键的约会允诺。

电话是在晚上9点30分的时候打过来的。

"恭喜您，阿德尔斯坦先生。您已经被选上参加最后一轮的面试。请您在7月31日到读卖新闻大厦来。有什么问题吗？"

当然没有。

最后的面试进行得非常顺利。我身边的人个个笑容可掬，气氛非常轻松。没有很难回答的问题。一位面试官开始问我一个很复杂的问题，是有关日本政治的，但他的大阪方言味道很浓，我完全听不懂他在说些什么。于是，我玩起精神病专家的把戏，重复了他最后一句话里的部分内容，加上模棱两可的评论——"嗯，那只是这个问题的一种看法。"他好像把我的回答当成了完全同意他的观点的意思，我也懒得去纠正了。

最后两个问题是：

“你在安息日能不能工作？”

没问题。

“你吃不吃寿司？”

也不成问题。

就这样，人力资源部的一位长得格外像犹太人的资深职员松坂先生拍了拍我的后背说：“恭喜你。你可以认为自己被聘用了。正式材料届时会邮寄给你。”

他一边送我出门，一边在我耳边鬼头鬼脑地低声说道：“我也是索菲亚大学毕业的。我从你的老师那儿听说你很不错，很高兴公司又多了一个索菲亚人。”真令人难以置信，我的狗屎运在整个招聘过程中竟然对我不离不弃，甚至到了让聘用委员会里都有了学校关系的地步。

我不知道命运为什么会如此眷顾我，不过，我想还是应该把所有不光彩的行为掩藏起来。在回家的路上，我在根津美术馆花园里的佛像前停下脚步，往钱堆里添了几枚硬币。

我欠佛陀一些钱（当时是借来买地铁票的），我一贯不喜欢欠别人的债。

不要想着学习，而要想着忘却

离开始上班还有半年的时间，这段时间足以让人滋生各种不安的想法。我摆脱不了一种感觉：我是不是有点不自量力？我心里明白，自己的读和写没什么问题，可应付得了用日语进行采访的工作么？

10月，我顺道走访了那位在读卖新闻社人力资源部负责招聘的假犹太人松坂，要他帮我安排一个就职前的实习工作，这样我就能开个好头。他听了我的话，表情有点吃惊的样子。

“我很钦佩你想为上班做好准备的愿望，”他说，“但说实话，我们从来没有碰到过想提前上班的人。不过，你的情况有点特殊，我会尽量想办法。”他带我到三楼喝了杯咖啡，给了我一份为新进记者准备的材料，就把我打发走了。

两个星期之后，他打来电话，说是给我安排了一周左右的短期实习，让我去几个事务所转一圈。第一个短期任务就是去东京都警视厅记者俱乐部。

东京警察总部是一幢迷宫般的大楼，这幢大楼在政府办公区的楼群里是最高的。这里是东京警力的神经中枢，大约有四万人在这里工作。松坂在总部的大厅里跟我碰头，他是来把我交代给井上安政的。井上是个名记者，也是《警政记者三十三年》的作者。他现在是警方采访组组长，是读卖新闻帝国里一个让人又爱又怕又嫉妒的人物。他曾经证实了一个被判谋杀了妻子的大学教授是无辜的，这让他声名鹊起。他不仅曝光了警察机关和相关检察机关的过失，而且找到了真凶。这起案件成了一个陷入冷酷高效的日本司法制度轮下的无辜者可能被如何定罪的典型案例。

井上身高一米七过一点，瘦瘦的身材，蓬乱的长发耷拉在脸颊的两边。他身穿灰西服，系着黑领带，脚上的鞋看上去都快磨破了。他的眼睛藏在褐色眼镜的后面，显得有点呆板；但他一看见我，那双眼睛就变得炯炯有神起来。他好像对我的到来颇感兴趣。

“你就是我听说的那个老外了，”他热情地说道，“你会说日语，对吧？”与其是在问我，倒不如说是在问松坂，但我还是答话了。

“我会说，动笔就另当别论了。”

井上笑了起来：“你搞不好比那些帮我干活的人写得好哦。上楼吧。”

原则上，任何造访东京都警视厅的人，只要不是记者俱乐部会员、现行职员或通过了安全调查的人，在进入大楼之前都需要有警察的陪同，井上却可以随意走动。三年之后发生了奥姆真理教信徒在东京地铁里散布沙林毒气的事件[①]，打那时起，整个城市的安检程序才变得更加严格了。

在电梯里，井上为我详细说明了警察的组织结构，但我大都记不住。我们在九楼下了电梯，这层楼上有东京都警视厅的公务部门和三间记者俱乐部，供全国的报纸、电视、广播和地方报纸使用。这里没有周刊或月刊杂志的位置，因为警察把它们看作是散布破坏性流言蜚语的媒体，官方记者俱乐部的名单里没有它们的名字。

这里也没有国外媒体的代表；日本的主流媒体从来没有对这种外国媒体的缺席状况提出过异议，今后也一定不会有。如果你已经成为垄断的一部分，结束你的垄断地位不符合自己的最高利益。

厨房边的开阔处摆着一张破旧不堪的办公桌，一些记者正围坐在那里玩牌消磨时间；靠里边还有一间阴冷的榻榻米房间，记者们可以在那儿铺起被褥，一边让他们在宿醉后睡觉休息，一边等着下一次新闻发布会的到来。

记者俱乐部里的《读卖新闻》区基本上就是一个用警戒带围起来的长方形房间，有一面窗帘挂在那儿当门使用。我和井上一起走进去的时候，记者们都围在一张桌子边上推敲着一本写真集。我四下打量了一番，这地方和我想象中的日本最大报社的记者办公室大相径庭：周围的围墙都被顶天立地的书架掩得严严实实的，长沙发和地板上到处散落着各种各样的报纸杂志，垃圾桶里塞满了揉得皱巴巴的传真纸、吃完的方便面盒和空啤酒罐。每张办公桌上都有一台文字处理机[②]。房间最靠里的位置上放着一台散热空调，宽阔的窗台上摆放着六台电视机和三台高高叠起的录像机。电视机都打开着，一个调到消防署波段上的民用电台发出刺耳的声音。“门”边的一架双层床上有人睡着，鞋还穿在脚上，那天的早刊盖在他的脸上。

我和井上走到那堆记者旁边；原来他们正在推敲的是麦当娜刚出版的写真集《性》，记者们（都是男性）一边打量着她的胸脯，一边品头论足。井上给大家作了介绍，然后拿起那本书递给了我：“你认为这本书淫秽吗？”这是日文版

---

①1995年3月20日上午7时50分，东京地铁内发生了一起震惊全世界的投毒事件——东京地铁沙林毒气事件（沙林是一种抑制胆碱酯酶、造成神经系统紊乱的有机磷酸酯类毒气，是毒性最大的有机毒物之一）。发动恐怖袭击的人在地铁的3条线路共5列列车上投放沙林毒气，造成13人死亡及约6300人中毒，1036人住院治疗。投毒事件的策划者、奥姆真理教教主麻原彰晃及执行任务的5名教徒先后被判死刑，但至今仍未执行；另3名施袭者被判处无期徒刑，2012年6月15日，最后一名逃犯高桥克也被捕。东京地铁沙林毒气事件是日本第二次世界大战结束后发生的最严重的恐怖袭击事件。日本著名作家村上春树还对这一事件的受害者做了大量的访谈，写下了两部长篇报告文学《地铁》和《地铁Ⅱ：命定之地》。

②译注：由打字机与电脑组合而成的机器，用于文书的制作、记忆、印刷等。

的，图像上有很多部位（生殖器和耻毛）都做了模糊处理。

“我看不淫秽。”

“哼，如果他们出了这种版本，”井上从书架上拉出一本图像没有做过任何处理的美国版，接着说道，“警察就会搜查出版社，把印好的书全部没收掉。《Santa Fe》[①]的制作方因为展露了些许耻毛就差一点遭到拘禁，而美国的这玩意儿简直和色情没什么两样。也许可以叫作附庸风雅的色情吧，不过，这就是色情嘛。如果日本出版商不是脓包，我们本可以写一篇报道的。”

“警察会因为这个抓人吗？”

“最高法院在1957年做出裁决，任何给观看者带来无益的性刺激、侵犯正常公民的礼仪观念、猥亵下流、侵犯公众的性道德观念的东西都是淫秽的。正因为是淫秽的，这样的作品就是非法的，发行这样的作品就是一种犯罪行为。”

“这意味着什么？”

“嗯，对警察来说，这就意味着不能露耻毛。或者按过去那样处理。”井上窃笑道，“这个国家怪得很。你在光天化日之下口交，性爱俱乐部老板在公开场合公然宣传他们的服务项目，警察是不会在意的，可他们就是受不了别人看人家性交。耻毛太逼真了。这种做法的寓意就是：自己干吧，别看人家干。”

“在美国卖这种玩意儿是合法的吗？”一个记者问我。

我们花了20分钟去讨论日本的色情和美国的色情有什么不同。这些记者了解到，美国的色情片里很少用章鱼及其他动物来遮掩生殖器，透过裤袜的性交并不流行，他们都感到很震惊，让我下次回美国时带一些录像带回来。

我们走出房间时，井上告诫我说：“什么色情的玩意儿都别给那些白痴带，忘了这码事。我们可不想看到你在海关被扣下。没有那些东西他们也死不了。”

他带我去了咖啡店，点了些绿茶，问我想在读卖新闻社干什么工作。

我说：“我对新闻调查感兴趣，对我还不太了解的日本的另一面感兴趣。我指的是阴暗面，黑社会。”我告诉他，我父亲曾经当过地方验尸官，犯罪新闻和警方采访一直是我的兴趣所在。

他建议我争取到社会部的国内新闻组去工作，因为那儿就是负责警方采访的。井上是这样评价警方采访的：“那是报纸的灵魂。别的都只是充实版面的东西。真正的新闻，能改变世界的新闻，就是我们的工作。”

我向他讨教如何当好记者时，他沉吟了片刻。他开口说话时，我闻到了一点

---

①原注：《Santa Fe》是日本人气女星宫泽理惠在《性》之前出版的裸体写真集。《Santa Fe》的出版是个具有深远意义的事件，因为这本写真集展露了耻毛。这部作品的“艺术性”赢得了权威人士们的默许，一下子敲开了通往当今更为宽松的出版政策的大门。

酒味，我后来才知道，他一直喝到那天早上的5点钟。现在才9点，我想，如果他的酒完全醒了的话，他就不会说得那么坦率了。

他说："新闻报道不是研究导弹，它已经定型了。你记住各种模式，然后添砖加瓦，就像柔道一样，有'形'让你去记，去反复练，那就是你要学的基本动作。做记者也一样，报道暴力犯罪事件有三四种基本形式，你只要能记住格式，填上空白处，把事实弄清楚，别的就水到渠成了。"

接着，他的神情变得严肃起来。

"杰克，下面八项原则可以让你成为一名出色的记者：

"一、不要出卖你的消息人士。如果你不能保护好消息人士，就没有人再信任你了。独家新闻都基于一个共识：你会保护向你提供消息的人。这是报道的关键。你的消息人士是你的朋友，你的情人，你的爱人，你的灵魂。背叛你的消息人士就是背叛你自己。不保护好你的消息人士，你就不是个新闻记者，甚至可以说不是人。

"二、尽快把报道写出来。新闻的生命是短暂的。错过了机会，报道就过时了，独家新闻也就没戏了。

"三、不要相信任何人。人会撒谎，警方会说谎，甚至你的记者伙伴也会撒谎。假定别人是在向你撒谎，然后谨慎行事。

"四、尽量搜集各种消息。人有好有坏，但消息没有好坏之分。消息就是消息，不管是别人给你的，还是你从哪里偷来的，都没有区别。其品质——消息的真实性——才是最重要的。

"五、牢记和坚持。人们忘却了的经历会重新回来困扰他们。一个看似微不足道的事件，日后有可能演变成一篇比较重要的新闻报道。不断关注尚未了结的调查工作，了解它的走向，不要让川流不息的新新闻使你淡忘了尚未完结的新闻。

"六、让报道的政治立场保持中立，在报道不是出自当局的正式公告的情况下尤其要做到这样。如果你能通过三个不同的消息人士核实消息，可能性越大，消息就越准确。

"七、什么样的文章都按倒金字塔的形式去写。编辑是自下而上进行剪裁的。至关重要的内容写在前面，无关紧要的内容写在后面。如果你想让自己的报道能够留到最后，就按便于剪裁的形式去写。

"八、不要在报道里加入你的个人见解，让别人替你去做这件事。专家和评论员就是吃这碗饭的。客观性其实是个主观的东西。

"就这些。"

这就是一个有存在感、能力出众、爱耍滑头的名人给出的坦率得令人吃惊的建议。要知道，井上得玩弄一些很强硬的策略才能走到这一步。他曾经是个地方级雇员，待遇和国家级雇员截然不同。过去，地方级雇员基本上属于二等公民，只能在地方事务所之间调来调去，根本没有机会到总部来待上几年。这样，他们就接触不到比较重要的新闻事件，也就谈不上在东京谋求到发迹的机会了。井上一直和这种制度抗争，最终挤进了国内新闻组，在东京都警视厅记者俱乐部占据了一席之地。

和所有读卖新闻社的员工一样，他心里很清楚，对立志成为调查记者的人来说，国内新闻组是最合适的地方。要是说想进那儿很难，那么，想在那儿待下去就更难了。在报界流传着这样的说法：国内新闻组的记者工作时间最长，喝醉次数最多，离婚率最高，死亡时间最早。我不知道这种说法有没有用统计数据验证过，但几乎所有现任和前任的国内新闻组记者对自己的地位都有着一种受虐狂式的自负。

在东京都警视厅记者俱乐部待了三天之后，我被派到千叶事务所去和其他记者共事两天。千叶新闻局局长名叫金子，是国内新闻组的前任记者，也是东京都警视厅记者俱乐部采访组的前任组长。这个事务所既整洁又新潮，里面摆着两个岛状的办公桌，好几台传真机装在搁架上，所有文件都按年代顺序整齐地排放在书架里。和东京都警视厅记者俱乐部相比简直有天壤之别。

金子热情地接待了我。他对我的犹太背景特别感兴趣。我们在事务所一角的饰面沙发上坐下来以后，他就不停地问这问那，最终还是转到了他十分想问的问题上："你会不会说希伯来语？"

我不会。

他显得很失望，我便问他为什么对此有兴趣。

"是这样，我注意到有很多以色列人在贩卖手表、珠宝和名牌货——当然是冒牌货——在车站附近的大街上，"他说，"我认为他们都要向压酷砸支付保护费。"

当时，我真的对压酷砸几乎一无所知。我知道他们是恶棍，会使用暴力。但除此之外，我就没有太在意了。当然，这种状况就要改变了。

他一边向我介绍这里的情况，一边递给我一根烟。我接过来点着，尽量不让自己咳嗽。

"这样吧，你是外国人，"他接着说道，"也许你可以跟他们谈谈，打听打听。我们想知道压酷砸勒索一次能得到多少钱，是怎么成交的。怎么样？"

我说，我很乐意去打听，不过不会用希伯来语。

金子把一个名叫初甲斐的记者叫了过来，指派他当我的编辑。我拿到了一支笔、一个采访本和一台录音机，进事务所不到30分钟就被送出门外了。

街头摊贩到处都是，尤其是在车站附近。他们大多看上去像在做泛亚旅行的以色列人，在那儿卖他们从尼泊尔或西藏带过来的小物品。其中一些人还卖他们在泰国买来的冒牌名表和冒牌名包。我在一个摊贩对面的美仕唐纳滋店里坐下，开始观察起来。

我等了两天，消灭了不少甜甜圈，终于看到两个身穿白色宽松长裤和花里胡哨的印花衬衫、头发烫得很卷的日本人朝一个以色列摊贩走去。他们显然是恶棍，其中一个个头高高的，额头宽宽的，却让另一个身材矮小的家伙带路。我走出甜甜圈店，若无其事地在附近溜达着。

他们堵在摊贩桌的两侧，我听见那矮个恶棍对以色列人说了四五个词，其中一个词听起来像“地场费”，我以前从来没有听过这个词。那摊贩用希伯来语嘟囔着，从摊贩桌的抽屉里掏出一叠现金递了过去。矮个儿压酷砸把钱交给高个儿压酷砸，高个儿明目张胆地在大庭广众之下数起钱来，然后装进口袋走了，那摊贩又继续做他的生意。

我走到那个以色列人跟前，把他的珠宝打量了一遍，同情地摇着头说：“没听说过街头摊位还得交租金啊。”

那个以色列人把他的马尾辫甩到背后，疑心重重地看了我一眼。过了一会儿，看我像是个外国人，才放松了警惕：“要是不想让警察或者那些家伙跟在你屁股后头转，你就得交。他们拿走我赚的30%到35%。”

“咦，他们怎么知道你赚了多少？”

“他们知道，”他说，“他们会先查看摊上摆出来多少，等他们转回来时再过目少了多少。你瞒不过他们。”

“那你为什么不去找警察？”

“你一定是刚来这儿的，兄弟。我拿的是旅游签证，要是我去找警察，那还不得坐牢啊。压酷砸知道这种情况，我也知道。这就是在这儿做生意的代价啦，没办法。”

“真倒霉，”我说，“我自己也正打算干这买卖呢。教英语太没劲。”

“这有赚头，”他说，“周末卖得好可以赚到10万日元（约合1000美元）。这儿的生意还不错，但听说没有横滨好。”

我给了他几个甜甜圈，泡在那儿听他讲他的泰国历险记。大约过了30分钟，另一个以色列人开着一辆厢式货车过来了，还带着他的日本女友，他们便开始卸货。

原先的那个以色列人把我介绍给他们，后来的那个以色列人名叫伊基，他不失时机地带着浓重的以色列口音发起牢骚来：“这帮胡（混）蛋！我恨他们。我们赚得越多，他们拿得越多。我什么也不想给他们。可惠子说……”他说着，指了指他的女友，“那样会坏事的。”

惠子点了点头。她先问我会不会说日语，接着就聊了起来：“你知不知道住吉会？”

我还是听说过住吉会的。他们是在东京圈内活动的规模最大的压酷砸派系之一，一般不会动粗。显然，只有这样做才能维持住生意。

我们谈着谈着，伊基开始显得烦躁起来，我不说日语了，改用英语跟这两个摊贩谈论了一下天气，然后便返回了事务所。

我把了解到的情况告诉金子，他喜形于色，这让我也感到很满足。

“‘地场费’是什么意思？”我问。

“这是‘场地费’的行话。压酷砸不说‘场地费’，而说‘地场费’。他们喜欢把一个词颠过来倒过去地念，这样，老实巴交的市民就不知道他们在说什么。这是一般的行话，是用来勒索街头商贩的。”

金子接着对我说：“写篇文章吧。”

我就这样被赶鸭子上架了。文章的观点就是，压酷砸在向那些不敢向警察求助的外国摊贩敲竹杠，这是有组织犯罪的一个新财路。我尽了自己最大的力量，但还是觉得文章写得不太像样。我对这个国家新制定的《反有组织犯罪法》还不是十分了解，也没有任何警方的人脉关系来加大报道的力度，结果看起来很像是Journalism 102网站①上的文章。

初甲斐把文章大致看了一遍，委婉地说道：“不错，这个出发点很好。我这就去和千叶警方谈谈，看看他们是怎么想的。然后再综合一下，争取刊登在地方版上。”

等我星期一来的时候，金子兴奋地跟我打招呼：“阿德尔斯坦，好消息！今天新闻不够数，你的文章准备上国内版了。晚刊的！”

他让我明白了，对一个地方局的记者来说，能让“独家新闻”刊登在国内版上算是一项重大的成就了。我突然兴奋起来，他也几乎跟我一样兴奋。

头条新闻是这样的：“有组织犯罪集团瞄上非日本籍的街头摊贩。压酷砸利用（无法寻求警方保护的）非法劳动者找到榨取‘租金’的新途径。”也不知为什么，这篇报道所具有的普遍意义足以保证它成为全国性的新闻，起码那一天是这样。没有署名，这是理所当然的——连资深记者都很少有机会得到署名，我还有什么资格抱怨呢？

总之，这是一篇还算不错的新闻报道，井上也在同一天早上打来了祝贺的电话。我在国内版上刊登了一篇独家新闻，而我竟然还不是个正式员工！

我觉得多了一点自信，决定在进入工薪族生活前抽出一点时间去旅行。读卖新闻社有这样一项制度：允许新员工向公司无息贷款，在开始上班之前到国外去

①译注：Journalism 102是提供新闻工作者在线进修课程的教育网站。

旅行。这是一项慷慨的救济款，也足以让你变成为公司忠心耿耿地卖命的雇员；不过，我还是利用它订了一个在香港待上数月的计划，到那儿学我向往已久的中国武术咏春拳去了。不过好景不长，读卖新闻社很快就打电话来告诉我一个坏消息：公司没能把我的工作签证办下来，他们说，我必须马上回日本去处理，否则我的工作就有可能泡汤。

旧入国管理局离读卖新闻总部不过三分钟的路程。这是一幢光线昏暗、破旧不堪的老楼，一、二层楼里总是挤满了愁眉苦脸的外国人。我接到一张明信片，要我到这儿来接受面谈，还得等上一个多小时。等候区里有两个小孩（日本人和菲律宾人的混血儿）在横冲直撞地疯跑着，他们的母亲和她的经理正在因为她的签证跟办事员争吵着什么。我等在那儿的时候就成了他们的人体攀爬架。年纪小的那个小鬼五岁左右，正在用他的手指抓住我的鼻子吊在那儿玩，这时我被叫到了。我哄着他放开手指，然后朝后面的那个房间走去。

我的面谈者是一位老官员，满口金牙，灰白的头发用发蜡光溜溜地梳向两侧。他想用英语面谈，我就随了他。

“你准备从明年4月开始在读卖日报工作？”

“不，我准备从今年4月开始在读卖新闻工作。”

“读卖新闻社的读卖新闻？”

“是的，读卖新闻社的读卖新闻。日文的那种。”

“那你是个摄影师咯。”

“不，我准备当记者。”

“记者？你用日语写文章？”

“是的，所以是去读卖新闻社的读卖新闻，而不是读卖日报。”

“读卖新闻社的读卖新闻？”

“是的。”

“如果你用日语写文章，属于国际业务还是本地业务？”

“我不清楚。你是入国管理局的。”

“哦。你有合同吗？”

“没有。我将是正式职员，‘正社员’[①]。”

“正社员？你不是日本人吧？”

“应该不是。”

---

①原注：“正社员”就是正式的雇员。1993年的时候，这意味着终身雇用——一旦公司雇用了你，你就绝不会被解雇。日本的终身雇用制度一直带有一点神话的味道，不过，在20世纪90年代，几个主要公司虽然没有明文规定，但还是采用着这种雇用方式。

“那你要有合同。”

“我没有合同。我是正社员。正社员没有合同，是终身雇用的。”

他挠了挠头，从齿缝间吸了口气：“我认为你应该去要份合同。拿到合同后再回这里来。”

“什么时候？”

“你有了合同的时候。”

“好吧，到时我找谁？”

这个问题让他觉得有点不好办，他似乎意识到他可能真的要为我的签证申请负个人责任了。我看到他的眼珠朝左上方转了转，一定是在想办法把我移交给别的什么人，结果，他还是很不情愿地把他的名片给了我。

“你可以给我打电话。”

我走出入国管理局，脑子里一片混乱，心里有点生气。我已经成就了日本梦——在大公司里正式就职。我可不想让什么破合同像达摩克利斯之剑一样悬在我的头上。我想要的是这样的职业：终身雇用，有公司保健计划，有吃香的名片，有干不完的工作，还有一个更风光的签证。

我到读卖新闻总部的接待处去找人力资源部的人去了。那个部门的一个要人亲自下来见了我。我说明了自己的处境，解释了和公司签订“合同”的想法并没有让自己感到非常兴奋的原因[①]。我以为他会敷衍几句像“哦，那就没办法了”之类的话，然后就把这件事搁在一边，尽管我要等他们赶紧拟一份合同给我。

出乎我的意料，他一眼不眨地看着我说：“这是我听说过的最无聊的事情。我们已经聘你为正式职员，那就是你的身份。你的同事没有一个人拿到过合同，你不应该有任何不同的待遇。”

他从我手中要去了入国管理局那家伙的名片，让我回家去。“这个问题我会处理。”他说。

第二天早上，我正吃着一碗森永牌巧克力片，入国管理局来电话了。电话里的那位年轻女子问我下午两点方不方便过去填一下表格。我有点吃惊。在日本住了五年多，我从来没有听到入国管理局问过我“方不方便”。我不想冒不必要的风险——“好的，两点可以。”

当天下午，我一走进入国管理局的等候室，立刻就被人带到金牙先生的办公室去了。我刚走进去，他就站了起来。

“很抱歉给你带来了困惑，你的情况与众不同。你把护照带来了吗？”

---

①译注：当时外国人在日本很难成为日本公司的正式员工，能成为和公司签订合同的合同员工就很不错了。

我把护照递给了他。他出去不到五分钟就回来了，护照上有一个三年的签证，允许我从事“国际业务与人文知识”领域的工作。他说了句祝我好运，便神经质地匆匆把我送出了门外。

我不知道是入国管理局接到了恐吓电话，还只是程序上的问题而已，但这件事给我留下了深刻的印象。这是我第一次感觉到读卖新闻社背后的影响力。

那年的4月1日，在公司总部举办的仪式上，60名新兵全体宣誓就职，成为读卖新闻社的员工。公司总裁讲了话，有人宣读了我们的名字，给我们照了相。我已经在就职前的活动中（包括在读卖巨人军的基地——东京巨蛋举行的垒球赛）结识了许多新员工。

仪式结束之后，那位曾为我的聘用游说过的索非亚大学毕业生松坂带我出去喝酒。我有生以来还没有碰过酒。我们去了银座[①]一家不大的一口干酒吧，埋在天花板里的扬声器传出约翰·柯川[②]的萨克斯风音乐，大理石的桌子和成排的调酒量杯闪闪发亮，微光闪烁。一看就知道是上等的去处，而不是读卖新闻社的记者们喜欢扎堆的普通酒吧。

我点了一杯可乐，开始高谈阔论起来：我多么希望被分配到一个事务所去“学手艺”……

松坂把手挥了一下，打断了我的话：“不要想着学习，而要想着忘却。你要想的是，中断一切联系，放弃拥有的一切，摆脱一切成见，忘掉你自认为已经知道了的一切。这就是你要学会的第一件事。如果你想成为一名出色的记者，你就必须和过去的生活一刀两断。你必须放弃你的自尊、你的自由时间、你的业余爱好、你的个人嗜好和你的个人见解。

“如果你有女朋友，你一旦不在她身边，她就会离你而去，而你也不可能一直围着她转。你必须放弃你的自尊，因为你自认为已经知道了的一切都是错的。

“你必须善待你并不喜欢的人，无论是在政治观点上，在社会地位上，还是在道德伦理上。你必须尊重资深记者。你必须学会不去评判人，而去评判他们为你提供的消息的价值。你必须削减你的睡眠时间、你的锻炼时间和你的读书时间。你的生活会变得很单调，只有读报、和消息人士一起喝酒、看电视新闻、核实自己的独家新闻有没有被别人抢走，还有就是赶稿。你将被如洪水般蜂拥而至

①译注：银座位于东京都中央区，是以高级购物商店闻名的日本有代表性的繁华街区。象征着日本自然、历史、现代的三大景点（富士山，京都，银座）之一的银座，与巴黎的香榭丽舍大道和纽约的第五大道并列为世界三大名街。银座大街的两旁不但坐落有4家大百货公司、500家特产商店、2000家饭店、1600多家酒吧和歌舞厅、30余家剧院和100余处画廊。就连日本最大的报社读卖新闻、朝日新闻等也都在这里争得了一席之地。

②译注：约翰·柯川（John Coltrane，1926—1967）是美国爵士萨克斯风表演者和作曲家。

的工作吞没，虽然那些工作看起来既毫无意义又很无聊，但你还是得去做。

“你要学会放弃你希望成为事实的东西，找出事实的真相，原原本本地去报道，而不是按自己所希望的那样去报道。这项工作很重要。在这个国家里，新闻记者是监督权力的人。他们是我们日本拥有的这个脆弱的民主制度的终极卫士。

“放弃你的成见、面子和自尊，把工作做好。如果你能做到这一点，你就能学有所成，成为一名出色的记者。”

他一口气说完了这些话，就像一段非常平静而沉稳的独白。我很清楚，他有很长一段时间都在思考着这个问题。

他还没有说完。

“记住这句话——你必须谨慎行事，否则会失去对你而言很重要的一切，还会迷失你自己。这种平衡很难掌握。有些人最终会因为工作而失去一切，从中却什么也没有得到。只要你有本事，这个公司就会对你负责，除非你犯了法，否则你决不会被解雇。这是很了不起的工作保障。但是，作为记者，你就是消耗品。当你变得年老无用的时候，你就当不了记者了，就得去做别的事情了。在这个公司里，记者的半衰期是很短暂的。趁着身在其位，尽享其乐吧。一句话，放弃你不需要的东西，但一定要留下一些你值得拥有的东西。”

说完，他突然把话题转到棒球上去了。我除了知道这是一项美国的传统体育项目之外，对它真是一窍不通。

这已经不是我第一次对读卖新闻社的人在新闻报道的使命这个问题上所表现出来的审慎态度感到吃惊了。日本记者常常被外国媒体视为是一群阿谀逢迎、娇生惯养的工薪族，其实根本不是那么一回事。

我一边装着仔细听松坂讲美国娱乐的精妙之处，一边还在咀嚼着他的那番话；这时，一个年轻女记者（几年前她就职时也得到了松坂的青睐）加了进来。她显得心烦意乱——从地方事务所调上来之后，科里一直只安排她干版面编排的活儿，这样的日子已经有好几个月了。松坂向她解释道，这是每个想跻身全国性活动记者名单的人的必经之路，是一种入门仪式。

后来，他用同一辆租来的车送我们回家。读卖新闻社有自己的车队，专门用来接送记者去采访或参加新闻发布会，有时也送他们回家。我上车的时候，松坂拍了拍我的肩膀。

“杰克，你将被分到浦和事务所，”他说，“这出戏可不好唱哦。那个事务所既简陋又艰苦，地处埼玉县的中心。去那儿有一个好处：你有机会为国内版写稿，而且有很多东西可写。你会忙死的。”

“浦和？真的？那儿离东京近吗？”

“近在咫尺。但你到了那儿，东京就远在天边了。浦和是个让人闲不下来的地方，不过要记住我跟你说的话。别打退堂鼓，我们对你是寄予厚望的。”

在乘车回家的路上，我告诉松坂的女得意门生，我被分配到浦和去了。她的反应是“对您的不幸深表同情”——日本人在葬礼上表示悼唁的话。

埼玉是东京边上的一个半农半郊的大县，浦和是个巨大的卧房城镇[①]，面带倦容的公司职员们每天都从这里通勤到首都去。

埼玉——一个城里的日本人认为土得掉渣的地方，由此衍生出一个专有形容词“太菜”，意思就是“不机灵、无趣、古板”。

换句话说，我被分配到了日本的新泽西州[②]。

①译注：卧房城镇是指白天在城里工作，仅晚上回家就寝的人们所居住的大都市附近的城镇。

②译注：美国新泽西州的北部与纽约相邻，很多居民都在纽约城里工作。

好啦，小子们，快抓起你们的采访本

浦和事务所真可谓是名声在外啊。一位曾被分配到那儿去的前任记者在媒体业界杂志《创》上刊登了一篇文章，通篇语言尖酸刻薄。文章的标题是“《读卖新闻》：我三个月的幻灭生活”，倘若你还不得要领，请看副标题：“幻想、绝望、痛苦之后的最终决断”。

这篇揭露文章记录了作者被迫24小时连轴转地干着没完没了的琐事的经历。文章讲到了一件编辑如何侮辱年轻记者的事情——编辑偶然发现那个记者用了一个报社的批准使用汉字清单上没有的汉字，便失去理智，对着他破口大骂，还拿起凉鞋朝他头上扔了过去。文章还提到，每天晚上一到6点，酒气便在事务所里弥漫开来——编辑通常会在这个时候宣布工作时间结束，然后开上一瓶酒……

我来谈谈我自己在报社的第一年是怎么过的，权当是那篇文章的一个不完全的验证。我之所以说“不完全”，是因为我认为那位作者实际上不了解实情，实情是这样的：日本记者第一年的生活是一段精心策划的肉体折磨，中间会穿插一些在职培训的内容。如果你挺过了那一段时间，状况就会变得好起来。如果幸运的话，你还会得到可以让自己颐指气使的新人，开始领悟新闻业的基本规则。

读卖新闻社最近才决定提升浦和事务所的地位，多半是因为我们的死敌朝日新闻社将它的浦和事务所交由社会部（包括首都和国内新闻）统辖。这意味着，要进行一项重大的报道时，我们的事务所只能用上地方局的微薄人力，而朝日新闻社的事务所却可以召集起上百名的记者军团到埼玉来。朝日新闻开始对读卖新闻大动干戈了，觉得受到愚弄的读卖新闻的掌权者们决定要一争高下。

在这场浦和战役中，有四个新人准备成为炮灰：辻、高知、吉原和我。在日本的企业生涯中，和你同时进公司的人，尤其是在第一次任命时和你去同一个地方的人，就成了最亲近的家伙，可以说就是一家人。你是“同一期的”这个事实会形成一条奇妙而重要的纽带，只要你在公司里，这条纽带就不会断，甚至在你离开公司之后也往往断不了。这和年轻压酷砸的结拜兄弟有一拼，只不过在那种仪式上要喝交杯酒：一种一诺千金的盟约。

我极其幸运，早在读卖新闻社的宣誓就职仪式上第一次碰面时，我就立刻喜欢上我未来的战友们了，他们似乎也喜欢我。

吉原淳22岁，小我两岁，看上去像个流行偶像。他毕业于早稻田大学商学部（这种情况很罕见，虽然有许多早稻田大学的毕业生进入大众传媒业工作，但通常都是来自新闻系的），身材高大，体形健美（他一直在踢足球），但脸色苍白得跟白种人一样。有一段时间我们都叫他“鬼脸”，我现在想起他的时候还这么叫。

直树过，“法国佬”，25岁，也是早稻田大学的毕业生，他也不是新闻系的，而是法国文学系的。我们四个人当中他最聪明。他的头发总是梳理得一尘不染，身上总是穿着做工考究的西服，手上老是捧着一些晦涩的日本小说或法国名著，显露出多愁善感、富有教养的风度。

当然，我刚才描述的一切都让他看上去和读卖新闻是个绝配，他大概就是因此而成了老记者们骚扰的对象——那些老记者发现，正是他的生活方式让他们伤透了脑筋。或许他到朝日新闻那里去就可以大展身手了，不过谁知道呢。在许多方面看来，这就像一个伯克利大学新闻学院的优秀毕业生在华盛顿时报找到了一份工作。如今，他是个颇有成就的作家，出版了四本小说。

高知泰的绰号叫“花花公子”，但我不记得为什么这样叫他了。他24岁，在筑波大学取得了国际关系的学位。过早稀疏了的头发使他显得比实际年龄老相了点，脸圆溜溜的，看上去像中国人（在日本人看来）。他是我所认识的最可信赖的人之一，他思维敏捷，救了我不少场。

我们这几个小子可真够特别的了：“鬼脸”、“花花公子”、“法国佬”，还有“老外”。而我们一开始就相互包庇，工作岗位上的朋友、同事能这样满足你的要求或期望就够意思的了。就我而言，我没有想到自己那么快就倚靠上了他们的通情达理——当时有件小纠纷差点过早地断送了我的职业生涯。

那是我们准备在第一个正式上班日去事务所报到的前一天晚上，事务所在当地的一家酒馆里举行了欢迎宴会，我当时得了相当重的感冒，但还是出席了——如果没去就更糟了。

事务所的全体员工都在那儿：原，我们的局长，体格像个相扑选手，笑声深沉而快活，身上穿着一套意大利西服，手上戴着一块劳力士手表。他的头发烫得勉强称得上是羊毛卷头①；眼镜支在鼻尖上，摇摇欲坠；耳边缠绕着一圈卷发，乍一看有点像个犹太教哈西德派教徒。

小野，借调给浦和事务所的记者，他是县警方记者团队的头儿，顺理成章就成了我们这些新人的顶头上司。他的身材很像原局长的缩小版，眼睛就像南瓜上划开的两条缝。小野因自己是社会部的记者而感到非常自豪——没过五分钟就让

①译注：把满头的头发都烫成短而密的羊毛卷的一种男性烫发发型。20世纪60年代至90年代中期在日本的卡车驾驶员、建筑工人和民歌手中间流行，压酷砸也开始喜好这种发型，后来便慢慢淘汰了。

我们明白了，他可不是个普通的地方记者，他不会一直待在这穷乡僻壤。

林、斋藤，两位编辑。后者的地方口音重得让人觉得他少了几颗牙似的，他在没喝醉的时候会显得非常和蔼。前者个头很矮，他自己对这个问题很敏感，是个有名的吹毛求疵、酗酒成性的暴君。值得庆幸的是，他大部分时间都是个快乐的醉鬼。

清水，电脑录入员，他留着小胡子，牙齿发黄，头顶光秃秃的；他显然是事务所中不可或缺的一员。

山本，在警方采访组里担任小野的助手，后来的结果证明，他是我的良师，但有时也是折磨我的人。山本是我大学里的“先辈”——我读大二时他读大三。他的五官几乎和蒙古人一模一样，而且不知怎地会让我想到豪猪。还有一位，中岛，是山本的死党，头发也像“花花公子”一样秃了，有一张长得像伊卡博德·克雷恩①的长脸。他在大学里读的是一门和科学有关的专业，相貌也是典型的古典科学家的形象：冷峻、明晰、漠然。不过，他的衣着比谁都高级，和那种古典科学家的形象不太相称。

最后一位，北条，局里的摄影师，他的鼻子红得好像血管全都快破裂了，他本该是个爱尔兰人。凭他的资历，他可以肆无忌惮地爱说谁就说谁，爱说什么就说什么，那天晚上他就是这样。

我们这几个新人边吃边站起来作自我介绍。小野是第一个过来为我们斟酒的，接下来我们就按日本人的习惯整个晚上都在为他斟酒，每斟一次都得说一声“干杯”。下级得给上级斟酒，偶尔上级也会回敬你。

小野、原讲了战争时期的故事，感冒缠身的我脑子昏昏沉沉的，但还想尽量跟上他们的谈话。即使没病，我的听力都成问题，不过我不想让别人看出来。原举起酒杯邀大家干杯。

可惜日本酒解救不了我的鼻塞。原正准备干杯时，一个大喷嚏突然穿过我的鼻腔打了出来，我根本来不及用手捂住，一大团鼻涕就冲出我的鼻子，嗖的一声划破空气，飞过“鬼脸”和“花花公子”的面前，啪嗒一声击中了目标——那毫无防备的原，我的第一个上司，掌握着我的未来的人。

一阵可怕的沉默突如其来地降临了，仿佛还会永久持续下去。

说时迟，那时快，“花花公子”举起报纸狠狠地敲了一下我的头，吼道：“杰克，你这野蛮人！”吉原也“嘭嘭”地敲着我的头。这举动打破了沉默，大家都笑了起来，原也笑了，用“鬼脸”眼疾手快递上去给他的湿手巾擦着眼镜。

---

①译注：伊卡博德·克雷恩（Ichabod Crane，1787—1857）是纽约市的一位治安警察，他提出了用科学去帮助警察调查罪案的革命性想法。《断头谷》就是一部以他为原型的电影。

我鞠着躬，一再表示歉意。北条也掺和了进来，用他的湿手巾打我的脑门说："你会不会用这个啊，傻瓜？"

险些变得尴尬异常的局面在几秒钟内就成了一个笑话。小野也被逗乐了。

"你，"他开口说道，用了日语中算是第二无礼的"你"字，"真是个有种的老外。你听着，我从未见过有人干了那样的事情还能活下来诉苦的。"

我又接着鞠躬、道歉，但小野只是举起手来在空中摆了一下，好像在说已经没事了。他把我杯子里的酒加满，让我干了。

后来，清水把我们大家都拉到他最爱光顾的织女俱乐部①去了，我听着小野那声嘶力竭的卡拉OK便晕了过去。后来，不知道是谁把我扶到车里，送我回家去了。

我的新公寓不大，在一家传统茶叶糖果店的楼上，骑自行车到浦和事务所大约五分钟的路程。1993年的时候，有很多房东还不愿意租房子给外国人住，不过，公司替我找到了这间公寓，而且签押做了我的担保人。这间公寓好就好在里面有带淋浴的浴缸。在日本的五年学生生涯中，我还从来没有住过自带浴室的公寓，每次洗澡都不得不上公共浴池或街上的投币式淋浴间。投币式淋浴间里的热水五分钟100日元，去公共浴池要300日元。

那天晚上，我把酸疼的身子泡在属于自己的浴缸里，祈求着宿醉不会太厉害……我感觉棒极了！我真的在这个世界里施展身手了。我有了一份工作，躲过了一个有可能致命的喷嚏灾难，也有了属于自己的浴缸——还有什么可奢望的呢？

第二天，1993年4月15日，早上8点30分，我来到读卖新闻社的浦和事务所，和其他新来的伙伴一起坐在大厅里。这儿和崭新的千叶事务所相比，往好里说还是显得寒酸了点。"花花公子"深呼吸了一下说："这简直就是个老鼠洞。我想得太美了点。""法国佬"说："当然不能跟公司宣传册上登的那些有代表性的报社事务所比了。""鬼脸"说比他听说的要好点。

事务所位于居民区里的一幢办公楼的二楼，办公室占了大部分的地方。局长有他自己的办公室，还是带门的。其他的办公室都是开放的，没有小隔间，没有不受干扰的环境。窗边的接待区并不是最自在的地方——一张长条桌的周围摆放着三张仿皮沙发，桌上堆满了报纸，下面压着大量的杂志。窗口的百叶窗上覆盖着一层尼古丁油，就像捕蝇纸一样，上面粘着各种各样的东西，有灰尘，有食物碎屑，噢，对了，还有虫子。

---

①译注：织女俱乐部是一种有女人陪酒的酒吧，也叫女公关俱乐部。

办公室里有两个用办公桌围起来的岛状办公区。两个编辑的办公桌摆在靠近房间中央的地方。资深记者可以分到靠里的三张办公桌，还可以分享一张靠墙的沙发。这里还有一个暗室，暗室旁边是一个供夜班员工休息的榻榻米房间（里面有带淋浴的浴缸，还有一张下层抽屉里塞满了色情书刊的办公桌）。编辑会在那儿午睡，太阳高照的时候，其他记者是禁止入内的。至于四个新人，他们的办公桌摆在房间的中央——他们坐在那儿最方便支使。

几乎每张办公桌上都有一部多按键电话，但没有电脑（那时离电脑普及的时代还早着呢）。只有一个改造过的网络站可以将报道输入并发送到总部接受终审。我们通过电话把报道发送到终端，清水重新输入并整理格式，效率相当低。

小野9点左右来了，睡眼惺忪、东倒西歪的，看来昨天晚上是穿着西服睡的。他站在接待台前瞪着我们。

“到底是谁告诉你们可以坐在这儿的？”他嚷道。

我们立刻都站了起来。

他笑了，让我们坐下。接着，中岛交给我们每人一份警方记者指南的拷贝，是1.1版的，标题是“警方记者人生中的一天”；一台传呼机——这玩意儿得一直挂在我们的腰上，还得始终保持在打开状态；最后是一叠文件——按抢劫、凶杀、斗殴、纵火、吸毒、有组织犯罪、串通投标、交通事故和抢钱包的分类整理出来的报道集。没错，是抢钱包。1993年，连环抢钱包事件还是个值得以独特的报道体裁进行报道的新闻项目，有时候居然还占据了地方版头条新闻的位置。

“这些都是你们作为警方记者将要报道的新闻类型的事例，”中岛解释道，“研究这些报道，记住这些体裁。我希望你们在一个星期之内掌握它们。现在你们手头上有了写文章所需要的一切了，准备开始工作吧。”

这就是我们作为警方记者的正规培训始末。

下一个节目是说明我们这些新人要做的跟报道工作无关的日常事务。例如，晚上到事务所来的时候，我们要为资深职员订晚餐；夜班结束之后，我们要更新剪贴簿。

整理剪贴簿的规则极为复杂，都有专门的说明书来教你在哪里记录文章的日期，如何记录来源报纸的版面，归档放在什么地方，复合归档放在什么地方，如何标注国内版文章和头版文章的方法，等等。剪贴簿管理指南比那本警方记者指南厚多了。

我们这些新人还要做一些其他的事务，包括为一个名为“我们家的小天王”的栏目写小传——《读卖新闻》作为一项公民服务免费发放的当地报纸上的栏目，基本上就是出生公告。结果，我们一下子就接触到了五花八门的新闻形式，我们要报道当地体育赛事的比赛结果，汇编统计资料，传达天气预报。不消说，这些都需要用到不同体裁的记录、写作和输入的方法。

最后，我们都得到了一本月历，上面标着何人何时负责值早班、值晚班、通宵值班和体育报道。我看到有些资深职员的一些日子上标着带叉儿的方块，便问那种标志是表示什么的。

“休假日。”中岛答道。

“可我们一个这样的标志都没有。”我说。

“那是因为你们没有休假日。”他说。

下午1点左右，我们正在紧张地学着将体育报道输入电脑，警方记者俱乐部打来了一个电话。在鹤岛的一台旅行车里发现一名男子被刺杀身亡。埼玉县警方已经发表了通告，看样子他们打算成立一个凶杀案特别调查组。

小野显得很兴奋：“好啦，小子们，快抓起你们的采访本，带上你们的相机，出发。”凶杀事件在埼玉县算是大新闻，在日本的其他地方也一样。这种事件与国内的安全秩序关系重大，所以，一起凶杀案，无论性质如何，都算全国新闻。但也有例外，如果受害者是中国人、压酷砸、无家可归者或非白种外国人的话，新闻价值就会减半。

小野解释了一下规则：“我们现在就要到凶杀现场和死者所在的公司去做查访。你们的任务是找出有关他的一切线索——他是谁，什么时候有人最后看见过他，谁有可能想杀他——还要照一张相。要带一张头部特写回来；我不管你们到哪里去弄到它，只管给我弄到手就行。要是你们发现有什么感兴趣的东西，就给警方记者俱乐部里的记者或浦和事务所打电话。去吧。”

我们出发了。新员工前六个月是禁止开车的，所以，我们当中的两个人跟着山本和其他记者一起走，另外两个人从一个与读卖新闻社有签约的出租车公司匆匆叫来了一辆车。

从浦和到鹤岛有很长的一段路。西入间警方正在进行初步的调查，超级警力计划总部的调查一处（主管凶杀和暴力犯罪）正在派处长前往现场。我一到犯罪现场，山本就带着我很快熟悉了情况：

昨天晚上11点左右，町田隆，41岁，被他妻子发现死在停在重工业区中央的一辆旅行车里。他躺在后座上，左胸被刺伤。很明显，他是因失血过多而死。有人最后一次看到町田的时间是他三天前去上班的时候。他一直没有回家，他的家人已经到当地警方那儿提交了失踪报告，要求14日那天对他进行正式搜索。

4月，天还很冷。我带着读卖新闻的正式名片和袖标，在现场转来转去，觉得非常兴奋。不过，犯罪现场好像没有什么线索。警方已经用带“禁止入内”字样的黄胶带封锁了汽车周围的一大片区域。周边地区几乎荒无人烟。我尽职尽责地四下敲着门，设法找到有可能看见了什么的人。大多数时候，人们都会目瞪口呆地看着我的白面孔，有缓过神来的人也只是面无表情地说，什么也没看见。

“鬼脸”和“花花公子”也没遇上什么好运。

在汽车配件厂，我向一位年龄较大的员工介绍自己是“读卖新闻的杰克·阿德尔斯坦”，得到的却是那种习惯性的反应：“我什么都不需要。”

“我什么也不卖。”

“我已经订了一份报纸。”

“我不卖报，我是读卖新闻的记者。”

“记者？”

“是的，记者。”我递上我的名片。

“嗯……”他把名片翻来覆去看了不止三遍，“你是外国人吧？”

“是的，我是在读卖新闻工作的外国记者。”

“那你干吗到这儿来？”

这种过程没完没了地重复着，而所有人的第一反应都是——我是个报童。一个身穿运动服来开门的中年男子甚至抱怨他的早刊没有得到按时投递。

于是，我改变了战术。“你好，”我开口便说，“我是读卖新闻的记者，正在做一个报道。这是我的名片。很抱歉，我是个外国人，占用你的时间了，我想问几个问题。”

进程是加快了，但依然毫无结果。我的同事们也同样没有任何收获，于是，我们又被派到受害者曾经工作过的公司去，加入了蜂拥而至的其他媒体记者的行列。我们到那儿的时候，下班时间刚过，工人们正在从大楼里陆陆续续地走出来。他们一定接到了不要跟记者说话的指示，因为我们撞上了一堵沉默之墙。

我四下溜达了一圈，又返了回去，想看看我的运气会不会有所好转。我碰到一个身穿绿工装的人正在那里装车。我跟他打了个招呼，他对我那不像日本人的面孔无动于衷。我问他，是不是有人因为什么事杀了自己的同事？

“嗯，他跟一个打下手的勾搭上了，”他说，“大伙儿都知道这事儿。所以，我想有可能是他老婆，或许还可能是那个情妇。你想知道名字吗？”

我当然想知道名字。我试图把它写下来，但我怎么也写不好日本人的名字——有那么多不同的读音和汉字，这对日本人来说往往也是件棘手的事情。

他最后还是把我手中的采访本拿过去，替我把名字写了下来。我一再向他表示感谢，他只是挥了挥手。

“你没有从我这儿听到什么，我也从来没有跟你说过话。”

“明白了。”

“吉山，那个情妇，好几天都没来干活了。没别的了。”

踏破铁鞋无觅处，得来全不费工夫啊！我找了一个公用电话亭，打电话给山本。我兴奋得连话都说不清楚了。山本让我慢点说，把情况说得详细点。他让我去找吉原，和他一起去处理这个线索。

我们开始给电话簿上所有姓吉山的人打电话。吉原最终找到了我们要找的吉山，但她的丈夫说她接不了电话，因为她正在和警方交谈。看吧！

我们又接到了一个指示——到西入间派出所去参加新闻发布会。当地分局的记者神田已经在那儿了，正在和副队长说着话。朝日新闻和埼玉当地报纸的新进记者吵吵嚷嚷地围在边上，不过，聚在自动售咖啡机边上的人最多。

神田手里已经拿着一罐咖啡了。神田是一位经验丰富的记者，很勤奋，也很有进取心。他戴着钢丝边眼镜，眼镜遮住了大半边脸，长长的、油乎乎地粘在一起的刘海垂挂在眼镜上，像条牧羊犬一样。他招呼我到副队长的办公桌那边去，把我们互相介绍了一下。我们寒暄了几句，神田就把我拉到角落去了。他祝贺我，说我干得不错，但同时提醒我，在新闻发布会上千万不要开口。

“要是你在新闻发布会上问了重要的事情，你就毁了自己的独家新闻。你只能细问大家都已经知道的事情，不要细问你一知半解的事情。要多看，多听。”

新闻发布会在二楼的会议室里举行。电视摄制组的人员正在那儿挤来挤去，不停地忙碌着，人们把录音机都放在讲台上，凶杀科科长即将在那儿发言。

他的发言很简短，完全是照本宣科：“看来受害者町田是几天前遇害的，很可能就是他失踪的当天晚上。长刃刀看来是刺穿了心脏，导致他当即死亡。正式死因是失血过多。

“从溅血的痕迹来看，受害者应该是在车上被杀害的。我们正在找他的朋友和雇主谈话，寻找线索。我们已经正式成立了一个特别调查总部，稍后会在今晚公布它的名称。

“现在我们掌握的情况就是这些。有什么问题吗？”

没有人立刻把手举起来。看来普遍的共识就是，在官方新闻发布会上不问真正的问题，会后再向警方抛出尖锐的问题（在他们的家里或者等他们出门的时候）。尽管如此，人们还是觉得有必要问点什么。

“你刚才在发布会上说是妻子发现了尸体。她是怎么找到的？”

“她和一位朋友在那个地区寻找的时候看见了那辆私家车。尸体就在那里面。”我自认为这是个很明显的暗示。

“警方是什么时候接到町田失踪的报案的？”

“他失踪两天之后。”

“他们为什么等了那么久才报案？”这是个朝日新闻记者，耸了耸他的眉毛。

警探没有吃他这一套："哦，你认为应该等多久呢？要是你今天晚上到凌晨两点还没回家，你妻子就要到我们那儿报案去了？"

"我妻子吗？当然！"

有人笑了起来。发布会接下来风平浪静，然后就散了。

最后，我们回到浦和，互相对照了记录。山本是凌晨3点左右从警察局长家回到这儿来的，他去那里打听到了消息，证实了我们收集到的一些细节。"帮着"町田夫人发现她丈夫尸体的女人就是和她丈夫私通的那个吉山。不用说，警方认为她就是主要犯罪嫌疑人。

第二天我们一直在那附近做调查，但没有任何收获。我们确认警方正在审问吉山，但她拒不开口。不过，她在第二天早上向她丈夫坦白了，她丈夫打电话给埼玉县警方，警方的逮捕行动恰好赶上我们在晚刊上发这条新闻。

新闻稿是这样的：

> 吉山是町田工作的公司里的一个临时工。两个人从去年春天开始私通，而町田想要结束他们的关系。
>
> 12日下班后，他们在附近的一个公园见了面，并开车兜了三个小时风。晚上9时左右，町田把车停在厂区附近，他们在那儿吵了起来。吉山便用登山刀刺中町田的胸部，町田差不多是当即身亡。吉山声称，町田想要结束他们的关系和自己的生命，她只不过是按他的要求做了。
>
> 吉山在平时的交往中结识了町田夫人，因此，她还自告奋勇去帮町田夫人寻找丈夫。警方尚未找到凶器，但证实在车内发现了一罐果汁，上面有吉山的指纹。

这篇报道和终审记录没有多大的差别。1994年9月，她被判处了八年的苦役。

这不是一起特别刺激的案件，我敢肯定，当时的警方把这个案子早忘到后脑勺儿去了，连当时采访这个报道的记者也不例外。而我呢，在同行的竞争中那么快就找到了杀人犯的线索，的确让自己赚到了一些印象分。当然，这多半靠的是运气，而不是本事，但我从中得到了一个很重要的经验：新闻业注重的是最终的成果，而不是努力的过程。

要挟——新进记者的好帮手

当了几个月的警方采访记者，和一些警察成了朋友，但我连一个独家新闻都没有亲自挖到过。

独家新闻一般是很难弄到的。它需要有一系列的条件——先得听到爆发性事件的风声，然后去找正在调查这个事件的级别较低的警探，获得他的信任和他手头上掌握的消息，最后把消息传到食物链上去，还不能让上面的人知道你的材料是从底下收集来的。

你可能得费上好几个小时去等你的消息人士回家，希望他在简短的交谈中能吐出一点点消息来。不过，如果遇上大案子，你的消息人士有可能好几天都不会回家。1993年的时候，大多数人都没有手机，要取得联络可比现在困难得多了，你不得不凭运气才能在他们上班的地方、在他们家里或者他们上下班的途中抓住他们打听一点消息。

你掌握的事实都必须得到第三方的认证，而且，你必须说服你的编辑，让他觉得发这篇报道是安全的，不会再有官方新闻稿发布。有时，你还必须亲自到犯罪嫌疑人的家里去确认他是不是已被逮捕了，因为在日本，逮捕记录是不公开的。常常还会出现这样的情况：你已经做好写报道的准备，而且通知了警探长；这时，警方突然冒出来，匆匆发布一份新闻稿，你的独家新闻连同你付出的一切努力随即化为乌有。

不过，我最终还是如愿以偿了。怎么做到的？老办法：要挟。

每天晚上，我都会利用平常的体育赛事、出生公告、死亡讣告等烦琐的输入作业和为资深职员订晚餐之间的空隙，骑着自行车跑到大宫派出所去和那儿的警察闲聊天。大多数时候，如果他们不忙，我就坐下来和他们胡乱侃上一阵子。我们喝着绿茶，谈论政治、过去的案子或电视上的话题。我会带上一些甜甜圈——我认为这并不是日本警察常吃的东西，但他们似乎并不介意。事实上，他们可能正是因为平常很少吃才会喜欢这样的东西。

我在铁路部门工作的一个消息人士告诉我说，他们数星期前逮回来的一个专业扒手供认了他作案的数量，数目相当庞大。不过，引起我的注意的是，那个扒手每天都穿西服打领带去“上班”——是个名副其实的专业人士。日本的新闻中反复出现过各种各样的这类报道，但我当时听到这个消息就觉得很有意思，我没听说过有比他更出色的扒手了。

经过对这条线索进行多方验证之后，我做好了写这篇报道的准备。除了他供认不讳的作案数量之外，我收集到了我所需要的全部事实，但作案数目对这篇报道来说至关重要。铁路部门的官员也不清楚具体数目。我唯一的办法就是去找大宫警方的高层人物谈谈，他们现在正办着这个案子。

警探长名叫富士。众所周知，他非常擅长讯问，是个出色的警察，但他不喜欢跟记者打交道。他又高又瘦，戴着老套的厚眼镜，总是穿着皱巴巴的灰色西服，那一脸刮了就长的胡须是出了名的。

我心想，他对我谈不上喜欢，也谈不上不喜欢。他只是把我看成是个讨厌鬼——又一个终究会被另一个新人（最好是个日本人）替换掉的既烦死人又不起眼的记者。我决定出其不意地去求他让我写这篇报道，但他丝毫没有让步的迹象。

“如果你认为你知道很多了，那就写吧，写你的报道去吧。但我敢肯定你不知道他被我们抓到之前行窃了多少次。10次？100次？200次？”

“不止100次，对不？”

“你不知道吧，对不？”

“不知道。”

“嗯，那我想这就不是你该写的报道。为什么不等一等呢？只要等上一个星期，你就可以得到你想要的一切。”

“你的意思是，你会把这个独家新闻给我？”

“不，”他说，“我们会在一个星期内公布这起案件，到时候你想问什么就可以问什么。”

“可那就不是独家新闻了。”

“那就不是我的问题了。我只作总结，警探做调查，所有的事实都齐了，我们就公布这个案子。你们把案子报道出来。结案。”

他叫来一个女警员，指着我说：“你能不能给阿德尔斯坦先生倒杯茶？他的工作很辛苦，看来都快累脱水了。”他把我晾在他的办公桌前坐着喝茶，自己跑到楼下找副队长谈话去了，可能是要提醒他我在到处打听消息。

如果我是个警察，我觉得自己也会这样做。我的独家新闻报道不会给他带来任何好处。我没有任何地位或权力能够向他保证这会是一篇采访到位的报道，也没有任何消息可以作为交换条件提供给他。不过，话说回来，把这篇报道让给我写有什么害处呢？我很努力，这篇报道会提升警方在当地社会中的形象，最起码不会毁坏他们的形象。

在案件公布之前，我还有一周的时间。警察就喜欢让我们翘首以待，这是一场没完没了的拉锯战。所以，那天晚上9点，我发现自己又和大宫派出所的警察们在一起喝茶、看电视，一点一滴地消磨着时间。这时，我偶然发现布告栏上贴着一张画。那是一张小偷的综合素描像，他盗窃了城市主干道边上的数家大型电子产品商店和服装专卖店。这种告示——有时称作“通缉令”——非常详细地描述了他的身体特征、犯罪手段和他盗窃的所有商店。

“嘿，我能不能拍一张派出所的照片？”我随口问一个嘴里塞满了果冻甜甜圈的警察，“我爸爸是密苏里州的法医，他很好奇，想看看日本的派出所是什么样子的。”

这些家伙都非常钦佩我父亲的准警察身份，一边摆着拍照的姿势，一边向我打听他的工作。我让他们站在布告栏旁边，在拍照的时候顺便拍了一张综合素描像的特写照片。

我11点回到事务所，吃了些留在冰箱里的凉比萨饼后就去冲洗胶卷（当时还是使用胶卷的黑暗时代，冲照片真是件麻烦透顶的事情）。我把告示放大、裁剪后做成几张模模糊糊的复印件，再把那几张复印件揉成一团，然后挑了最皱的一张带回家去。我要把它弄得看上去像是从某个受害者或当地的店主那儿得来的，或是在垃圾桶里掏到的。我不想让人揣测到那是我在派出所里转悠时拍到的，否则就可能断送了我进出派出所的机会，还会让我的甜甜圈朋友遭到训斥。

第二天，我去了被窃商店中的一家，向那里的经理询问了有关盗窃犯罪的情况之后就问他知不知道有类似的情况。他把手头的那张警方告示拿给我看了，但就是不肯把它给我。下午两点左右，我走进大宫派出所，要求他们让我上楼去见富士。

富士示意我坐下，双肘杵在办公桌上，手指做成一座寺庙的形状，闹着玩似的透过指缝看着我。

“那篇重大报道进行得怎么样啦？”他问。

“我已经对那篇报道失去信心了。”我说。

“放弃了？”

“是的，我找到了一个更好的题材。我打算写一篇有关大宫地区最近接二连三发生的沿路盗窃案的公益报道。我想我还会把这张综合素描像放进去。”

我拿出那张复印件给他看，但没有把复印件给他。

“你从哪儿得来的？”他气急败坏地说。

“我已经和一些受害者交谈过了。”这不是回答，也不是撒谎，但这是误导。

富士阴沉着脸：“现在我们正在进行这项调查。如果你发报道，就会把他吓跑，那样我们就再也逮不到他了。”

“那就不是我的问题了，”我说，“我的工作就是收集新闻，写出来，然后尽快发表，这是对社会有好处的。我可以写你正在调查的案件，如果你愿意的话。我可以向你保证。”

“不要写这篇报道。”

“我是记者。我必须写点什么。这是我的工作。就像你为了谋生去做调查、抓罪犯一样，我调查各种事件，把调查结果登在报纸上。如果我不写，就等于我没在干活，而我现在没有更好的可写啊。”

富士的眼睛在厚厚的镜片后面眯成了一条缝：“我可以给你一个更好的去写。也许要比一条关于一个悬案的不起眼的公益通告好。”

“比方说什么？”

“我给你有关扒窃案的资料，其他报社都还没有这方面的资料。”

“那倒挺不错，不过，我只对完整无疑、没有竞争对手的独家新闻感兴趣。”我有点得意忘形起来。

“我们不会那样做。如果我们把独家新闻给了你，负责采访这个派出所的其他记者都会跑到这儿来，抱怨他们受到了不公平的待遇。”

“让他们抱怨去吧，我必须在30分钟以内告诉我的上司我会上交什么报道给早刊。眼下我手头上有的就是这个连环盗窃事件。”

“等一下，”他说，“给我30分钟。”他示意女警员过来。她端着一杯绿茶走了过来，正准备放在我的面前，富士示意她别放：“你还是喜欢喝咖啡吧？”

“不，不，绿茶就行。”

“不过你更喜欢咖啡，对不？”

“嗯……”

富士对她点了点头。

“奶油还是糖？”她问。

“请都放一点。”

“好，在这儿等着，”富士说着，三步并作两步朝楼下走去。

咖啡真难喝，速溶的，不过还是比绿茶好喝。

富士20分钟后回来了：“好了。明天中午到练功馆去找我。我会把你想要了解的有关扒手的事情都告诉你。事先把你要问的问题都想好，因为这样的事我只做一次。”这下妥了。

当天晚上，我在记者俱乐部里跟山本说了我做的交易。他很满意，同时又有点失望。

“你为了这篇报道要挟了警探长？”

“我没有要挟他。我用一个报道换了另一个。”

“你要挟了他。”

“我威胁他了吗？”

“嗯，没有。”

“好了，那就不算要挟。”

“阿德尔斯坦，你这家伙了不得，真有手腕。不过你也够卑鄙的了。”

“我做错什么了吗？”

“既然如此，你干吗不从他那儿弄到一篇更好的报道来，那玩意儿算什么。你就只能弄到一个差劲的扒手么？”

“别的没有我想要的啊。”

“好吧，”他说，“把这篇报道搞到手，打成定稿，我会尽力让值班编辑把它弄成独家新闻。”

第二天，我来到练功馆时，富士已经在里面等着我了。他盘腿坐在榻榻米上，膝上放着一叠资料。我脱下鞋子，踏上榻榻米，坐在他的对面，用的是“正座”的姿势——膝盖并拢跪着，两只脚底冲上压在屁股下面。

富士摘下眼镜，放在他的膝盖旁，然后抬头望着我。我拿出采访本和钢笔。

“阿德尔斯坦。”

“在这儿，富士先生。”

“你的袜子不成对吧。”

我低头一看，果然如此。我穿的是一只灰袜子和一只黑袜子。我没有想到要脱鞋。“很抱歉，今天早上太匆忙了。”

富士摇了摇头：“你是个怪人。我以为你一无所知，不过你竟然好像知道自己在干什么。话又说回来，你却连自己的袜子都配不对。”

“的确如此。”

“八年来我一直是个警探，我从来没有把独家新闻给过哪个记者。”

“我很荣幸成为第一个。”

“也是最后一个。你不能对任何人说我把这起案件告诉了你。如果有人问你怎么搞到这个独家新闻的，你会怎么说？”

“我敢肯定不会有人在乎的。”

“唉，他们会的。我了解你这种人。”

“我这种人？”

“记者。那你会说什么呢？”

我想了一会儿：“我会说，有人从总部把这件事透露给了我的上司，结果我不得不写了这篇报道，因为这属于我的采访范围。”

“回答得很好。”

说罢，富士就简要地叙述了导致扒手被捕的一连串的事件、这起案件的看点、扒手的出生日期和他供认的作案数量，然后还耐心地回答了我问的其他所有的问题。

在我负责采访大宫警方的整个时期里，他再也没有给过我独家新闻。尽管如此，每次我去找他聊天的时候，他都会问我是想喝绿茶还是喝咖啡。

9月下旬，这篇报道在《读卖新闻》地方版的“新闻内外”专题栏目里登出来了。因为这是一篇专题报道，我真的得到了署名的机会。

在犯罪年鉴中，关于专业扒手的记载属于次要的内容。不过，我打算将这篇报道放在这里，作为日本罪犯的职业精神的一个样本。

佐藤浩辅，45岁，在火车上扒窃别人之际被大宫警方拘捕。这种拘捕行动很难执行——除非扒手是在作案过程中被当场抓获，否则在法庭上很难证明他的罪行。常规的辩护是，被告“发现了钱包并打算尽可能快地把它交给警方”。意图是难以反驳的。

据佐藤自己交代，他在不到一年的时间内行窃了420起。他的行窃行为有可能还不止这些，但他显然没有做精确的记录。

他生活在新潟县的一个小渔村里。他平日都不在家里；他告诉妻子，他在东京帮朋友开一间酒吧。他每逢周末都会回家，支付账单，还一个星期交给妻子1000美元左右。

他每次都穿着西服系着领带离开家，然后乘火车去东京、大阪或其他十个县中的一个地方作案。白天，为了打发时间，他去玩“扒金库”①或者待在桑拿浴室里睡觉。夜间，他就登上他看中的火车（通常是深夜的特快列车）去操练他的手艺。他一般找喝醉或困得睡着了的上班族。让他得心应手的原因在于，许多日本人都觉得在火车上睡觉很安全。

他坐到目标的身边去，用公文包掩盖自己的动作，然后偷窃下手对象的钱包。他只拿现金，别的什么都不碰，然后还把钱包还给主人，这一连串的动作都不会把那个倒霉蛋唤醒。不过，“秋千”——从他座位旁边的钩子上挂着的西服上装里取出钱包——是他的专长。他声称，他的这个技艺是无与伦比的。不论车上人多还是人少，不论他旁边或者对面是否有人可能看见，他都可以把钱包从西服上装里掏出来。毫无疑问，他擅长的是装睡行窃。

在日本，一切（甚至盗窃）都是艺术。连斗殴也是一门艺术——柔道、合气道和剑道，所有这些功夫不仅仅是为了学会如何把你的对手打得落花流水，而且是为了学会如何把握自己。从许多方面来看，佐藤就是他那种艺术的大师。

就我个人而言，我真希望自己在大学里能多花一点时间去精通功夫；我发现，要作为读卖新闻的记者活下去，体力要求有点超出了我的预期。

---

①译注：扒金库又称弹珠盘、老虎机，是一种日本弹珠赌博机，据称全日本有三百多万台。

新年了，加油吧

在日本，辞旧岁迎新年是一项极其重要的例行活动。元旦前夜，成千上万的日本人都会涌入各地的佛庙寺院，等着聆听除夕之夜的钟声。佛庙寺院里的大铜钟会敲响108下，每一下都代表着佛教世界里的一种原罪①。人们相信，聆听这钟声会净化你的罪孽，让你精神饱满、光明正大地迎接新的一年。

只要有可能，我每年都会去聆听那钟声，未雨绸缪绝对没害处。现在，有些佛庙寺院还开设了网站，让你在虚拟的世界里鸣钟听响。我曾去那种网站上试过，但总觉得效果是不一样的。

佛庙寺院的钟声鸣响之后，人们会成群结队地到神社里去朝圣，祈求在即将到来的一年里吉祥如意。在这三四天（按日历上的标记是五天）里，没有什么人上班，许多人都回老家去了，商业街和政府办公区的街道上都显得冷冷清清的。

不过，在这些活动来临之前有一个公司生活中最重要的仪式，那就是“忘年会”——通常在12月上旬举行的年底宴会。在这种场合，大家一般都是一醉方休，这可不是随便说说吓唬人的。每个人——不论是员工还是上司——都会不拘礼节地玩个痛快。对读卖新闻社的浦和事务所来说，这个宴会通常都会变成一场醉汉的吵闹。我的第一个忘年会也不例外。

那一次忘年会是在一家当地酒馆里举行的，点的菜很普通：鱼（生的和熟的都有）、烤鸡肉串、豆腐、咸菜、饭团子，因为浦和以出产鲶鱼而闻名，所以还点了炸鲶鱼。日本人一般不吃鲇鱼（嫌它味道不够细腻），但我很高兴在我的盘子里能看到让我想起故乡的东西。

第一幕进行得相当顺利。每个新人都要表演一个节目。有人表演扑克魔术，有人把气球扭成动物的形象。我好不容易把一枚面值500日元的硬币掐起来，让它落在我的鼻子上，大家都觉得这是一个了不起的绝技。但随着宴会场地一个接一个地更换，情况也变得越来越不妙了。

我们离开酒馆，正准备朝一家织女俱乐部进发时，有右翼和天皇崇拜倾向的熊谷分局负责人木村似乎兴奋了起来。木村个头敦实，烫得紧绷绷的发型让我联想到我那篇实习报道里的压酷砸。他没喝醉的时候是个挺不错的家伙，不过，一喝醉就会变得脾气暴躁起来，而他今天整个晚上一直都在又吃又喝。我们走进第二家酒馆的时候，他就不停地在找我的碴儿，我们刚坐下，他就朝着我冷笑道：“瞧你这模样，阿德尔斯坦，我想不通我们怎么会输了那场战争。我们怎么会

①译注：佛教认为人有108种烦恼，敲108下便可驱除一切人生烦恼。

输给一群懒散的美国人？这群没有修养、没有文化、没有信用的野蛮人。真搞不懂。天皇万岁！天皇万万岁！”

在五年多的日本大学生活中，我没有直接接触过民族主义者。我知道有这样的人存在，我知道三岛由纪夫——日本的一个大作家——是健美运动员，同性恋者，还是个民族主义者[①]，我见过右翼团体开着黑面包车在街上转悠，高音喇叭里传出刺耳的《天皇进行曲》；但我真的不知道该如何对付木村。我该说些什么呢？说“对不起，我们赢得了战争”？

我给自己定过一个规矩：决不跟醉鬼争吵，所以，我只是不停地点头，说些不置可否的话，就像日本人常说的“这当然是对它的一种看法”或者“也许是那么回事吧”。

20世纪90年代初，历史修正论者和木村这样的天皇崇拜者一般都被人们看成是可爱的疯子，没有人拿他们当真过。所以，木村在那里疯疯癫癫地说着的时候，我也没有拿他的话当真。

吉原和“花花公子”跟我交换了好几次席位，想把我拉出火坑，可木村像老鹰抓小鸡一样跟着我转。我们摇摇晃晃地向一家织女俱乐部走去的时候，木村拍了拍我的肩膀。

“我在公司简讯里看到你说你在练咏春拳。那就像某种中国武术，对不？”

“没错。”

“你听说过‘少林寺拳法’[②]吗？”

“听说过，那是宗道臣开创的日本武道，它的打法很有趣。”

“它是世界上最强大的格斗法，是正宗的日本武道。”

“我确信它是一门了不起的武道。我喜欢咏春拳，只是觉得那更适合我。”

“少林寺拳法是最强大的。”

我转过身去，正准备跟山本一起往前走，就在这时，我用眼角的余光看见木村冲着我来了一个回旋踢。

我作为一个武术师应该算挺烂的。我当时选练的咏春拳是以寸拳而驰名的武

---

①译注：三岛由纪夫（1925—1970），日本小说家，剧作家，记者，电影制作人，电影演员，是日本战后的文学大师之一，不仅在日本文坛拥有很高的声誉，西方世界也对他有很高的评价，甚至有人称他为“日本的海明威”，曾两度入围诺贝尔文学奖，也是著作被翻译成英文等外国语版最多的当代作家。他因极端激进的政治目的而切腹自杀谏世。

②译注：日本少林寺拳法源于中国的嵩山少林拳法，其创始人宗道臣在第二次世界大战结束之后创办了日本少林寺拳法联盟，成为世界唯一的武术兼宗教的团体，全日本有3000多个支部，150万会员。现任女总裁宗由贵是宗道臣之女，从22岁起就因父亲去世成了该团体的掌门人，但她并不会武功。

术，寸拳是一种短距离的冲撞，它利用拳头下部的两个指节发出最后的冲力。学了好几年的咏春拳，我只能做对三个动作，这种短距离拳击就是其中之一。

我不假思索地转过身去，挡住他飞来的那一脚，同时出拳打了他一个满怀，把他打得四脚朝天躺在了地上。这是非常幸运的一拳，就像击中了网球上的最有效击球点一样；我听到一声很爽的“啪”的冲击声，而且木村一瞬间竟然腾空了。

对一个老家伙来说，木村算是相当灵活的了。他跳起来抓住我，一个锁臂动作夹住我的头，把我摔到地上。这时，我们一起来的那帮人都赶过来起哄。少林寺拳法的一些关节锁很有威力，但我让自己的身子在木村的锁中松弛下来，一下子脱身而出，回敬了他一拳，正好打在他的喉结上。我趁他还在哽噎，一个翻身骑到他身上，借着酒劲，准备用手掌根捣烂他的鼻子……就在这时，小田中——一个平时像个可爱的不倒翁的资深记者——把我从木村身上拉了下来。他问我有没有伤到哪里，然后伸手拍掉我衣服上的泥土。

木村用手捂着喉咙，还想朝我冲过来，其他几个记者制止住了他。他便张嘴骂起脏话来。

“嘿，是你先踢人的！”小田中对他厉声喝道，“你还有什么可抱怨的？你应该以身作则才是。”小田中是少数几个敢站出来为年轻记者说话的人之一。在读卖新闻社的等级体系中，斥责资深记者是要有一定胆量的。

在这节骨眼上，斋藤漫不经心地插了进来，用食指捅了捅小田中：“你还不闭嘴啊？让他们决一雌雄不是挺好的嘛。”他笑着示意其他记者放开木村，木村现在显得非常恼怒。

“有你这样当头儿的吗？”小田中对斋藤喊道，“你不能让资格老的捉弄新人！你应该教训木村。你简直是个混蛋——你这侏儒。”

听了这话，斋藤抬手打了小田中一下，小田中回敬了他一下，差一点打到他的下巴。这下，一群人分成了四组：一组去制止木村，一组去制止斋藤，一组来保护我，还有一组去阻止小田中把斋藤打得血肉模糊。

结果，我只得跟着山本和其他几个记者走回家去了。我们到一家吉野家快餐店里吃了碗牛肉盖饭。我有点担心自己兴许会丢了饭碗。

山本让我放心，说事情不会像我担心的那样。“嘿，忘年会就是这样。明天，大家会把什么都忘了的。嗯，不是真的忘了，而是没有人会去谈论它了，所以，你也别提这件事了。顺便说一下，那一拳很漂亮。如果你的文章能写得跟你的格斗术一样漂亮，你就不会那么让人讨厌了。”

他说的没错。第二天，前一天晚上的事仿佛从未发生过似的。我从来没有跟木村提过那件事，我们相处得比以前更好了。他开始亲切地叫我杰克君，我也告诉自己决不要跟他讨论政治。

在12月29日到来之前，我以为这一年就会这样静静地结束了。那天，埼玉县警方记者俱乐部里只有山本和我两个人。他在沙发上翻看着漫画杂志，我在输入一篇报道在冬季开花的芦荟的文章。我们从消防署的无线电波段上收听到川口有火势在蔓延，于是，我跳上一辆出租车赶往现场。

我到那儿时，火势已经得到了控制。我正在做着记录的时候，听到消防车上的民用电台广播说，离我们现在的位置不远的地方发生了另一起火灾。就在消防队员冲向他们的消防车的时候，我率先朝那个公园跑去，那里应该就是广播里说的火灾发生地。

正当我拐进公园入口时，我差点撞上了一个走动着的人形火焰塔。我靠得太近，眉毛都被烤焦了一些。那团火像台动作迟缓的机器人似的围着一架跷跷板绕着圈子，从附近赶来的人们提着水桶朝他泼水，用灭火器朝他喷射灭火泡沫。一群孩子在他四周围成一圈，出神地看着这一切。我在混乱中被弄得满脸都是灭火泡沫，那名男子随后缩成一团瘫倒在地上，形状就像胎儿的姿势一样。四周弥漫着煤油、烧焦的热狗和海鲜酱的味道。

那名男子还在喘气，可以听到他的喘息声，看到他的胸部在动。他又呼吸了五次，然后就死了。

那一刹那，四下一片死一般的寂静，连孩子们都静了下来。只听见数条街外传来的汽车来往的声音和皮肤破裂的噼啪声，其他什么声音都听不见。过了一会儿，大家才开始谈论该怎么办。

消防队员两分钟后才赶到。一位医务人员想看看那名男子还有没有脉搏，但他的手被烧焦的身体烫了一下，痛苦地叫了一声。另一位医务人员拿出听诊器贴在看上去像是胸部的地方，随后宣告那名男子当场死亡，把一张蓝色防水布盖在了尸体上。这时警察还没到。

我打电话给事务所，让他们知道我所在的位置，然后开始到人群里去打听发生了什么事。三个看到全过程的小学生帮了我一个大忙——那个男子，穿着蓝色工装，骑着自行车进了公园，车筐里载着一个装有煤油的红色塑料桶。他停下自行车，把煤油浇在自己头上，然后掏出一盒火柴。他划了好久也没能划燃一根火柴——它们都被煤油泡湿了；但他最终找到了一根干的，便捡起一块石头，在那上面划燃了火柴。他手上的火柴碰到胸口的那一瞬间，他全身便着起火来了。

孩子们想要形容那种声音，却因为那是像爆竹声还是噼啪声而争执了起来。他们用“火达摩”这个词来形容一个全身着火的人（“达摩”是指无腿无臂的佛像）。他们看上去对自焚一点也不感到紧张或震惊。对他们来说，这只是一起有趣的事件。

我跟现场的一个消防队员聊了起来。

“真丢人，”他说，“每年到这个时候都会看到很多这样的事情。这些人不愿面对新年，还给假日添乱，对我们来说就是这样。”

“好像这样死很痛苦啊。”

“不，一般不会痛苦，因为你已经失去了知觉。不过，如果你不马上死掉，那就会死得很惨。你只能在极度的痛苦中苟延残喘，你的身体会受到感染，然后会因毒性发作而死。所以，他死得还算及时。”

他把尸体拖进救护车的车厢后部，并祝我新年快乐。

我动身去当地派出所听取了官方的说明。

自焚的人名叫原泽弘树，48岁，生日在1月5日。他不仅要面对新的一年的到来，还要考虑怎么过下一个生日。他住在离公园约五分钟路程的地方。他的邻居说，一家汽车零件厂倒闭关门，他失去了工作，到现在已经失业好几个月了。我还是难以想象，一个人怎么会仅仅因为这件事就点火自焚。后来，我着手调查压酷砸的高利贷体系时发现，把他推向悬崖的原因十之八九是欠了极其危险的人一屁股的债。

我打电话给留在记者俱乐部里的山本。

他问了一个问题：“这家伙名气大吗？”

我说：“没名气。”

“那就算了吧。”山本说。

我回到浦和去拿准备送给顶头上司小野的礼物。他的第一个孩子刚出生，我们有点恶作剧地做了一件T恤衫，上面印有带着他的相貌的通缉告示——未经许可造人罪犯。我带着T恤衫和我的礼物去了他的公寓。

小野被我们的礼物逗乐了，他留我待了一会儿。他妻子给我们拿来了百威啤酒。小野呷了一口，龇牙咧嘴地说道：“你喜欢这种美国啤酒吗？看到在打折，想买来尝一下。味道糟透了！”

“没错，味道糟透了，”我笑了起来，“尿灰混合物。在密苏里，我们都这样形容它。”

“尿灰混合物！不错。我喜欢这叫法。它就是这种味道。”

我们把百威啤酒浇到盆栽植物上，开了两罐朝日啤酒，在友好的气氛中聊起天来。在日本健健康康地活着真不错。

完美自杀指南

日本人认为，不论生存、恋爱、让女人高潮，或者切掉小指、脱鞋、挥棒击球，还是写一篇关于凶杀案的文章、死亡（甚至自杀），都有正确的方式。做任何事情都有一条正道——完美之道。

对源自中国哲学的这个“道”字的崇敬是日本社会——一个真的爱好指南书籍、喜欢照章行事的社会——不可或缺的一部分。古时候，在大量出版的时代到来之前，指南是写在卷轴上的。人们认为，语言的灵魂或精神（日语为“言灵”）栖宿于每个文字之中；一个人在说出一个想法的时候，他便赋予它生命，那些文字则拥有了一种精神的力量。这种信念赋予了书面语言和口头语言一种近乎神秘的威信，助长了人们对书写文字怀有的崇敬之情，而这种情感在西方是不存在的。

今天，日本人对指南的痴迷不减当年。数年前流行的“指南人”一词就是用来描述似乎无法独立思考的一代年轻日本人的。这个词现在成为日常口语的一部分，用来指那些只会听从指挥、不能打破条条框框进行思考的人。一个和“指南人”同义的词是“待命人”，可想而知，它指的就是那些没有进取心的消极员工。

我一直没有找到“指南人”这个词的恰当的英译法，所以，在用英语讨论这个流行词汇的时候，我比较喜欢用“manualoid”①这个词。这个词虽然不像虚构词“truthiness”②那么棒，但我还是挺喜欢它的。

为了连续数周跻身畅销书排行榜而把书籍标榜为指南的情况并不少见。我首次着手写这一章的时候，日本亚马逊（www.amazon.co.jp）的网站上就罗列着9994本指南类书籍，不论是销售排名还是书籍本身，都成为日本社会的一个缩影。

排行第一的畅销书是一本如何与不说日本好话的韩国人（无论他身在日本或韩国——我不能肯定是否包括朝鲜）辩论的指南。韩国人不断在抱怨着这样的事实——日本侵略了韩国，奴役了他们的人民，强奸了他们的妇女，还限制了他们的语言和文化，对战俘进行了生物实验，甚至绑架了数以千计的韩国人，把这些人船运到日本的血汗工厂去服劳役。这本书的主旨是：告诉那些可怜的韩国人，别再夸大事实了，闭上自己的嘴巴吧。

---

①译注：像指南一样的东西，虚构词。

②译注：“truthiness”一词是美国喜剧演员、艾美奖获得者史蒂芬·科拜尔（Stephen Colbert）在2005年主持美国喜剧中心电视台的《科拜尔报告》节目中虚构出来的，用来讽刺小布什为战争而捏造出来的“莫须有的事实”。该词入选2005年美国方言学会和2006年梅里亚姆—韦伯斯特公司的“年度词汇”。

这本书起到了一个意想不到的副作用：这种鄙视韩国人的控诉的做法实际上触及了日本和韩国之间的那段谈不上辉煌的历史，这正是文部省（日本的教育部）竭力不想让义务中小学教育触及的一段历史。显然，不了解历史就意味着永远不必说对不起。

畅销书榜单上的第二名，《股票之税》，是一本指导那些持有或买卖股票的人如何准备退税申报的指南。有人认为，这本书的畅销象征着进出日本股市的现金流的巨大程度。

排行第三的是一本为有志成为房地产业主的人准备的指南。在土地稀缺、住宅价格昂贵的时候，成为房地产业主是通往财富和享清福的捷径。然而，日本法律中规定有非常严格的租赁权，人们普遍认为这种权利妨碍了房地产市场的运作。我认为，这本指南的作用就是想让那部分现金流动起来。这也是长达十年的房地产低迷可能即将结束的一个信号。

排行第四的是长期进驻榜单的《完美自杀指南》。书名不言自明，就是字面上的意思。后面我还会谈到这本书。

第五名：《超亢奋口交和舔阴指南——附400幅以上的照片》。这本书不是我杜撰出来的。日本人在性的问题上非常有压迫感，他们是完美主义者；因此，这本书填补了一个很重要的空白，在日本几乎什么地方都能买到。我甚至在一家7-11便利店的货架上看到过它，在东京市中心的一家夫妻书店（事实上离位于虎门的美国大使馆不远）的书架上也看到过。这本书卖得这么好，日本人对性和性欲的态度可窥一斑：热情、赞同、容忍、客观和认真。从这本书的读者对象来看，男性和女性显然都对提高自己的技巧很感兴趣，最起码可以当作口欲传统的补充教材。这本书本身是深入调查的结晶，颇有一定的实用价值。

排行第六的是美国心脏协会主编的《高级心脏生命支援术指南》的日文版。我想，很多买排行第五名的书的人也会买排行第六名的书。

排行第七的是《性：前戏指南》。这本书排名第七名而不是第五名，说明大部分日本人在买书前对性交的基本知识已经了如指掌。

排行第八的是一本为那些想通过一个非常难的考试的工程师所写的书。只不过那书名让我很头疼，我在这里就不提书名了。长话短说，许多日本人都喜欢学习，喜欢从事极具技术性的、头脑好的人才做得来的工种来谋生。

第九名：《抢手货（如何把少女搞到手）：40技巧指南——女人内心深处真正渴望男人的什么》。这本指南的第一版是2003年出的，当时的标价是500日元；尽管现在是以半价出售的，事实证明这本指南书是一本经久不衰的畅销书。你可能觉得奇怪，为什么谈论如何让女人得到更美妙的性高潮的书比如何先将女人搞到手的书卖得好，这不是本末倒置了么？不过请注意，排行第五名的书和排行第七名的书是同时针对男性和女性的，所以排名靠前。但也许并不是这么回事。

第十名：《大学入学国家集中测验绝对指南》。在日本，你上的大学决定你的余生。混个大学毕业通常不是太困难的事情，不过辍学会让你乾坤扭转。如果你能通过一所著名大学的入学考试，你在争夺理想职业的战役中就有了九成的胜算。因此，对大多数日本人来说，最重要的人生大事就是这个测验；这本指南书并没有攀上榜单的更高位置，这一事实反映了日本的中产化和出生率急剧下降的程度，还可能反映了日本青年的普遍愚昧化[①]（虚构词）的程度。如果把书名改一下，比方说改成《大学入学国家集中测验绝对漫画指南》，这本自修用的大部头的销售量就有可能爆棚。

这些就是大约三年前的十大畅销书：三本涉及性，两本涉及生和死。平衡掌握得确实不错。

参加工作的第二年，我亲眼目睹了一起案件，在这起案件中，这些指南书籍中的一本起了作用。一天，我的传呼机上出现一条消息，让我打电话给高木——浦和凶杀组的法医。

“嗨，杰克，你想见识一件怪事吗？怪得很哦。”

“当然想。”

“不能拍照。”

“没问题。”

“不能提名字。”

“不能提名字？”

“是个小孩，还未成年。所以不能提名字，你知道该怎么做吧。”

他给了我地址，让我动作快一点：“凶杀组的那些家伙还没到，倘若让他们在现场看到你这个大鼻子老外的脸，我们都得吃不了兜着走。”

“明白了。”

在日本，一般很少有人能够接触到犯罪现场。早在20世纪90年代，警方的无线电通讯设备就改用数字式的了，这样，我们就无法用警方消息扫描器监听到警方的动向了。除非通讯部门里有给你通风报信的人，否则，警方在警察赶到现场的数小时之后才会通知记者有犯罪事件发生。通常的情况是，等我们赶到犯罪现场时，警方早已用那种熟悉的黄胶带封锁了一大片区域。

我不太清楚高木为什么会想到要呼我。有可能是因为我吸引人的个性，也有

①译注：原文为stupidification，是作者自造的单词。

可能是因为我送他的那几张读卖巨人队棒球比赛的门票。很可能是因为那几张门票吧。

我和高木在工作上关系不错，他分派在浦和警察署暴力犯罪科。因为受过一些医疗训练，对他来说，简单的现场法医工作显然没有什么问题。他从早到晚一根接着一根地吸着和平牌香烟，嗓音也像砂纸打磨一样刺耳。

15分钟后，我非常准时地把车子停在他指定的犯罪现场，现场很快就要被围起来了。这是一栋五层的公寓楼：一个再普通不过的分户出售式公寓大楼，阳台上晒着各种各样的衣服。高木例行地打了个招呼，就把我带到了四楼。他带我走过厅堂，打开了出事的那间公寓的金属门。

迎面飘来一阵淡淡的咸味，我不知道该怎么形容这种味道，应该是中间夹着烧焦了的巧克力曲奇饼的热狗的气味吧。客厅里堆满了纸箱子，好像有人刚刚搬进来或准备搬走的样子。

高木把我领到后面的卧室，这间卧室看起来好像是属于一个处于青春期的男性的：墙上贴着长着歪齿的日本青春偶像的海报，角落里堆着漫画书，地上扔着方便面盒。那个孩子躺在一架双层床的上铺，面朝墙壁，赤裸的背部朝着我们。

我不知道自己在想什么，伸手就要去拍那个孩子的肩膀。说时迟，那时快，高木伸出脚来绊了我一下。

“怎么？”

“你没有注意看吗，杰克？你差点把自己的命断送了。你看得懂日语吧。睁大眼睛看看，你这白痴。”

他用手臂搂着我的肩膀，带我靠近那个孩子，我定睛一看，孩子的背上贴着一张纸，上面写着一行小字：“请别碰我，有触电的危险。”我从他身上探过身子，只见两条用胶布贴在他胸部和乳头上的电线沿着墙壁一直接到下面的电源插座上。

我的嘴一定张得老大了。高木笑我吓成那样：“你得小心哦，杰克。”

“发生了什么事？”

“发生了这样一件事，”高木说着，从床头桌上拿起一本书来——《完美自杀指南》，“他对触电进行了仔细的研究，完全是按照书上的指示行事。在这儿，我拿着它，你看。你的手别碰到就行。”

指南上称，触电自杀几乎没有痛苦，只是一开始触电时有点刺痛的感觉，但你马上就会停止呼吸，你的心脏短路了，几秒钟内你就死了。这是一种干净利落的死法，对尸体也没有什么损害，因此还可以举行开棺葬礼。作者指出，居然很少有人选择这种自杀方式，但自行触电自杀便宜、无痛而快速；如果你想死，这种方式值得重新考虑。

"你应该写一写这件事，"高木对我说道，"我们不会公布这孩子的自杀事件，但我认为这本书应该拿来报道一下。这本书太邪恶了。家长应该了解这本书，如果他们在孩子的房间里发现了这本书，他们就应该担心了。它不仅是在帮助自杀，而且是在鼓励自杀。"

"他为什么自杀？"

"他一家刚从大阪搬到了这儿。也许是有人取笑他的口音，也许是他不想搬家。谁知道呢？他没有留下一句遗言，只有他背上的那张警告贴纸。"

"竟然考虑得那么周到。"

"真遗憾啊。不过，那条警告真让人感到体贴，而且还挺有礼貌的——甚至还加了个'请'字。而且，他这样走了，也没有把家里弄得一塌糊涂。我见过很多青少年自杀事件，有些孩子根本不体贴他们的家庭。"

那天，我写了篇文章，写的时候还是有所保留的。我觉得自己好像在某种程度上是在宣传那本书，不过，让更多的人认识到那本书的阴险本质可能是件好事。

除了自杀、改善自己的性生活或财政状况以外，日本人的日常生活里还有什么能够离得开指南书籍呢？嗯，别忘了，我刚开始当警方记者时拿到的第一件东西就是一本指南：《警方记者人生中的一天》。

诚然，警方记者指南读起来饶有兴味的，不过，还是让我用简单明了的说法来勾勒一下日本的警察系统吧。一般人眼中的日本警察系统和实际的日本警察系统完全是两回事。

日本警方的组织结构呈金字塔形，塔顶是直属总理内阁的国家公安委员会，其下属是日本警视厅。

日本警视厅是一个行政管理机构，它本身不开展任何调查活动，但可以协调都道府县[①]之间的跨界调查。它向日本所有的警察组织提供一般性的政策指导。想一想有着各种机构却没有任何调查权力的美国联邦调查局，你就对日本警视厅有充分的认识了。许多人通过国家考试后直接进入日本警视厅工作并晋升为高级官员，在只有很少或根本没有真正的警察经验的情况下就踏上了职业生涯的快车道。

日本警视厅下面是47个都道府县的警察局，负责调查其所在地区的犯罪行为。其中，最负盛名的是东京都警视厅，其功能有点类似于美国联邦调查局，所负责的案件中，全国性的案件往往多于地方性的案件。

---

①译注：都道府县是日本的行政划分。根据日本地方自治法，日本全国划分为一都（东京都）、一道（北海道）、二府（京都府、大阪府）和43个县。

都道府县的警察部门负责管辖当地派出所和称为“治安岗亭”的社区前哨站。日本警视厅任命自己的官僚到当地的警察总部担任高级行政职位，这样既确保了日本警视厅的控制权，又确保了解其权限、有掌管大型警察组织的真实能力的人得以任命。当地警方执行所有实际的警务工作、现场调查和交通管制。

每个派出所通常都有以下的科室：暴力犯罪、欺诈、白领犯罪、交通、未成年人犯罪、犯罪预防和生活作风犯罪（包括不道德行为），外加一个有组织犯罪监督科。毒品、信用卡诈骗和皮肉生意在一些地区属于有组织犯罪（或许我应该说反有组织犯罪），但权限尚未明确界定。

在大多数重大案件中，警察总部的探员掌管全局，当地警方的探员作为下属——跑跑腿，为凶杀案探长驾驶专车，为高级警探买午餐盒饭，一般都是供总部任意摆弄的棋子。东京都警视厅与其他地区的警方实施联合调查的时候，东京都警视厅便起到总部和专家的作用，其他地区的警方便成了它手下的下一级派出所。

甚至在专门进行警方采访的新闻组织里也存在这样的金字塔结构。在东京，东京都警视厅记者俱乐部的记者负责总部的警探和发布会，地区记者处理东京各分配区域的警探和发布会。

一个新进警方记者的工作就是与下级警探交朋友，在引起总部重视之前逮到一起有趣的案件。如果你的确很有能力，你可以从食物链的底层获得一个独家新闻。这通常需要你要在警方正式宣布逮捕之前得到风声。

警方会定期公布案件，发布简短的书面新闻稿，这些消息本来都是记者指望通过电话提问或自己勘查犯罪现场进行论证得到的。

每起重大案件都会提前公布，另外还会宣读一段经不住推敲的新闻稿。这就是设在每个都道府县警察总部的办公大楼里的所谓记者俱乐部里发生的一切，大型派出所里也可能会有一个记者室。

不过，自然不是每个资格老的记者都有机会进入这些记者俱乐部的。

与警察相处的绝招在记者指南上是找不到的，这大概是做警察采访方面最重要的事情。我有一次听到有人把警方记者的工作形容成“男伎”①，这种说法实际上是对获得一篇报道所需要的能力（至少对我们当中的一些人来说）的一种很恰当的概括。“男妓”也可能是这种能力的另一种说法，但我认为这种说法并没

---

①译注：这是本书作者用日语的“艺伎”造出的一个词。其实，他可能不知道，产生于17世纪的东京和大阪的最初的艺伎全部是男性，他们在妓院和娱乐场所以表演舞蹈和乐器为生。不过，到了18世纪中叶，艺伎这个职业渐渐被女生所取代，一直沿袭至今。艺伎并非妓女，在艺伎业从艺的女子大多美艳柔情，服饰华丽，知书识礼，尤擅歌舞琴瑟，主业是陪客饮酒作乐。艺伎业是表演艺术，不是卖弄色情，更不卖身。

有准确地捕捉到所涉及的任务的微妙之处。虽然这个比喻有点重口味，但可以这么说，与其说是一种灵活摆脱“碰壁”的方法，还不如说是前戏。就我个人而言，我更喜欢以我自己的方式收集资料，然后再跟警方讨价还价，而不是去乞求一则小道消息；不过，这只是我的行事方式而已。我只不过像我的大部分伙伴一样，觉得做“男伎”是一种罪过，除非有时我想让自己能够更好地讨价还价：占上风。

下面是一位前主管曾经写给我们这些警方采访记者的备忘录。这份备忘录让我们对工作中涉及到的谈天说地和阿谀奉承的要点有了极其深入的了解。应该这么说，写这份备忘录的家伙一定是个出色的记者，他愿意脚踏实地去获得一篇报道，而不是依靠对警察行了好处换来的好意。尽管如此，这个人也是个举世无双的马屁精。

致有关人员的备忘录

真可悲，我不得不为你们这些庸才写下做警方记者的基本常识。我坚守犯罪采访这个岗位已经十年了，不过，我得这样说：东京都警视厅记者俱乐部有能力制订伟大的战争计划，却没有能力去赢得战役。别把这当作你上司的意见，把它当作你的长辈兼资深记者的意见吧——这活儿比你想象的要难。如果你只是机械地四处游逛或用《读卖新闻》的名义来糊口，十个警察里只有一两个会透露点东西给你，也许会吧。

如果你只是晚上漫无目的地到警察的家里去拜访他们，那你从他们那里什么也得不到。谁都可以从先辈（资深记者）那里得到警探的住址，到房前去等上几个小时，等他们到家的时候去巴结他们，偶尔用一张巨人棒球比赛的门票促进一下关系。如果一遍又一遍地做这种事情就能解决问题，连时事社的新人记者都能做到这一点。

我知道，每个采访记者都在努力支撑着他负责的那一摊活儿。我知道，你正在掂量哪个警察是值得交往的，不过问题是，你该怎么做才能让那个警察成为一个消息人士呢？你该怎么做才能使自己有别于其他记者呢？花点时间来反省一下你所做出的努力吧。

你有没有照看好你要敲开心扉的警察？有没有向他询问过他的生日、出生地、直系亲属、他的妻儿的生日、他的结婚纪念日？有没有询问过他的小孩什么时候开始上学，他们是否已经找到了工作，最近家里有没有什么假日活动或特别活动？你有没有在那些场合上门致以得体的问候，甚至做得更好一些——带件礼物去？

你晚上拜访警察的时候有没有带上一些小礼品？带读卖巨人队比赛的门票不会给他们留下深刻的印象。他们会这样想："哦，他是读卖新闻的记者，所以有可能不用花钱就得到了这些门票。"到东京站里的大丸商店那样的地方去买一盒你老家出产的地方食品或饮料吧，然后告诉你的警察朋友："我让老家的人送来的。"或者："我这次回老家给您带来的。"这样的谎言非常有效。时机也很重要。如果你在寒冷的日子里给他带去一个热乎乎的肉包子或豆沙包，那就更好了。如果警察没回家，就把它交给他的妻子或者他的女友或情人，跟她说："嘿，凉了就不好吃了。"这样做至少能让她打开大门，而这一向是很重要的第一步。

你有没有邀警察和你去买些食物什么的一起喝一盅？有没有用心去找机会让警方乘坐你的租用专车？阴雨天或下雪天就是把他们从家门口送到车站（或从车站送到家门口）的最好时机。

你有没有在上午偶尔去拜访一下警察？有没有带上几份《读卖新闻》给那些没有订阅《读卖新闻》的警察？即使你只花100日元（约合1美元）买一罐咖啡或一瓶运动型饮料，这也足以让你显得与众不同。

如果你的警察朋友生病了，你有没有在下午抽时间去看望他？如果你只是在晚上去看望他，这也就是山形（小城市）电视台新进记者的水平。如果警察的妻子或孩子感冒了，买一些感冒药和橙汁送到他家里去。

值夜班的时候，你有没有总是说句"嘿，我通宵都在事务所，有什么趣事发生就给我来个电话"让你的警察朋友知道？如果你的伙伴在总部值夜班，给他带点零食，然后聊上一会儿。与其抱怨自己在新的案件发生时打不通警方的电话，还不如努力去巴结好警察，这样，你就会成为第一个逮到报道的人。

如果你一味抱怨"警察真的对电视台记者偏心"，事情不会有任何的变化。这种牢骚是那些山形报社的新进记者或秋田事务所雇的兼职小妞才会发的。如果你的本事就是抱怨，你可能在警方采访组待上十年也还是斗不过电视台的记者。如果你不知道你的警察朋友的生日，就利用派出所、资深记者甚至区政府的员工去找出来。公用事业公司也知道警察的姓名和电话号码，知道他们最近有没有搬家。

你有没有利用你所在地区的居民协会（比如埼玉县乡土协会）？即使你是东京都的居民，你也应该加入你第一次被派去当记者所在地区的协会。利用你在地方事务所时形成的警方关系网，去跟与你的消息人士是警察学院同学的东京警察见个面吧。

你的家庭和消息人士的家庭一起出游是培养感情的基本方式。经常玩在一起的家庭才贴心。

你有没有在周六带上你的妻儿，说声“因为我们住得很近”顺便走访过他家？

你有没有让你的消息人士把你介绍给他们的后辈[①]？如果你知道有个警察今年要退休，要厚着脸皮跟他交朋友，让他把剩下的哥们介绍给你。

如果你认为这个系统确立了一个对警方有利、带有偏见的报道形式，你的想法完全正确。日本警方是非常善于操纵媒体的，不过，只要有可能获得独家新闻，我们都非常愿意服从这样的操纵。

①原注：比自己年轻的官员朋友及手下。

秩父斯纳库老板娘谋杀案

记者是不可能有约会的——我跟第一个正式交往的日本女友的萌芽关系，因为一个电话就不可挽回地结束了。那个电话不是她打来的，而是山本打来的，时间是晚上的9点。这是我连续工作了三个星期之后的第一个休息日，阿爱和我正在被窝里弥补我们久违的性生活时，电话铃响了。我只好停了下来，拿起话筒。

“阿德尔斯坦，秩父可能发生了一起谋杀案，我们要你到现场去。十分钟以内赶到这儿来，车就要开了。”

我开始穿衣服，阿爱气得撅起了嘴。

“对不起，心肝宝贝，”我说，“我得去上班了。”

“你这个混蛋！你去了，我还没去呢。”

（如果你认为“去”字用错了，且让我解释一下：在日本，达到性高潮的时候不是说“来了”，而是说“去了”。有个笑话讲的就是日美夫妻在沟通上频繁出现的这种麻烦事——他们无法判断他们是来了还是去了。）

“阿爱，我也不愿意让你搁浅啊，可任务来了。”

她用完美的英语回嘴道：“工作，工作，工作。让他们等他妈的五分钟不行啊！”

我已经穿好了衬衫，正在到处找我的读卖新闻袖标、相机和笔，心想还得挑一条没有皱纹的领带。“我会补偿你的。下次我让你在上面。”我认真地说。

我们的恋情最近刚刚经历过一场暴风雨的洗礼。我马不停蹄地工作着，常常忘了打电话；休息日里不是累得不行，就是跑去喝得醉醺醺的，第二天都醒不过来，哪里还谈得上培养感情。我们的关系僵持了一段时间，不过我希望她会习惯我这个常常不在家的男友。我一直没有下决心去考虑“我们的未来”，这种以守为攻的方法帮不了我什么忙。

“喂，我真的很抱歉。大家都在等我呢。”

“如果你走出那扇门，我们的关系就结束了。”她说。

“我得走了。”我说。

我骑上自行车，以最快的速度来到了事务所。山本已经等在车上了，我跳进驾驶座，开着车朝秩父飞驰而去。

山本在路上给我介绍了情况。受害人在秩父开了一家斯纳库酒吧[①]。那天她

---

①原注：斯纳库酒吧是一种租金低廉的织女俱乐部，里面通常有卡拉OK机和一些负责供应饮料和小吃的年轻女孩。经营者通常是风光不再的前任织女，不过并非所有的经营者都有这样的背景。

没有到酒吧去，晚上7点45分，一个员工便去了她在一栋县营住宅楼里的公寓，结果发现她死在卧室里，身上穿着睡衣；那个员工立刻拨打了119（日本版的110）。初步报告好像是说她被一个钝器击中了头部的右侧。

山本让我在犯罪现场下车，指示我去找一张老板娘的照片，调查一下有没有人说她的坏话。他自己直接开车去秩父派出所参加简报会。我通常都是担任现场记者，因为报社不放心让我负责警方的简报会。他们担心我会错过重要的东西。后来有迹象表明，这种顾虑很可能是有道理的。

受害人住在一片灰蒙蒙的公寓群里。这是一排排清一色的米色公寓（日本典型的公营住宅），每套公寓前面都有一个带金属栏杆的阳台，阳台上牵着晾衣绳，不论是晴天还是雨天，不论是白天还是黑夜，上面都挂着洗好的衣服。那儿的光线很差，让人觉得有人生活在里面的唯一动静，就是透过公寓薄薄的外墙传出来的含糊嘈杂的电视声音。

警方已经把那个老板娘住的公寓楼整栋都封锁了。我拿出老外装傻的招数，弯腰钻过了"禁止入内"黄胶带。还没等跟两个人说上话，一个官员走近我，用英语严肃地说："走开，谁都不准待在这儿。"

有几个人一边在警方的封锁线边上逛来逛去，一边朝公寓楼上面瞅。我试着跟他们聊了几句，但没有什么收获。我走进毗邻的那栋米色公寓楼，挨家挨户按门铃打听那个老板娘的情况，最后我找到了一家水泥厂的工头，他是那家斯纳库的常客。

他手头上竟然还有一张她的相片——斯纳库老板娘丰满得令人吃惊——而且愿意借给我用。

"你知不知道有谁会想杀她？"我摆出俨然一副记者的架势问道。

"嗯，这我可不太清楚。也许是某个债台高筑而又想赖账的客户吧。如果你没有按时付账的话，她可真不是个好惹的。我认识的那些放高利贷的比她随和多了。"

这对死者来说未必是一句合适的评价。"她的丈夫怎么样？"我问。

"他们不在一起生活，她和女儿一起住。听说她们相处得并不好，好像是因为她女儿的男朋友。"

"他是个压酷砸，或者就是个讨厌的家伙？"

"不，更糟。是个外国人。"

"什么样的外国人？"

"不太清楚。我分不清，"他不好意思地说，"看上去就像你这样的。"

不错！我心想，我们已经找到了一个犯罪嫌疑人！我打电话给山本，把这个消息告诉了他。

他称赞了我的调查手腕，然后把他在简报会上了解到的消息跟我说了一下。秩父警方已经宣布这是一起谋杀案，并成立了特别调查总部，名称还是非正式的，叫“秩父斯纳库老板娘谋杀案”。

斯纳库老板娘开这家斯纳库酒吧快15年了。她通常是下午5点上班，但那天她没有来，一个织女就到她的公寓去了。那个织女敲了敲门，没人答应。门是锁着的，那个织女有点担心，就让那栋楼的管理人拿来钥匙，把门打开了。

公寓里很整洁，没有打斗或入户行窃的迹象，但斯纳库老板娘死了，躺在她的被子上，脸朝下，血已经渗到床垫里去了。除此以外，整个房子收拾得整整齐齐，好像什么也没有丢失。

初步尸检表明，她是在那天的午夜至清晨的某个时刻被杀害的。伤口表明她受到了一个棒状的物体（有可能是棒球棒）的重创，打击的力量足以让她当场死亡。对准颅骨的那一击导致她流血过多身亡。

她生前最后有人看到她的时间是凌晨1点，当时有个员工下班后开车顺路把她送回了家。一个高中的朋友上午10点曾给她打过电话，但没有人接，这佐证了死亡的估计时间。有人看到她28岁的女儿和一个男的在凌晨两点半左右离开了那间公寓。

山本接着问我：“附近有法医组的人吗？”

“我怎么会知道？”

“他们穿着蓝色制服，一下就可以看出他们是‘法医部’的。他们正在寻找凶器。如果你能搞到他们拿着凶器的照片，我们就可以用上它。我正在派‘法国佬’去协助你。‘花花公子’会去那里拍几张周边地区的照片。”

“花花公子”到的时候，天已经快亮了。他给我带来了几个“暖手宝”——捏碎后跟空气接触就会给你带来温暖的错觉的瞬间发热垫。我在身上所有的口袋都装上这玩意儿，一边等着，一边四下张望，希望能发现一些有价值的东西。

公寓楼仍然被封锁着，但我看到了那些法医在犯罪现场另一头搜索着灌木丛，灌木丛的外边是一片杂草丛生的空地。来到现场的其他记者正在住宅区的停车场里逛来逛去，看来是想跟准备去上班的人谈上几句。

我正琢磨着另辟蹊径，突然发现草丛中好像有一条臭水沟连着公寓楼边路基下的排水渠。我猜想那条排水渠是通向那片杂草丛生的空地的，而且正好在那道黄胶带的下方。我一时心血来潮，决定去看看我猜得对不对。

我爬进排水渠，满身沾着污泥从路基的正下方钻了出来。现在可以清楚地看见调查员搜索灌木丛林的景象了。我掏出带长焦镜头的大块头相机拍了起来。突然，我隐隐约约觉得有样东西朝我这边靠了过来。

“你一定是阿德尔斯坦先生吧。”一个声音说道。

我紧张地抬起头来一看，是法医部的主管横泽宽司，一位经验丰富、众人信服的凶杀案警探。他戴着一顶改过的棒球帽和一副方形无框眼镜，身着法医组的深蓝色磨砂服，白乳胶手套卷到手腕边上。

我不知道自己是不是闯祸了，原则上我是站在警戒线后面的。“啊，是的，我就是。”我装着不慌不忙的样子说道。

“阿德尔斯坦先生，我很好奇你是怎么越过那边的黄胶带的。”

“哦，我是从排水渠里爬过来的。”

“我明白了。你拍到什么好照片了吗？”

“还凑合吧。我很想拍到你们发现凶器的精彩瞬间。”

“如果我们找到了它，我会让你知道的。我还可以为你的照片摆个姿势。不过，我认为事情没有那么简单。顺便说一下，如果在这里乱窜的时候碰巧发现看起来像凶器的东西，比如球棒、金属棒或某种钝器，请你不要去碰它，把它留在原地，但要让我们知道。”

在这里说一下横泽的事情，他一向很绅士，什么时候都是一副温文尔雅的样子。在凶杀组，警探大多是急性子，而且不喜欢记者，但横泽是个例外。所以，我决定试试他的肚量。“只要您还在这儿，我就在这儿等着，”我开始了，“我问你几个问题有没有关系？”

“没关系，你可以问啊。我也许不能回答你的所有问题，但我会回答我可以回答的问题。”

“谢谢您，横泽先生，”我说，“第一个问题：验尸官说斯纳库老板娘头部只中了一击就死了。是碰巧的吗？”

“问得好。我的猜测是，凶手对自己的作案手段很精通。大多数罪犯都会紧张得一直打下去，不管头骨是不是第一次就被击碎了。因为紧张，他们有时还会猛击肩膀，甚至还会打断受害者的脊梁，但这起案件里没有出现这种情况。从这一点来看，他很专业。”

“是职业杀手干的？”

“不，应该不是。杀她的人懂得怎样迅速有效地杀死一个人。也就是说，这个男凶手或者女凶手懂得杀人的手法。”

“那你是在怀疑她女儿的男朋友了？”

“我回答不了这个问题。但有一点可以告诉你，也希望你去思考一下，她女儿的男朋友是个伊朗人。许多在日本的伊朗人都是退役军人，他们当中有很多人都参加过两伊战争。他们懂得杀人的手法——用刀、枪、双手和钝器都可以。事实上——虽然你可能不会引用我对这件事的看法——和压酷砸相比，很多警察更害怕伊朗人。”

"你认为是谁锁的门呢？"

"嗯，一定是个有钥匙的人吧。有一种可能是，有人进了公寓，杀了斯纳库老板娘，偷了她的钥匙，然后把门锁上，以便拖延尸体被人发现的时间。但这种可能性不大。首先，斯纳库老板娘不太可能不锁房门或穿着睡衣给人开门。因此，杀了她之后把门锁上的人很可能手头已经有了钥匙。"

说到这，横泽点了一下头，转身回公寓楼去了。他边走边随口提了一下，他认为这个案子不会拖得太久。

我在那儿又逗留了一个小时。我拍到了一个犯罪现场的调查员在停车场里的散焦照片，他提着一只塑料袋，袋里装着似乎带有血迹的运动衫。其他就没有发现什么能引起我注意的东西了。

回到事务所，我们对比了记录。据山本说，警方相当肯定是斯纳库老板娘女儿的男友杀害了斯纳库老板娘。他们还不清楚是不是老板娘女儿唆使她男友干的。她还无法平静下来，讯问进展不顺利，那个伊朗男友也还没有找到。

20世纪80年代后期，日本经济正处于巅峰状态，建筑施工彼彼皆是；日本和伊朗两国间签订了一项协议，让伊朗人有了免签证在日本工作的机会。从本质上讲，这是日本政府的非官方政策的一部分，旨在向全国提供急需的廉价劳动力，许多伊朗人便来到这儿逗留了下来（逗留的时间也太长了）。

当时，日本的年轻人对所谓的3K（肮脏、吃力、危险）活儿是不屑一顾的。1993年，日本泡沫经济破灭，这项协议被取消了，但秩父仍有足够的重工业和工厂给伊朗人提供工作岗位。

现在，由于发生了这起谋杀案，埼玉县警方作出了反应——把所有可以找到的在秩父工作的伊朗人集中起来。这可是一件很费时的事情。

我在秩父待了三天，按所指派的任务跟踪线索，和伊朗人及工厂里的工人交谈，用读卖新闻社的交际费和"花花公子"一起到寒酸的织女俱乐部去喝酒，去参加消息越来越少的新闻发布会。而且，我还被留下来采访葬礼。

葬礼的报道基本上千篇一律，没有什么变化：葬礼在"肃穆而阴郁的气氛中"进行，人群中传出"低低的抽泣声"……即使死者的亲属在前一天晚上守夜时过得挺不错——他们笑着回忆起跟死者一起度过的美好时光，而且喝得醉醺醺的，闹得天翻地覆，这些场景也绝不会出现在报纸上。

我真的很怕出席这样的场合，而且，我有一个正当的理由。到目前为止，镇上的人都知道主要嫌疑犯是她女儿的伊朗男友。而我是犹太裔的，带有典型的犹太人特征——黑头发，橄榄色皮肤，大鼻子，很有可能被别人看成是伊朗人。我都能想象到这样的情景：自己被误认为是嫌疑犯，在火葬场被蹂躏致死……

我跟山本据理力争，但无济于事。

出席葬礼的人很多。受害者的女儿也在场（因为她仍然是犯罪嫌疑人，上面交代我们要拍到她的照片），跟亲友和老顾客在一起。到场的人加起来有90人左右，都穿着葬礼用的黑色服装。

仪式进行到最后，每个人都把香插到香炉里，对着受害者的照片鞠躬，受害者的弟弟代表亲属发了言："她是个了不起的姐姐，总是尽全力去照顾别人。我一想到在她身上发生的事情就满腔愤怒。我该拿这满腔的愤怒怎么办？我可以向谁发泄这满腔的愤怒？"

他停顿了一下，我敢肯定他是在盯着我看。事实上，除了她女儿，似乎90个出席葬礼的人都在盯着我看。我神经质地拉了拉我手臂上的读卖新闻袖标，希望这样能转移掉一些愤怒的目光。这时，有个小男孩的声音打破了沉默："我要上厕所！我等不了了！再不去就要尿地上啦！"大家想笑又不好意思笑，于是，房间里响起一片吃吃的窃笑声，大家的目光这才逐渐离我而去。

我真想在葬礼之后便回到家里倒头睡上一大觉。可是，耽搁了三天的体育赛事、活动宣传和出生公告还在等着我呢。结果，我在事务所里待到了凌晨1点，一直忙到我们把所有的记事准确无误地输入完毕。我瞪着那些寄小崽子的照片来登报的母亲们那字迹潦草的日文读了两个小时，结果得了偏头痛。"花花公子"和我编了一些粗俗的照片说明来苦中作乐，比如："我不流口水是因为我人小鬼大，我会流口水是因为我妈咂咂大！""如果你觉得我的脸蛋毛茸茸，你应该看看我毛茸茸的舌头！"……但我们最终还得把活儿干完。

凌晨两点，我骑着自行车回到家里，公寓里空无一人。被褥上放着一张阿爱留下的字条："分手吧。"

她的东西都没了。被褥叠得整整齐齐，洗涤槽里的盘子洗得干干净净，她连浴缸也冲洗了，还扔掉了垃圾。这是我所经历过的最体贴入微的分手。我和衣躺在被褥上，心里想着要不要给她打电话，想着想着便睡着了。结果就不言而喻了。

山本决定，我得开始到横泽家做夜访了。横泽似乎挺喜欢我的，上次告诉过我一些消息；山本希望他能再告诉我一些消息——什么都行，只要能让我们在这个报道的竞争中领先就成。

我敲了敲横泽的公寓门，来开门的是他的妻子。当时是傍晚时分，但他已经回来了，穿着浴衣懒洋洋地倚靠在沙发上。他告诉我，大多数记者只有在晚上10点以后才会敲他的门 他让我别告诉其他人他其实早就回家了。我笑着答应了。

我们聊了天气和我在日本的生活，最终聊到了秩父的案子。他暗示他们已经找到了一件凶器，但他是不会轻易下结论的。我用脑袋瓜做着笔记；记者夜访警察时最忌讳的是边聊边做笔记，否则就没了“只是两个专业人士的闲聊，并非真的想得到什么消息”的错觉。这个规则并非一成不变，但一般来说，你从一起喝酒的警察口中得到的消息是绝不能用名字把责任加在那个人身上的。如果有了足够写篇报道的材料，这些材料一定是来自“与调查关系密切的消息人士”或“埼玉县警方”的。

喝酒对警察来说也是很重要的，这样，他们就可以煞有介事地推诿说自己毫不知情：“没有啊，我从来没跟记者说什么啊。哦，或许是喝醉说漏了嘴。我不记得了。”

横泽和我针对这起案件的细节讨论了半小时左右，我随后就跑到最近的电话亭去打电话给山本，尽我所能一字不漏地把交谈的内容复述了一遍。他夸我干得很棒，并说他会把消息送到上面去。我不知道我复述的内容里是否有重要的消息，但我想山本一定读懂了那里面的潜台词，掌握了更全面的情况。我想开口问他到底什么内容是有用的，却难以启齿（没错，是挺难为情的）。

第二天早上，山本和小野很早就来到了记者俱乐部，手忙脚乱地开始写一篇准备在晚刊上发的文章。我们搞到了独家新闻，头版头条的标题是：“斯纳库老板娘谋杀案：埼玉县警方准备逮捕受害人长女①的伊朗籍男友”。

文章指出，警方准备逮捕一个已经因违反移民法而被起诉的伊朗人。法医已经确定了罪犯的身份，证据是一件染满血迹的汗衫、一条口袋里装着该公寓钥匙的裤子和一把在犯罪现场的公用区里找到的血迹斑斑的金属工具。警方已经申请了逮捕令，预期会在当天实施逮捕。

这是一篇大获全胜的独家新闻。它不属于调查性新闻报道那样的独家新闻，但属于备受尊敬的“我们是在警方公布之前写的”那个级别的独家新闻。当天，警方果真逮捕了那个男友，而我们的报界天敌《朝日新闻》不得不当了回跟屁虫。

那天晚上，我找横泽谈了一下，他祝贺我取得了独家新闻。我觉得有点过意不去，事实上，我还是不清楚自己究竟做了些什么。据法医长称，因为斯纳库老板娘不想把女儿嫁给那个男友，那个男友就把斯纳库老板娘杀了。然而，那个男友拒绝承认自己有罪，并声称：“这是警方设的陷阱——我是被诬陷的。”

---

①原注：出生的顺序在日本是件大事。我曾因为没有查清文章里提到的人长子（女）、次子（女）或幼子（女）而受到过多次训斥。即使是独生子（女）的情况，他（她）也称为长子（女）。在一个家庭里，兄弟姊妹中最年长的会自动得到尊重、敬意和权威，通常称为长子或长女。我曾试着解释这种情况给我在密苏里州的妹妹们听，她们的反应是：“在这个国家，你也可以当长子，但你还是个小丑。”

不过，我当时认为这起案件已经结案了。将近过了一年，我才又想到了这起案件。

我正在大宫车站吃着日本炒面的时候，新人高桥打电话给我。电话里充斥着歇斯底里的叫喊声，就像过去那个还是新人的我在遇到突发新闻而不胜欢喜的时候常干的那样。有三个人在同时喊着不同的命令，我好不容易才让高桥冷静下来读新闻稿给我听。

第一次公告的要点是这样的：上尾市的丸山公园里发现了一具年轻日本女性的尸体。她是被人用一条女式围巾勒死的。围巾的颜色呢，还没有公布。

我能听到山本在后面嚷着让我到犯罪现场去。于是，我迅速赶到了丸山公园。

东京和埼玉县市区里的公园通常都是庞大的停车场，有几架秋千、跷跷板什么的，还有些稀稀拉拉的植被在那里半死不活地挣扎着。不过，丸山公园是个名副其实的公园，有着广袤的草地和树林。受害人是在公园中央凉亭后面的草丛里被发现的。

警方曾想把整个园区都封锁起来，但遭到了母亲们的阻挠——她们找不到别的地方可以带她们的孩子去玩耍，觉得很气愤。结果，隔离区缩小到了犯罪现场周围的那片区域。我赶到那儿时，黄胶带外侧已经围了一大群人，有好奇心十足的家庭主妇、园区工人，还有忙里偷闲的上班族、无所事事的大学生和出门散步的退休老人。当然，记者们也已经在公园附近晃悠，寻找着能够让报道显得更加条理清晰的东西。

想接近犯罪现场是不可能的了，我决定加入记者同行的行列，找公园的常客打听情况：有没有什么可疑的行迹？当地的黑帮有没有在公园里闲逛？这个公园是不是孩子们外出活动时常来的地方？这个公园治安好吗？

一个穿着高尔夫球衫、牛仔裤和凉鞋的牙齿掉光了的老人说，最近有许多伊朗人在公园里闲逛。他估计这些人是失业了，所以跑到这里来消磨时间，或者互相交换在哪里可以找到工作的信息。当天下午第一辆警车出现的时候，他看着他们一哄而散。这是我找了一小时以后得到的信息量最大的一条消息。

我打电话给中岛，把我刚了解到的情况告诉了他。

“狗屁！尽量去找到目击者吧。山本正赶往新闻发布会现场。有消息会随时通知你。”

我在公园里转来转去跟人交谈，但没有更多的收获。我看到警员也在做同样的事情，但平常都会到场的蓝制服法医队没有出现。警方看来非常肯定围巾就是凶器，不准备开始对公园展开地毯式的搜索了。

我再次跟事务所取得联络的时候，山本要我跟他一起去参加派出所的新闻发布会。我的工作就是做好记录，然后传回去给为下一版整理报道的人。（他们开始信任我理解日语的能力了——或许是因为人手不够了吧，我的日语能力也就是初中的水平。）

埼玉凶杀科的头儿佐伯正在召开新闻发布会。他的皮肤很糟，眼镜很厚，他至少超重了20斤，还净爱找松松垮垮的西服穿。他的脑袋正在秃顶，于是，他把两侧的长头发梳上去盖住已经秃了的地方，形成了一种在日本称作“条形码”的发型。佐伯也是一个以性情古怪著称的警察。我烦死他了，但我压根儿不知道自己为什么会烦他，还好山本是管提问的。

发布会上，佐伯首先介绍了23岁的受害人的个人情况，然后记者们便七嘴八舌地提出一连串极其刻板却不一定重要的问题（都是些例行公事式的问题）：尸体处于什么位置？脚朝什么方向？尸体是面部朝上的吗？她的头朝什么方向？（最后一个问题实际上关系重大。日本人通常是头朝北陈放尸体的，因此，如果尸体是那样陈放的，有可能表明凶手是个感到良心不安的日本人。）

佐伯开口让大家别说话，注意听。

尸体是在凉亭北侧的草丛里被发现的。她的头朝着亭子，身体摆得和灌木丛平行。发现她的时候，她的面部是朝上的，双手是伸展开的。她身穿深蓝色工作服和一件条纹衬衫，鞋袜穿戴齐整。（另一个可以说明问题的迹象：如果她的脚上没有鞋袜，犯罪现场也没有鞋袜，那很可能是两个人想一起自杀，而她的伙伴临阵逃脱了。理由是：日本人通常在自杀前会脱掉自己的鞋袜，就如同穿着鞋子走进日本人家里是件非常失礼的事情一样，日本人下意识地认为，不端庄稳重地进入来世是很鲁莽的事情。）

她的衬衫被拉了一点起来，露出了内衣。她穿的是和前一天同样的衣服。

而她是被人用一条粉红色围巾勒死的。

她的衣服口袋里有一串车钥匙和一条手帕。车子停在附近；驾驶座下有一个束带钱包，里面有6000日元（约合60美元）的现金（因此有可能排除抢劫的动机）和受害人的身份证。她姓中川。

就是这些。

山本让我回到公园去，跟警方一起寻找目击者。其他记者都被派到受害人的家里去了。

几个小时后，我们碰头汇报了各自的记录：埼玉县警方找到了受害人的通讯录，上面记着的40个人名，里面有几个显然是外国人。警方正在逐个讯问他们。被认定为是凶器的粉红色围巾并不属于受害人，她的家人从来没见过那样的围巾。但关键在于（又是这样）：受害人的男友是个外国人。在遇害的当天，她曾出门去见他。那个外国人的名字叫阿卜杜勒，但大家都叫他“安迪”。显然，他是个冒充法国人的伊朗人。据受害人的一个朋友说，两个人本该在上尾市的一所健身俱乐部里见面的。

听到这个消息，中岛和高桥立刻动身前往上尾，希望能在健身俱乐部里打听到一些消息。可事与愿违，他们立即就被工作人员拒之门外，这些人已经接到了警方的警告，让他们不要跟记者说话。

老外的脑海里又冒出了绝妙主意：我可以冒充那个伊朗人男友的哥们到健身俱乐部里去碰碰运气。不出所料，山本认为这招精明，中岛却认为行不通。但最后大家意见一致了：不管三七二十一，先试试再说。我换上了牛仔裤和马球衫，那天早上没剃胡须，胡茬不长不短正好。我相信自己能蒙混过关。

我一进门就走到接待区前，用装出来的带伊朗口音的日语先稍微提了一下安迪是我的朋友和同乡，然后再打听要成为健身俱乐部的会员需要多少费用（可真不便宜）。那些工作人员刚开始显得很警惕，不过，在我的软磨硬泡下还是慢慢松懈了下来。他们谈到安迪和中川曾是一对十分可爱的情侣。我趁机漫不经心地说道，会员资格的费用这么高，我得跟安迪借点钱啊。我只知道他工作的地方，你们知不知道他住的地方？

他们很乐意地帮了我这个忙。我手里拿着地址走出了健身俱乐部，那时的感觉就像电影《碟中谍》里的吉姆·菲尔普斯。

我和“巨无霸”马上按着安迪的地址找到了一栋破烂不堪的两层木结构楼房，走廊里放着一台公用的洗衣机。我们从板着面孔的房东那里了解到，警方在尸体被发现的几个小时后便搜查了那个地方，强行带走了十多个所谓签证逾期的外国人。这段简短的交谈被两名刚巧回到公寓楼来的警察打断了，他们把我们赶了出来。

与此同时，派出所里一片骚乱。健身俱乐部的工作人员趁着我待在那里的几分钟时间就给派出所打了电话。结果，一名素描高手被派去画了一张“安迪可疑的朋友”的综合素描像。数名警探被派去寻找这个朋友——一个潜在的共犯，他们在街头巡查线索，把那张综合素描像拿给公园里的人辨认。还有两名警探被派去监视健身俱乐部，以防那个可疑的朋友回来。

我是第二天早上才得知派出所里发生的这一切的。昨晚午夜时分，法医长横泽仔细打量着那张综合素描像，恍然大悟。“你们这些白痴！”他对着警探们吼道，“这根本就不是伊朗人！这是读卖新闻的外国记者冒充的伊朗人！”

一向绅士风度的横泽这回真的被惹恼了，警探们准备把我抓去关起来。山本接到一个愤怒的电话，电话那头的人暴跳如雷，山本一边不停地道着歉，一边还情不自禁地鞠着躬。不过，他很宽容，并没有对着我喊叫，而是礼貌地建议我屈膝乞求佐伯和横泽的原谅。我浪费了警察部门一整天的时间，让好几个警探都白费了工夫。

第二天，在新闻简报会开始之前，我走到佐伯跟前，虽然感觉有点反胃，但还是结结巴巴地道了歉。佐伯无动于衷，那一瞬间我以为他会上来揍我。但他只是瞪了我两秒钟，然后慢吞吞地说道："你知道吗，阿德尔斯坦，我差一点就要以干扰调查的罪名送你去坐牢了。不过，考虑到你还年轻，没有经验，是个毫无章法的野蛮人，这次就饶了你。别再干这种事儿了。"

"我保证不会再做这种事了，"我说着，又想厚着脸皮再充分利用一下这个机会，便接着问道，"顺便问一下，好像你们把城里的伊朗人都抓起来了，包括她的男友，对不？"

佐伯被我这胆大包天的问话惊呆了。他摘下眼镜，用纸巾擦了擦，然后开口说道："嗯，我看你冒充伊朗人有了成就感了吧。我不会评论你说的是对的还是错的，但你到目前为止还不算令人讨厌。"他微笑着把眼镜重新戴上，"我得赶紧走了。做个好孩子，别挡我们的路。"他说罢便朝楼上的会议室走去。

我发现横泽正在一楼的自动售货机前买苹果汁，便走过去向他表达歉意，我对他鞠了一躬，腰弯得额头都擦到了地板。我直起腰来的时候，他拍了拍我的脑袋说："接受你的道歉，只是别再耍那种笨拙的把戏了。顺便告诉你，我是不会让你忘掉这件事的。"即便是现在，事情已经过去十多年了，我每次遇见他，他都会提起我的那次伊朗人事件。

我继续调查这起案件，但最终我们还是出局了。一天早晨，《每日新闻》和《产经新闻》抢在我们前面刊登了报道，文章暗示那个伊朗人男友阿卜杜勒就是凶手，已经被拘留。在我的记忆里，这一天是我当警方采访记者以来感觉很糟糕的一天。我们采取了谨慎的态度，可在竞争中我们还是一败涂地。

我永远也不会知道，我在健身俱乐部里的小把戏是不是警方不愿把事实告诉我们的部分原因。还是不知道为好吧。

把我草草埋了：压酷砸打电话找我

压酷砸的历史晦涩复杂。压酷砸主要分为两类：“的屋系”——这些人基本上是一些街头摊商和三流骗子；“博徒系”——最初是一些赌徒，但现在还包括放高利贷者、保护费征收人、皮条客和公司的恶意收购者[①]。几乎有一半的压酷砸都是韩裔日本人，他们当中很多都是日本殖民统治时期被带到日本从事强迫劳动的韩国人的后裔。另一大派系是由“同和系”——日本过去从事动物屠宰、皮革品制作及其他“脏”活的贱民阶层——组成的。尽管等级制度销声匿迹了，但对同和系的歧视现象依然存在。

在日本，有22个压酷砸团体是得到官方承认的。三大压酷砸团体分别是：住吉会，拥有12000名成员；稻川会，拥有10000名成员；最大的山口组，拥有40000名成员，有100多个下层组织。下层组织需要上缴月费给最上层的组织。山口组总部基本上每个月都会吸收（按保守估计）50万美元以上的秘密资产净值。山口组起源于神户的一个松散的码头工人工会。在第二次世界大战后的混乱之中，它开始逐渐扩大成产业。日本警视厅估计，包括山口组在内，日本全国的犯罪集团一共有86000名成员，是处于暴力巅峰时期的美国黑手党人数的好几倍。

压酷砸的组织就像一个新家庭。新人要向被称为“干爹”的父亲式的人物宣誓他的忠诚，通过惯例的喝交杯酒仪式建立情义纽带，打造手足情谊，商业界人士允许成为“企业舍弟”。各组织的结构一般都呈金字塔型。

当代压酷砸都是具有创新精神的企业家，而不是一群浑身刺青、身穿白色西服、挥舞武士刀的缺指凶汉，把他们比喻成“带枪的高盛”应该更为恰当。2007年的《日本警视厅白皮书》发出警告，压酷砸已经涉足证券交易，染指了数百家日本上市公司，成为一种“即将动摇经济基础的恶疾”。日本警视厅2008年8月分发给外国警察机构的英文版《日本警察概览》称，“暴力团（压酷砸）给民政事务和公司业务带来巨大的威胁。他们还通过侵扰合法的商业团体以及伪装经营合法的商业交易等一系列犯罪活动来筹集资金。他们或者通过他们参与管理的公司，或者与其他的公司进行合作来达到这个目的”。

在日本，压酷砸长期处于一种暧昧的地位。就像他们的意大利同胞一样，他们和自己国家的执政党有着深厚而晦涩的历史关联，在日本，这个党就是自由民主党（简称自民党）。《东京黑社会》的作者罗伯特·怀廷及其他专家指出，自

①译注：压酷砸还有一类叫“愚连队”，是由不良少年组成的压酷砸后备军。

民党实际上是用压酷砸的钱创办的。这是一个公开的秘密，你可以在7-11便利店里买到谈论这个秘密的漫画书籍。日本前任首相小泉纯一郎的祖父就是稻川会犯罪团伙的成员，几乎全身都是刺青。他曾担任过一届内阁大臣，当时被称为“文身大臣”。过去，压酷砸“坚持内部解决争端，不损害其他黑帮家族”（即“非战斗员”）的信誉使他们避开了民愤和警方的关注。他们被看作是一种“必要的邪恶势力”和一支“第二警察部队”，保护日本的大街小巷免遭歹徒和职业盗窃犯的侵害。然而，他们依然被看作是亡命之徒。

这种暧昧性应该在1992年就已经结束了，当时日本政府出台了30年来最强硬的反暴力集团法，严厉打击压酷砸在经济迅速繁荣的1980年代中的过激行为——他们一齐转向房地产及其他合法的商业活动。但政府还是没有把犯罪组织认定为非法组织，也没有向警方提供反暴力集团的手段（这在其他国家长期以来被认为是至关重要的）：电话监听、认罪辩诉协议和证人保护措施。

日本警力似乎不大可能很快就会获得这样的根治手段来瓦解压酷砸组织。从许多方面来看，尽管针对压酷砸的第一项法律已经成文近17年了，他们的势力却有增无减。

山口组在神户最富有的地区拥有一处壁垒森严的中央围地。那块土地是属于他们的，谁也赶不走他们。当然，这是因为压酷砸在日本被看作是法人实体。他们具有和其他一切公司实体同等的权利，其成员也具有和普通公民同等的权利。他们是兄弟会——就像扶轮社①一样。即便在他们并不拥有他们设立办事处所在的房地产（而只是租用人）的情况，他们也几乎不可能被根除。名古屋市律师协会建议，许多行业和房东在制定合同时应加上一个“有组织犯罪不采纳条款”，这样就更容易在适当的时候与压酷砸的生意或房客断绝关系。名古屋是山口组的主要派系弘道会的据点，弘道会大约拥有4000名成员。

名古屋的有组织犯罪问题非常严重，这种现象导致律师协会在2001年颁发了一本勉强称得上指南的小册子，名为《有组织犯罪的幌子公司：它们的真面目以及对付它们的方法》。那里有专门负责处理压酷砸问题的律师。

2006年，东京警方编制了一份东京圈内近1000家压酷砸幌子公司的名单②；

---

①译注：扶轮社（Rotary Club）是1905年创立于美国伊利诺伊州芝加哥的非党派、非宗派的组织，成员来自各种不同的职业，旨在鼓励成员提高职业道德，进而提供各项社会服务。现已发展成由遍布全球168个国家或地区的33000多个扶轮社（拥有超过12万个成员）组成的国际组织，又称国际扶轮（Rotary International）。中国在北京和上海有两个扶轮社，于2006年成为国际扶轮的正式成员。

②原注：日本反社会有组织犯罪数据库（JASOC，一家民间的企业数据库）在2009年3月列出的名单表明，关东地区有2400家以上。

约1/5是房地产公司。最新名单还显示，压酷砸有可能进一步深入证券、审计、咨询及其他广泛涉及金融界的领域。

一份1998年日本警视厅针对日本三大犯罪团体的幌子公司的调查报告将建筑业、房地产、金融业、酒吧餐厅和管理咨询业列为压酷砸幌子公司的前五大类型。

一些东京警员使用“房地产经纪人”一词作为压酷砸的代名词，其关联的强大程度可想而知。2008年3月，骏河公司（原来在东京证券交易所市场二部[①]挂牌的上市公司）被揭露在数年间曾向山口组和后藤组支付了140亿日元（14600万美元），供压酷砸将租户从骏河公司想要收购的物业中迁移出去。这一丑闻导致该公司被摘牌，再次凸显了压酷砸和房地产行业之间的紧密关系。

这一事件还有一个值得注意的问题是，骏河公司的董事里有一名前任检察官，他还是日本警视厅有组织犯罪监督局的前任官员。这表明，本属于取缔压酷砸的人很容易受到他们的蒙骗，要不然就是心照不宣地和他们勾结在一起。接连发生的一系列案件表明，当局不是无法遏制压酷砸，就是连试都不敢去试。

这一切恰恰说明，压酷砸很清楚地知道如何依法保护他们的生存权、操纵他们的物业，知道他们是不会轻易被根除的。

主要暴力集团的头子都是众所周知的名人。住吉会和稻川会的会长都接受过印刷出版物和电视台的采访，还有人目击到政客们在与他们共进晚餐。压酷砸拥有各种演艺人才机构，一般市民都知道那些机构就是压酷砸的幌子公司（如燃烧系[②]），但这并不能阻止日本各大媒体跟那些机构合作。市面上有各种美化压酷砸的粉丝杂志、漫画书籍和电影，他们已经像恶性细胞一样大摇大摆地侵入了社会的每一个角落，这种状况让美国或欧洲的观察家们觉得匪夷所思。

随着压酷砸不断地进化并卷入更为错综复杂的犯罪活动，警方已经很难应付这种变化了。所谓“丸棒”[③]警察（有组织犯罪监督警探）只能对付简单的敲诈、恐吓案件，对付不了大规模的股票操纵或错综复杂的欺诈阴谋。

自从2005年司忍[④]掌权以来，山口组已经成了臭名昭著的不合作对象。警方过去一直能够利用各组织间的互相对立来探听情报——山口组会告住吉会的密，

①译注：在东京证券交易所挂牌的上市公司分为市场一部（大公司）、市场二部（中等规模的公司）和“Mothers”部（高增长的初创公司）。

②译注：“燃烧系”是日本艺能界最有势力的经纪公司Burning Productions的俗称，社长周防郁雄被称作“日本艺能界的大佬”。日本有一半以上的艺人都或多或少归该公司管理，其中的北野武、滨崎步、黑木瞳等都是国人熟悉的名艺人。

③译注：“丸棒”是日本警察称呼暴力团的隐语，原意是“圆形钢筋（有粗有细）”。

④译注：司忍，真名筱田建市，69岁，现任山口组的第六代掌门人。他在日本警视厅的记录中前科累累，被列为“极危险人物”——他曾策划了山口组与住吉会的战斗。这是日本历史上规模最大的黑帮混战，共有约12000人参加。据说司忍在这场混战中亲手枪杀了四个“敌人”。

反过来住吉会也会告山口组的密，以此类推。可是，山口组现在逐渐壮大成为都市里的唯一玩家，就没有合作的理由了。事实上，爱知县警方在2007年搜查弘道会事务所时惊骇地发现，监督有组织犯罪的警探的面孔和家人的照片、地址都张贴在压酷砸总部的墙壁上。2007年，日本的另一个主要警察机构里监督有组织犯罪的警探的名字全部被泄露到了互联网上。压酷砸——特别是山口组——不仅不再害怕警方了，而且还明目张胆地说："我们知道你们是谁，我们知道你们住的地方，所以，要小心哦。"

大阪府警察局的一位警探持有相同的看法："由于《反有组织犯罪法》是1992年成文的，压酷砸的数量在这16年里没有什么变化——徘徊在8万人左右。但他们的金钱和势力却有增无减，山口组的巩固地位已经使它成为一个不容忽视的极大势力。在许多方面，山口组就是有组织犯罪的自民党，行动资本就是'用数字说话'。它有资本，有人力，有警方无可匹敌的信息网，而且正在把手伸向每一个生财行业。"

过去，压酷砸并没有去招惹一般市民。但那是很久以前的事了。如今，他们谁都可以招惹了，连记者都可以——包括他们的子女。

和许多记者一样，我都报道压酷砸挺长一段时间了，实际上却从未跟他们直接打过交道。不过，统辖整个埼玉县的住吉会的二把手金子直哉（又名"猫"）打来的电话一下子改变了这种状态——他给接电话的"鬼脸"留了口信，说想和我谈谈。这个电话把"鬼脸"吓坏了，他转达口信时紧张兮兮地问我："你没惹上什么麻烦吧？不然住吉会干吗要找你谈？"

我告诉他，我应该没惹上什么麻烦，我也不知道他为什么要找我谈。我本想问一下山本我该怎么办，但转念又想：他很可能会让我别理睬那个电话，或者派一名资深记者跟我一起去。于是，我跟"鬼脸"说我会处理好的。

我有生以来第一次成为"女佣站"的常客的时候，是在关店后装模作样地教一些员工学英语的时候。"女佣站"是属于"形象健康"类的成人娱乐设施。女孩子们打扮成女佣人，把客人当作"主人"，为你洗澡、按摩和口交。有五个女孩子打算到澳大利亚去度假，她们的那位热心肠经理——他在埼玉开出租车的时候我就认识了他——为她们安排了私人英语课，而我就是老师。

那家俱乐部就在南银座——住吉会活动范围的中心地带，我寻思着金子打电话来的可能原因——是因为我在他的地盘上举止不检点？也许他是准备勒索我？可凭什么？我是个单身，在20世纪90年代的埼玉县，去做"性感按摩"就像日本人去吃寿司一样平常。

我真的不知道该怎么办了，可我的警察消息人士让我放心，金子并不是会对我构成威胁的人，作为一个记者，认识他实际上可能对我还有好处，于是，我用公共电话往金子的事务所打了个电话。

接电话的那个家伙嗓音洪亮而粗暴。我自报了家门，他沉默了很长一段时间，似乎在揣摩该如何称呼我。我不得不把我的名字重复了七遍。之后那家伙便跟金子说话，好像说的是："嘿，有个该死的老外来电话，说他是记者。你知不知道这混蛋？"

金子对他吼道："把话筒给我掩上，对那个人放尊重点。我一直在等他的电话呢。"

我原以为金子就是个恶棍——操着刺耳的嗓音，摆出险恶的态度，说着难以理解的行话，但他把电话接过去说话时，我发现他的嗓音柔和优雅得令人惊讶，听起来就像电影《永远的钻石》里的恩斯特·布洛菲尔德。他的声音就是日本人所说的抚猫声——一种咕噜声。"噢，原来你就是杰克，"他开口道，"很抱歉在你工作的时候给你打电话。我不知道还有别的什么办法能找到你。还请原谅我的手下。他们粗鲁，没礼貌，缺乏教养。请不要生气。"

"嗯，我没有生气。您有什么事情吗？"

"我有一个非同小可的问题。这个问题相当微妙，我在想，你也许可以帮我解决。"

"哦，我还真不习惯为压酷砸解决问题。"

"那当然。我知道我会让你觉得为难。不过，我很想跟你谈谈这件私事。我会酬谢你的……"

"我很乐意跟你谈。不过我不会收你的东西。"

"没问题。那你时候有空？"

"明天午饭后怎么样？"

"好哇，谢谢你。让我告诉你怎样去找我……如果你迷路了，问一问附近的人就行。大家都知道我在哪里。"

我完全没有方向感，果真迷了路，不得不去问了一个在"粉红沙龙"[①]门口招徕顾客的人，让他告诉我去金子的事务所该怎么走。那个人很有礼貌地为我画了一张地图，然后说很欢迎我进去品一品沙龙的乐趣。外国人一般是不让进的，但金子的朋友就是本店的朋友。他还苦笑着补充了一句，下午的生意不太好。

我谢绝了。我还有事。

①原注：另一种叫法就是口交店，也提供手交服务。通常是30分钟3000日元（30美元）。你不但能得到满足，还可以喝一杯咖啡。东京圈内这种店不是很多。据一本以想从事色情行业的女性为对象的杂志称，这种职业有患腕管综合征的风险。

走过一排性爱俱乐部、一家越南餐厅和一个动物标本剥制店就是“猫”的总部，它看上去像一个小建筑公司的分店。玻璃门上印着公司的名称，我用手碰了一下，玻璃门就滑开了。接待区有一个相貌可怖的家伙坐在沙发上浏览着色情杂志。他抬起头，站起身，一言不发地敲了敲一间办公室的门。

金子“猫”直哉走了出来。他身高一米七左右，看样子快60岁了。他眼睛狭长，脑顶微秃，留着山羊胡子。深色西服，白衬衣，佩斯利领带，黑色便鞋。右手上戴着两只金戒指。他看上去更像个政治家，而不是统率住吉会有组织犯罪集团的二把手。

我们握了握手，金子示意我坐在一个深褐色真皮沙发上（那里放着三个这样的沙发），他在我对面坐了下来。那个相貌可怖的家伙走出房间，端来两杯用漆茶碟（以示尊重）托着的绿茶。

金子抿了一小口茶，但我没动茶杯。

“你不想喝茶？”

“我不怎么喜欢喝绿茶。”我摆了摆手答道。

“咖啡怎么样？”

“行。”

“那好，”他转身对那个可怖的家伙厉声说道，“给他拿些咖啡来。”

咖啡送来了，他似乎松了口气，我拿起杯子喝了一口。

这下我们才正式开始自我介绍。金子把他的名片递给我，我双手接过，鞠了一躬。然后，我递上我的名片，他也伸出双手接了过去，并鞠了一躬（但没有我鞠得深）。

日本人都熟知交换名片的惯例。我得到的教诲是：用一只手递名片来表明你是个无名之辈，无足轻重，而且态度谦卑；用双手接过对方的名片，表明卑微的你认为对方更有实力和势力；把对方的名片举到比视线稍高一点的位置仔细端详，然后评估你们彼此的社会地位，决定合乎礼貌的说话方式。你们都是站着的话，接过对方的名片并放入自己的名片夹里。切勿对折、插放或撕坏对方的名片，否则会被看成是一种难以原谅的侮辱。我看了一眼他的头衔和名片上华丽的印字，麻利地把它放进我的名片盒里。他同样看了一下我的名片，然后把名片插进他的名片盒里，他的名片盒看起来是纯白金制的。

我们聊了起来。他问我，一个外国人是怎么得到读卖新闻聘用的，我简要地说了我到受聘为止的日本生活经历，包括在上智大学上学的事情。他听着，然后我们又聊了一会儿。一切似乎正常得反而有点令人不安。

“我要是上过大学就好了，”他说，“那样的话，我的生活就截然不同了。我本来是上得了的。你有这样的机遇很幸运啊。”

我点头承认，然后清了清嗓子，直截了当地问："为什么给我打电话？"

"我听说你是个值得信赖的人，而且很擅长你的工作。"

"您听谁说的？"

"那是秘密啦。就当是我听说过的关于你的好话吧。有一件事我想知道，而且我想你可以打听到。我认为你也会保守秘密的。大家说你像日本人，是个正人君子。"

"这话我可是头一回听说。您敢肯定你没找错老外？"

"我敢肯定。"

压酷砸是不会轻易恭维人的。这很可能不是真心话，但我并不介意。

于是，我回报了他的青睐："嗯，我从一个压酷砸那里听说您并不是卑鄙透顶的人。我听说您是个绅士，更像个白领罪犯，不像恶棍。在你们这一行里，我想，这就是说您像特蕾莎修女咯。"

他呵呵一笑，问我认识的那个知道他底细的人是谁，我告诉他那是秘密。听到我用他的话回敬了他，他不由得笑了一下。

他递给我一支香烟，我接了过来，他为我点着，但我尽量不往里吸。而他把自己的烟点着后便深深地吸了一口，烟草发出噼啪声，接着他指着我面前的那杯我还没碰过的茶。

我问："您是想问我为什么不喜欢绿茶吗？"

金子笑了起来："不是的，但这件事和茶有关，真的。要知道，埼玉县警方的几个警探每周都会突然到我这儿来一两次。我通常都会给他们端上一杯茶，偶尔还上一些糕点。我们聊上几句，他们就走了。这已经是约定俗成的事儿了。可是，最近我把茶给他们端上来，他们却碰都不碰了。他们什么都不碰。他们准是有意识地在拒绝喝茶。"

"这是个问题么？"

"让我把话说完。我问他们为什么要拒绝我的这点热情好客的表示，他们说警察机关里有人说我贿赂了一名警察，还说我可以随意左右他们当中的一位警探。这些家伙告诉我：'要是我们拿了你什么东西——不论是茶还是糖果，甚至是一本挂历——内务部就会彻底调查我们。'所以他们拒绝喝茶。"

"那为什么对您来说是个问题呢？"

"因为现在组织的每个人都认为警方只是在装腔作势。他们认为我现在成了警察的线人，认为我叛变了。"

"就因为他们不喝您的茶？"

"没错。我觉得那些警察真的以为我贿赂了他们当中的一个警察，但我这边的人不相信那些警察。他们认为这是警察的一个计谋，想让我看上去不像一个线人。如果这样下去，我就会出大麻烦。”

“在你们这一行里，大麻烦指的是什么？”

“这就是说，我自己那一帮人和那些我像自己的孩子一样培养出来的人会在半夜里把我拉到秩父的大山里去，朝我的脑袋开一枪，然后把我草草埋了。”

“哎哟，还会有更糟糕的下场吗？”

“唉，当然有啦。他们可能会让我自己挖坟墓，再狠狠揍我一顿，然后把我活埋了。不过，我想这种事情不会发生。我毕竟在这儿混了那么长的时间，我想我已经赢得了足够的尊重，能让我彻底死了再埋。”

我憋不住想笑，想找一找有没有迹象表明他是在开玩笑，但一点也看不出来。“猫”一定是已经相当绝望了，才会给我打电话。

“哦，那您有谁可以随意左右的吗？”我得问一问。

“一个也没有。我不会去贿赂警察，也不会去告密。那不是我的作风。我和警察一直保持着良好的合作关系，所以我不知道这胡言乱语是从哪里冒出来的。”他的身子这时已经俯在了桌面上，几乎是在对我窃窃私语。我们的鼻子都快碰在一起了，要是碰上那可就算是我和压酷砸的第一个爱斯基摩吻①了。

“这么说……”

“我想知道为什么埼玉县警方会笃信我贿赂了他们。我想知道他们说我贿赂的那个警察的名字。如果我知道了这些情况，我就能够收拾这种局面了。”

我得好好想一想这个问题。结果，我又吸了一根烟才想出该说些什么。

“事情是这样的，金子先生，我是记者，不是压酷砸的线人。说实话，我真的不喜欢帮压酷砸的忙。我确实认识一个我可以说上话的人。如果我确定有什么消息可以转告给您，我一定会那样做。但我不会作出任何承诺。”

“这正是我的全部请求。”

“既然我来这儿了，我能不能问您一个问题？不是请求，是问题。”

“说吧。这是我至少应该能做到的。”

“您是怎样为组织挣钱的？警方公布的数字表明，您的现金有七成是贩卖迷幻药赚来的。我觉得这简直是胡扯。埼玉县内或许有成千上万的迷幻药吸毒者，可我有绝对的把握说，我没看到过多少这样的人。”

“你说得对。我不会谈得太具体，不过，如果你有兴趣，我可以告诉你这一行的运作方式。”

“有兴趣。”

于是，金子开始跟我略述他这个组织的有组织犯罪方式。住吉会在鼎盛时期

---

①译注：爱斯基摩人和埃及人喜欢摩擦鼻尖表示亲热，因此这种方式就叫“爱斯基摩吻”。

一直非常积极地参与哄抬土地价格，就是为了从房地产经纪人或银行得到斡旋费。住吉会还通过把租户驱赶出公寓楼或各种住宅来挣钱，因为那些楼房在自由市场上出售会更值钱——一种被称作“腾地”的行为。日本的租户法可以说是对租户相当有利的，因此对提供这种服务的需求量很高。还有一种做法是让压酷砸搬到大楼或公寓里去，蓄意扰乱依法扣押的房地产的公开拍卖。有时候，住吉会还会为了原业主的利益做这种事情，这样，原业主就能以低价回购房地产。有时候，住吉会自己把房地产买来卖给幌子公司。废弃物处置（当然是非法的）是一种不错的收入来源，另外还有大宫市的色情业保护费。

不过，最大的财源是勒索。金子对勒索行为是这样评价的：“你们和我们都在做着同样的生意。你们是收集和贩卖消息的，我们也一样。你们让骇人听闻的消息登报，就得到报酬；我们不让那些消息登报，也得到报酬。我们都是从事信息产业的。”

金子的意思是，住吉会敲诈的是那些有见不得人的秘密的企业和商人。还有一种做法是，住吉会有时候风闻某个公司的财政陷入了困境，就会跟该公司接洽提供援助的事宜，从而剥夺它的所有剩余资产和房地产，将它用于其他欺诈计划后把它拖垮。请注意，陷入困境的公司在这一系列行动中往往扮演着积极配合的角色。住吉会利用该公司的房地产作为从中型银行贷款的担保，而他们永远也不会还上这笔贷款。该公司就破产了，但住吉会和该公司的经营者已经得到了他们各自的利益份额。最后，房地产被依法扣押后拿去拍卖，压酷砸又去扰乱拍卖，低价买下土地和建筑物后再把它们卖掉或让第三方购买房地产，从交易中获取作为回扣的利益份额。

住吉会也开了数家幌子公司：临时工中介公司、高利贷业务公司，甚至还有一家保险公司。这家保险公司是用来制造虚假索赔去敲诈真正的保险公司的。住吉会拥有一个催收机构，专门为合法的个人贷款公司恢复坏账。住吉会还做黄牛生意，开当铺非法买卖赃物。当然，住吉会也有一个演艺人才机构，为色情片制作人提供年轻的女性。那些女人的报酬颇丰，根本不存在胁迫的情况。

住吉会开的零售商店销售成人用品和日本男人痴迷的少女穿过未洗的内衣。住吉会还经营运输、货运、航运和大型活动的保安工作。住吉会可以作为一家建筑公司获取合同后把所有的工作转包出去，除了把按合同收取的金额和支付给分包商的金额之间的差额装进自己的腰包之外，什么都不用做。

住吉会设立的假政治组织不仅可以获得减税，而且还是敲诈各种公司的一个更方便的场所。住吉会迫使那些公司以离谱的价格订阅自己集团的时事通讯，从而以不太明显的方式收取封口费。

金子对压酷砸经济的诠释堪称绝妙、简洁、精辟，一个小时不到就将整个系统呈现在我的面前，这种本事谁也比不上他。等他解释完毕，履行了他的那部分交换条件，我答应去看看有什么能够通过正当渠道发现的。我告辞的时候，他提出让他的司机把我送到我接下来要去的地方，我决定不接受他的好意。

那天晚上，我打电话给我的消息人士，把金子对我说的话全部复述了一遍。

“非常有趣，”他说，“我要亲自调查一下这件事。我的猜测是，‘猫’自己那个组织里的某个人想煞煞他的气焰。十有八九是权力斗争。”

“他说他跟警察一直保持着良好的合作关系，这是什么意思？”

“哦，那句话啊。让我解释一下。有一部分压酷砸监督警察分配到反有组织犯罪第一科，那里收集压酷砸的有关情报：他们有多少事务所？多少成员？谁是编制里的？谁不是编制里的？对压酷砸监督警察来说，获取答案的最快方法就是到压酷砸那里去问。‘猫’是个狡猾的老家伙，他不会直截了当地告诉你，只是把事务所的材料随便放在办公室里的什么地方，我们就趁他打电话的工夫漫不经心地把那些材料看了。有时候，他还会把那些材料当作垃圾扔进垃圾桶，这样，我们就可以把它们‘偷’出来。他从来没有亲手把那些材料交出来过。”

“他为什么要那样做呢？”

“因为事情就是这样进行的嘛。他让警察满意了，我们就没有必要找个借口去搜查事务所，得到我们需要的情报。这种方式很有效。”

“为什么不监听他的电话呢？”

“这里不是美国，我们不是联邦调查局。我们得不到监听电话的许可。这种事情是行不通的。”

“你认为他没有在贿赂谁吗？”

“如果有，他不会蠢到让别人抓到把柄。他是那个组织里最聪明的压酷砸。我去查一查有什么事情，然后再给你回电话。”

两天后，他打来电话，给了我想要的答案。谣言是一个叫斋藤义则的人传播的，这家伙是住吉会的四把手。斋藤曾告诉第一科的一个警探说，金子在贿赂一名警察。斋藤没有给出这个警察的名字，迫使警方采取新闻攻势来寻找内奸。

这是警察方面的说法。在压酷砸方面，金子和斋藤长期处于不和的状态。最近，斋藤原本想把迷幻药卖给路过埼玉的卡车队司机们，但金子不愿意参与此事。金子的上司中村据传在青年时一直是脱氧麻黄碱[①]瘾君子，金子不想让他的上司参与到可能诱惑他重拾坏习惯的生意里去。斋藤就故意散布谣言，知道这样做会神不知鬼不觉地让组织上认为“猫”是警察的一个线人。斋藤没有胆量亲自

①译注：一种强烈的中枢兴奋剂。

挑战“猫”，便打算让组织上出面帮他收拾“猫”。

“那你认为我应该怎么处理这个消息呢？”

“把这个消息告诉金子。越快越好。”

我勉强答应了把这些情况转告金子。我打电话给他的事务所，约定在当天晚上见面。

天寒地冻，但帮不了我什么忙，因为我早已不寒而栗了，更何况压酷砸的事务所在光天化日之下也显得阴森森的。我还没来得及敲门，金子已经把门打开了，示意我进去。他身穿牛仔裤和一件深绿色的毛衣，看上去像个帆船教练。

我在沙发上坐了下来，这一次我喝的是茶。我把了解到的一切都对“猫”说了。

我说话的时候，他不住地点着头，眼睛是闭着的，手指摊放在桌子上。“谢谢你。我现在明白了。我欠你这个债，”他说。

“也许这是我不该说的，”我壮起傻胆，“与其不得不跟这个废物打交道，为什么不干脆离开这个组织呢？”

“猫”睁开眼睛，深呼吸了一下。“看看我吧。要是我穿成这个样子，看起来就跟火车上那些休闲商人没什么两样。不过，要是我撸起袖子来，”他说着就开始撸了起来，“就原形毕露了。”从他的手腕一直向上延伸到我能看到的地方为止，是一片浓艳、精巧的文身，看不到一点裸肤的痕迹。

“我已经快六十了，我让自己终生蒙受了耻辱。我没有受过教育，没有文凭。我没有社会保障，也没有医疗保险。我在银行里有钱，而且有这个组织。我还能去哪儿？要是我跑了，住吉会就会追捕我，把我杀了，因为他们会认为我已经成了警察的一条狗。如果我留下来，我还有生存的机会。人的一生并不长，但我还没做好放弃它的准备。所以，我会去处理这个问题的。”

我谢了他的茶之后便准备离开。他把手放在我的肩膀上，正视着我。

“你救了我一条命，这些事情我是不会忘的。如果你需要什么——消息，女人，金钱——尽管跟我说。还有一些永远也还不了的债，我就得欠你到死了。”

“我其实没做多少事情。”

“这不在于你做了多少，而在于你做了什么。”

“那我要的就是消息。但是，我不要有附加条件的消息。我从来没想欠压酷砸什么债。”

“那不是问题。但我现在就告诉你：我会让你知道其他黑帮团伙在密谋什么，而不是我们的。我们的事情你就别管了。你可以提问题，我不会跟你撒谎，倘若它涉及到我们，我就会告诉你我不会答腔。明白了吗？”

“明白了。”

“你真的不想来一个小姑娘？”

“不必了。”

“是不是因为你喜欢男孩啊？”

“不是的。”

“好吧，那就算了，没问题。”他把我送到门口，跟我握了握手。

两周后，埼玉县警方又开始在“猫”的事务所里喝绿茶了。我没有过问斋藤后来怎么样了，金子也没有再跟我谈论过那个事件。

从这一点来看，我和金子保持着一种非常务实的关系。我每隔两周就会顺便到他那里去喝杯茶，而我总会提前打个电话。他会给我提供一些报道的线索，我们会聊聊黑帮生活和记者生活中损人利己的异同点，然后我们又各奔东西。他总想给我找一个日本浪女，我也总是婉言谢绝。

作为一个记者，有“猫”站在我一边有极大的好处。当然，我对从他那里获取消息是有所保留的。我曾经确信他迟早会赖着让我帮他的忙，但他再也没有提出任何要求。我也曾自问，从一个承认自己是反社会违法分子的人那里获取消息，在道义上是否站得住脚。我想，“线人101”[①]里的人大概都是这样的角色吧，但我依然心存疑虑。最后，我终于明白了从我的记者生涯开始就一直受到的教诲：消息没有好坏之分，消息就是消息。提供消息的人有他们的理由和动机，其中很多都是不纯的。要紧的是消息的纯度，而不是提供消息的人。

幸亏认识了“猫”，有一次，我赶在警方的前面及时获悉了黑帮派系之间即将爆发的一场火并，这件事促使我保持着警觉。他是犯罪报道记者求之不得的消息人士，一个出色的消息人士抵得上一百个窝囊的。

①译注：“线人101”（Informant 101）是美国政府实施的一项告密程序。

埼玉爱犬家连环失踪案之一：那你是要我信任你咯？

现在，我的报道重点成了有组织犯罪、盗窃和治安。换句话说，是一周七天，每天24小时在和压酷砸打交道了。

山本升职当了主管，中岛就成了事务所的二把手。中岛和我其实不怎么合得来，大家已经开始把我们两个人说成是“眼镜蛇和猫鼬”了。我得到“猫鼬”这个绰号的原因是：一、我的头发比较多；二、我的性格比较古怪，一天到晚东奔西跑忙个不停。而中岛呢，他有一张日本人称作“毒舌”的嘴，也就是说，他非常喜欢吹毛求疵，好讥讽奚落人；头发也不多，动作死板。他办事条理分明，一丝不苟，井然有序，而这些我一个都不占。我明白我为什么烦死他了。

“夜巡”——记者到警察家里夜访——已经成为我生活中的一项日课。幸运的话，我和我拜访的警察道了晚安后就可以直接回家，等第二天早上再来写报道。不过，我大都不得不回到浦和事务所或记者俱乐部去，把体育赛事记录及其他没什么用的记事打成定稿后才能回家睡上几个小时。

1月份的这样一个夜晚，我发现自己和山本在事务所里无所事事地吃着剩下的比萨饼，这时“眼镜蛇”走了进来，他还是平常那种不动声色的样子，但看得出来带着一种暗暗兴奋的表情。他在把案件说给我们听之前总得先来一句：“阿德尔斯坦，这是绝密消息，把你的大嘴巴关牢点。”

据“眼镜蛇”的警方消息人士称，熊谷市附近的一个名叫关根元的养犬人有连环杀人的嫌疑。关根是个压酷砸，或者当过压酷砸，或者是个跟压酷砸有交往的人。在过去十多年里，与他有联系的数人好像全都失踪了。埼玉县警方在前三人突然不见之后曾展开过一次调查，但所有的线索最后都断了，调查无果而终。事实上，大家把这个案子早忘到后脑勺儿去了。

废弃物管理公司总裁川崎昭男下班后没有回家，这件事的发生改变了一切。数日之后，他的妻子向警方报了案。警方当时并没有十分重视，只是问了几个例行公事的问题：你丈夫最近有没有什么异常举动？家里有没有出什么问题？他有没有过不打招呼就外出好几天的情况？他有没有什么仇人？

川崎太太的回答都是否定的，但在询问的过程中，她提到她丈夫曾经和一个养犬人有过一次争吵。负责询问的警官表情突然变得认真起来，甚至可以说是严峻。“如果你丈夫和关根有牵连，”他放低声音说道，“那你就应该做好最坏的打算。”

川崎夫人神情恍惚地回家去了。警方从资料档案中拖出了一个极其令人战栗的案件。

两个月后，川崎依然下落不明，埼玉县警方凶杀科正式成立了一个专案小组调查这起失踪案件。等到中岛的消息人士向他透露这个消息时，已经有十个警探在调查这起案件了。重要的是，那个消息人士让中岛放心，不必急着报道这起案件，读卖新闻耐心等待就会得到这个独家新闻。连埼玉县警方的高层都还不太清楚这起案件的细节，所以，这个消息也不太可能会泄露到其他报纸那里去。

所有这一切都相当令人兴奋。养犬人，压酷砸，失踪者。这和一部邪恶的日本电视电影如出一辙。因此，凭着我们这些电视警探的本能，我们知道为什么调查的重点不是放在失踪者、有谋杀嫌疑的人或类似的重点人物身上，而是放在不怎么重要的欺诈行为的指控上。取得非暴力犯罪逮捕状的门槛要比凶杀案低得多；这样，一旦你找到一个被拘留的犯罪嫌疑人，你就可以去讯问他的一切旧账（包括谋杀）。这就是凶杀科那些家伙的标准作业程序。

我的任务是检阅报纸档案，找出跟这个养犬人以及他开的宠物商店（有个很吸引眼球的店名——“非洲犬舍”）有关的新闻报道。当时《读卖新闻》还不是用电子文件来保存过去的版面，这样，我就得用老方法去翻阅装订本，又烦琐又累人。我瞪着双眼找了两天之后，终于发现了一篇1992年7月14日的文章，标题是：“再见了，危险的动物：可爱的狮子宝宝被送往群马县动物园。熊谷的宠物饲养人在阳台上养狮子被捕。”

显然，在不安的邻居打电话找动物管理部门之前，关根一直在他家的阳台上养着一只狮子的幼崽。在家中饲养野生动物违反了多项城市法规，结果，那只幼崽被运到一家动物园里去了，关根也被罚了一点款。

找到这篇文章是一个突破——除了其他内容之外，这篇文章还确定了关根的汉字写法。在日本，光凭名字的发音确定不了它的汉字写法。我有一次要找一个日本女子，我们从她在纽约大学签到的簿册中找到了她的名字；我们知道她的姓名的罗马字拼法，也知道她的年龄，但她的姓氏有好几种汉字的写法，而她的名字至少有20种汉字的组合。倘若她的英文名字被一个无知的美国人拼错了，或者拼写成某种只有一些人才能看得懂的罗马字，数据库会帮你多大的忙便可想而知了。你必须知道汉字的写法才分得清谁是谁。我们现在可以在现有的数据库里用汉字查找关根了。

关根原来是个相当有名气的家伙——事实上，他是日本最有成就的养犬人之一。杂志的特辑和电视的专题节目都对他做过介绍，他单枪匹马把阿拉斯加雪橇犬训练成日本最负盛名的表演犬之一。他在采访中声称，他曾在非洲生活过，在灌木丛中猎杀过动物，用目光吓退过老虎。关根一直在掉头发，剩下的头发里掺杂着些许灰发；他那双晶晶发亮的小眼睛好像一直在窥视着什么，额头上的皱纹让人觉得他在深思着什么；他的粗嗓音让人以为他生下来就一直在抽金蝙蝠香烟（日本最差的、有时又是最好的香烟）。他拥有三家店铺，还曾宣称有计划创建一个小型野生动物园。在最近播放的一个新闻节目中，他对惊奇不已的采访记者谈到他如何跳出直升机，如何把狮子摔倒在地。我心想，这是个怪物，一个杀人不眨眼的怪物。

到1月末，我们已经掌握了四名失踪者的案件情况，而且相信这些人已经被关根元杀害了：川崎，一名家庭主妇，一个黑帮老大和他的司机——这在很大程度上归功于中岛的努力和领导。但是，我们找不到关根作案的动机。

我们的读卖新闻队伍进行着绝密的调查。我们的计划是，到眼看就要逮捕养犬人的时候再发稿。但这一计划在2月17日那天土崩瓦解了。

那天，我正在埼玉县警察记者俱乐部整理记录的时候，山本吃过午餐回来，对着我的脸哈了一口气，一股泡菜味。“我刚吃了点不错的韩国烧烤，”他说，“阿德尔斯坦，你觉得我有必要来一粒清新薄荷糖吗？”他问道。

“没错，我想你最好还是来一粒吧，山本先生。”

“那好，去给我买一点来。”他说着递过来200日元。

我坐上电梯到地下一层的便利店去了，这个店里准备的都是应付这种紧急情况的东西。我买了一包“黑又黑”——一种会把舌头和牙齿都染黑的黑色超刺激薄荷味口香糖（我一直想不通这种东西怎么卖得出去），正准备坐电梯回去，我的传呼机响了。我赶紧回到记者俱乐部，山本从我手里接过“黑又黑”，把一张体育报纸《飞鸟》戳到了我的面前。

“看看，”他冷冷地说，“狗跑了。”

的确如此。一个很大的标题写着：“四人在埼玉失踪；神秘养犬人涉嫌”，甚至还有一列受害人名单——虽然错误百出，但毕竟还是登出来了。我们的独家新闻被别的报纸抢走了，而这张报纸竟然是所有媒体中最下三烂的：体育报纸①。

“给大家打电话，告诉他们马上去浦和事务所。30分钟后召开紧急会议。”

我们赶到事务所的时候，原局长正湊在主编身边仔细推敲着《飞鸟》的晚

---

①原注：日本的体育报纸在火车站的所有售货亭都能买到，比超市小报好不到哪里去。这些报纸的主要内容是体育新闻，所以表面上看那些报道都很真实，但其主流的新闻报道沉溺于骇人听闻、令人作呕、仅此而已的八卦新闻。体育报纸还因为有“桃色版面”而显得与众不同，那些版面刊登的都是挑逗性的黄色照片和绘画、色情小说、性爱俱乐部和按摩院的消息以及这类行业的广告。看来这些报纸偶尔也刊登犯罪报道。

刊。我们都围了过去，原的那种大菩萨般的存在感把房间内的疑虑一扫而光，他转向山本大声说道：“我想我们把这个东西藏好了吧？”

山本吸了一大口气，然后开口说道：“嗯，那篇文章并没有正经做调查。而且《飞鸟》玩这种游戏还嫩了点……没有人会去读它。它只不过是想引起轰动而已。我们应该不理睬它，继续准备我们的报道。”

“你对这件事有什么看法？”主编问“眼镜蛇”。

“眼镜蛇”的看法和山本一样。

编辑却不以为然：“如果明天我们以外的全国所有报纸都跟进这个报道，那会发生什么情况？我们看起来就像是放弃了领先地位。我们怎么知道在这个问题上我们面临的不是一场真正的竞争？”

“我认为事情不是那样的。”“眼镜蛇”故作镇定地回了一句。

“你认为事情不是那样的？你知道事情不是那样的？你愿意为一篇被抢了先的报道挨批吗？”

“眼镜蛇”沉默了片刻，我都快要同情起他来了。但他接着抬高嗓门说道：“我觉得现在写这篇报道还为时过早。”

“得了吧，这篇报道已经摆在那儿了。显而易见，我们必须开始行动了。事情也许进展得比我们希望的要快一些，但我们别无选择。该停止讨论、开始写稿了。本地区的局长现在无时不在监督着我啊。”

我听着这一切，突然以新进记者罕见的胆量举起手来，山本猛打手势暗示我应该保持沉默，但我没有理睬。“我可以说点什么吗？”我说。

“谁问你啦？”编辑挥了一下手，做了个典型的日本式“靠边站”的手势。

原插了进来：“杰克，说说你的想法。”

“好的，”我一开口，声音突然变得嘶哑起来，“我们在某种程度上已经跟埼玉县警察达成了协议。他们一直在给我们提供他们所知道的一切，就是为了让我们把这个报道压下来。等逮捕的时机一到，他们就会让我们发独家新闻。这是交换条件。如果我们违反了这个协议，我们既失去了他们的信任，也没有遵守我们的诺言。”

“有道理，杰克，”原点了点头说，“但情况变了，已经有报道出来了。”

“那是份没人读的报纸，没有公信力，而且做法也不对。我们的写法跟他们有天壤之别，”我附和着他们前面提出的观点说道，“如果我们现在写这篇报道，我们也许会赢得这场战役，但我们将失去这场战争。”

原沉吟了片刻，没有人想在这个时候吭声。原看着那篇文章，来回踱了几步，然后叹了口气：“我认为我们不能不理睬那篇文章。我了解警方，他们会有点不高兴，但过一阵子就会好的。开始工作吧，这个必须上早刊。”

原的话说完之后就散会了。“眼镜蛇”在走廊上堵住我，我以为我又要被吼了。不料他说道：“谢谢你说的那番话。你对警察采访工作的了解比我想象的深刻。你还是那么粗心大意，文章还是那么糟糕，人还是那么散漫，但你的某些直觉还不错。你可能不是个庸才。”

“谢谢。”我说，尽量不让声音带上嘲讽的意味。

“啊，没关系。”

山本在事务所的最里面。“阿德尔斯坦，你说得对，”他平静地对我说道，同时心不在焉地整理着版面。“抢这个先的想法糟透了。不过，有时候事情就是这样。从现在起，这将是我们要做的最重要的报道，所以，我要给你们每个人指定一个受害者。你们的任务就是找出有关你们调查的受害者的可以了解到的所有事情：他是怎么认识关根的，有没有人最后一次看到他还活着，是什么时候，他是怎样的一个人，他为什么会遭到杀害的，以及在调查过程中出现的其他用得着的消息。也就是说，我们需要图片、评论、证言和我们能搞到的一切。你是负责埼玉县有组织犯罪监督局的，你自然应该负责压酷砸远藤跟他的司机和久，这两个人都失踪了。从明天起，你的生命是远藤的生命。”

我的狗年就这样拉开了帷幕。

我们报道“埼玉爱犬家连环失踪案”的第一篇文章出现在2月19日的早刊上，文章前面有四行字的大标题：“4月至8月有数名爱犬家在埼玉失踪。交易中出现纠纷”。文章是早上发表的，文章一见报，其他报社便争先恐后地赶着跟进。这下大家都知道了，读卖新闻在这起案件上是处于领先地位的。

然而遗憾的是，这篇文章的发表不啻给关根通风报信说他正在被警方调查，这样，他就不太可能再次出手，也更容易刺激他去毁灭证据了；这种行为使警方完全疏远了我们。

我们实际上没有守住自己的约定，警方当然不会原谅我们。警探长毫不含糊地对“眼镜蛇”明确了这一点，法医部很有绅士风度的头儿横泽也把《读卖新闻》列入了他个人的黑名单。他们并不在意其他报纸，因为那些报纸也在跟进这个报道；他们在意的是，我们是第一家公开“还不准备公开”的新闻的合法报纸。在他们眼里，如果事情出了什么差错，我们就应该负全部责任。

尽管如此，我当天还是踏上了第一次去甲南市的旅途，开始调查远藤的详细情况。甲南是个会让人恍若回到1960年代的地方。这里有一个庞大的杰克赛尔工厂、一个高尔夫球场、一座市政厅、一所小学、一所初中和一所高中。这里还有一个杂货店和一间家庭餐厅。除此之外就是大片的空地、少量的农田和无所事事的人。这里确实有一座供着智慧本尊（文殊菩萨）的小有名气的寺庙。不过，我还真没找到市中心。

我一开始就到消防署去打听了情况，我总觉得消防队员比警察健谈。我在那里了解到，远藤失踪前一直是一个被称为高田组（头子是一个名叫高田的人）的有组织犯罪团伙的二把手。该团伙是稻川暴力集团的第三大团体。我还以为人们一谈到远藤就会心生敬畏；但出乎我的意料，每个人都在说他的好话。事实上，他们似乎还在为他的安危担心。

一名消防队员跟我说："远藤是个了不起的家伙。他并不总是个压酷砸，一直都在开卡车。1984年市长选举的时候，我其实还投了他一票。政客反正都是腐败透顶的，还不如选一个你知道他本来就腐败的，也许他还会让你大吃一惊，做出点诚实的事情来。"

我尽快做着笔记。这是个疯狂到了什么地步的小城，当地压酷砸都在竞选市长？其实它并没有我起初想象的那么疯狂。远藤只得了120票，在压倒性多数票一方的胜利中败北了。在市政厅里，我拍到了一张远藤作为竞选市长的候选人时提交的照片。他看上去很强壮，有着一双火爆脾气的压酷砸常见的风平浪静的眼睛和一头乡下压酷砸似乎都很喜欢的羊毛卷发型，他的鼻子看起来好像被打断过好几次。要杀这家伙看样子得有相当大的力气才行。

我打了一辆出租车前往远藤住过的地方。他的住所是一栋半古式的漂亮大房子，附近很安静。院门是开着的，我走了进去，想走近点看一看他那塞得满满的邮箱里的邮件。我刚想偷眼看，就觉得有人来到了我的身后。

这是一个小老头，头顶光秃秃的，皮肤薄得像半透明似的。天气还相当寒冷，他竟然穿着牛仔裤和T恤衫。T恤衫上印着亮绿色、带着猥亵含义的英文字。

"你在干什么？"他若无其事地问道。

"我找远藤安亘。这是他的家，对吗？"

"是他家，但他回不来了。"

"为什么？"

"因为他已经死了，"他说道，语调很平淡，"'犬舍'剁了他，磨成肉糜，拿去喂狗了。城里人大家都知道这事儿。"

"真的吗？您不会碰巧看到了这一切吧？"

"没看到。什么也没看到，但我见多识广。我了解这座城市，我认识远藤，也认识'犬舍'。"

"您说的是关根元？"

"我忘了'犬舍'的真名。我可以问个问题吗？"

"当然可以，问吧。"

"你干吗要找远藤？"

我退了几步回到街头，继续我们的交谈："我是报社记者。有人——即便是压酷砸——失踪的话，那就是新闻了。我想找出他失踪的原因。"

"他不是失踪，他成了肉糜，现在都成狗粪了。"

"您一直这么说。要是大家都知道是'犬舍'杀了他的话，为什么没让警察把他逮捕了？"

"因为他们需要证据嘛，你这个傻瓜。知道某件事和证实某件事是两回事。照你说你是记者的话，你应该知道这一点的。"

"我当记者的时间还不长，"我说，"我还在学习。"我把名片递给他，他瞥了一眼就塞进他的后裤袋里去了。

我继续追问了几个棘手的问题："'犬舍'为什么要杀远藤？动机是什么呢？"

"哦，这个啊，"那人说着从他的袜子里拉出一包金蝙蝠香烟，点着了一根。他猛吸一口，几秒钟的工夫半根烟就烧成了灰，他把那口烟慢慢咽下去，然后吐了出来。

"远藤是个压酷砸。压酷砸喜欢吓人的东西，也喜欢吓唬人。所以，'犬舍'把吓人的动物卖给压酷砸。老虎啊，狮子啊，都是些会把一般人吓死的东西。'犬舍'就是从卖宠物给压酷砸起家的。"

"那他为什么要杀远藤？"

"不知道。或许'犬舍'生来就邪恶，像条疯狗。所以那就是他干的，他会杀人的。远藤一定是挡了他的路。"

"那他怎样才能把远藤那样的大家伙杀了呢？"

"也许他把一支装着毒药的注射器就这样刺进远藤的脖子。刷！我有一次看见他就是那样杀狗的，那可是一条大狗。很久以前，我一直在给'犬舍'干活。现在不干了。他是个坏蛋，不干好事。远藤是个压酷砸，不过没有人们说的压酷砸那么坏。"

时间是下午两点。街上一个人影也看不见，只有我和这个怪老头。远藤的家又静又暗，里面看样子没有人，就像是被遗弃了似的。

那怪老头住在离远藤家三栋房子之外的地方，总是一副欲言又止的样子。

"您记不记得什么时候最后一次看到远藤还活着？"

"不能说那我记得。"

"那知不知道他是什么时候失踪的？"

"那我记得。"

"您记得？"

"没错，就是这样。"

“那您能告诉我什么呢？”

“我记得最后一次没有看到远藤还活着的时候。”

“您看到他死了吗？”

“你没有在听我说话，记者老弟。我说我记得最后一次没有看到远藤还活着的时候。”

“好吧，那是什么时候？”

“是7月22日的上午，去年。”

“您记得住日子——为什么？”

“因为那天远藤说好了要开车送我上医院拿我的心脏药的，可那家伙一直没露面。远藤，还有他那个司机和久，一个好孩子，有时会让我搭他们的车上医院。我把日子都记在挂历上。他没有露面，我很生气。我得取药。下次见到他，我准备把自己的脑子给他一片。嘿，别承诺你遵守不了的约定，约定承诺了就得遵守。”

“那您从那以后就再也没有见过他了？”

“没有，不过高田组的另一个家伙告诉我说，远藤和‘犬舍’因为什么事在干仗。那时我就知道远藤死定了。十有八九那孩子也活不了。太可耻了。我告诉警方，‘犬舍’一定是把他们给宰了。”

我心想，这是好东西。有了这个线索，我们就可以缩小远藤失踪的时间段了。我正在匆匆做着记录的时候，那老家伙突然把手中的烟头扔在地上踩了一脚，重新打开远藤家的院门，走到塞得满满的邮箱前面，用他那双瘦骨嶙峋的手把所有邮件都掏了出来，然后回到我的跟前。

“你想要这个，对不？”他问道。

我当然想要。“我不能拿，”我说，“这算是偷了。”

“你没偷。因为这些邮件不属于任何人了。死人不读他们的邮件，邮局也不会把这些东西重新投递到地狱里去。就拿着吧。或许你会找到些什么。”他把邮件塞到了我的手里。

“好吧，”我说着，把邮件塞进我的背包里，“我得走了，多谢多谢。”

那老家伙站在马路中间，又点了一根烟。我刚要坐进等在那儿的出租车，又停下来问他：“您知不知道还有谁可能知道远藤的情况，或者他什么时候失踪的？”

“去问他的女朋友。我记不得她是不是还在念高中。如果在念，你就能在那儿找到她。名字叫裕美。”

“裕美？”

“她很性感哦。”他说。

“您今天要不要上医院？”我问他。

“要啊。”

“来吧。”我让他搭了车，这样做似乎是最合适的了。

凶杀科的进度简直就像老牛拉破车，白领犯罪组对没能以诈骗罪逮捕关根很不满，一直到了5月下旬，我才又一次迷上了那起狗案件。

那是在夜巡到有组织犯罪科的一个联络人那里的时候，那个警察喝得醉醺醺的，对某些不公正的做法牢骚满腹：“那些白痴把我们科最他妈好的警察调去负责养犬人的案子。他们就不能先问问我？当然不会，我们自己真的能用上他的时候也不会……”

我一下子来了兴趣：“那个警察是谁？是个中尉什么的？”

“不是，他勉强算个警探吧。一个真正的局外人那样的家伙，不喜欢参加考试。但他在科里比谁都更有能耐撬开嫌疑犯的嘴。哈，或许是因为他看起来就像个压酷砸——不过跟一般的小流氓可不一样，看起来就像个头儿！他在甲南待过挺长一段时间。哈，搞不好还跟高田是同学呢！”

“他应该是个值得认识的了不起的家伙。”

“你为什么不去拜访他一下？他可不太容易接近，要有礼貌一点。不过别告诉他是我让你去的。”

“那我应该怎么说？”

“跟他说凶杀科有人把他的名字透露给了你的上司。反正他不喜欢跟凶杀科的那些家伙共事，所以你不必说出名字来，可以让你的上司背黑锅。跟他说凶杀科的人把他的名字给了你的上司。”

“他叫什么名字？”

“关口。”

山本听到我发现了一个新的消息来源，非常高兴。我们还在警方的黑名单上，能争取到一个是一个。

“你干得不错，阿德尔斯坦。不过，你想让这个警察开口还需要计谋。他有孩子吗？”

“我不清楚，好像有。记得有人说过他女儿的事。”

“那好，带上冰淇淋。”

“天气越来越热了，冰淇淋化了可就惹大麻烦了。”

“买一些干冰，白痴。”

“为什么带冰淇淋？就因为孩子们都会喜欢吃吗？”

"不，不是，不是的。这是一匹特洛伊木马，阿德尔斯坦。它会让你迈进他家的门。如果警察不在家，你可以跟他妻子说：'哦，我给他带了点冰淇淋。能不能请您把它放在冰箱里？不然会化掉的。'如果他在家，他可能就会收下冰淇淋，请你进去坐坐。如果孩子们看到冰淇淋，就会想吃。这样，孩子们可能就会喜欢上你。如果孩子们喜欢上你，那你就搞定了他的妻子。"

"你要我跟他妻子发生性关系吗？"

"不，是跟他妻子搞好关系。在日语上多下点功夫吧，杰克。相信我，如果你要带什么去的话，带冰淇淋就行。记住，你是在利用这些警察，他们根本没有跟我们交谈的义务。要承认这一点。一个好警方记者是绝对不会空着手上门的，一次都不会。"

"唔，能报销么？"

"这得自己掏腰包。每个人都得负责自己的消息人士。"

警方采访记者的灾难：读卖新闻会给你涨工资，但那点工资根本对不起你的工作时间。你的交际费少得可怜，而且，你的工作越出色，你和警察喝酒、吃饭以及送礼花的钱就越多。即使是读卖巨人棒球赛的门票，也不像大家想的那样可以免费得到，而是得自掏腰包。你的消息人士越多，你的花销越大。就是这样。

但我还是不折不扣地采纳了山本的建议。我去超市买了我能找到的最大桶的哈根达斯巧克力冰淇淋，傍晚7点来到那个审讯人的家门口。门前是一块空地，房子看上去更像一个窝棚，有一个小门廊。暮色漆黑，在这座城市里生活了几个月的我心里不禁为之一震——还能看到这样的夜空，听到树叶沙沙作响的声音。植被和潮湿树叶的香气飘荡在空气中，有一股生香料的气味。

我让司机在远处看不见的地方等着。朝那栋房子走去的时候，我的心里有点紧张的感觉——第一次夜巡的时候总是这样，要去巴结连面都没见过的家伙时，这种感觉就更糟了。我把这种感觉比喻成和女跆拳道选手相亲。

按门铃的时候，我听到了孩子们的笑声。太好了。关口夫人出来开门，还打开了门廊上的灯。两个小女孩突然从她的两边探出脑瓜来，好奇心十足地盯着站在她们面前的幽灵。

"很抱歉这么晚前来打扰。我叫杰克·阿德尔斯坦，是读卖新闻社的。"我用非常礼貌的日语说道，同时递上我的名片。

她一脸困惑："嗯，我们已经订了《读卖新闻》。"

"谢谢，"我说着鞠了一躬，一个训练有素的公司员工应该做到这样，"其实，我是记者。我希望能有机会跟你丈夫交谈一下。"

"哦？让我问问他想不想跟你交谈。"

她快步走进屋里去了，两个小女孩走到门廊上来了。“你是什么？”年纪小的女孩问道。

“你是不是想说你是谁？”我纠正了她。

她毫不买账：“不，我就是说你是什么？你显然不是人类。”

“他有可能是人类。”她的姐姐说。

我不知道如何回答这样的对话：“为什么你认为我不是人类呢？”

妹妹立即答道：“你的耳朵很尖，而且鼻子这么大，你不可能是人类。”

我问：“好吧，那我是什么？”

妹妹走近我，盯着我的脸：“你的鼻子又大又长，耳朵尖尖的，眼睛又大又圆。你在冒充人类说日语。你一定是只天狗①。”

姐姐摇摇头：“阿智，他只有一只耳朵是尖的。而且他的皮肤也不是鲜红色的。只是粉红色的。但他的鼻子的确像天狗。”

阿智要我弯下腰来，那样她就可以摸到我的鼻子了。我照她说的做了。她毫不迟疑地把她的两只手指分别插进我的两只鼻孔里，然后死命往下拉，我差点摔倒。她在牛仔裤上擦了擦手指，又挠了挠脑袋。然后，她拍着手说：“我知道啦！你是半天狗半人类。你说呢，友纪？”

没等友纪来得及就我的生命形态提出她有见地的判断，关口夫人返了回来，“我丈夫不想跟任何记者交谈。对不起。”她带着歉意说道。

“我知道了，”我答道，“我通常为报纸采访有组织犯罪方面的新闻，我知道很多警察觉得跟记者交谈不太自在。有时候，不管你信不信，我个人对他们可能还是有用处的。”

关口夫人笑了起来：“嗯，或许下次吧。”

我把装着冰淇淋的袋子递给了她：“这东西肯定挺不到浦和了，就请收下吧。它已经开始化了。阿智和友纪肯定会喜欢的。”

我跟孩子们说了再见，对着她们抽动了一下我那半天狗的耳朵，然后慢吞吞地朝停车的地方走去。走到空地的中央时，我听见有一个深沉的声音大声喊道：“读卖先生，等一下！”

我转过身去，看到一个穿着牛仔裤和T恤衫的高大威风的身影站在门廊上。那是关口。我回头朝他走去。

“谢谢你的冰淇淋，”他紧紧地握了握我的手说，“四个人吃不完。你还不如也进来吃一点。”

关口有着一双深陷的眼睛，纯黑色的眼珠，高高的颧骨，鼻子明显被打断

---

①原注：日本传说中的小妖精。

过。他留着短发，头顶上的头发稍微长一点，使他看上去像个五十来岁的飞车党。他示意我进屋去。

孩子们和关口夫人坐在客厅的地板上，脚放在一张带毯子的矮桌子[①]下面。关口夫人把我的名片放在她的面前，两个女孩好像在做着功课，桌面摆满了书本。关口端来了五碗冰淇淋，把它们放在桌子上。

我把随身带着备用的啤酒递给了他。

"哦，谢谢！"他说着便把啤酒放到厨房里去了。他坐了下来，又好像刚想起了什么，问道："对不起，你喝不喝啤酒？"

"我不喝，谢谢。你不喝吗？"我问。

"我喝，但在家不喝。否则孩子们会学坏的。"

他点燃一根烟，也递了一根给我。我欣然接受了，觉得手里得有点事儿干。

"身心健全的美国人不是不再抽烟了吗？"他说。

"我不是个身心健全的美国人。"

"我注意到了。"

"你怎么知道我是美国人？"

他吸了一口烟："我记得你。我们突击搜查住吉会假政治组织的时候，你在那儿拍照。"

"是的，当时我在那儿。不过，我不记得看到过你，"我说，然后竟敢把紧接着到嘴边的话说了出来，"兴许我当时以为你也是压酷砸呢。"

令人欣慰的是，他笑了："是啊，我经常被别人看成那样。在这个城市，我本来是走哪条路都可以的。"

从那时起，关口就掌控了话题——问一些有关我和我的背景方面的问题，我进读卖新闻之前的生活……他是一个注意倾听别人说话的人——要么是真的感兴趣，要么是很善于装出感兴趣的样子。我们吃完了冰淇淋，他再次对我表达了谢意。

"真好吃。你的手法不错，你的尝试也有分寸。你认为这样就会让你进门，你成功了。剩下的问题是：我可以信任你吗，而且我应该信任你吗？"

"是的，那的确是个问题啊。"

"你是怎么知道我的名字的？"

我得想一想该怎么回答这个问题。我不想说假话，但我又不想把一切都抖出去。"你知道，我负责有组织犯罪的采访。那是我在警方采访中的分内工作。"

"但你来这儿是因为我在调查养犬人的案子吧。"

①译注：被炉。日本人坐在榻榻米上取暖用的小桌子，桌面下一般覆盖有薄被或毛毯。

我点了点头，“没错。我负责有组织犯罪的采访，而你正在处理失踪的压酷砸，或者说我是这么听说的。”

他点了点头：说道：“不过，你没有回答我刚才问的问题。你是怎么知道我的名字和住址的？”

“如果我告诉了你，你怎么还能信任我？你怎么能知道我不会不小心把你的名字给错了人？反过来说，即使我告诉了你，我怎么知道你不会找出我的消息人士，让他因为泄露消息而惹上麻烦？”

关口笑了起来：“答得好。你看来是训练有素啊。好吧，我就不向你要名字了。不过，给个提示吧。我保证不会因为这件事就认为你不好，我也不会去查是谁把我的情况告诉给你的。我只是好奇而已。”

“那你是要我信任你咯？”

“彼此彼此嘛。”

“好吧。我就对凶杀科不忠了，反正他们不是我的采访对象。有个参加此案调查的人把你的名字给了我的上司，我的上司不会告诉我他是谁，而我也绝不会问。”

关口撇了撇嘴，把烟捻灭，暗暗笑了一下。

“那些家伙八成的时间都在想怎样让记者失去线索，怎样不让记者把调查搞糟。当然，他们都在到处泄露消息给自己喜欢的记者，尤其是可爱的女记者。那你想知道什么？”

我没想到他会这样问我。其实我以前从来没有被警察像这样盘问过。这对我来说是新的发现。

“你能告诉我远藤的事情吗？”我开始了，“你还能告诉我关根元的事情吗？”

“你了解到多少远藤的事情？”

我把自己了解到的都告诉了他。关口又递给我一根烟，我们又都抽了起来。

“我该怎样称呼你呢？我可受不了每次都叫你阿德尔斯坦。”

“叫杰克就行。”

“杰克先生？小杰克？”

“叫杰克就可以了。”

“好吧。天色越来越晚了。这样，我就把我知道的告诉你吧，但有一项要提请你注意。”

“请讲。”

“很多这样的消息都是在底层的。如果你一得到消息就被那些上面的家伙发现，他们虽然不会知道那是什么消息，因为他们手头上还没有，但他们会奇怪你为什么会有，就会顺着食物链往下寻找泄露消息的人。如果你之前不了解这种事情，现在你应该有所了解了。在还没有慎重地复核你得到的消息之前，你必须按兵不动，不要让消息一路传到上面去。否则你就欺骗了你的消息人士。你明白吗？”

“我明白。”

“好，那我就把我知道的告诉你，不过，你处理这些消息的方式就是你的可信赖程度的试金石。知道吗？”

“知道了。”

“毫无疑问，关根杀害了远藤，这是一起我们最难以置信的案件。我认为我们应该一开始就以谋杀罪拘捕他，而不是在那里磨磨蹭蹭。他很快就会招供的，我很清楚这一点。很明显，因为我不是追捕杀手的精英成员，没有人会听我的，但他们最终会的。

“从迄今为止的调查结果看，我可以说关根杀害了八个人。远藤谋杀案是一起具有最有力的间接证据和传闻证据的案件。我们有证人可以作证，最起码远藤在失踪前见过关根，而且就在那一天关根‘伤害了’他。这一点毋庸置疑。”关口的语气里充满了自信。

我问，像关根这样的养犬人怎么会跟压酷砸勾搭得那么牢。

“关根到甲南之前因为钱的问题跟山口组一起卷入了大麻烦。他自己一直是另一个黑帮集团‘极东会’[①]的成员。他到这里时，有个顾客介绍他进了高田组。作为酬谢，他送给这个团伙的头子高田一条极其昂贵的狗。这就是他与稻川会犯罪集团产生联系的开端。他继而成为压酷砸的外国宠物供应商，把猛犬和野兽卖给那些有钱的压酷砸——他们喜欢那样的废物，因为这样可以提升他们作为硬汉的形象。他卖了一头狮子——一头该死的狮子——给一个团伙，它还活着。但这个大家都叫他‘犬舍’的家伙并不喜欢动物；他钦佩它们，有那么点儿吧，而且利用它们。

“我给你举个例子。几个月前，‘犬舍’和这个顾客在为一条狗讨价还价，交涉一直没有结果。当时的情景是这样的：他们站在‘犬舍’的商店里，脚边有一条纯种的阿拉斯加雪橇犬，舌头耷拉在它的嘴边。那个客户毫不让步，他告诉关根，他不准备付关根要的150万日元，并再次要求把价钱减掉50万日元。

“‘你不是想要50万日元的折扣吗？’关根一边喃喃自语，一边笑着把狗拉到他的跟前，顺手从他的办公桌上拿起一把梳理毛皮用的剪刀，一剪子就把那只狗的左耳朵剪了下来。然后，他把那只耳朵扔在顾客的脚边，说道：‘好啦，你

---

①译注：“极东会”是总部设在东京都丰岛区西池袋的日本最大的“的屋系”暴力团伙，有一千多名成员，活动地域遍及北海道、茨城县、埼玉县、千叶县、东京都等一都一道13个县。

赚了。我打折卖了。’那家伙付了钱，带着狗离开了。我敢肯定他在想——下次掉在我脚边的耳朵可能就不是狗的了。

“那是正常人做的事吗？‘犬舍’对动物做这样的事是因为他认为它们善恶不分，它们的行为纯属本能。他想成为那样的动物……”

关口送我到门口，夜晚给意外的收获平添了触目惊心的感觉。我正准备离开的时候，他把一只坚实的手放在我的肩膀上，止住了我。我转过身去，难道我做了什么非常失礼的事？

他直视着我，向下指了指我的脚。“你的袜子不成对，你知道吗？”他问道。

回到埼玉已是午夜前后。山本还在等着我。

“怎么样？”他问。

“还行吧，”我回答道，“他真的是守口如瓶啊，除了他调查的这个案子之外，什么也没说。但我确实进了他的家门。”

“太好了。”山本说。

我没有对山本说实话——即使我信任他，我也不信任“眼镜蛇”。我听从了关口的告诫：我不想让我的记录过早被拉到食物链上面去，让关口不得不为它付出代价。这是我第一次意识到，要保护你的消息人士，你有时不得不对和你合作的人保密。后来我还认识到，你有时还不得不对你所爱的人保密。

埼玉爱犬家连环失踪案之二：下了床，压酷砸就是一文不值的寄生虫

采访了这起案件好几个月之后，我开始反思应聘时的那些日子，明白了演讲者曾说过一篇报道有可能花上一年的时间去做的原因。当时我还想过，要是那样就太好了；现在我却很想歇一歇，可一点办法都没有。

我跟关口提到我想休息一周的事情。

“你做不到。”他笑了。

他说的没错，我不到四天就回来了。高田组里的一个名叫清水的小流氓把关根堵在他的“非洲犬舍”店里，砍伤了他，关口负责审讯那个犯罪嫌疑人。

我正和那两个小女孩一起吃着哈根达斯的时候，优秀审讯员回来了。他脱下鞋子，在我们的桌旁坐了下来。真不可思议，好像坐在那儿是世界上再自然不过的事了。

关口向他妻子要了杯咖啡。

“清水认为关根杀害了远藤？”我不假思索地脱口而出。孩子们都在那儿，但她们没有在意我们的谈话。

“是的，是的。他承认自己用裁纸刀划了关根的脸，别的什么都不承认。所以，我们记下他的供词之后，他便签了字；我把他拉到一边，对他说：‘我已经审过你了，也不会再改写你的供述了，不过老实告诉我：你这么干是不是因为有高田的命令？’清水说不是。完全否认了这一点。”

关口继续说道：“我想听听高田本人对这件事是怎么看的，所以去见了他，就像我每隔一段时间去监察一次那样。我直截了当地问他，是不是他让那个白痴去的。高田面无表情地说：‘如果我让那废物去收拾他，而他没有重创那乡巴佬就回来的话，我不把他绞死才怪。清水简直就是个大笨蛋，他不配当压酷砸。如果他想露一手，就应该把刀插进那狗娘养的肚子里去。’”

说到这里，关口决定给我来点背景知识，“很多压酷砸甚至不喜欢叫自己压酷砸。忘了那个官方词汇‘暴力团’吧。他们自称‘极道’。你知道这个词，对吧？”他在一张餐巾纸上写着汉字，“‘极’的意思是‘终极、远方、极端’，‘道’就是‘道路’。一个极道是勇往直前的，他不会退缩，不达目的，决不罢休。现在的这些小家伙，他们不配叫自己极道，他们只是些小流氓，却装出一副男子汉的样子。

“我的事情就是确保外界以为我们好像在尽力让关根活着，让高田的手下相信，如果关根出了什么事，法律就将重重地惩罚他们。很荒唐吧，但我做的这一

切就是让高田觉得自己没有丢脸，然后决定亲自除掉关根。”

关口是在走钢丝。然而，在许多方面，他是在维持着整个调查工作的完整性。远藤刚失踪的时候，大家都在暗中传说那是“犬舍”干的，但高田听不进去。他简直不敢相信，一个平民，无论他如何失控，也不至于把一个压酷砸干掉。这可是闻所未闻的事情。然而，自从关口被派去参加这起案件的调查，高田似乎在渐渐开始重新考虑自己的立场了。他说不上来自己为什么会这样；他清楚的是，自己在为开始越积越多的事情的进展而担心。

高田偶尔会打电话给关口，漫不经心地说道：“我准备给‘犬舍’开几个孔。这个案子简直是在浪费你的才华，我会替你了结了它。你很快就会接手更有意义的案子。”于是，关口会礼貌地请他克制自己，不要杀害主要犯罪嫌疑人。过了一阵子，这就成了有几分相声味道的例行对话。

谁都不知道远藤是什么时候、在什么地方被干掉的。但是，关口已经能够看出他的最后一夜到他失踪为止的行踪了——9时许，远藤玩了几把非法赌博之后曾打电话给裕美。电话内容简短扼要：“我会晚一点到。”

关口还获得了另一条关键消息：一个当地的兽医曾卖给关根大量的硝酸士的宁——这样，他就可以让生病的动物睡觉。

我一直在按自己的方式调查远藤在最后那段时间里发生的事情，很快我发现自己每隔一天就要到关口家去核查一下自己挖到的消息。我的这种做法就连极为宽容的人可能都会受不了，但奇怪的是，关口似乎并不介意。与此同时，关口夫人甚至开始在她出门办事的时候让我照看孩子们；我最后都得指点她们的英语功课了。

关口终于查到了裕美。她没有念高中，而是去当酒吧女招待了；于是，我和吉原第二天晚上便去了那家酒吧。老板娘出来迎接我们，吉原点了要裕美陪酒，她便把我们带到一张桌子跟前坐下。

这地方是个典型的织女俱乐部：一盏吊灯，几张供亲密聊天的沙发，一台卡拉OK机，吧台后面站着一个彪形大汉。室内是用紫色天鹅绒装饰的，四周光线昏暗，桌上的蜡烛显得跟聚光灯一样，吧台后面的那个家伙扫了我一眼，他没脖子，短头发，西服又差劲又紧绷——是压酷砸，没错！

裕美打扮得十分好看。她有一张瓜子脸和漂亮的小嘴，个头好像比我矮一点，但也矮不了多少。我料想她的超短裙下方会露出一点蕾丝花边来，但没能看清。她坐到吉原的身边去了，而跟她一起来的好像叫纪美子的女孩挤到了我的身边。

吉原一边喝着裕美为他倒上的掺水威士忌，一边悄悄地解释着我们是谁，为什么来这儿。她立刻警觉了起来，那一瞬间我都担心她会叫男招待把我们赶出俱乐部。但她紧张了一会儿之后，似乎适应了吉原那种直截了当的态度。

她叹了口气说：“我会把我知道的告诉你们，但不是免费的。这儿是酒吧，是我工作的地方。你们是顾客，可以随便点你想要的。但我希望你们能做得跟体贴的顾客一样，就像那种给女孩子买一瓶香槟的顾客。”

吉原和我对视了一下。我们买得起吗？除了不能报销的问题之外，公然收买消息也是禁止的。这样做弄不好要犯戒的。

我心血来潮了：“我想这没什么问题。不过，有一点你应该知道，我是犹太人，我们有两千年极其吝啬的传统。我不想玷辱传统，来一瓶便宜点的香槟怎么样？”

裕美哈哈笑了起来，但她并没有发善心：“你现在是在日本，是学习日本传统的时候了。”

我们要了一瓶上等香槟。香槟的泡沫在流淌，消息也流了出来。远藤曾经是这个俱乐部的常客，他是个真正的绅士。虽然年纪大了点，但他会带她出去喝酒吃饭，给她买奢华的礼物；他身上有一种野兽般的魅力，她出于好奇跟他睡了，结果发现他的床上功夫很是了得。

她就是在那个最后的电话里最后一次听到他的声音的。她不知道他要去见谁，事实上她很少跟他谈论工作上的事情。现在，他走了，她想念他，但她从来没有爱过他。让她觉得不舒服的是他全身的刺青，他的皮肤摸上去冰凉。“有时候觉得自己好像睡在蛇的旁边。夏天还好，冬天受不了。”

我开始走神了。纪美子虽然没有裕美那么有魅力，但她的眼睛很可爱——“有穿透力”这个词挺合适。她很爱笑，臀部宽而匀称。她给我倒满香槟，问我要不要烟。我说要，她就从她的香烟盒里抽出一根细长的香烟，含在自己的唇间，点着后吸一口，然后轻轻插到我的嘴里，一边还目不转睛地看着我。我忍不住看了一眼她的指甲：全都抹得乌黑发亮。哇！

“你想问我些什么吗？”她说，“你的朋友好像把所有的问题都问了。”

“你认识远藤吗？”我回过神来，欣然问道。

“嗯，认识啊。当然没有裕美那么熟了。我喜欢压酷砸，他们懂得怎样在床上取悦女人。下了床，压酷砸就是一文不值的寄生虫。”

“你跟很多压酷砸约会过？”

“我搬到这儿之前当过一个压酷砸的情妇。”

“那为什么现在不当了呢？”

她给自己点上了一根烟：“他死了。”

“自然因素造成的？”

“绝对是自然因素造成的，”她说罢便歇斯底里地笑了起来，“我们正在做的时候，他翘了辫子。”她不是在开玩笑。他们一向做得很激烈，那次做到一半他心脏病发作了。她用力把他从她身上推下来的时候，他还有呼吸，但没等救护车赶到他就死了。死的时候45岁。他嘴不饶人，占有欲很强，一直坚持要她在背上文一个龙的刺青。他自己早就文了一个，这就等于给她贴了一个标签，但她并不介意。她当时18岁，而且认为自己是爱他的。当然，那时他已有家室了。救护车赶到之前，她已经沉着地从他的钱包里抽出了他的银行卡。第二天早上，她就把他账户里的钱一扫而光。

22岁那年，她搬到了埼玉，手头有了一笔相当可观的小积蓄。

再谈下去我们就得破产了，吉原很快就示意说，得走了。我向纪美子表了谢意，感谢她陪了我。我们埋了单——3万日元（约300美元），裕美和纪美子在店门口跟我们挥手告别了。

我在店门口的人行道上跟吉原道了晚安，跟他说我可以自己回家。吉原叫了一辆出租车，等出租车看不见了，我立即转身又进了酒吧，找纪美子继续交谈。我以前从来不认识压酷砸的女人，我不想放过这个机会。

那天晚上，我硬是没有回成事务所。

如果我说是我说服了她一起过夜的，我就会显得更像个男子汉，可惜自始至终都是她占据了主导地位。在床上，她也是来势凶猛，咄咄逼人，的确比我经验丰富。她除了背上的龙文身外，还有一尊观音菩萨的刺青，我们做爱的时候，这尊观音仿佛快要从她的皮肤上跳了出来。

只能说是一段持续了数月之久的三人关系就这样开始了。这种三人关系并不像你们想象的那样：纪美子向我提供极道世界的消息，我把这些消息告诉监视着高田组的关口，他把零零星星的消息提供给我。

一天下午，我和纪美子正在她的公寓里站着做爱，她的指甲从我的背上滑了下去，我很喜欢这种感觉。她问我想不想知道一个秘密。

“当然想，”我说，“告诉我吧。”

“猜猜看，现在关根在什么地方？”

“我想他应该在狗舍里忙着吧。”

“我可不这么认为。”

“好啦，把你的独家新闻给我吧。”

“这得先看你的行动了。”

于是，我行动了。结果，我完成了我的，她也完成了她的：“他在高田手里，他们很可能正在审问他呢。”

“这究竟是怎么回事？”

“哎呀，他们不就是要让他说真话嘛。”

“你怎么知道的？”

“高田的一个手下昨天晚上在酒吧里夸海口说，他们准备去把关根抓来剁了喂给他自己的狗吃，还有他自己的药什么的。”

“我用一下你的电话。”

“你要给谁打电话？”

“把电话给我。”

我给关口打了电话，他听完谢了我，没问什么就立即挂断了电话。

过了四天，我才又跟关口说上了话。这几天里，在纪美子的帮助下，我想办法找到了远藤的一个不是压酷砸的朋友，得到了更多有关远藤的消息。显然，他一直在敲诈关根，想要夺走他所有的资产——土地，房屋，狗舍……所有的一切。

关口见到我很高兴。

“杰克，谢谢你那天打来的电话。你的消息很及时。”

“后来呢？”

“我挂断你的电话后，过了十分钟左右，高田打电话给我，他一开始含糊其词的，可能是想让我大吃一惊吧。我没有给他这个机会。我问他到底对关根干了些什么——让他最好不要插手关根的事情。高田对我已经知道了他的所作所为感到极为钦佩，跟我说：‘没错，我已经把那狗娘养的抓来了。我要问他几个问题，也欢迎你来旁听。’提议很诱人，但我拒绝了。我告诉他，最好别把那家伙杀了，而且还得让我知道他问出了些什么。”

“你没有赶过去救他？”

“没有，高田已经答应我的要求了嘛。”

“你相信他吗？”

“有的时候你必须相信别人，杰克。有时你还得相信不可信的人。你相信他们，就将他们变成可信的人了。高田答应了我的要求，我就相信高田会兑现他的诺言。如果他没有答应我的要求，我就会打电话叫行田的警察去把关根救出来。既然事情已经这样了，我就决定让他留在高田那儿一段时间。”

“结果呢？”

“高田说，这可怜的混蛋哭得像婴儿一样，但坚称他没有碰过远藤。他们威胁了他三个小时，他什么事情也没有承认。最后，高田掐住他的喉咙说：‘或许是你做了远藤，或许不是你，反正他都不在这个世界上了，我能感觉到。你至少还欠那个人一拜。’高田把关根拖到事务所里的小佛龛前，关根的手抖得很厉害，还没等用打火机把香点着插在香灰里，他就已经折断了三根香。高田笑着说，这简直就像一场戏。”

“如果他不把自己知道的都告诉高田，那他也不会向警方坦白。”我脱口而出。

“在这个问题上，”关口说，“你错了。不过，先告诉我你到底是怎么发现高田抓走了他？”

“有人私下告诉我的。”

“有人私下？”关口的表情立刻变得严肃起来，他随后清了清嗓子，“喂，杰克，我们彼此认识的时间不太长。我知道，作为记者，你不会说出你的消息人士。我尊重这种做法。但现在我需要知道你是怎么了解到的——不是以记者对警察，而是以男人对男人的信任。这很重要。我不会告诉任何人，你要相信我，但我需要知道。”

我犹豫了一下。这是一种想看看无论在什么情况下我是否都会保护我的消息人士的测试呢，还是真的像他所说的那样？

“你为什么要知道？”

“我需要确保我告诉你的事情不会传回到高田那里去。我想应该不会发生这样的事情，但你也许不了解中间会有谁在传话。所以，告诉我吧。”

“好吧。我是从纪美子那里听来的。”

“纪美子？也是裕美工作的那个酒吧里的？”

“是的。”

“一个周五的晚上你到底在跟纪美子做什么啊？”

“可以说是一种约会。”

关口一下子张大了嘴：“你在干纪美子？杰克，你真是个消息‘男妓’。”

“这不好吗？”

“不，不，不是。你是单身，没有关系。但不要忘了她是压酷砸的女人，而且有嗑药的习惯。”

“嗑药？”

“迷幻药。脱氧麻黄碱。她是个吸毒者。所以，最好用套套。否则可能染上丙肝或者更糟糕的疾病。”

“我不知道会这样。”

“嗯，小心点。”

“那我不应该去见她了？”

“不，继续去见她，继续跟她打听消息。见鬼，你想跟她干什么随你的便，只要告诉我你发现了什么就行。”他摇了摇头，给了我一根烟，我很高兴地接了过来。

我一直在从关口身上汲取经验，并且学到了许多，而最重要的经验就是，你在看似不太重要的事情上花费的时间其实是最宝贵的。关口只要把一个压酷砸送进监狱，就会去走访那个家伙的家。他会定期盘查这个家庭，有时甚至会给他们买一些食品杂货，或者帮那家伙的妻子维修一下房子。他会跟蹲“猪舍”（监狱的委婉说法）的压酷砸取得联系，让那家伙了解家里的近况。他从来没有把他们的犯罪看作是关系到人格的事情。他在干他的工作，而那些人也是在干他们的事情。

这种额外辛劳的回报是：压酷砸从监狱里出来，恢复了他们原来的生活以后，就会主动把消息透露给关口。不管他们是否重新参与有组织犯罪，他们一定都跟压酷砸保持着联系，会把一些事情告诉关口。因此，关口为自己建造了一个压酷砸消息网。我决定尽我最大的能力去效仿他。

7月，关口邀请我参加了那种叫作家庭烧烤的很棒的传统家宴。因为是在日本，烧烤的不是热狗，也不是牛肉，而是一种叫香鱼的又小又甜的鲜河鱼，把鱼用扦子串起来，抹上盐巴，在炭火上烤熟后蘸一种令人惊异的绿色调味汁吃。真好吃！我们坐在他家的门廊上喝着可乐，吃着扦子上的鱼，他这时又给了我一些建议：“要在春天收成，你就不得不在地面半冻不冻的时候播种。在春天里播种吧。”

关口带着隐喻说话显得有点非同寻常，于是我问他这是什么意思。

“现在，养犬人的案子的确很火，没错，我知道。可你不应该把所有的时间都花在这上面。你现在也应该跟其他的警察多接触接触。为什么这么说呢？因为他们手头上没有好案子。正因为他们没有事儿干，有充裕的时间，因此很可能不会介意你在他们身边转悠。如果你拿点事情去跟他们合作，他们就会喜欢上你。

“要在没发生什么事情的时候就去走访你的消息人士或你的线人。这样，他们就会把你看作朋友或哥们，而不是个饥不择食的人。深交产生信任。你很早就接触这个案子了，比我的名字传出来的时候早，所以我才让你进了家门。”

他用自己的扦子捅出一个鱼眼珠来递给我，我一口咬进嘴里，味道不错。那两个女孩看着我嚼，站起来为我喝彩，巴掌拍得啪啪响。关口夫人也把她的鱼眼珠递过来给我，我婉言拒绝了。我再也消受不起了。

“你认为这个案子最后会怎么样？”他问。

我不知道。

“诈骗案将不攻自破。有两个人很可能知道关根是怎样把远藤和废弃物管理公司总裁川崎杀了的。这两个人就是他所谓的生意伙伴新井良治和他的司机志摩。这个问题很简单。我们找个理由就把这两个人逮起来——鬼知道他们这一辈子干了什么缺德事儿。我们让他们狗咬狗，咬到他们吐出我们想要的消息，然后再拿下关根。如果我负责这个案子，我就会这么干。可惜不是我在负责啊。”

“那个新井是谁？他跟关根有什么关系？”

“你从现在开始必须亲自去调查这件事，杰克。我可以把这一切慢慢跟你讲清楚，但那就太慢了。四处打听打听，你会查出来的。”

我一边跟纪美子厮混，一边跟关口交换着消息，这期间，读卖新闻其他记者的主要任务是追查关根不太显眼的过去。看样子他一直没有脱离压酷砸这条路，很年轻的时候就在当地黑帮的事务所里闲逛，替压酷砸跑腿，但从来没有想要成为正式的成员。

他的生活本来是平淡无奇的，直到1972年开始做外国宠物生意之后才有所改变。生意兴隆起来，后来又有了些跌宕起伏；他在1983年娶了另一个“动物爱好者”为妻，落户在埼玉县北部的熊谷。他自己制造宠物食品、屠宰猪牛、研磨狗食用的动物下水来削减开支。血从商店里渗到街道上，让邻居们觉得很不舒服，他还把动物尸体掺在其他垃圾里一起扔。不过，后来关根检点了这些行为，邻居们也渐渐习惯了。

回到事务所，我和同事们比对了一下记录，发现新井良治跟关根的关系可以追溯到十年前左右。直到最近，这家伙还在为“非洲犬舍”做宣传，后来他和关根有过一次争吵——不过不是在新井的妻子失踪之前。很可能是新井杀了自己的妻子，关根帮他把尸体处理掉了。

我从一个警方联络人那里了解到，新井曾经被通缉过，而且是个特别通缉犯。他当时想方设法挑拨离间日本两个最大犯罪团伙稻川会和住吉会的成员——把稻川会的一个成员的狗打死，又从住吉会的一个成员那里偷走大量的金钱。

我从另一个消息人士那里发现了一张有新井名字的“绝交书”。如果有人要脱离有组织犯罪集团，压酷砸会向有关组员发送两种信函（根据情况发送其中的一种）。一种是除名书，说明这个人不再与该组织有任何联系，建议收函人不再向他提供庇护或跟他做生意；另一种是绝交书——就像那张有新井名字的发送函——说明这个人背叛了该组织，不再具备成员资格，正在受到追捕；有时信中还会征求这个人的去向方面的消息。有组织犯罪集团之间还可能会流传一种“通缉：不论生死”的海报。这个消息人士允许我拷贝了那份绝交书。

我带着这份难得一见的资料拷贝掉头就往关口家走去。这是一个闷热的傍晚，6点左右，我穿着夏季西服和礼服鞋、佩戴着真丝领带，看上去非常帅气。这次我没有配错袜子。

我刚走到门口，门自己就开了。关口家的四个成员走了出来，穿着清一色的灰色运动套装。

“杰克，你来得正是时候。我们一起去跑步吧。”

“可我穿的是西服啊。”

“那有什么，你又不是跑不动。走吧。”

孩子们拉着我的胳膊：“一起来嘛，杰克。要是你想跟我们的爸爸谈话，就一定得跑。来追我们呀！”

她们说罢就冲到她们的父母前面去了。我真的一点办法都没有了，只好穿着我那身西服可怜巴巴地跑起来，尽力跟上关口的步伐。不到十分钟，我们顺着小道来到了山上。我唯一的一双礼服鞋都快成伤兵了。

“哦，”关口说，“找到新井的情况了？”

“是的，”我喘着气，“我这儿有他的绝交书。”

“给我看看。”

我从口袋里掏出那张拷贝，举着给关口看，他边跑边看着。

“干得漂亮，杰克。很高兴看到你自己在行动，不用我一直用勺子喂你了。”

“我可没指……望……它。”我有点跟不上这家伙了。真不晓得他每天抽两包烟怎么还能跑得过我。

孩子们也对我毫不留情：“加油，杰克。不要跑得那么慢。”

“好嘞，加快速度。”我说着就向前冲去，想挽回一点面子来。可是关口轻轻松松的三大步就赶上了我。

“身体欠佳啊，杰克？我可能会比你多活几年，孩子。”

“一定的。”

“那你想回去吗？”

“我无所谓。”

“好吧，待会儿家里见。”

“不行。你不回去我就不回去。”

“真的？”

“当然咯。”我喘着粗气逞能地说道。

“好吧，那我就开恩吧，”关口说着，把大家都叫了过来，“我们掉头，回家。杰克，我们走正步：一、二、三、四。”

我们步履轻盈地走着。我紧跟在关口身边，他又在喂我了：

新井和关根曾经是商业伙伴。不过，新井是个贪得无厌的混蛋。他卖了一条很贵的狗给住吉会的一个团伙的头儿，而且答应那头儿，在他出门的时候照看好它。可是，他不但没有这样做，反而把狗扔下不管，带着从该团伙借来准备做生意（进口动物当宠物卖）的钱离开了那个城市。据说他溜掉时还带走了从高田那里借来的几百万日元。

那个住吉会的头儿回来，发现他的狗半死不活的，不禁大发雷霆，发誓要亲自像追捕一条狗一样追捕新井。新井吓坏了，赶紧躲到穷乡僻壤里去，改名换姓，找了个宗教组织画佛像画去了。前一段时间，新井又重现江湖，好像是回来给关根干活了。或许是多年过着跟和尚一样的生活的缘故，他受不了关根那种趾高气扬的派头。后来，新井突然销声匿迹，哪里也找不到他了。他一定知道关根周围的那些人失踪的内幕。

“这样，我们约法三章。”关口转过头来看着我，神情开始变得凝重起来，“没有人听到过这些事情，明白吗？这只是你和我之间的秘密。因为我差一点把这件事搞砸了。”

“明白了。”

“好。新井溜掉时欠了高田几百万日元。他突然不见了，大家都认为他被干掉了，但我们不至于蠢到这种地步。这次，新井重新出现后又不见了，我去找高田，问他是否有新井的消息。

“高田回答：‘那个混蛋死了更好。’

“我告诉他：‘错了。他好像还活着，而且活得很滋润呢。’我就是在播种，因为我不知道这混账新井在哪里，但我知道，如果高田认为新井还活着，他就会去找他。结果反倒是我们先发现了新井。他一个子儿也没有了，根本没办法还他欠高田的钱。如果高田找到了他，他必死无疑。

“我还有其他事情需要用到新井，所以我不厌其烦地去见高田，让他收手，告诉他不要再碰新井一个指头。

“这个消息后来又传到了被新井惹恼的住吉会的那个团伙的耳朵里，他们决定要在高田下手之前把这个虐待狗的落魄畜生狠揍一顿。没办法，我接着又得去平息这些家伙的怒气。就这样，一周之内，我不得不救了这个狗屎两条人命。

“伙计，要看住这些动物可不是件好玩儿的事情，我都烦死了。如果这次调查关根的进展不顺利，我想这儿就没我什么事了。压酷砸是看不住的，尽量对他们通情达理一点才行。”

我有点摸不着头脑了：“难道你不觉得大家休个长假，然后让高田和住吉会知道我们休假了，事情可能会更好办些？难道这不是一种解决办法？”

“见鬼，谁说不是呢。我一直都在想这件事，或许有正义在就够了。问题是，我们要对关根的受害者的家属负责。如果我们让新井和关根就这样死掉的话，他们将死不瞑目，他们需要知道真相。”

9月2日，我和纪美子一起待在大宫的情人旅馆里，她在给我按摩后背，而我在抱怨着那起养犬人案件缺乏突破口，进展太慢。

“哦，”她说着，用她的胳膊肘按压着我的肩膀，“他们为什么不跟新井要那些磁带呢？”

“什么磁带？”

纪美子解释道：一个常来她酒吧的压酷砸是新井的哥们，一天晚上，那个家伙又来了，而且显得很健谈，他说新井曾经吹嘘过那些磁带，说他是安全的，他们不能碰他，他不会落得跟远藤一样的下场，因为他手上有关根的罪证，关根在录音里基本上承认了谋杀事实。大概是关根的司机志摩帮着处理掉远藤的尸体的吧。

我不清楚像这样的磁带会有什么样的证据价值，但这个情况似乎挺重要。“我得把这个情况告诉关口。”我说着便从床上爬了起来。

“现在？你必须现在就告诉他吗？”

“是的，这个情况很重要。”

“随你的便。”

关口接起电话，我刚准备开始讲那些磁带的事，纪美子因为又恼火又想捉弄我，就把我的裤子猛地拉下来，开始吮吸起我的下体。我被弄得有点难以集中精力交谈了，只好拼老命一口气说了下去：“……谋杀……尸体……纪美子……我……你。”

“如果这是真的，我们必须马上拘留新井。干得不错，杰克。还有别的事情吗？”

“没有了。”

“你没事吧？你说得真快。”

“我没事。就是有点累了。”

“好吧，照顾好自己。”他说完就挂了。

但我照顾不好自己，因为纪美子的服侍一直让我处于爆发的边缘。三秒钟后，我就越过了那个边缘。我瘫倒在床上，电话还握在我的手里；我很想马上就睡过去，但纪美子不买我的账。

天啊，我知道我欠她的。所以，我几个月以来头一回关掉了传呼机。

突然得知有那样的磁带，关口一开始真不知道该怎么办了。如果他告诉高田，高田就会追踪到新井，骗他交出那些磁带，然后杀死新井和关根。怀疑关根杀害了远藤是一回事，让他承认那件事是他干的则是另一回事。

关口决定把消息告诉高田的二把手——我且称他为“军师”吧，他听了关口不得不说的话，答应关口说，他会悄悄去处理这件事。

这时，情况开始突飞猛进了。

“军师”马上找到了新井，新井不知怎地变得愿意说话了。“军师”当时并没有——觉得没必要——跟他的上司高田提起那些磁带的事。

新井揭发出来的新事实改变了调查工作的整个重点：最后四个受害者的失踪与新井无关，但他的司机志摩参与了。新井从志摩那里得知，关根用毒药杀害了远藤与他的司机和久，志摩帮着把他们埋了。所以，志摩知道的事情足以把关根埋葬。

警方等不及了，以诈骗罪逮捕了新井。他们认为他没有多大用处——即使他确实承认自己杀害了妻子，没有尸体也很难证实一起十年前的谋杀案。他们感兴趣的是，新井能告诉他们多少有关志摩的事情。如果他们能够撬开志摩的嘴，关根的嘴就不难撬开了。

谁也没有想到——尤其是关口——“军师”在新井被捕的当天就把那些磁带的事告诉他的上司高田了。这一举动促使高田立即打电话给志摩，直截了当地告诉他，要么说出埋远藤尸体的地方，要么就得把他自己埋了。

志摩当然慌了手脚，不过他真的陷入了困境。他想告诉高田埋远藤的尸体的地方，但那里根本就没有什么尸体——反正没有留下任何称得上是尸体的东西。志摩怎么能够告诉一个黑帮老大，他帮着把他的二把手的尸体切碎后烧了呢？

至于高田，他在促使——或者可以说是威胁——正义加快步伐，因为进展的确太缓慢了。即使远藤已经死了，他也想要为他恢复名誉，所以他要关口撒下一个无懈可击的包围圈，抓住凶手。

高田对关口说，他保证不会把志摩杀了。只要关根自由自在地活着，他就有更大的鱼要煎。但若他能有单独和志摩在一起的时间，他就会了解到尸体埋在什么地方。警察正在监视志摩的住处，关口不能让他们离开一下吗？

关口当然不能这样做：“这几天，我们大部分时间都有派人监守他的住处。大部分时间。”他重复了一遍。

高田领会了那句提示。等警察离开了岗哨，高田便带着几个打手出现了。志摩看到窗外的来人，知道接下来会发生什么事情，赶紧从后门夺门而出，逃到了派出所里。他泪流满面，匍匐在地上恳求道：“如果你们想监视我的家，看在老天爷的分上，请一天24小时都监视吧。”

听警方说保证不了，志摩便开溜了。谁都不知道他去了哪儿。高田不知道，关口不知道，埼玉县警方也不知道。警方把新井监禁起来了，一切又陷入了僵局。

不过，关口那个非同寻常的压酷砸消息网又传来了消息——“军师”把几盘录音带交给了他。虽然音质极差，但听得出来是新井在跟关根和志摩说话。很多事情都是用一种暗语说的，不过，还是有很多事情意思相当明了。

志摩——很可能是在说远藤失踪的事情——让新井放心，一点问题都没有。“尸体早没影了。”他说。然后他又加了一句：“尸体埋在群马。”志摩还提到了另外几具尸体。他说到自己如何把川崎的车开到东京站，遗弃在停车场里；他的话里有帮着运走了川崎的尸体的意思。

没有一件事是证据确凿的，但这足以配合审讯工作了。不过，志摩是个关键人物，没有志摩就没有办法审讯，也没有办法立案。因此，案件又进入了另一段观望期。11月，关口离开了调查组，回有组织犯罪科去了。不言而喻，虽然没有确凿的依据，但大家认定，志摩已经被杀害了，归根结底，这起案件永远无法水落石出了。

我错了。

正是那个黑帮老大高田，他个人为了正义还在追踪志摩。11月下旬，他成功地查到了志摩的下落——志摩也改名换姓了，还结了婚；高田把这个消息转告给了关口，关口随即向埼玉县警方通报了这个消息。12月，警方抓获了志摩，面对那些磁带的录音，志摩招了。

他的口供是很好的证据。警方在群马县搜索了志摩指出的地点，发现了足以供他们立案的川崎的牙齿。他们派出的搜索队伍人数极少。没有人知道这件事，读卖新闻不知道，谁都不知道。

1月5日，新年假期刚结束，埼玉县警方让志摩得到了保释，同时宣布以肢解川崎昭男的罪名逮捕了关根和他的妻子博子。被捕后数小时内，关根几乎承认了所有的罪行。经过了痛苦的一年——你还有可能觉得过了十年——“埼玉爱犬家连环失踪案”结案了。

我得到独家新闻了吗？读卖新闻得到独家新闻了吗？

没——有。

我觉得自己被骗了，愤怒得像刚从疯人院逃出来的疯子一样，在事务所里拨通了关口的电话。

“杰克，为什么你不打电话来？”

“我为什么不打电话？”

“你从来不把你家里的电话号码给我，结果我从元旦那天起往浦和事务所打了三次电话也没能找到你。我还以为你到国外去了呢。”

“你留口信了吗？”

“当然留了。”

我大吃一惊。他是不是在骗我？我觉得自己就像一个被男友欺骗了的女士。

我问遍了事务所，问有没有人接到打给我的电话。

“哦，有啊，有几个电话是找你的，”一个新人主动站了出来，“我以为那是保险公司还是什么地方来的电话呢。电话号码就在这里的什么地方。”他翻着他办公桌上的一大堆婴儿照片、体育赛事记录和剪报，终于找到了一张写着电话号码的纸片。那正是关口家的电话号码。

我恨不得掐住那小子的喉咙把他勒死。我的嗓子里都快要喊出“你这家伙！你这家伙毁了我一年辛苦劳动的成果，就因为你他妈的太懒了，连打个电话给我都不愿意！”但我把这些都咽了下去。

我自己把事情搞砸了。要是我在假期里去过关口的家，一切就不是这样的了。我犯了关口曾经警告过我的致命的错误：没有在看来没什么事情发生的时候去造访消息人士，没有留意尚未解决的案件。而且，我从来没有把我家里的电话号码给过他。他打电话到事务所来绝对是冒着极大的风险的。

好了，这个虎头蛇尾的故事就这样结束了。我手里曾捏着这个报道的可靠线索，我了解这场作战的计划。到了最后一步棋的关头，我还通晓整个调查工作的进展情况，而且我本可以得到他们找到了川崎的遗骸的消息。我本可以得到年度的独家新闻，但我落空了。

最后，关根和他的妻子只是按谋杀了四个人被定了罪[①]，但他们究竟谋杀了多少人仍然是一个谜。

---

①译注：1995年1月5日，关根元和他的妻子风间博子被逮捕。就在同年3月20日，东京地铁发生了严重的沙林毒气事件。同年5月16日，日本奥姆真理教领袖麻原彰晃被认定为嫌疑人遭逮捕，大家的注意力都转向了“地铁沙林事件”。2006年9月15日，日本最高法院驳回了麻原彰晃的特别抗告，死刑确定。直到2009年6月5日，日本最高法院才驳回了关根和他的妻子风间的上诉，死刑确定，其间历时整整14年零五个月。麻原彰晃和他们的死刑判决至今仍未被执行。

第二部　日常

欢迎光临歌舞伎町！

我在埼玉县采访地方警力的任期很短，也比较枯燥无味；警方采访部门很快又来了调令，这次我被调到了东京市区，终于登上了记者生涯的顶峰。不过，等到公布我们这些东京社会部的所有新人的采访对象分配方案时，我才知道自己被派到了“地狱”——采访警方取缔赌博、贩毒、色情活动的警察缉捕队。

这时我已经成家了，淳·阿德尔斯坦夫人对我被分配到诱惑街区的任命高兴不起来。我们已经结婚了三年左右，曾经谈过一段仓促的恋爱。我是在一次活动采访中遇见她的，她当时是日经出版社的记者，我想方设法跟她约会了一次。她当时29岁，想在30岁之前结婚。几次约会之后，她定下了期限：我们可以谈三个月恋爱，三个月过后如果我没有正式考虑结婚，那就拜拜。她爱开玩笑，精通英语，而且漂亮性感——现在还是这样——这个条件简直就像一笔出色的商业交易。既然这样，我也就声明了我的条件：结婚——行啊！不过三年内不许生育。她同意了，我们便以最快的速度订了婚，结果真的在她第30个生日到来的前一天结了婚；我们利用我的午休时间在浦和市政厅登了记。那天，我按照日本传统的天皇历——昭和四十四年（而不是公历1969年）——写下了自己的生日，差一点让结婚登记在同一天里失效了。不过，一声短促的惊叫就力挽了狂澜。

能搬到东京去生活，她觉得很兴奋，我的心情也一样——我终于走出了新泽西州，可以回到大都市继续我的警方采访了。

从划分上来说，我是被派到了东京都警视厅的第四管区，不过实际上就像被派到了作战区。第四管区属新宿警方管辖，范围几乎包括了整个新宿区，而臭名昭著的歌舞伎町①就在其中。歌舞伎町其实与歌舞伎（一种完全由男性——包括女性角色——表演的传统戏剧艺术）无关，而与传统的色情业息息相关。

歌舞伎町过去一向是东京最庞大、最轻浮也最赚钱的红灯区。在东京都知事

①译注：歌舞伎町位于新宿电车站的东口，从新宿站东口向北走过靖国大街，就是歌舞伎町的范围。歌舞伎町包括第一大道剧场大街、樱花大街、西武新宿大街、东大街、区公所大街等，区内聚集着许多电影院、酒吧、风俗店、夜总会、情人旅馆等，深夜依然灯火通明，人来人往，是日本少数的大型红灯区之一，被称作“不眠之街”。这儿合法与非法活动混杂，形成了歌舞伎町的独特气氛。

石原慎太郎[①]的监督下，东京都警视厅协调努力，清理整顿了歌舞伎町，只留下一些遗风残影。那次清理行动的起因很可能是2001年9月在明星56大厦发生的一场严重火灾，那场事故造成了44人死亡。那栋大楼的业主濑川重雄是个有压酷砸背景的人肉贩子，还是众所周知的“肥皂乐园之王”，他拥有的数栋大楼均多次因违反消防安全法规而被举报。

那场事故唤起了人们的注意：歌舞伎町已经成了无法无天的地带[②]，该做些事情了——哪怕不是全面整顿，而是强行执行消防安全法规，这起码是能够做到的。也许吧。

我不是纽约人，不过我想，这种整顿可以看成是旧时代广场与后朱利安尼[③]的新时代广场的对比吧。

历数1999年的娱乐区，没有一个地方比得上歌舞伎町卑鄙龌龊得那么地道。吸毒、卖淫、性奴役、敲竹杠酒吧、交友俱乐部、按摩院、SM馆、色情作品店和色情作品制作间、高档织女俱乐部、低档口交沙龙、一百多个压酷砸的不同派系、华人黑帮、同性恋卖淫酒吧、性爱俱乐部、初高中女生穿脏了的制服或内裤的转售商店……应有尽有，而且，在那儿工作的人种之繁多是日本的其他地方所无法比拟的。那儿就像是东京都内的外国。当然，我当时并没有想到那个地方有多肮脏，只知道自己已经被派去采访它了。

我已经好多年没上那儿去了。我想起了1992年极其准确地预测了我的未来的那台神秘的塔罗牌占卜机，很想知道它是不是还在那儿。或许是重新占卜的时候了，有些建议兴许能用上。第四管区是个重担。

我并不是单枪匹马上任的。井上还派了冲村来一起负责这里的采访工作。冲村和我一样，是1993年进读卖新闻的，但在那些事情上比我精明多了。他一直在

---

①译注：石原慎太郎1932年出生于日本神户市，是日本小说家、画家，同时也是日本著名的右翼保守政治家，联名出版过《日本可以说不》、《日本还是说不》、《日本坚决说不》，主张反对中国民族主义和美国帝国主义。他从1999年起连续四次当选东京都知事（相当于市长），连任至今。2010年10月18日出版的《南方人物周刊》曾以“你不知道的石原慎太郎”为封面刊出过对他的专访。

②原注：这个报道很难采访，因为受害者都死在性爱俱乐部和非法赌博场所里。因此，在提早发行的晚刊之后就不刊登死者的姓名了。

③译注：鲁迪·朱利安尼于2001年12月31日结束了两届纽约市长的任期。主要政绩是减少了纽约的犯罪，改变了纽约在人们心目中“不可治理”的形象，提升了纽约人的生活品质。“9·11”事件中，朱利安尼的领导能力赢得了广泛的赞誉，从而荣膺2001年《时代》周刊年度风云人物，并于2002年获得了英国伊丽莎白二世女王颁发的不列颠帝国勋章。

采访横滨——另一犯罪活动的温床，经受住了警方采访现场的考验。他娶了横滨最漂亮的织女中的一个，至少和横滨分局的一个资深编辑闹翻过，当时那个人也在追那个织女。冲村在大学是个跆拳道运动员，他的外表还是那么精干、健康；他的视力就像一些特种部队的老兵，可以看到千米之外的东西。

警方采访管区的记者是受驻扎在东京都警视厅总部的东京都警视厅记者指挥的。他们指挥，我们服从。我们还受到游军（后备军）记者的摆布，通常他们随时都可以叫我们靠边站。井上已经下达了指示——今年，我们这些新手不必在值白班的时候替读卖新闻事务所里的资深记者跑腿了，实际上就是允许我们做自己分内的采访工作了。这个尝试令人关注。

新宿警署从歌舞伎町步行十分钟就到，旁边就是西新宿车站，附近有一片办公楼群。警署大楼相当新，在那个地区算是高楼了，至少有七层楼高。警署前面总有一个警察伫立在一根高高的旗杆边上站着岗，我得经过那个警卫才能进入警署。我告诉他，我是读卖新闻的记者，他一眼不眨地查看了我的身份证后，挥手让我进去了。我想，这些在东京的警卫一定比较习惯跟外国人打交道，至少在新宿警署的警卫是这样的。

在东京，几乎每一个区[①]都有一个带记者俱乐部的警署。新宿警署的记者俱乐部是为第四管区准备的。我坐着电梯上到了俱乐部所在的楼层，这个俱乐部怎么看都显得很庞大——一个巨大的方形房间，各家报社和电视台的记者桌靠墙一字排开，从前到后组成了一个大L形。门旁边是一个封闭的榻榻米房间，被褥齐全，不进去把灯打开，里面就是黑漆漆的一片——是个睡觉的地方。我有一种预感，我会真的喜欢上这次的任命。

榻榻米房间肯定会派上用场的。我和淳正在努力造人，无论困难多大，不分白天黑夜，我们都不想错过她的排卵日。必要的时候这个房间也得用上。

到那儿的时候，在我准备接手的记者桌前，现任桌主正在打着鼾。他全身仰靠在靠背很低的转椅上，摇摇欲坠的样子，双臂软绵绵地晃来晃去，凌乱的头发直挺挺地下垂着，鼻子朝着天空，正发出咕噜咕噜的鼾声。他的衬衫上全是米果薄饼的碎片，脚边扔着一只半打开着的背包。我以后就叫他“易碎品”得了。

我走过去的时候，朝日新闻的年轻女记者坐在离他两个座位远的地方——我一想起她来就叫她“豆架”小姐——正翘着嘴唇厌烦地盯着他，她朝我做了个鬼脸，看了我一眼，但什么话也没说。我把装满书籍、相机和电脑的背包漫不经心

①译注：东京都分为23个特别行政区。

地扔在“易碎品”的桌上，发出了一声重重的撞击声。“易碎品”吓得一哆嗦，从椅子上滑了下来，一屁股坐在我的脚边。

“对不起。”我不知道还能说些什么。

“易碎品”站起身来，竟然还没忘了把剩下的米果薄饼抓在手里。

“没关系，就补点觉。哦……”

“哦……”

“你就是来接手的，对不？”

“是的。”

“好吧，我没什么信息或经验可以传给你。我好像在第四管区也没做多长时间，老实说，这个管区的记者们都在忙着打杂，我们几乎很少待在这儿。”

“井上先生也是这么说的。他说今年准备鼓励各个管区的记者真正负起采访的责任来。这样对以后成为警察总部的记者有好处。”

他从桌上的一堆笔记本中抽出一本红色的笔记本，说道：“是啊，不错，我要是能有那样的待遇就好了。这就是我掌握的警官住址的清单，不多。”

的确不多。那份清单已经有一年多没更新了。如果那就是他所掌握的全部信息，我还不如重新编一份属于自己的警官名单，还要弄清楚他们住的地方以便夜巡。他交给我一大堆第四管区的警署公告、剪报、歌舞伎町指南，还有一个装满了名片的塑料袋。我注意到桌旁的垃圾篓里有一堆性店的打折券和一个空的避孕套盒，但我不好问那些是不是他的，也不想问。

我问“易碎品”，我应该怎么做才能使这个地区的采访工作卓有成效。

他咬下半块米果薄饼，把另一半递给我。我接了过来。

他嚼着米果薄饼，薄饼屑飞溅到空中，有些碎屑乘着电风扇的微风飘向“豆架”小姐，盘旋在她身边，她像拍苍蝇一样赶走了那些碎屑。“易碎品”对着我发表了他对管区警方记者的看法。

“阿德尔斯坦，你基本上就是炮灰啦。管区警方记者就是为东京都警视厅的警方记者和总部的那些家伙跑腿的。所有重大案件都是在东京都警视厅总部的指导下解决的，当地警方自己解决的问题很可能没有什么新闻价值。你的报道能上地方版就算你走运，别奢望上国内版了。没有人指望你在这里的采访会得到重大的独家新闻，你把事情搞砸了也不会有人太在意。结识几个警察，写几篇关于人情世故的报道，给真正的警方记者提供一些情报，你的任务就算完成啦。”

“我认为歌舞伎町是个犯罪活动的温床。”

“没错，但这并不等于它有新闻价值。这儿每时每刻都有人遇害或受伤。但有谁会在乎那些中国佬、压酷砸或者筋疲力尽的妓女呢？警察不会，市民也不会。十次有九次，无论一起案件看起来多么像是谋杀案，新宿警方都会在报告中把它写成是一起施暴致死——或者叫作过失杀人的案件。为什么呢？因为这样他们就不必展开全面的调查了。他们可能会发现一个中国套料人[1]从背后被刺了36刀，倒在歌舞伎町的街道上，他们把这叫作意外死亡，很可能都不会公布这件事。”

“那在这儿什么是有新闻价值的呢？”

“涉及名人、平民或青少年的事件，也就是这些了。如果压酷砸开始互相斗殴，而且看起来像是集团间的火并的话，也许就有新闻价值了。”

“我想，我应该去了解一下警署里每个主要警探的名字、住址和电话号码。”

“哦，是吗？他们是这样教你的，不过可能行不通了。现在和过去不一样了。以前，你到副署长那儿去，他就会给你一张写着每个调查组负责人的姓名和住址的清单，上面还会有警察缉捕队队长的名字。他们再也不会这样做了。尤其是‘鼹鼠’，那就更不用说了。”

“鼹鼠？”

“就是这儿的副署长。他总是眯着眼，好像见不得亮光。他的整个职业生涯都奉献给了行政工作。他认为他的工作就是不让你获得任何消息，包括新闻稿。他会竭尽所能妨碍你想要进行的任何报道。自己一点本事都没有，还讨厌记者。祝你好运。”

“豆架”小姐听了这番话，不禁偷偷笑了一下。我转过头去问她：

“是真的吗？”

“当然。也许他对外国人不一样。谁知道呢？”

他对我也一样。我问“鼹鼠”什么时候我可以拜见署长，礼节性地问候一下——遭到了拒绝。我问什么时候我可以和各部门的警探谈一谈——结果被告知：“不可能。”“鼹鼠”对什么事情的回答总是一个样的。

“我是负责公关的。你想知道什么，就来问我。还有，所有重大事件都是由东京都警视厅总部处理的，别去打扰警探。”

幸运的是，署长曾从读卖新闻里资格最老、最受人敬重的警方记者三泽那里听说过我，“鼹鼠”正忙着打发我走的时候，署长从他的办公室里出来把我邀请到他那儿去了。我最后问，我能不能至少问候一下各部门的负责人，署长就让“鼹鼠”去安排。“鼹鼠”在听署长吩咐时俨然一副卑躬屈膝的样子，他照署长交代的去做了。

让署长站在我这边的并不单单是我的人格魅力。

---

①原注：扫描信用卡上的数据后用伪造的信用卡非法购物或把数据卖给第三方的人。

我自然是有备而来的。我知道署长是个老烟枪，而且喜欢抽好彩牌香烟[1]。我就让一个朋友从免税品商店里买来这个牌子的香烟——不是软包的，是硬盒的（当时有人告诉我说硬盒的很罕见）。在日本，一条香烟可以买来海量的善意。

在"鼹鼠"那戒备的眼神的注视下，我和大约十个警员交换了名片，然后回到了记者俱乐部。

"豆架"在等着我。她把我介绍给时事社、共同社、日本放送协会、每日新闻和日经的记者们。我们攀谈了起来，我回答的还是那20个问题：我的运动神经不错；我是怎样进读卖新闻的；是的，我能吃寿司；是的，我喜欢警察；是的，我可以用日语读书写作……

我发了一通对"鼹鼠"的牢骚，大家都讨厌他。从这个意义上讲，他对俱乐部的团结作出了很大的贡献。那天，既没有令人振奋的消息，也没有发表公告的安排，我午饭后的第一件事就是拉出一床被褥，关掉榻榻米房间里的灯——睡觉。第四管区是"地狱"？哈。这儿是第六界[2]，是西方极乐世界——我天马行空地想着，不知不觉就睡着了。

极乐世界好景不长。下午两点，"鼹鼠"从楼下打电话上来通知我们，新宿警方将发布一条违反《卖淫预防法》的逮捕消息，警察缉捕队队长下泽先生会在楼下的署长办公室里向我们说明情况。我打了个电话给东京都警视厅记者俱乐部，让他们知道了这个消息。大家匆匆下楼来到了指定的房间，署长坐在办公桌的后面，负责此案的警探站在办公桌前，手里拿着一叠即将发布的新闻资料，另一个警探坐在角落里，记着笔记。新闻资料上没有太多的内容，东京都警视厅发布的新闻资料总是这样的。跟东京都警视厅那少得可怜的资料相比，埼玉县警方的新闻稿简直就是短篇小说了。

两天前，新宿警方以斡旋卖淫罪逮捕了歌舞伎町里的一家"成熟浪妻聚会宫殿"俱乐部的所有者兼经营者。这家店铺他开了一年多，赚了近40万美元。下泽让大家看了从《东京体育》报（一份在城里每个车站都能买到的通俗报纸）剪下来的该俱乐部做的一则广告：

> 好色、成熟的女性渴望着爱，希望你能满足她们的需求。和他人之妻鬼混再好不过了，尤其是风华正茂的她。马上打电话吧。

---

①译注：Lucky Strike（好彩）是美国产的香烟。现在世界上最贵的香烟就是Lucky Strike推出的一款白金钻石版，售价10万美元，于2006年入选《吉尼斯世界纪录》。

②译注：佛教将众生分为六类：天、阿修罗、人、畜生、饿鬼以及地狱。这里指的是"天"。

广告上登出了好几个近40岁的女性，大多数女性只用一条黑杠盖住眼睛，一部分女性的脸部做了模糊处理。一个叫秋元的人还在互联网和移动电话网站上做此类广告。这在当时是件了不得的事情：人们在利用互联网进行犯罪活动！

那个网页上还有一个超前于那个时代的举动：如果把网站的主页打印出来带在身边，享受服务的时候就会得到几千日元的折扣。网站做得非常专业，页面上有一个项目单，里面列满了各种基本服务和外加服务，但我看不懂那些服务的含意："若芽酒"？"尺八"？

为什么他们会提供带海草的酒①？还有竹笛②？他们在用吹奏乐器当假阳具？我怎么也理解不了。

下泽把网页全都展示出来让我们看，但没有解释那份项目单。

"和歌舞伎町里的许多性爱俱乐部不一样，这个地方公开提供'本番'。他们有30多名随叫随到的女性和10名就地待命的女性。我们怀疑幕后黑手是有组织犯罪团体。有什么问题吗？"

没有人举手。我把手举了起来。

"什么是'本番'？"我问。

下泽露出惊讶的表情。

"你不知道什么是'本番'？"

"嗯。"

"豆架"咯咯笑了起来。

"就是真正的性交——把阳具插入阴道③。"他简洁地答道。

"那不是所有性爱俱乐部都在干的事情么？"

"不全是。"

"如果顾客不把阳具插入阴道，那他们到底把阳具怎么了？"

下泽笑了起来："你以前采访过犯罪预防局吗？"

"实际上没有。"

"那你不了解这个行业的情况喽？"

"什么行业？"

"整个色情行业。"

"真的不了解。"

"哦，那你最好多了解一点这方面的知识。"

---

①译注："若芽酒"是指把酒倒在女性的耻毛上喝的一种行为。日语"若芽"是"海草"的意思，这种行为因沾了酒的耻毛很像海草而得名。

②译注：日语"尺八"是"竹笛"的意思，也是"口交"的俗称。

③译注：日语"本番"的原意是"不是排练的正式表演"。

共同社的记者名古屋问他们实施逮捕和搜查该俱乐部的时候有没有名人在场。答说没有。

我还有一个问题："有多少妓女被捕了？"

"没有。"

"顾客呢？"

"没有。"

"只有经营者吗？"

"只有经营者。"

人们看着我，就好像我是个大白痴，但我不吃这一套。既然有成文的反卖淫法，为什么警察只拘捕俱乐部的经营者？我意识到，自己现在面对的是一个完全陌生的领域。我想再问一些问题，但觉得自己是在考验警察的耐心，就住嘴了，但忍耐还是有限度的。我最喜欢的日本谚语里有这么一句："无知而问，尴尬一时；无知不问，羞耻一生。"我一直认为，对自己陌生的东西最好像白痴一样多提问题，而不是不懂装懂。

我又问了一个问题："这家俱乐部的广告中说，他们的店员都是已婚女性，不过，实际上有多少是已婚的呢？"

下泽连记录都不必看一眼就答道："问得好。实际上只有大约1/3是跟别人结了婚的。他们大多数是离异女性或单身女性。"

情况说明会结束后，我正在收拾电脑，坐在角落里的那个警探走到我跟前作了自我介绍。后来有人告诉我，人们都叫他"外籍警察"。他仪表堂堂，将近一米九的个头——在日本人里算很高了——身材很瘦，剃着光头，眼睛乌黑发亮，几乎没有眼白。他身穿深灰色西服，系着深蓝色的领带，脚上穿着一双黑色便鞋。

"你还没搞清楚这些事情吧？以前做过警方采访吗？"

"我以前负责过埼玉县有组织犯罪监督局的采访。"

"什么？有组织犯罪的事情啊。这里的情况可不一样哦。"

"我看得出来。我应该用功准备准备。"

"东京的堕落行为很麻烦。书本里的解释根本不管用。当然，你可以研究法律，但书上的东西和实施的东西是两回事。"

他给了我一张歌舞伎町里一家酒吧的名片。

"我9点离开这儿，在这家酒吧里跟我碰头。我带你逛逛歌舞伎町，跟你说说这方面的情况。"

我心存感激，很少有警察会主动来庇护你。我很高兴地答应去跟他碰头。

我先得完成手头这篇关于"浪妻"俱乐部的文章，写好稿件并发给我的编辑花了我一个小时。随后，我步行15分钟来到纪伊国屋书店[1]，拿起一本《日本刑法典》和有关法律的书籍，翻看着有关成人娱乐法的章节。“外籍警察”说的没错，内容很难理解。

我准备跟“外籍警察”碰头的那家酒吧是一间廉价酒吧，店面很小，还不如说是一个可以进出的大壁橱。店里有一个黑曜石台面的站吧台横贯整个酒吧，没有窗户，也没有桌椅可坐，四周暗得连点烟都像是在燃放烟花。这儿的主人身着燕尾服，头剃得精光。我刚想叫杯饮料，他却说：“你得来杯威士忌”，说罢就给我倒了一杯。

跟警察喝酒的第一准则：你只许点一、清酒，二、烧酒，三、啤酒，四、威士忌。掺酒饮料都不许点。干马爹利可以接受，因为007喝的就是这种酒。如果要点蓝色夏威夷，那你还是打点行李回去过家家好了。

“外籍警察”晚了30分钟才悠闲地走了进来。他穿着蓝色牛仔裤、红色运动鞋和一件AC/DC牌衬衫。我觉得自己穿得过分讲究了。他朝主人点了点头，主人也回敬了一下，给他倒了点尊美醇威士忌，以奥运会上苏格兰冰壶队的精确度把酒杯沿着吧台滑到他的面前；那酒杯一滑进“外籍警察”的手心，他就顺势把酒端到嘴边一饮而尽。

“那我该怎么称呼你呢？阿德尔斯坦先生？杰克先生？”

“叫我杰克就行。”

“好吧，杰克先生。这里的事情对你来说有点难以理解吧？”

“嗯，是的。如果卖淫是非法的，那这个地区的所有店铺岂不都该关门了？”

“那取决于你对卖淫的定义。我们出去走走。我下班了，这算私人活动。”

就这样，我们悠闲地走出酒吧，融入了黑夜之中。

我们在一家有名的脱衣舞俱乐部“东京无上装”附近开始了我们的歌舞伎町漫步。“外籍警察”指点着我们经过的各种店铺，开始数落起一个堕落行为监督警察的“家珍”来。

1999年那个时候，歌舞伎町的夜晚看上去就像迪士尼乐园的节日彩灯游行，只不过霓虹灯上出现的是口交广告，而不是家庭度假广告。在大楼前面和街道中间，那些穿着白衬衫、黑正装的招揽生意的人窜来窜去物色着顾客，不是拉扯四

---

①译注：日本最大的连锁书店，1927年1月22日创业，最初只在新宿有一家店。目前在日本全国拥有57家分店，在国外也开设了20多家分店。在日本，纪伊国屋除了书店以外，还经营艺术表演活动，有音乐厅、剧场等。

处徘徊的上班族的袖子，就是往他们手里塞小册子。有些大楼上的扬声器里不时爆发出女性沙哑的声音，做着超乎想象的性乐趣广告：40分钟200美元。有几家店铺在店门口的聚光广告牌上还张贴着俱乐部女招待的半裸图片。每幢大楼里似乎都挤满了各种店铺和酒吧，外墙上挂满了那些店铺的广告牌。

“我不明白为什么最近这个案件里的妓女没有被捕。他们是达成了协议？还是另有原因？”

“你必须明白，我们这里的《卖淫预防法》其实是用来保护妓女的。你可以把它叫作《妓女保护法》。”

“何以见得？”

我们走过“猪笼草”的时候，他让我注意一个在胡同边上探头探脑想招徕顾客的泰国妓女。

“如果她在公开拉客，我就可以拘捕她。那是非法的。不过，如果那些家伙上前去找她，那就不成问题了。总之，这就是对双方有利的秘密约定。战争结束后，有很多人都把自己的女儿卖到性交易场所里去。有点像奴隶吧？”

我点了点头。

“1958年，过去的那种卖淫方式被摈弃了，取而代之的是公娼业的方式。当时的理念是确保妇女不会被迫充当性奴隶。这样，法律基本上惩罚的是淫媒、老鸨和皮条客。当时的意见是，这一行中的许多妇女都是被迫的，惩罚她们就等于惩罚受害者。再说了，也没有人会站出来支持警察。对嫖客和妓女都没有处罚的办法。如果女方未满20岁，我们可能会把她送进庇护所。”

“为什么法律不惩处那些顾客呢？那样不就可以阻止这种交易了么？”

“谁说不是呢，但你以为法律是他妈的谁写的？是那些家伙。见鬼！在20世纪50年代，很可能有一半的国会议员都经常光顾‘肥皂乐园’①呢。这是个极大的社会问题，女孩子像牛一样被卖来卖去，真该做些事情了，但这并不意味着这些家伙会把自己的鸡巴收进吊带裤里去。而这就是法律的立场。”

“这么说，妓女和跟妓女睡觉的人都不会受处罚了。那么，在这儿进行的所有其他的勾当怎么样，总该是非法的吧？对不？”

“错。一般原则是，只要不是直接性交，不论什么店铺都可以提供你可能想要的性服务。只要阳具不插进阴道就行。当然，还有规定区域等等的问题。”

---

①原注：“肥皂乐园”是日本成人娱乐法的一个盲点。在那些地方，女孩子为顾客沐浴、口交之后，如果两人一拍即合，他们就可以到隔壁的另一个房间里现行性交。性交费用不包括在门票价格里，没有保证，所以这原则上不是卖淫。对我来说，这不可理喻。不过，“外籍警察”就是这样解释的。这不是性交，是“自由恋爱”。

“这就是他们还可以做广告的原因，对不？”

“正是如此。在报纸上、广告牌上、手纸的包装上，到处都有。看看这个店面。”

我们站在一家店的前面，店名大概就是“鸡巴护士”的意思。

广告牌上是一群没穿内裤的日本女人，身着白色护士服，头戴白色护士帽，跨坐在一个日本男子身上，她们的手都放在他的胯裆上。广告词并不难懂：

> 30分钟，6000日元。我们的护士会把你的下半身护理得健健康康。这些训练有素的护士会探查你身体的每一个角落，为你量体温——口腔或肛门，你喜欢哪种都行。还提供外加服务。

“而这是合法的，对不？”

“是的。只要女孩子不是在跟她的顾客性交——不成问题。喂，你看，我们甚至还批准他们在成人娱乐法的指导下做生意呢。”

他指着门上贴着的正式认可标志。

我看着外加服务项目单，有很多项目我都看不懂。

“这是什么意思？”

“这个？就是舔肛[①]啊。如果你额外付费，她就会舔你的肛门。你还可以得到一次前列腺按摩——就是女孩一边为你口交，一边用手指爆你的菊花。通常是这样的。”

我们继续往前走。“外籍警察”把所有的店铺和生意为我分门别类讲解了一番。

性按摩院和时尚健康店通常提供手交、口交以及肛门按摩或舔肛，有些店铺现在还提供肛交。所谓的形象俱乐部就像性主题公园一样，你可以选择几种主题：处女新娘、女中学生、护士、修女以及动漫人物。那些地方的大多数女孩都身着某种有代表性的装束，做一些刺激性小的角色游戏，很像“女佣站”里的那些女孩子。

他带我走过了“新宿女子学园”。在歌舞伎町里有身着中学生校服的女生提供服务的娱乐场所中，这是最著名的一家。在日本，许多学校要求学生（男生和女生）都穿校服，显然，这似乎会引起某种校服与第一次情动之间的巴甫洛夫式联想。现在是夜里10点钟，这个店铺前面竟然还排着长队呢。

“你进去过吗？”我问“外籍警察”。

“没有，不论是公干还是消遣，尽管这个地方很有人气。店里有海量的校服，他们几乎复制了东京所有高中的所有校服。你可以随便选，这让一些家伙觉得相当兴奋。”

---

①译注：舔肛（anilingus）指用舌头、牙齿或嘴唇等刺激肛门的行为，是另一种口交的方式。

当然，每次经过这种地方，只要他们一看到我的脸，就会马上告诉“外籍警察”：“外国人进不去。”

这是我认为自己从未真正像我的同事那样了解歌舞伎町的一个原因，这倒也无大妨碍。

“外籍警察”想方设法带我进了几家性感内衣酒吧、一家夜总会，还有其他一些我平常不会光顾的低级场所。当然，每次都是我付的账。

一些酒吧也向顾客提供口交服务。这里还有一两家粉红沙龙，花上3000日元（约合30美元），你就可以进去点一杯咖啡。你喝着咖啡的时候，就会有一个女服务员上来解开你的裤子，用热毛巾洗净你的阳具，然后为你口交。当然，我不得不相信他所说的一切，因为外国人是禁止入内的。

有些脱衣舞俱乐部允许观众参与互动。“外籍警察”把我拖进一家店面比较小的店铺，它应该是叫“艺术表演家”什么的——我记不起这家店名了。整个俱乐部就像一个巨大的客厅，中央有一个很大的圆台，四周摆着一圈蒙着黄色桌布的桌子，椅子看上去像是蒙着红色天鹅绒的。舞者一边随着日本流行歌曲旋转，一边把身上的衣物都脱光，然后就在舞台上自慰起来，双腿呈蝶形姿势一张一合，嘴里发出高亢的尖叫声……她应该是精通“花火车”技巧的——也就是说，她应该能够用阴道握笔写字或投射充气飞镖。那天晚上我们不走运，她没有表演那种戏剧性的节目。

俱乐部里混杂着尿味、粪味、汗味、烟味、麝香味和体液的味道，女人的香味强烈刺鼻。表演结束后，有些顾客被邀请到台上最后用振动棒对舞者行手淫。我们在那儿没有逗留多长时间。“外籍警察”似乎对这些都没有什么特别的兴趣，他完全沉浸在导游的角色之中——为我解释了脱衣舞俱乐部的全部隐语，详细说明了“扒金库”和“绽放”[①]之间的区别。有些脱衣舞俱乐部还备有单间供你和舞者相会，她会做些让你射精的事情，收取额外的费用。雇用外国人的脱衣舞俱乐部据说会在一揽子服务中提供实际的性交服务。

我们接着走过了几家牛郎俱乐部[②]。他让我看那幢庞大的游乐中心兼办公大楼的“风铃会馆”，这儿是所有本地的压酷砸不分昼夜聚堆的地方，地下有一个巨大的连通空间咖啡厅。歌舞伎町里有100多个不同的压酷砸开着自己的事务所，做着生意，“风铃会馆”就是他们的大中央车站[③]和集会大厅。

---

①译注：“扒金库”表示用两手扒开私处，“绽放”表示用食指和中指撑开。

②译注：牛郎俱乐部是一种有男人陪酒的酒吧，也叫男公关俱乐部。

③译注：大中央车站是大纽约地区重要的交通枢纽，也是美国最繁忙、最著名的铁路车站之一。

我们走过几家情人旅馆，有几个泰国妓女站在靠近大久保站的公园附近。在这个地区的另一个公园的厕所里，还有伊朗男子在为日本同性恋男子服务。有几家酒吧的店员是变性人，甚至有些酒吧还提供男扮女装的表演。

在通往驹场体育场的一条窄道上，一栋挂着“性骚扰诊所”广告标志的细长条建筑物引起了我的注意。“外籍警察”说，这是以护士为主题的另一种形象俱乐部。不过，店里有一个真正的妇产科检查台，连脚蹬都有，显得格外“正宗”。

那天晚上最难忘的性爱俱乐部是“猪笼草”，店里放着一节真实的地铁车厢，你付完现金上了车，有一个女孩就会冒充另一名乘客上车来骚扰你，在你耳边低语，把手伸到你的裤子里去……还会做一些其他的猥亵行为。额外交钱的话，你还可以把一个女孩带出去约会，她会在真正的地铁上骚扰你。这是当时最火爆的性爱俱乐部。当时，这儿已经有一两家俱乐部可以供男子付钱享受假装在地铁车厢里骚扰一名女子的待遇，不过角色的转换却让这家俱乐部一炮打响了。

“娇娘”离东京都警视厅很近，据说很受中层官僚的欢迎。店里有一个玻璃厕所，可以让你看到你的织女做各种器官排泄的事情。你可以从下面把头伸进去，让她把尿撒在你头上——如果你好这一口的话。

我并不觉得这种事情有我想象的那么恶心。不过，我还是放弃了观摩使用这个神奇厕所的机会。

我们路过一家SM俱乐部，顺便进去看了一下。“外籍警察”认识这儿的店主——一个身穿纱笼[1]、头顶微秃、留着一条马尾辫的小矮个，并跟他聊了起来。店主让我在幕后偷着观看了一段表演。在一个摆着八九张桌子的大房间的中央，有一个小平台，台上是一个施虐淫的女子，全身裹着皮革服，乳房从皮革上衣里凸出来，乳头上穿着看上去像安全别针那样的东西。她的头发向后盘成一个髻，身上唯一没有裹皮革的地方就是白束带上的一个硕大的假阳具，她正在用它跟一个身穿深蓝色西服的中年男子肛交。

我不必再看下去了。我们回到了街上。

快到凌晨1点了，有几个中国妓女公然在街上拉客。她们似乎并不在乎我是不是日本人。我每五分钟就得拒绝掉一个。

凌晨两点左右，“外籍警察”把我带到了一家涮火锅餐厅，没穿内裤、上身半裸的年轻女子在你的桌子旁边为你下牛肉，你一边吃，她一边跟你调情。我在那儿也付了账。

“原来是这样啊。那么，除了实际的正常性交外，还有什么是非法的呢？”

---

①译注：东南亚一带人穿的用长布裹住身体的服装。

“不太多。极端露骨的色情片，未经审查的东西。”

“你的意思是说，出售那些可以看到别人口交之类的色情片是非法的，实际让别人口交却不是非法的？”

“对，概括得不错，你领会得很快嘛。你可以做这种事情，却不能看这种事情。至少不能在你的录像机上。”

“那该怎么执法呢？”

“哼……”

“外籍警察”同样让人难以理解——为他服务的那个24岁的女孩闹着玩地把自己的乳头塞进他的嘴里，他就一边舔着它们一边说话。她或真或假地呻吟着，很难让人继续交谈下去。

“嗯，偶尔你不得不记下那些明目张胆地提供性交的地方。你不得不在某个地方划定一条界限。”

“为什么他们不干脆把正常的性交认定是合法的？我的意思是说，既然别的什么事几乎可以做的话。”

“其实，我认为限制正常的性交会使它变得更有趣。这样就会迫使人们去寻找性爱欢愉的新途径。除了一般的性交外，还有很多让你高潮的方式。”他“噗”地吐出那个女人的乳头，喝了口饮料。

吃完了，我刚准备叫一辆出租车回家，“外籍警察”说要带我再去一个地方。那是一家韩国按摩院兼桑拿浴室。

“外籍警察”让我放心，说那儿是合法的，“嘿，我不会让你或者我自己惹上麻烦的。我偶尔会到这个地方来。高小姐会照顾你，这次我请客。”

店里的摆设让我想起大宫的一处地方。我被带进一个没有窗户的小房间。房间中央有一架按摩床，靠墙放着一个架子，上面摆放着各种乳液、一只装衣服的篮子、几只振动棒、一瓶按摩用酒精、几条棉床单和毛巾。

高小姐身穿米色护士服，戴着圆金属框眼镜，手上套着长统白乳胶手套。她的日语相当不错，让我脱光躺下后，就用一种很黏的清亮按摩油为我按摩了20分钟，那种感觉就像用热胶水擦身子。我的脸本来是朝下的，她让我翻身，可我不想翻过身来，她笑着一下子就把我翻了过来。她评论着我的骨骼构造，咯咯地笑了起来，随后让我等一下，转身出去叫了她的两个朋友来看。那两个朋友和她用韩国话或中国话交换着意见，又咯咯地笑了一阵后才离开。我只听懂了一个词——“割礼”。

接下来的按摩不太令人轻松，但也还算舒服。按摩时间是40分钟，30分钟过去了，我准备起身，可她不让我起来，“按摩还没结束呢。请稍候，放松。”说罢就用一只手抓住我的大腿，另一只手戳进了我的肛门……

“外籍警察”或许是在测试我的幽默感，或者我的好奇心？我自忖拒绝这种服务会不会侮慢了他的热情款待。但没有时间让我多想，高小姐按摩完就让我冲淋浴去了。然后，我穿好衣服，走到大厅就遇到了“外籍警察”。

他容光焕发，脸上浮现出似笑非笑的表情。我感谢他为我安排了一个这么好的按摩师。我还应该怎么说呢？

“没问题。现在你明白歌舞伎町是什么了吧。性欲。有出卖的，有满足的。那些店铺只要不超出界限太远，就可以为所欲为。我们堕落行为监督警察的工作不是把这些地方搞得没有生意做，而是不让他们出界。”

我点了点头表示理解。“外籍警察”问了我一个问题：

“你喜欢日本女人吧？”

“我没有迷恋亚洲人的情结，不过，我喜欢日本女人，所以娶了个日本女人。”

“我和你一样啊。”

“你喜欢日本女人吧？”

“不，我喜欢外国女人。金发的和红发的。能不能给我介绍一个啊？我和外国人没什么接触——嗯，我不是那种……你知道……可以随便约会或者怎么的人。”

噢，原来是这么回事。我答应他会去留心一下，结果我做到了。这是一个长期合作伙伴关系的开端，可以这么说吧。“外籍警察”就是在第四管区给了我第一次，也许是绝无仅有的一次真正的独家新闻的家伙。

我刚要坐上一辆出租车，手机响了起来，是编辑。

“阿德尔斯坦！”

“有什么事吗？”

和“外籍警察”闲逛的时候，我一次也没有查看过电话或传呼机。现在早就过了可以补充或修改文章的时间了。我想，这下完了。

“你送来的那篇‘浪妻’俱乐部的文章想说什么？”

“怎么了？”

“你在最后一行写道：‘事实上，只有1/3的女性是真的结了婚的。’你他妈的干吗要加上这句话？”

“看来好像关系重大。虚假广告。我的意思是说，顾客们都以为他们是在搞别人的妻子，但事实并非如此。这应该是暴露这种交易的可疑性的一个重要细节。”

“你脑子进水了？这是《读卖新闻》，不是《东京体育》。我们没必要去保护混账变态者的消费者权益。那句话他妈的一路留到了最后的版面。动笔前先想想，白痴。”

他挂断了电话。

哦，至少文章登报了，我觉得挺满意的。回到家里，已经是清晨5点了，淳还在等着我。她还没睡，穿着浴衣在打一篇关于日本袜子的最新流行式样的文章。她洗完澡等着我，桌上有一点准备加热的炒饭。

她问我这一天过得怎么样，我跟她说了——什么也没有隐瞒。我感到了犹太清教徒式的自责，觉得有一种忏悔的义务。我以为她会甩过来一耙煤炭，但她既不震惊，也没生气。她饶有兴致地听着我向她解释我了解到的一切和整个晚上发生的事情——连按摩院里的事情也说了。不过她还是问了几个问题。她一边审问我，一边按摩着我的肩膀，偶尔还真的用拇指使劲往里按。

“那她只不过是给你手交了一下？没有用嘴或者什么的？”

“没有，只是手交了一下。”

“好吧，如果是这个警察邀你一起去，我想那就是你应该去的了。只是别成了一种习惯。而且，我也不想知道你做了什么。”

“知道了。”

“如果你要做什么，戴套套吧，亲爱的。我不想得什么病。”

“当然会。”

“还有剩吗？”

“剩什么？”

“精子啊。这个月的时间到了。自己看看记事本吧，杰。”

我打开《读卖新闻》发行的日历兼记事本，果然，这一天的日期上有一个大大的红色字母“O”，是淳的笔迹。大写的“O”——排卵日。我知道上床倒头就睡看来是不太可能的了。

我有点畏缩，淳只是笑了笑。

“别担心，杰克。今天我都不会向你要钱，是免费的。”

这真是漫长的一天。

哎，至少我知道这个“浪妻”是真的结婚了。我是绝不会被骗的。我暗自思忖，自己有个“浪妻”总比付钱给别人的妻子强。或许这样我就不会惹事了呢。

摘记：“肥皂乐园”琐谈

日本的肥皂乐园店过去通常称作“土耳其”——是“土耳其浴”的简称。这种叫法让一位在日本的土耳其人极为不快，他发起了一场更名运动；《读卖新闻》在20世纪60年代后期乃至70年代都为此作了相关的报道。我记得有一个特别可憎的外事局编辑给我看过他写的相关文章。最终，日本迫于国际社会的压力，给这种性店取了一种很健康的叫法，解决了这个问题。这种叫法听起来充满着纯洁美好的情趣——“肥皂乐园”。

顺便说一下，充气性爱玩偶的日本叫法是“荷兰太太”。荷兰大使馆尚未提出“荷兰妇女并不性冷淡，因此，我们对使用‘荷兰太太’这种名称来销售、使用无生命的性爱玩偶的做法感到愤慨”这样的正式抗议或反对主张；不过，如果出现这样的事情，那就是我的独家新闻了。

我的牛郎（织女）之夜

歌舞伎町可以看作是日本社会病理的一个范本，也可以看作是这个社会整体的人际关系的一个缩影。牛郎俱乐部和织女俱乐部大概是日本成人娱乐行业中最受人误解的地方了。其实，这些俱乐部并不涉及性，而只是提供亲昵幻觉和性挑逗的场所。

在日本，亲昵是一种商品，是不太可能白来的。美国也一样，只不过花钱的对象不同而已。

在美国，我们会花钱去雇精神病医师、理疗师、法律顾问和生活教练，让他们来倾听我们的烦恼，提升我们的自尊，装作喜欢我们的样子给我们提一些有益的建议。朋友通常会无偿地为你做这些事情，不过，众所周知，麻烦一大，朋友便会拍拍屁股，溜之大吉。日本人大多认为求助于精神科医师是一种怯懦的表现，就等于是在承认自己有心理疾病，因此，他们至今还不太愿意接受美国的那种有偿朋友关系的模式。

负责了歌舞伎町的采访之后，我明白了，一个日本人想要让他的自尊（而不是男根）得到安抚，想要别人分担他的烦恼或者听他倒苦水的时候，并不是回家去找自己的妻子，而是上织女俱乐部。织女俱乐部不是性爱俱乐部，不是不正派的男女勾搭的地方，也不是风俗店①或单身酒吧。这种地方通常都是一间小酒吧，里面有几个妩媚的女人会上前热情地迎接你，在沙发上坐下来跟你聊天，唱卡拉OK；她们不是装得像你的情人一般，就是好像想要成为你的情人那样，跟你打情骂俏。

开织女俱乐部的老板娘（妈妈桑）一般都做过织女，由于多年来吸二手烟、喝掺水威士忌和长期熬夜，她们的嗓音都变得十分沙哑。如果你想知道一个织女在这一行干了多久，只消听一听她的话音就行。如果她的嗓音听起来像斯卡曼·克罗瑟斯②，那她就是个资深织女了。

不是没听说过织女和顾客约会的事情，只不过这种情况极为罕见。对织女来说，把一位顾客变成男朋友就意味着失去一份收入，何况还有可能疏远了其他常客。织女必须让顾客始终抱着某种幻想，才可能怂恿他去赢得她的芳心，让他觉得那样做的话，有朝一日她会和他上床。要想走到这没有几个常客曾经到达过

---

①译注：在日本，色情行业被称为风俗业，从事色情交易活动的场所被称为风俗店。

②译注：斯卡曼·克罗瑟斯（Scatman Crothers，1910—1986）是美国著名的黑人音乐家、演员和歌手，还当过舞蹈演员和配音演员。

的可望而不可即的终点站，他一年可能要在织女身上花掉1万美元——买酒给她喝，送她生日礼物，还得不时带她出去吃饭。

1999年10月的一天，寒风凛冽，我在歌舞伎町警察岗亭附近转悠，顺便和那儿的一个警官聊了起来。他说起那天晚上警察缉捕队搜查了一家牛郎俱乐部的事，我当时都没有反应过来——牛郎俱乐部？

“你说的是织女俱乐部？”

“不是，和织女俱乐部差不多吧，不过是男的在招待客人。”

“那就是同性恋出没的地方咯？”

“不，去这种俱乐部的都是女人，那儿的牛郎是伺候她们的，就像织女伺候男人那样。晓得吧，他们恭维那些女人，给她们倒酒，跟她们调情、攀谈——让她们心甘情愿地掏钱出来。四下看看吧，那些身着昂贵的西服，留着红毛长发，凌晨3点还在歌舞伎町里晃悠的不男不女的男人，你想，他们还能是干什么的？”

我以前一直以为他们是想要寻花问柳的，根本没把他们跟这种酒吧联系起来。嗯，平生就喜欢观察这样那样的社会现象的我，真得去看个究竟。

那天下班的时候，我在东京警察总部里截住了野岛，他是警察缉捕队的一名干将。我邀他出去喝杯啤酒。以前想搞定他一般都不太费劲，可这回，酒过头巡，我刚提起那天晚上的搜查，他就不干了——他不想让这件事报道得过早。

“我们还有两家要搜查。如果你再等一天，我就会让你发一篇独家报道。”

“没问题，”我表现出非常配合的样子说道，“不过我现在就想知道详情。”

他起初不太愿意说，但过了一会儿还是把实情告诉了我：新宿警方和东京警察总部的青少年庇护部认定牛郎俱乐部就是青少年犯罪的温床，他们已经搜查了四家俱乐部，理由是它们违反了成人娱乐与性产业法：无证营业，还允许青少年进入成人娱乐场所。

“过去，人们往往认为去牛郎俱乐部的只是那些织女，可时代不同了。现在，我们每天都会看到一些女大学生，有时甚至是口袋里有钱的女高中生，她们开始进出这些牛郎俱乐部。她们喜欢得到别人的注意，也可能是让那些牛郎给迷住了，而那些牛郎便乘机榨干她们的一切。那些女孩渐渐变得债台高筑，有朝一日债主就会介绍她们去涉足性产业来偿还她们的债务。有的时候，开牛郎俱乐部的家伙还同时开着性爱俱乐部。还有一些女孩子就开始到商店里偷东西去卖，然后拿这些钱去付牛郎俱乐部的账单。我们有足够的证据表明这些情况并非个案。”

同年7月，新宿警方接到过一个高中辍学生的家长打来的电话，说他们的女儿收到了一张400万日元（当时相当于近3.8万美元）的账单，是从歌舞伎町的一家牛郎俱乐部寄来的，打那以后，他们一直过着焦虑不安的日子。

警方查到了那家俱乐部，发现那是一家无证营业的俱乐部。他们在8月逮捕了那个年轻的老板。9月，警方扩大了调查范围，结果让他们大吃一惊：歌舞伎町里已经开了71家牛郎俱乐部。三年前还只有区区20家，为什么会发展得这么快？按野岛的话说，现在，女孩们想的就是寻欢作乐，而牛郎们想的就是挣钱，有性开放思想和经济能力的女性可以和男性一样无忧无虑地买春了。

从一个警察口中说出来的社会学理论听起来总觉得有点怪怪的，不过，话说回来，野岛可不是一般人想象中的那种普通警察。他是上智大学的硕士毕业生，当时主修的是心理学专业，他还是个有执照的咨询师呢。他敏锐地捕捉到了经济上的诱因：一个人气牛郎的年收入可达30万美元以上。野岛再次用社会学家的口吻建议我写一篇关于牛郎俱乐部的报道文章，当时人们对它的存在知之甚少。他指定了三个店铺，我逐一做了采访。刚开始的时候，我遇到了日本人面对一个为《读卖新闻》写稿的外国人通常会表现出来的困惑，不过，后来我惊喜地发现，那些老板其实都很愿意跟我交谈。其中的一个老板甚至邀请我去当一个晚上牛郎试试，我当时一口就答应了下来。

不过，在那之前，我把调查记录整理了出来，跟我的编辑谈了搜查行动的内情——这是一篇爆炸性的报道。笠间是社会部为数不多的女性之一，她帮我修改好文章，并说服总编把它刊登在国内版上。浜谷是部里的另一位女性，她对我的成果不痛不痒地说了几句恭维话，提了几点善意的建议。感觉还不错。

这篇报道发表在10月6日的《读卖新闻》早刊上，抢在了那天下午发表的官方公告的前面——虽然事情不大，却是条不折不扣的独家新闻。

几天后的一个晚上，我挑选出自己最好的一套西服，把耳朵和鼻子里的茸毛修整了一番，喷上点古龙香水。衬衫烫得平平整整，领带打得笔挺挺的，指甲修得光溜溜的，牙缝剔得干干净净，连自己都觉得颇为惬意，看上去一点都不像衣着寒酸的私人警探，也不像拼搏谋生的英语教师，更不像饥不择食的报社记者——活脱儿是个牛郎。

“爱”是歌舞伎町小街里的一家牛郎俱乐部，就在离风铃会馆不远的一家站式酒吧附近。

店面显得花里胡哨的，入口的上方霓虹闪烁，还挂着用聚光灯打着的人气牛郎照片和一面写着“女性俱乐部”的金箔牌匾。两尊呈青铜色的彪汉铸像守在门前，铸像身上写着红彤彤的“爱”字，看上去既有奢华的装饰艺术风格，又带有美国20世纪50年代餐车招牌的那种俗气。

走下台阶就进了俱乐部，俱乐部里挂着水晶吊灯，但依然显得异常昏暗。舞池里的灯光就像池塘上的点点涟漪，房间里四处零散地摆放着丝绒圆沙发。灯光折射在青铜色的塑像、银白色的镜子和亮闪闪的装饰上，宛如夏夜里的点点繁星，让人颇有点置身于天文馆内的感觉。这种描绘也许有点过于富有诗意了，但给人的印象确实如此。

我6点就到了，这个时间来牛郎俱乐部上班未免过早了，不过，“爱”俱乐部连锁店老板兼会长爱田武已经在等着我了。他满头烫的都是羊毛卷，留着一撮墨西哥小胡子，戴着一副椭圆形变色太阳镜，身穿一套价格不菲、色泽华丽的西服，一条丝绸花领带紧紧地打着结，让人担心他那圆圆的娃娃脸会不会因此而缺氧。他59岁了，虽然具体说不上表现在哪儿，但浑身还是散发着一种无可挑剔的魅力，让你觉得惬意是他的拿手好戏。

爱田出生于新潟县，在九个兄弟里排行老六。20岁那年，他离开新潟到大城市去闯荡。在一家制床公司工作时，他成了首屈一指的推销员。后来创业，搞犯罪预防用品的生意，破了产，接着去做假发生意，这一次，他见识到了女性经济。

这一启迪让他成了一名牛郎。一年后，另一家牛郎俱乐部把他挖走了，又过了几年，城里最大的牛郎俱乐部就把他雇去了。显而易见，爱田身上具有某种别人没有的东西。他意识到这应该就是自己的天职，于是，他自己开了“爱”，而这家牛郎俱乐部没多久就成了牛郎俱乐部的行业标准。在后来的几年中，爱田不断拓展业务，开了好几家牛郎俱乐部、酒馆和酒吧，形成了自己的小王国。“爱”就是歌舞伎町夜生活里的一颗明珠，有时还会成为乡下中年妇女乘巴士观光的景点之一。爱田雇我当一夜牛郎的时候，他手下约有300名牛郎在为他的五家牛郎俱乐部服务。他还出了一本谈论企业管理的书（而他的妻子则写了一本描写嫁给职业牛郎的喜与忧的书）。

爱田非常乐意谈论牛郎俱乐部的生意经。

“牛郎俱乐部以前就是女人来和那些魅力四射的年轻男人一起跳舞的地方。现在，很多女人到这儿来是因为她们很孤独——她们在工作中遇不到好小伙子。她们想要有个人来跟她们聊天，听她们倾诉，给她们安慰，与她们共鸣——她们渴求人情味。有些女人甚至还会来讨教如何调教自己的土鳖男友。不过，也有些女人就是想来这儿找个小伙子跳跳舞——她们喜欢跳交际舞。女人们喜欢那些会让她们欢笑、会调侃当今时事或谈论电视里的新节目的牛郎。最有人气的牛郎并不一定是最英俊的小伙子，一个合格的牛郎应当是个好听众、好艺人、好顾问，还要知道什么时候该给女士倒酒。”

对了，值得注意的是，在这种俱乐部里男人是给女人倒酒的。而在日本社会里，你决不能在社交酒宴上为自己倒酒，下级或年轻人应当为他们的上司和长辈倒酒。还有一条潜规则是，如果有女性在场，人们一般都会认为女性应该为男性倒酒。因此，如果你是个日本女性，有男性来为你服务，来照料你，那可就算是件令人心旌摇荡的事情了。

“不过，一个合格的牛郎还要做到对他的主顾的消费水平心中有数。你不能让顾客破产，不能让她的财务状况出问题，否则就会滋生一大堆麻烦事——对哪一方都一样。那些新开的牛郎俱乐部用年轻精明的小伙去拉客，把酒水价格定得低低的——顾客花上5000日元（约合50美元）就可以喝个够。不管什么样的人都让进，连已经喝醉了的女人也不放过。这些人都很容易上当，总有一天会出现负债的情况。到那时，放高利贷的人就会找上门来了。那些真正不守规矩的俱乐部基本上就是有组织犯罪的第一线。

“‘爱’已经开张很长一段时间了，我们每一笔账都记得清清楚楚的，税也交了，还在警方那儿登了记，这样，黑社会就不敢向我们勒索什么了。那些新开的牛郎俱乐部，即使他们不靠欺诈起家，就冲无证营业这一点，他们就会显得很脆弱，很容易受到讹诈，而且很快就会变成压酷砸的赚钱工具。那些压酷砸开的牛郎俱乐部，根本就不是什么牛郎俱乐部，而是男妓俱乐部。他们的目的就是使顾客变成妓女或债奴。

“为什么牛郎俱乐部这么受欢迎？因为那些男人——那些英俊潇洒的魅力男子知道女人想要的是什么。这就是理由。有些女人自恃是富家花花公子——我认为应该叫她们‘花花公主’。她们想要和牛郎发生性关系，而且愿意花钱来延续这种幻想。她们和到织女俱乐部去大把大把地花钱的男人没什么两样：心里都抱着一种梦想——和每个人都心仪的对象上床。

“不过，对大部分女人来说，我们只向她们提供纯粹的约会。她们可以整晚得到一个英俊小伙的无微不至的关怀，还没有暧昧关系上的困扰。牛郎随叫随到，她们绝对不会遭爽约。这是一种模拟出来的浪漫情调，有些女人就是喜欢这样的情调——有点像那种网络虚拟爱情……”

我们正谈着，一位年近50的女人走过来坐在爱田旁边，她看上去十分优雅端庄，身着一袭黑色连衣裙。她不动身色地从手袋里摸出一根香烟，还没等香烟碰到她的嘴唇，爱田已经用一只鲜红的镀铬芝宝打火机为她点上了。爱田把我介绍给她，她朝我伸出了她的手，我当时并不知道该怎么做，但我吻了她的手。爱田咧嘴朝我赞许地笑了笑。

我们聊了起来，这工夫爱田到吧台上去为我们端来了酒。我很惊讶，他并没有让闲在一旁的牛郎去做这件事，也许他是想让我铭记，对于做一个合格的牛郎来说什么是重要的。

老实说，我曾这样想象过：我一走进牛郎俱乐部，漂亮女人就跑来围在我的身边，我给她们点烟，让她们觉得称心如意。我料想她们都会对我这个老外的魅力着迷，被我对日语的准确拿捏惊呆。我会跟她们讲述我的记者生涯里发生的故事，让她们高兴；她们会听得入迷，然后纷纷向我索取名片，暗暗想着要跟我上床。事实上，我基本上没被她们放在眼里。很显然，女人们到牛郎俱乐部来是想找个有魅力的日本男人，而不是身着华服、呆头呆脑的犹太裔美国人。

不过，我还是为一个菲律宾籍织女倒过酒，也接待过一个家庭主妇，一面听她抱怨自己的丈夫，一面不停地为她点烟——她一根接着一根地抽着，也的确有过一次真的像牛郎那样的邂逅。但是，大部分时间还是消磨在跟工间休息的牛郎的聊天上了。

和，29岁，原先在一家制药公司上班。他告诉我："一方面，你要借助她们的母性本能。你把她们当作女王看待，如果她们喜欢你，她们就会宠爱你，把你看成最棒的牛郎。

"我喜欢干这活儿。一个月可以挣到60万日元（约合6000美元），这还不包括我得到的礼物。一个女人给我买了我手上的这块镀金的劳力士手表。我觉得那个银行家的妻子是完全喜欢上了我，她准备买一辆车送给我做生日礼物。你必须尽早让你的顾客知道你的生日，因为这一天就像你在公司里上班时发奖金的日子。我更喜欢现金，但她们一般都送给你昂贵的名牌礼品。我会拿去当掉一些，不过，像衣服和手表，嗯，她们还是希望看到你穿戴它们的。

"这个女人，真理子，是一家做男内衣的公司的总裁，想到这个就觉得滑稽——她的顾客几乎都是同性恋，所以她花钱让我给她倒酒。她给过我一块帕特克·菲利普斯牌手表做生日礼物。那玩意儿可贵得吓人哪，不过上面镶满了钻石，俗气透了。她对手表一窍不通，只看价钱。我在香港买了块冒牌货，然后把真货给当了。她来的时候，我就赶紧把那块假表戴上。

"但我并不觉得我是在利用她——包括所有来这儿的女人。我在满足她们的白日梦。这就像和我发生暧昧关系一样，尽管我们并没有一起睡过。我快乐了，她们也会觉得快乐。只要大家都快乐，就不存在谁利用谁的事情。没有什么假象——她们心里都很清楚，我只是她们的朋友，直到她们的钱花光为止。"

光，25岁，出生在神户，从18岁起就一直在当牛郎。他身高一米九左右，在日本人里面算很高的了。他可是个非同寻常的家伙：就像刚从"美黑院"里出来的，显得容光焕发，他的指甲是修过的，牙齿又齐又白，身上的那套西服可能得花掉我一个月的薪水。

或许他对这个工作开始厌倦了，他很想了解我的记者生活中的一切，甚至还打听没有上过大学的人可不可以当新闻记者。不过，他显然并没有因为当牛郎而感到痛苦，干这一行相貌很重要，而他看上去就仪表堂堂。他说："有时候，你只消找个和你相像的演员，然后模仿模仿那家伙就可以了。这样，你就让顾客觉得她是和一个名人在一起了。

"不过，我大都说自己是东京大学①法律系的研究生，当牛郎只是为了挣学费。这就让顾客觉得她是在为社会作贡献，而不只是为了我的腰包。也许她还会想入非非——有朝一日她可以跟她的朋友说，某著名律师曾经当过牛郎，她当时还是他中意的顾客呢。

"你必须巧妙地恭维女人，不能只是随便说些套话。你不能说让她们感觉自己老了的事情。你要告诉女人——她的皮肤多么光鲜亮丽，她的脖颈多么性感迷人；你喜欢她微笑时脸上显现出来的一对酒窝；如果她脸上有雀斑，你就问她是否有高加索血统——有些女人愿意让别人觉得自己长得像外国混血儿。如果你对她们的恭维与众不同，她们的眼睛就会闪闪发光。我认为，每个女人都有自己独特的魅力所在；你只要去找到它，去赏识它就可以了。

"我更喜欢三十来岁的女人，跟她们有话可说。如果客人非常风趣，很会讲笑话，你最好说些严肃的事情，反过来也一样。这表明你体恤她隐藏着的另一面。

"你要做到几乎什么都能和顾客谈得上来，有时甚至还会谈到该把她们的孩子送到哪个学校去念书的事情。所以，我订了四本女性杂志，好让自己对她们关注的事情心里有底。她们还很爱谈论电视节目，而我却没有时间看电视，所以只好阅读电视指南杂志，不让自己落伍。

"虽然这一行最讲究的是相貌，但我知道，自己还得看上去性感些。我每周去健身俱乐部四次，做负重训练和有氧运动，我还去游泳，让自己的体形保持修长，健美。女人一般不喜欢肌肉过分发达的男人，她们喜欢像网球运动员那样的体格。我在刮脸前都要先抹护肤品，再用一条温毛巾敷着，这样能保证我的皮肤看上去很光滑。有些男人留点须茬会让人觉得更好看，可我不属于那一类的。女人们总是夸奖我的皮肤和长相。

---

①译注：东京大学是日本第一所依照现代学制创立的国立大学，是日本的最高学术殿堂，日本及亚洲地区排名最高的学府，也是世界前50名的大学之一。

“我一个月挣100万日元（约1万美元），不少吧，但开销也很大。你得住像样的公寓，穿戴得入时，还得给客人买些礼物。这些钱都得自己掏腰包，而且礼物也不能买便宜的。有的时候，你会觉得好像你的客人越多，你挣的钱越少。不过，我还是争取每个月攒下40万日元（4000美元）左右，这个数也比大多数人挣的要多了，所以我没什么可以抱怨的了。

“闹心的是我的父母不愿让我干这一行，尽管我也没有打算一直干下去。你没有私生活，每天都像在度假，只不过一点自由都没有。大部分自由时间都花在伺候顾客上了，不是陪顾客去逛商店，就是陪顾客去度假。

“你想找个女朋友也很难。女孩子不喜欢和一个当牛郎的人约会。我想我能够理解这一点。她怎么能知道我说的话是真心的还是装的？有时我自己都分不清。即便和一个我真正喜欢的女孩在一起，有时我也会发现自己想要点花招，想要去利用她。”

光的一位顾客走进俱乐部来，打断了我们的交谈。光站起身来前去迎她，脸上带着灿烂、真诚的微笑。美智子身着绿色连衣裙，头发向后拢，用一条黑天鹅绒发带系着，姿态优雅而沉着。

光把我介绍给她，我们互相打了个招呼，她看出我的日语还可以，就问我有没有烟。我把我随身带来的香烟递了一根给她，颤巍巍抖着替她点着。她吸了一口，闭目斜靠在沙发上静静地待了十秒钟左右。光朝我眨了眨眼睛。

美智子睁开眼睛时惊叫道：“味道这么香，闻起来和熏香差不多。这是哪里的烟？”

“印尼，”我答道，“印尼丁香烟。”

“我喜欢这种烟。你是印尼人？”

“美国人。我的脸很难看出是哪里人吧？”

“你长得挺可爱的。”

“跟你就没法比了。”

这句恬不知耻的恭维把美智子逗得咯咯笑了起来，光也惊讶地看着我笑了。

美智子又把香烟叼在嘴上，我接着说道：“你的手多么娇美可爱，手指这么修长，这么柔软，看上去纤弱而强健。你弹钢琴吗？”

听到这话，美智子放声大笑起来，用手拍了一下光的膝盖，“你的朋友眼睛很尖耶。是你告诉他的？”她问道。

光摇了摇头，做了个好笑的否认手势。

气氛融洽了起来，美智子、光和我在一起聊了一会儿（光真的很在行），后来美智子去参加晚会了。已经快凌晨4点了，俱乐部里还满是客人。新来的一拨儿多半像是刚下班的织女，个个打扮得花枝招展，许多织女已经喝得醉醺醺的了，有几个还大声喧哗着。我没有想到这儿还会是织女下班后想来的地方，不过，转念一想，这也是可以理解的。

我要待下去的话，5点之后还会来一拨儿，但我白天还有活儿要干呢。我正在收拾东西的时候，光问我能不能把剩下的香烟给他留下。“当然可以，”我说，然后问道，“我表现得怎么样？”

他的回答是：“你有吸引人的地方，不过，你真是个极客[①]，总是自己哇啦哇啦地说，而不是听别人说；但你讲的故事挺有趣的，所以我不好说这算不算缺点。你也挺容易让人记住你，风趣度也适中，这是优点。丁香烟感觉不错，这玩意儿闻起来香，还挺别致；这是另一样让人记住你的东西。我自己可能也会开始抽这种烟了。”

他加了一句，说等我哪天厌倦了记者这个职业，就回这儿来当牛郎。我笑了，说了声谢谢，转身去找爱田，跟他道别。

爱田递给我几张优惠券，怂恿我有时间带一些女同事过来。我自己没回去过，但我的同事们看来是度过了一段美好的时光。

近十年过去了，歌舞伎町早已旧貌换新颜，可名声依然不怎么好。只要你找对了门，等着你的就可能是邂逅、风险、奇遇和性满足。不过，所有这些交易背后都充满着孤独的意味。

东京是世界上人口最稠密的城市之一，然而（或许正因为如此）却有那么多的人找不到可以倾诉衷肠、可以信任或分担他们的秘密、烦恼或挫折的人。

不可否认，这里面潜藏着一种博弈——那就是这样的诱惑（可哪里不是呢？）：今晚的同情加香槟会带来性交的机会么？就算会吧，真正让这种俱乐部得以存续的还是疏远、无聊和寂寞。

价钱并不离谱，但人际交往的代价高得惊人！

---

①译注：极客（geek）原指反常的人、畸形人、野人，在美国俚语中意指智力超群，善于钻研但不懂与人交往的学者或知识分子，现常指沉溺于电脑网络，远离都市和记者，对各方面有自己见解的人。

露茜·布莱克曼到底出了什么事？

我得打个电话给蒂姆·布莱克曼，他人在英国。我答应过给他打电话的。

他希望我一知道他的女儿露茜出了什么事就告诉他。布莱克曼先生在要求寻找他女儿的问题上跟东京都警视厅闹得太僵了，他们有消息恐怕也是最后一个通知他。东京都警视厅知道，只要他们告诉他什么，他就会跑去告诉记者，而他们不喜欢他这样做。他也意识到他们再也不会把最新的消息告诉他了，所以希望从他认识的人那里得到消息，而不是在报纸上读到它。我答应过他，不论是白天还是晚上，只要有确切的消息，我随时都会打电话告诉他。现在就到这样的时候了。

他的大女儿露茜·布莱克曼在2000年7月1日那天失踪了。当时我并不知道这件事，更没曾想这起案件竟成了我职业生涯中的一个重要契机。日本色情业尽管有着逍遥自在、无所顾忌的外表，里面却充斥着卑鄙龌龊的勾当和性剥削，而我却对此一无所知。在我的人生词典里，甚至可以说在我的意识领域里还没有“人口贩运”这个词。这起案件发生了许多年之后，我才终于理解了在寻找露茜的过程中自己应该领悟的事情。

露茜是个英国籍女孩，2000年5月4日来到日本。她本来一直在英国航空公司当兼职空姐，但她最要好的朋友路易丝·菲利普邀她一起去日本，说在那儿当织女有好日子过，还能赚不少钱。露茜在英国背了一些债，而空姐的活儿也一直让很难倒时差的她觉得疲惫不堪。所以，她觉得来一次“带薪休假”或“工作假期”也挺不错。

路易丝的姐姐已经在日本当了几年的织女，对这种交易的技巧和赚钱的潜力有所了解。露茜和路易丝拿着旅游签证一起来到日本，立即住进了一栋很不安全的外国人公寓，那是一种大部分居民都是外国人的公寓大楼，押金低，还不用交“礼金”——通常要付给房东的一种酬金[①]，更不存在检查签证的事情。

在法律上，持旅游签证的人是不能在日本工作的。而实际上，当时的日本当局一般对此采取容忍的态度。大多数在日本当织女的外国女孩都是干了几个星期之后才明白她们的工作是非法的，这样，管理层就可以利用这个问题作为交涉工

---

①译注：在日本租房时，除了租金和押金外，一般都要向房东一次性交纳相当于一两个月租金的“礼金”，这种礼金原则上是不予返还的。

资以及出现别的问题时的筹码。

露茜身材高挑，一头金色秀发，是个非常迷人的女人，她和路易丝去了六本木。六本木就是“六棵树”的意思①，长期以来一直是居住在日本的外国人和那些想跟外国人交往（相识，拍拖，然后结婚）的日本人出没的地方。在20世纪80年代末的泡沫经济时期，这里是高档消费区，一个精心布置的迪斯科舞厅光门票动辄就得30美元，而且还有严格的着装规定。然而，泡沫经济崩溃的时候，这些场所还是一如既往，把下等人拒之门外，结果，一些更便宜的织女酒吧、小夜总会、性按摩院、卖淫酒吧、各种麻药一应俱全的深夜酒吧以及用廉价酒和免门票的噱头来迎合那些外来人口中的平庸之辈的巨型俱乐部逐渐占据了这个地区。那些上等俱乐部迁往西麻布，留下破旧的六本木在那里自认倒霉。

有个没学过几天英语的日本无名氏给六本木取了个“High-Touch Town”（高格调闹市区）的绰号，还把这几个字刻在一座跨越“六本木交叉口”的天桥的混凝土墙面上。这里在许多方面和歌舞伎町很相似，但略显寒酸，而且到处都是老外——由此得名“老外歌舞伎町”。这里只要发生犯罪事件，受害者多半是外国人，麻布警方早已对整顿这个地区失去了兴趣。露茜来到这儿的时候，这个地区实际上才刚刚开始从寒酸走向肮脏。

6月9日那天，露茜和路易丝就在“卡萨布兰卡”上班了。这是一家织女俱乐部，就在六本木的第一家外国女脱衣舞酒吧的斜对面。当时，这家俱乐部里还有另外九个女孩，除路易丝外，所有的女孩都是金发的。她们的工资是每小时5000日元（约合50美元），外加酒水回扣②以及对个人提出的特别邀请的回扣。

三个星期之后，7月1日那天，露茜从涩谷打电话给路易丝说：“我要去跟俱乐部的一个顾客碰面，他要给我买一部手机。我太高兴了。”晚上，她再次打电话给路易丝，说她正在回家的路上。但她再也没有回来。

7月3日，路易丝的手机接到了一个非常奇怪的电话。是一个自称“高木晃”的日本男子打来的，他告诉路易丝：“露茜已经加入了千叶县的一个邪教组织。她不能回家，不用担心她。”

这下路易丝变得非常担心起来。她到英国大使馆去咨询了一下，然后就去麻布警署提交了失踪人员报告。麻布警方刚开始并不打算接这个案子，但大使馆已经得到了通知，而且对那个神秘电话也不能不闻不问。没有那个电话也许就永远

①译注：那年22岁的露茜·布莱克曼来自英国肯特郡的七棵橡树镇。

②原注：顾客为他自己和陪酒织女点的每一杯酒里都有一部分钱算作是织女的回扣。这就是织女们都偏爱点昂贵的整瓶白兰地、香槟及其他烈酒的顾客的原因。

不会有真正的调查了。7月9日，东京都警视厅调查科（负责凶杀、抢劫及其他暴力犯罪）正式决定接手此案。这起案件就不归当地警察管了，现在成了总部的一个难题。

就在那前后，我接到了一个资深警方记者（他叫西岛，又名“巴勃罗”）的电话，要我帮忙采访这个报道，尽管当时还算不上是一篇报道；东京都警视厅还没有正式公布，读卖新闻也是刚刚启动准备工作，露茜失踪的一些细节还相当模糊，巴勃罗提醒我暂时不要声张。

我很喜欢巴勃罗，他是个优秀的记者，而且很有教养。山本和巴勃罗当时都在负责东京都警视厅的警方采访，主要采访暴力犯罪和国际犯罪（分别由调查一科和国际犯罪科负责），巴勃罗是山本的得力助手。

巴勃罗不像日本人。他的家谱里有一个美国人祖先，让他有了一副近乎拉丁人的相貌。有个同事常常开玩笑说，国内新闻部里实际上有三个外国人：一个蒙古人（山本），一个犹太人（我）和一个墨西哥人（巴勃罗）。

电话里，巴勃罗的话语坦率得令人振奋：“嘿，杰克，看来你真的派上用场了，换换口味吧。受害者是外国人，她的朋友也全都是外国人。我们需要一个能配合工作，还可以跟认识她和她的家人的人交谈的人。这个人就是你了。你有兴趣吗？”

当然！我向他保证。

说实话，当时我觉得整个事情是被夸大了。我认为露茜也就是又一个被男友或她傍的大款带到泰国或巴厘岛去的老外织女，只不过忘了通知别人罢了。

不过，我还是提交了申请——批准我把平时的工作放一放，去协助东京都警视厅采访组几个星期。7月9日，调查正式开始的时候，我去了东京都警视厅总部，警卫摆手让我进了门；我上到九楼，巴勃罗和山本已经在那儿等着我了，东京都警视厅记者俱乐部的主管兼队长三泽泥醉在沙发上。事务所看上去和1993年的时候一模一样，只是麦当娜的写真集《性》早已不在书架上了。

山本一副和蔼可亲的样子，热情地跟我打着招呼：“杰克，好久不见了。还在吸海洛因？”

“不吸了，山本。我现在正把它卖给小学生呢，自己已经不用了。”

“真的？难怪你变得这么胖。”

这是真的——不是说我已经不吸（或吸过）海洛因，而是说我已经变得相当胖了。

而山本却掉了不少膘——也许掉得太多了。在警方采访的所有任务当中，凶杀案和暴力犯罪的采访是最艰苦的，这已经损害到了他的健康。关于种种堕落行为的采访不容易进行，但你很少会在半夜被叫出去采访警方的突击搜查。堕落行为不是不知不觉间发生的犯罪活动——我在负责采访第四管区的时候明白了这一点。警方突击搜查性爱俱乐部或没收色情光碟的社会影响充其量是象征性的，不是那种需要迅速而深入地进行报道的新闻。警察缉捕队采取的大部分行动只要不公布就甭想登报。唉，但你总得写一些文章，尽管心里明白你的努力很可能都是白费力气。凶杀事件和暴力犯罪是不一样的。在一个很少发生杀人事件的国度里，这类事件几乎都会成为重大的新闻报道。这类事件的发生和发现的时间没有规律，还可能来得很不是时候，但作为新闻报道就具备了真正的即时性——你必须迅速赶到现场，在激烈的竞争中抢到那轰动社会的独家新闻报道。我并不羡慕山本。

而巴勃罗兴许是因为没有一官半职，似乎活得非常滋润。他很快就让我参照他的记录熟悉了案件的情况。警方当时已经掌握了下列有关露茜的情报：

露茜失踪的当天，最后的目击者看到她穿的是黑礼服、黑凉鞋，挎着一个黑包。她的钱包是棕色鳄鱼皮的、对折式，里面有一些零钱。她戴着一条心形钻石项链和一块方形阿玛尼手表。她在英国航空公司当了近一年半的空姐。她父亲并没有不让她来日本；露茜手头有钱，她父亲还会给她寄钱。她曾跟她的父母说过，她有可能去日本观光，顺便打零工挣点钱。她并没有长期逗留日本的打算。

东京都警视厅不相信跟邪教有关的说法，尤其是考虑到以前的类似事件。处理凶杀案的警察认为她很可能是被一个俱乐部的顾客绑架并杀害了，“高木晃”这个人根本就不存在，极有可能是对她的失踪负有责任的人制造的一个假身份。

他们正从凶杀案队调一些队员来调查这起案件，其中有几个警探会讲英语（或者说是英语讲得不怎么样却还想讲的人），都有处理性犯罪的经验。巴勃罗把负责这起案件的警探的名字给了我，里面有一个是我认识的人。

巴勃罗还在对情况做着简要介绍的时候，山本来到了我们身边。

“那你们要我来干什么？”

山本接过话头：“我们要你去找和她一起住在外国人公寓里的人谈谈，同时开始在六本木附近寻找认识她的人，有可能曾经是她的顾客的人。你在那儿应该会有些朋友吧？”

实际上，我像躲避瘟疫一样躲着六本木。我的朋友大多是日本人。我觉得在歌舞伎町、涩谷、惠比寿甚至韩国街闲逛更开心。我有淳，不必（也不想）去六本木找一个放荡的、没有附带条件的女孩来搞。我不磕药，也不迷恋大胸外国脱衣舞娘、迪斯科舞厅或昂贵的餐馆。我根本没有和其他老外交往的欲望。六本木跟我毫不相干，就像它跟巴勃罗或山本毫不相干一样。

我把这些话对山本说了。

他只是摇了摇头：“你是美国人，却不去六本木，不知道棒球的规则。你一定不是真正的美国人，其实是朝鲜间谍吧。坦白交代。”

巴勃罗加入进来：“连我现在都还偶尔去一趟六本木，我还是日本人呢。”

“巴勃罗先生，你看上去比我更像外国人。所以大家才叫你巴勃罗嘛。你是属于六本木的。我敢肯定，菲律宾女孩都会爱上你的。”

“阿德尔斯坦，真的？嘿，起码我不像伊朗人吧。”

我和巴勃罗正在拿我们的民族特征互相揶揄着，山本从口袋里掏出一叠现金递给了我。

“这是干什么？”

“我很少去六本木，”山本解释道，“但我知道一件事，那儿是个昂贵的游乐场。可能的话，别忘了开发票。”

我不知道该从哪里开始寻找，但我心想，露茜的老东家应该是个最合适的地方。遗憾的是，我到了那儿才发现门上贴着“闭店整修”的告示。这可不是个好兆头。

2000年7月12日，东京都警视厅正式公布它正在进行露茜·布莱克曼的失踪调查。日本的报纸对此没有太大的反应，但没过几天，这一事件成了英国报纸的主要话题。

我每天晚上都在六本木的街头四处搜寻着认识露茜的人。我遇到了极为怪异而令人困窘的情况——谁都不跟我交谈。我很长一段时间都浸淫在周围都是日本人的环境之中，连英语都快说不好了，结结巴巴的，听起来很可能跟日本人讲的一样蹩脚，对方一定在怀疑我是警察。

7月20日前后，麻布警方收到了一封非常奇怪的信件，看上去像是露茜·布莱克曼自己寄出来的。

那封信上盖的是千叶县的邮戳，据说露茜在接受精神训练。信中告诉警察和她的家人不要再寻找她了。麻布警方认为这是一出卑劣的恶作剧，要不然就是作案人企图误导调查。我在第四管区时认识的一个队里的警察把那封信拿来给我看，征求我的意见。这个警察虽然是日本人，却起了一个非常怪异的名字，怪到他自己不得不在名片上标出读音，别人才懂得怎么念。我还觉得他的甲状腺有毛病——毫不夸张地说，他的眼睛鼓得都快掉出来了。他的警察同事凭着职业习惯注意到了这一点，就给他起了个绰号，叫“曲球”。

我一看就知道，那封信是一个日本人冒充以英语为母语的人写的。冠词的误用，行文的僵硬，加上嗜好使用双重否定，明摆着就是个日本人写的。主意不错，但效果不佳。如果说我在日本教英语会话时有什么收获的话，那就是掌握了一套有关日式英语的怪癖的实用知识。我这样跟“曲球”解释了，他看起来相信了我说的话。

第二天，蒂姆·布莱克曼开设了一部专用热线电话来收集有关露茜的消息。

8月的第一周转眼之间就过去了。露茜是拿着90天的旅游签证来到日本的。如果她还在日本的话，现在就是个非法逗留的外国人了。

蒂姆·布莱克曼又到日本来了，这是一场媒体的闹剧。在英国大使馆的记者招待会上，他声称会对能够发现或救出露茜的消息提供一笔150万日元（约合1.5万美元）的赏金。同时，警方正在尝试慢慢揭开那个“高木晃”的神秘面纱，但关于露茜目前的下落依然没有任何消息。

9月1日，露茜迎来了她的生日。她要是活着的话，应该22岁了。

我也还没有发现有关露茜的任何确凿消息。唯一似乎用得着的消息是一个被人们称为“雄二”的男子的情况。“雄二”留着一头有些花白的长发，经常出没于六本木、赤坂和银座的外籍织女俱乐部。他穿着讲究，在到访的每个俱乐部里都大把大把地花钱，而且比较喜欢金发女人。6月下旬以来就再也没有人见过这个“雄二”了。谁都没有得到过他的名片，也没有人有他的照片。

要获得有关露茜的消息，最好的办法就是融入六本木的夜生活。而且我还不能说自己是个记者，否则什么消息也打听不到。许多外国人都在那儿非法打工，他们都觉得警察和报人不可靠。所以，我用了一个假身份。

我装不了在六本木四处游荡的反文化人士、嬉皮士、酷老外、唱片骑师或英语教师，我不是那种类型的，能让别人觉得我是个高薪、低俗的外国商人就不错了。这类人到处都有，学着模仿一下他们并不难。我穿了件比较像样的西服，不系领带，在酒吧里跟女孩子们攀谈，不问过多的问题。我曾经思忖要不要戴上一只耳环，不过那样似乎过分了点。

我给自己取了个假名字，挑了个和我的工作比较接近的职业：保险调查员。我做了张假名片，另外准备了一部手机，每个周末都在六本木的社会渣滓里寻找认识露茜的人或者带她去过海边的顾客。

我得到了有关“雄二”的消息，把这个消息传达给了我的上司，同时也传达给了“曲球”。我本想让巴勃罗了解我的消息来源，但还是不能那样做。消息来源不能不留给自己啊。

我仅有的另一条确凿的消息是，“雄二”过去常去一个叫“法典俱乐部”的地方。我去查了一下，这家俱乐部是一个叫“滑头”的日本人开的。

我一走进法典俱乐部，就觉得这儿的气氛有点与众不同。咦，这不就是个典型的织女俱乐部么——灯光昏暗，有几盆假盆栽，天鹅绒的沙发和桌子，桌子上放着装有威士忌和水的雕花玻璃瓶。然而，顾客的衣着跟大多数俱乐部相比似乎寒酸了些，那里的东欧女性看起来并不开心——她们的笑容是挤出来的，个个都像惊弓之鸟。当时我并不知道俱乐部里到底发生了什么事，到了后来我才知道。我随口跟其中一个女孩提了一下“雄二”，差一点被立刻撵了出来。我认为，这一举动证实了“雄二”曾经来过这里，而且她们都知道他正在或即将受到调查。不虚此行，我还得到了另一条消息。那个跟我攀谈过的爱沙尼亚姑娘说过一句话：“雄二？听起来好像你在说乔吉[1]啊。”

乔吉？雄二？同一个人用不同的别名？我被弄糊涂了。

我不能确定警方是在我把得到的消息给了他们之后跟“滑头”接触的，还是“滑头”自己跟警方取得了联系。不论怎样，在这前后，“滑头”把自己知道的一切都告诉了东京都警视厅。

几年前，“滑头”店里的一个女孩被酒吧的常客“雄二”强奸了。“雄二”当时邀她开车去海边闲逛，结果把她带到横滨的伊豆码头[2]去了。最后，他把她带到他在逗子的公寓里，用下了药的酒把她迷倒后强奸了她。她事后满腔愤怒，想要去找警方报案，显然是“滑头”劝阻了她。这起事件发生之后，“滑头”并没有禁止“雄二”到俱乐部来，而只是告诫女孩子们要提防他。“滑头”一股脑儿把他的店员被带去的码头名称和他知道的所有情况都说了出来。这些消息结果成了调查的突破口。

在跟当地居民交谈中，我经常听到的另一个名字是织原城二。织原是个很有钱的房地产业主和开发商，时年48岁，他定期频繁出入六本木的外籍织女俱乐部。我觉得他很像“雄二”。我把自己听到的这个名字告诉了警察，但他们已经听说过他了。

到了10月1日，织原确实成了犯罪嫌疑人。10月12日，警方以在另一起案件中犯性侵犯罪的罪名逮捕了他。

新闻稿非常简明扼要：

> 在初步调查的过程中，一系列对外国女性施暴的事件真相大白。在这些案件中，加害者一般都是先接近外国女性并提议“一起去看海吧”，然后巧妙地诱骗她们跟他去开车兜风。他给她们喝掺了药的酒，等她们意识模糊之后强奸她们。我们已经能够确定对这些案件负有责任的男子，并在这个月的12日逮捕了他。
>
> 利用催眠药使外国女性几乎完全丧失抵抗能力后多次强奸她们是一种极其恶劣的犯罪行为。对这些女性采取的作案手段和露茜·布莱克曼失踪的情

①译注：“雄二”的日语发音是“Yuji”。

②译注：原文可能有误。横滨没有伊豆码头，伊豆也不在横滨，伊豆的码头应该叫竹芝码头。

况非常相似。

这种犯罪行为在日本国内和国际上引起了强烈的反响。因此，我们正在把原来的特别调查组扩充为正式的特别调查总部，并投入100多名警员去查明这些案件的真相。

我们认为对这些案件负有责任的男子是织原城二，时年48岁，是一名公司董事。

他以性侵犯无抵抗能力的人的罪名被拘捕了。他被指控于1996年3月对一名外国女性（当时23岁）实施了性侵犯。他在六本木第五区的一家织女俱乐部里认识了那位女性。他提议一起去看海，邀她去开车兜风，然后把她带到他在神奈川县的公寓去了。他说服她进入他的公寓，让她喝酒，使她失去意识数小时，并在此期间对她实施了性侵犯。

新闻稿发布之后，警方举行了一个很短的记者招待会。下面就是会上的问答：

警探长：露茜案和织原的犯罪行为之间的联系尚未得到证实。但是，罪犯接近受害人的方式很相似，都是邀请女性到海边去。这就是有必要把我们的队伍扩大到100名警探左右的原因。因为证据来源众多，这次将是一次大规模的行动。

问：现在已经接到多少其他的投诉了？

答：有一些。有些女性已经打电话来了。如果我们扩大调查范围，有些人的情况可能会有利于警方的指控。

问：所有的受害者都是外国人，你怎么看？

答：其中也有一些是日本人，现在正在商议之中。他们正在考虑要不要告发他。

问：她们都是织女吗？

答：案发当时是。

问：有多少物品已经被查抄了？

答：很多，约有数千件。能装满一吨位的卡车。具体的数字我说不准。

问：那里面大部分是什么？

答：有一些是我们认为诱使他犯罪的书籍。有一些文件和录像带。别忘了，我们处理的不是单一的性侵犯案件，而是连环性侵犯案件。

问：他下的是什么药？

答：已经证实是睡眠诱导药物。

问：酣乐欣？

答：是这一种和另外几种药物。

问：在哪里发现的？

答：在跟他有关的一些地方。

问：调查的规模有多大？

答：约有100名警探参加。

问：谁是主要警探？

答：（说了四个主要警探的名字。）

问：谁是组长？

答：（说了四个组长的名字。）这就是第一科投入到这起案件中的全部警力。

问：特别调查总部是不是设在麻布警署？

答：是的。查抄的物品都放在东京都警视厅总部。麻布是负责收集情报的。

我认为“曲球”对织原的总结十分精辟：“他是个床上孬件。”

检察官后来得出结论说：“早在1973年，织原就多次引诱女性到他在逗子的公寓，给她们喝掺有会导致嗜睡或人体机能受损的药物的酒。等她们失去了知觉，他就对她们实施非法性行为（或性侵犯），还将这些行为记录在录像带或其他媒介上。他称这种行为是‘征服式游戏’。”

在挺身而出的第一批受害者中，有一个女性的案例可以说是织原的犯罪行为的一个样板。它显得乏味而超然，但这就是他的犯罪模式。

下面就是检察官在织原的一次法庭审判上的开场白：

被告与受害人之间的关系

这起案件的受害人（以下称作受害者）于1998年2月20日来到日本，居住在东京都涩谷区。她晚上在港区的六本木兼职做织女。

被告在同年3月上旬认识了受害者，当时他去了她工作的那家俱乐部，是由她接待的。

犯罪时的状况

被告对受害者说：“我在东京边上有一处海边公寓，我可以带你到那儿去。我会给你做好吃的，周末一起去吧。”3月31日中午前后，他在赤坂东急饭店前面跟受害者碰面后就开车带她去了他在逗子预先准备好的住所，拍了她以大海为背景的录像。

随后，被告与受害者去了他在伊豆滨海大厦4号的公寓，房间号4314。他们一起在客厅吃了海鲜之后，被告对受害者说：“我有一点菲律宾草药泡的酒。”然后就倒了一杯掺了睡眠诱导药物的酒给她喝。受害者喝了一口就慢慢失去了知觉。

被告把不省人事的受害者抱进卧室，仰面放在床上。脱掉她的裤子和内衣之后，用一条浸泡过醉酒诱导药物的布捂住她的嘴，延长她的无意识状态。在这种状态下，他强奸了她，录下了全过程。

犯罪之后的状况

第二天晚上，4月1日，受害者恢复了意识，发现自己躺在床上，身上只穿着浴袍。她感到剧烈的头痛，而且头晕、恶心。但她觉得全身无力，只好从床上爬下来，一直爬到浴室里，趴在马桶上呕吐。

为了隐瞒施暴的事实，被告对受害者说："你真能闹。喝了一整瓶的伏特加，结果吐得自己满身都是。我只好帮你把衣服脱下来，带你去洗澡。"然后让她听录音，里面有洗澡的声音和她的呻吟声。

随后，被告开车送受害者回家，一路上她又吐了两次。被告对受害人说："你这个样子，起码两三天不能去俱乐部上班了。让我来付你损失的工资吧。"然后付给她6万日元作为三个工作日的工资。

受害者一直觉得头晕和恶心，结吴从4月1日至4月4日总共四天没有去俱乐部上班。

检察机关采取的步骤

受害者不知道被告的名字和住所，甚至不知道自己已经被强奸了，因为她已经失去了知觉。2000年7月初，她遇到一位在东京经营餐厅的熟人，那位熟人告诉她，有个英国女性说她要去见她的一个顾客，那个顾客提议带她到海边去玩，她从此就不见了。当时，受害者对那位熟人说："前一阵子，有个叫'和'的家伙邀我去海边，我跟他去了。他让我喝了药，结果我失去了知觉。"在解释了随后发生的事情之后，那位熟人劝她去报警。

2000年8月9日，受害者去麻布警署举报了该犯罪情节。8月13日，受害者认出了被告的照片，29日，虽然该犯罪情节仍不明朗，但被告受到了对无行为能力的人施暴的指控。

2000年10月12日，警方下令搜索并拘捕被告，在被告的众多录像带中找到了有关该犯罪情节的记录。23日，受害者在东京地方法院公共检察官事务所里从起诉律师那里获悉了该犯罪细节，首次公布了该犯罪情节是对无行为能力的人进行了性侵犯。同一天，东京地方法院公共检察官事务所的起诉律师指控被告犯有性侵犯无行为能力的人的罪行。

这就是织原干的事情——据说不下一百次。①

10月16日以后，随着一天天过去，越来越多的证据浮出水面，证明了织原是一个连环强奸犯，警方也把他跟露茜的失踪联系起来了。露茜失踪之后，织原出现在三浦一间他多年没有居住的公寓里，有人目击到他的手上沾着混凝土，他还不让公寓的管理人进他的房间。他在想要换掉管理人的门锁时被逮住了，原来他误将管理员的房间当作是自己的了。有人还在附近的海滩上看到他手上拿着一把铁锹。

管理人起了疑心，向警方举报了他。警察来了，织原也不让他们进屋，后来在他的公寓里发现了混凝土的痕迹。

很多人自然会觉得不可思议，警方当时为什么没有搜查他的公寓。这个疑问没有合适的答案。

10月里，织原在被捕前买了一辆昂贵的摩托艇，这下不必费心去察看了。东京都警视厅认为他是准备用这艘船来销毁把他跟犯罪行为联系起来的证据。

警方分析了从织原的几个住处里拿来的药物，发现了好几种不同类型的安眠药，这些药物很有可能被用在性侵犯上了，而受害者里不仅有外国女性，也有日本女性。

一旦受害者里还包括日本女性的消息泄露出去，舆论就会一片哗然。

最确凿的证据是录像带。警方能够确认的织原记录性侵犯女性的录像带有100多盒，其中大多数是白种女性。那些录像都录在8毫米盒带和VHS盒带上。警方已经把他在世田谷区的旧家以及他在神奈川县逗子地区的新公寓里的录像带都收了上来。所有女性看上去都是不省人事的样子，没有能力抗拒织原的强暴行为。

这些录像带里没有出现露茜。录像带按年代顺序标着日期，虽然记录不完全，但没有一盒录像带是在露茜失踪前后录制的。10月底，东京地方检察院以众多指控中的第一项指控正式起诉了织原。

遗憾的是，织原还是没有开口说话。对此谁都不应该感到惊讶，他毕业于庆应义塾大学的法律系，既精通法律，也熟悉警方的套路。

警察试了一下常规手法："如果你不告诉我们露茜埋在哪里，她的灵魂将永远得不到安息。"

一点都不管用。织原不仅一开始就矢口否认自己认识露茜，他还声称，所有

---

①原注：2008年12月，织原被判犯有八项强奸罪和一项强奸致死罪。

受害者都是得到了报酬的妓女，是心甘情愿跟他发生性关系的。

关键还是这个问题：有没有人看到织原和露茜在一起过？

大家期望我能找到这个问题的答案。如果我们能够找到这个目击者，我们不仅有了独家新闻，还有了跟警察交换的东西——他们想要得到的消息。这就等于有了两个独家新闻。

山本非常期望我能找到点蛛丝马迹。

“阿德尔斯坦，”我们坐在六本木“传道”店的柜台前，他拍着我的后背说，“你知道‘蛇有蛇路，鼠有鼠路’这句谚语吗？”

“知道。我想那就是‘一行知一行，奸雄识奸雄’的意思吧。”

“对。你是老外，受害者是老外，受害者的家属也是老外，那些证人呢，很可能也都是老外。织原本人很可能是韩裔日本人，他也算是个老外，所以，你是从非警方的角度跟踪报道的最佳记者人选了。带点好东西回来给我吧。”

“我会尽最大的努力。”

“别尽最大的努力啦，开动你的大脑吧。要的是结果，光努力有屁用。我会体恤你的努力，但只有结果才算数啊。”

“好吧，那我就要干蠢事了，不过，我会带点有意思的东西回来的。”

“那就对了。”

他又给我买了一杯喝的，然后先走了。他要到一个警探家里看看能不能撞见他。

迄今为止，我已经花了好几个星期在六本木的织女酒吧和脱衣舞酒吧里转悠了。刚开始的时候，你会觉得有点刺激好玩，酒精和外激素①足以让你忘了你最终要寻找的是悲惨、邪恶的东西。裸体、性感舞蹈、逢场作戏、酒精、汗味和香水味、被明显高于我的工资级别的女性爱抚、让她们为我揉肩膀、让读卖新闻为这一切埋单，不能说是不愉快的事情。

不过，一个星期过去，这种吸引力便消退了。你会注意到那些女人眼睛下的皱纹，了解到她们的背景，看到她们胳膊上的淤伤。你会听到日本经营者像挑选牛一样对那些女人逐个评头品足。如果你平易近人——我就是这样——那些女孩就会开始跟你讲述那个世界的真相。她们并不开心，许多在那儿上班的女孩把你看作是要打垮的仇人、要榨取的无赖……我再也不觉得好玩了。

我的女儿贝尼在那一年的9月出生了，我宁愿待在家里，跟淳待在一起，和小婴儿逗乐，可我却做不到这样，而是每天晚上泡在低级庸俗、光线昏暗的酒吧

---

①译注：外激素是生物体所分泌的一种化合物质，用来刺激一定距离外的同种生物。

里。淳知道我要去的是什么样的地方，她理解这种工作，不太会为此而感到烦恼。她自己曾经当过记者，心里很清楚，只要我成为社会部的记者，如果我们有了孩子，她基本上就成了单身母亲。

我记得有一天晚上坐在“私家侦探”里，我的腿上坐着一个胸脯硕大的印度女子，她把乳头挤在我脸上的时候，我脑海里想的只有一件事：贝尼现在有没有在吃奶？

我去了好几次“轮廓”店[①]。织原是那儿的常客，而且店主手头有一张他未满20岁时的照片。我第一次去的时候就坦率地表明自己是个记者，我知道店主看得出来。不过，只要我付陪伴费，他就让我跟那些女人交谈。有的女人认识织原，还有的女人认识露茜。露茜个子高，很友善，在六本木的部分地区小有名气，挺受欢迎。我找到了一个既认识织原又认识露茜的女孩，但谁都没有见过他们在一起的时候。我的上司再三叮嘱我：只要找到跟这两个人都有联系的人，我们就可以发独家新闻了。

据“轮廓”的经营者称，织原到俱乐部里来的时候总带着保镖——一个面目凶狠的家伙，那个人也是他的司机。织原是个五短三粗的家伙，老板娘说，织原和他的保镖看上去几乎一模一样，只是织原那头有些花白的头发长一些。

她又加上一句：织原也长着一张韩国人的脸。

“韩国人的脸是什么样子的？”我问老板娘。

“就是像织原的保镖那样的脸啊。”

她补充说，织原的脸与其说是圆的，还不如说是方的；他的话不多，看似有点沉郁。这种信息没有太大的用处。

我去了“七重天”，心想露茜也许和那儿的一些女孩交了朋友。当时，在六本木打工的外国人的社交圈非常小。

这家俱乐部的基本格局和这个地区绝大多数的脱衣舞俱乐部差不多，有一个圆形的木制小舞台，舞台上有个微微凸起的圆杆，舞台背后有一帘帷幕。店里很暗，扩音器嵌在天花板里，舞台周围放着几组座椅和沙发。最左边是个人舞区，用厚厚的帷幕隔开，里面有三个小隔间，每个小隔间里都放着几张没有扶手的椅子。

观看个人舞蹈的时候，顾客坐在那里，舞女在他身上转来转去，做着各种赤裸裸的性交动作，跳一曲7000日元。她可能会舔舔你的耳朵或摸摸你的胯部，仅此而已。你可以捏她的胸脯，但只有常客或付了三次以上个人舞蹈费的人才可以

---

①原注：2006年秋，“轮廓”受到了麻布警方的突击搜查。有一个在那儿上班的女孩认识露茜，她被拘留并遣送回澳大利亚，而且五年内不准再回日本。

吮乳。这是心照不宣的规矩。

有个叫闵蒂的女孩总会跟我说话——“话多的”闵蒂。她是这儿唯一的红发女孩，个头不高，胸脯硕大（也许是天然的），就爱尔兰人来说算是相当有魅力的了。她可以像带着一头肥母牛的农场挤奶女工一样给顾客喂奶。我给她买了些喝的，她就坐在我的腿上，在我的耳边低声告诉我说出事了。她说，那天晚上俱乐部刚要开始营业，来了两个东京都警视厅的警探，他们给经营者看了一张黑白照片。照片上有两名男子，一个人用胳膊搂着另一个人的肩膀；照片中央的那个人看得很清楚，但另一个家伙的脸被剪掉了。

警方问经营者是否认识那名男子，经营者说他认识。闵蒂没有听到后面的谈话。那名男子就是织原。

读卖新闻还想要一些消息。

说得轻巧，那些女人都不喜欢记者。一个非常有魅力的潜在消息人士就当面叫我“混蛋”。真要命！

10月14日晚上，我换了一种新战术。我发现自己当顾客挖不到更多的消息，所以得找个代理人——女孩子会放松警惕的人。我打电话求克里斯汀帮忙，她是个身材高大、体态丰满、金发碧眼的蒙大拿州女孩，嫁给了我大学里最要好的朋友。她非常高兴扮演私人侦探的角色，当天晚上教完英语就到六本木跟我见了面。

我们精心设计的借口和计划是这样的：克里斯汀要找一份当织女或脱衣舞娘的工作，而我则是她的男朋友。都市新闻部的钱烧完了，借着“面试”的口实造访俱乐部可以免费进店，还可能得到一些有价值的情报。

我们到“七重天”的时候，闵蒂正独自一人坐在那里。经营者让我们在里面等着，他去打电话给老板安排一次临时的面试。他们一直在招新的大胸金发女郎来引人注目，克里斯汀的条件满足这些要求。

我和克里斯汀刚坐下来，闵蒂就一屁股坐在了我们两个人的中间。

她转过头来问我。

“哦，你的这位可爱的朋友是谁啊？我是闵蒂。”

“我是克里斯汀，”我的朋友答道，“我想到这儿来上班，这儿的工作怎么样？”

“嗯，”闵蒂说，她已经转过去跟克里斯汀促膝而坐了，“如果你喜欢男人，这儿的工作不错，薪酬也不错。不过，男人，男人，天天都跟男人打交道，都有点腻了。男人都那么薄情，那么冷酷。”

闵蒂一面感叹着男人的冷漠，一面把手放在克里斯汀的膝盖上，然后顺着往上摸到克里斯汀的胸脯，轻轻揉捏着；她随后俯身向前，嘴唇朝克里斯汀的脖子靠去……我拉了闵蒂胸罩的背面一下，啪哒一声，她退了回来。克里斯汀显得很困窘，抿了一小口酒保给她端来的橙汁。

“你干吗要这样？”闵蒂瞪着我，鼓起下唇，撅着嘴。“我知道，”她突然显得很快活地说道，“你嫉妒了，不想让我分享你的女朋友，对吧？我会给你一个很特别、很长的个人舞蹈，只要你知道在我的心里你还是很特别的就好。”

“我今晚到这儿来可不是看个人舞蹈的。”

闵蒂并没有觉得狼狈，她悄悄用胳膊搂住克里斯汀的肩膀，把玩着她的头发，又加了一句：“我也会很高兴给一个女人跳个人舞蹈的。”克里斯汀盯着闵蒂看了一会儿，然后放声大笑起来，差一点把橙汁从鼻孔里喷出来。我告诉闵蒂，如果她能给我搞到织原的照片，我会付四次个人舞蹈的钱，而她可以坐在那儿涂她的指甲。她的眼睛亮了起来。

克里斯汀注意到，闵蒂手腕上戴着一块镶满钻石的劳力士手表。闵蒂解释说，那是一个顾客给她的。

“你们绝不会相信这个给我手表的混蛋。他以为给了我一块昂贵的小表，就可以拥有我这可爱的小屁屁。他大错特错了……”

闵蒂在我们到来之前就已经喝了有些时候了，我想她的大脑早已管不住自己的嘴了。或许是因为克里斯汀在场吧，但无论出于什么原因，她一个人自言自语起织女或脱衣舞娘的事情以及她们对顾客的看法来……这可不乐观。

离开“七重天”，我和克里斯汀到“体育夜总会”去了。尼日利亚籍保镖“黑桃”杰克正站在店门口。他和露茜曾经是密友，我每次经过他的身边，他都会问有没有什么消息。他知道我是记者，但没有声张。“黑桃”杰克给了我几张“私家侦探”俱乐部的打折券，正巧克里斯汀的朋友多尔茜跟我们会合了，于是我们都进去喝了几杯。

多尔茜到女洗手间去逛了一圈，那儿就像俱乐部里的大中央车站，每个人都会经过那儿。有几个女孩在小隔间里吸着可卡因，多尔茜跟一个身上满是刺青的澳大利亚女孩杰西聊了起来，杰西见过织原的两张不同的照片，警方拿着那些照片在四处打听着消息。杰西认识露茜的前男友尼克，她告诉了多尔茜可以找到尼克的地方。

尼克在一家书店（早已歇业）附近的拐角处派发着“夜店”的传单，他们在那些店里的柜台后面偷卖合成迷幻药。我问他什么时候最后一次看到露茜。

他带着很浓的澳大利亚口音对我说：“你一定是个记者。如果你想知道露茜的事情，先给钱吧。”

我给了他5000日元，让他看了织原的素描，他没有反应。我告诉他，我会出钱买织原的照片，然后便走开了。

我掉头又走回了“七重天”。莱拉正在派发这家俱乐部的传单，她是个正在上智大学学习日语的瑞典学生，我在索菲亚校友集会上碰到过她，所以她也知道我是记者。她一米八的个头，铂金色的长发，很显眼。她没有当脱衣舞娘，但在做女招待，有时也出来拉客。她递给我一张警方那天访问过的俱乐部的名单。她会说日语，也很注意听其他女孩在说些什么，所以，她的表现说明她是个有用的消息人士。

我谢谢她给我清单，她示意我跟她进附近的一家小咖啡店。

“杰克，”她说，“很多人现在都猜到你是记者了，你应该小心点。大家都认得你。我认为你现在做的事情太酷了。我也想当警方记者。你能不能把我弄到读卖新闻社里去？”

“如果你继续像现在这样努力学习日语，我或许能帮帮你。把你弄进去？我只是个平民，是个没有地位的士兵，什么门路也没有。”

“哦，没关系。不管怎么样，这就够令人兴奋的了。顺便问一下，日本有没有真正的中国黑帮，比如蛇头？”

“你得去问山本，我的老板。他知道那方面的事情。”

“那我们三个人应该一起出去喝一杯啊。顺便问一下，你去过‘法典俱乐部’了吗？有一个受害者就在那儿上班，我听说的。”

我让她放心，告诉她我已经了解到有一个受害者过去确实在那儿工作过。但她给了我另一个名字——梅丽莎。梅丽莎曾经和露茜一起在那家俱乐部里上班。莱拉跟她详谈过，她把听到的事情都告诉了我。

据莱拉说，梅丽莎曾经看到露茜在失踪前一周跟一个留长发的日本男子在“卡萨布兰卡”俱乐部里交谈过。那个男子看上去很有钱，点的都是昂贵的白兰地和香槟。他跟露茜谈了将近三个小时，气氛非常友好。他是用现金付的账。

他不喜欢别人跟他用日语交谈，如果你这样做，他就会显得极不友好。他喜欢讲英语。

警方已经多次向梅丽莎询问过那个顾客和他跟露茜之间的情况。梅丽莎不再到六本木上班了——她没有正当的签证，更何况警方找她谈过，她害怕自己再不小心点就可能会被遣送回国。

我一再对莱拉表示感谢。现在我知道警察了解到什么了。露茜和织原曾经见过面，而且有目击者来证明这一点，他没有办法否认了。我打电话给山本，把这个消息告诉了他，他对我表示了感谢。我感谢了他对我表示的感谢，然后挂断了电话。我告诉他的消息足以让这篇报道成为一个重大的独家新闻。我解脱了：我们报道了这条消息，它对我们来说就是一个独家新闻。这样，我在六本木烧掉的巨额现金就算是值得的了。这篇文章惹恼了东京都警视厅，他们本想给织原来一个猝不及防（差不多到了一周之后，其他报纸才报道了这条消息）。

我凌晨3点回到了家中，贝尼正哭得死去活来，淳看上去已经完全累垮了。她抱着贝尼，踱来踱去，想哄她安静下来。我从她手中接过贝尼，把那个小鬼搂在我的怀里，一边轻轻地在步行机上走着。我放上U2最流行的曲子，调低音量，轻轻地走着，一直走到贝尼开始打哈欠，闭上眼睛。她还一点头发都没有，眼睛肿得只能看见黑眼珠，看上去就像《X档案》剧集里的外星人宝宝，但我并不为此而担忧。就算她是个外星人，她也是我的亲生骨肉。她让我想起“外籍警察”来，我突然想到了他。

我在半夜里抱着她，有了一点时间来反思一些事情。我想到了蒂姆和简·布莱克曼[①]。他们对露茜一定也有这样的记忆吧。

我想到了织原，这让我觉得要呕吐。我意识到，有了自己的孩子，我个人对这个报道产生了同情之心。对于记者来说，这未必是件好事。如果报道带上个人的色彩，那它就会开始让你分神了。

把贝尼放进淳边上的被窝之后，我做了最后一件事——打电话给布莱克曼聘来调查露茜失踪的私人侦探戴·戴维斯。他告诉我，警方曾要求布莱克曼先生提供一份露茜的笔迹样本。显然，他们正在试图确定是谁给他们写了那份想要摆脱警方追踪的假短笺。我想，尽管蒂姆已经告诉警方那不是露茜的笔迹，他们觉得还是需要确认一下。

调查似乎进展得很顺利。警方以多项指控多次逮捕了织原，包括1992年对澳大利亚女孩卡里塔·里奇韦犯下的过失杀人罪以及数起强奸案件。在卡里塔的案件中，织原用氯仿麻醉了她，然后拍下自己强奸她的过程。她死于肝功能衰竭，她的父母却被告知死因是食物中毒。但有没有进行尸检都值得怀疑——警方很少进行尸检，即使对死因可疑的日本人也一样。

警方搜查了织原带女性入住的那栋公寓大楼和三浦附近的区域，但一具尸体也没有找到。这样的情况早已不是第一次了。

同样，织原不承认自己杀害了露茜。警方以其他的性侵犯指控再次逮捕他，以为这样最终会撬开他的嘴，但他们没有做到。

11月10日下午6时许，织原的律师向舆论媒体发表了一项声明。织原在声明中列举了受害者的名字，损害了她们的名誉，同时重复了他对警方说过的那些假话。他在声明信中确实承认自己起码还是有见过露茜的，这显然是企图让媒体对

①译注：简实际上是布莱克曼的前妻，当时已改名为简·斯蒂尔（Jane Steare）。

这封信产生兴趣。“这是一个完全不知悔改的反社会者才会干的事情。”一位跟我交谈过的作案者特征专家这样说道。

声明的开头是这样的：

> 就在此刻，我被指控犯有一项罪行，起因是过去我曾花钱向外国人酒吧和织女俱乐部里的外国女性买过春，跟提供专业或具有专业水准的卖淫服务的日本女性有过有偿约会。我为这种性游戏（我称它为“征服性游戏”）支付了公平的价格。
>
> 因为我支付了和所提供的服务相当的价格，而且在进行性游戏时征得了这些女性的同意，我不认为（我犯了）强奸罪或性侵犯罪。

他接着用名字的首字母列举了每一个控告他的人的名字，指责她们是妓女，是海洛因瘾君子，是骗子。唯一令人感兴趣的是一个名叫TM的人：织原声称，他一直保护她免受佐川一政的追猎，从来没有跟她发生过有偿的性关系。

1981年，佐川一政在出国留学期间开枪打死了一名荷兰女孩，奸尸后吃掉了她的部分身体。法国的法院宣告他患有精神病，将他遣反日本；他从未在监狱里服过一天刑。他跟织原有关联就不足为怪了。

织原还试图澄清一些大家都感到困惑的问题。其中一个是跟在他的肉柜里发现了他的宠物狗的冷冻躯体有关的：

> 我相信，克隆技术进步到一定的阶段，我就能够让我的狗复活，我是多么地喜欢它啊。因此，我把它放在冰箱里，和它多么喜欢的玫瑰和食物放在一起，就像它活着的时候一样。警方有照片。早间电视节目曾经报道说它被切成了碎片，那完全是在说谎。

他接着解释了他拥有大量的人体生长血清的理由。

他还坚称自己在使用安眠药，但只是为了让自己进入潜意识状态，把自己的潜能发挥到极限。他还用这些药来解决他的失眠问题，但从来没有用在性游戏上。

他一直在用混凝土来修补公寓大楼里脱落的瓷砖。

他逐项否认了有关他的控告——否认自己认识“高木晃”，否认那些说他着女装、曾因偷窥举动而被拘留过的报道……

他威胁说要起诉媒体的误导性报道，提出以诽谤罪为名的刑事控告。最后，他通报我们，警方正在策划对他生活过的地方进行一次大规模的搜索，还特别提到，警方会投入警察机动部队和直升机，所有行动将在七天内进行。

负责此案的警探长对这项声明火冒三丈，他都想要扼死织原的律师。那天，在麻布警署，他让大家知道他真的气坏了。

“我警告那个律师一千遍了，如果他写的东西牵涉到受害者，那就是刑事诽谤，可他还是那么干了。这个律师到底在想什么？我们不应该在一次关键的审讯中间停下来给他时间跟那个律师见面，写这种胡说八道的东西。如果这个公开出去，受害者提起刑事诉讼的话，我愿意把这个律师当作刑事诽谤的帮凶拘捕起来。我会这样做的。有了这封信，加上已经登报了的所有胡说八道的东西，想要知道谁是受害者简直太容易了。这完全不是新闻报道写的那种错误、跑题的东西，而是诽谤。

“他说到的那个地区的大规模搜索是胡扯。

“他在审讯中用了‘征服性游戏’这个词？我根本就不知道。

“一些受害者收了钱没错，但那种行为跟犯罪行为无关。她们并没有事先同意；受害者醒来的时候，他已经完事了，他给她们钱是想收买他们，让她们沉默。那些受害者，她们失去了知觉，所以什么都记不得了。

“等他们醒过来，发现事情有点怪，不正常，织原就搬出他常用的借口，‘哦，你病得不轻哪。’然后给她们车费打的回家。

“即使他给了她们钱，事实也不会改变。他欺骗了这些女性，让她们喝掺了药物的酒。这是谋杀未遂。我要让这个混蛋得到谋杀未遂的指控。

“如果你认真看完这封信，你就会看到，那里面只有对他有利的消息，压根不谈录像带的事情。一句话都没有。

“还有那个瓷砖的解释？瞎扯淡。大家都知道，修补瓷砖根本用不着混凝土，什么样的强力胶都会奏效。”

如果织原的动机是要干扰和激怒警方，那他的那封信达到了目的，除了他那不着边际的美梦之外。他在嘲弄警察，嘲笑受害者。真是个不知羞耻的家伙。

2月9日，根据一条新的“密告”，东京都警视厅派了近百名警员回到三浦的海滩上，他们之前在那儿搜查了露茜的尸体近四个月。警方对这次行动的解释是，在分析了织原在露茜失踪后不久租用的汽车里程表上的距离之后，他们已经测定了织原可能掩埋尸体的地方。每日新闻的一位资深警方记者说，他认为警方在第一次行动中已经找到了露茜的尸体，就等着织原证实了他们的发现后再正式公布，这次行动只是为了确保这个案子证据充分，滴水不漏。或许是这样的吧。

那天早上5点，我被叫醒了，他们让我到都市新闻部去等着，一旦找到了尸体，就要跟这个报道中牵涉到的外国人交谈。

我希望东京都警视厅已经通知了蒂姆，但我知道他们不会这样做。那些警察都不喜欢他，他老是对他们的做法挑三拣四的，尽管他完全有权利这样做。

队里的人个个牢骚满腹，怒火中烧，而且疲惫不堪，谁都不会去平静地对待那些说他们无能的指责，那些实际的或察觉到的批评。双方明显各自持有不同的看法，结果蒂姆就几乎得不到任何消息了。

与此相反，警方在开始搜索的一周前就把简·布莱克曼叫到日本来了。他们让她待在酒店的房间里，远离记者，甚至不让她接其他家庭成员的电话。她一直由伦敦警察厅的受害者支援官员陪伴着。日本警方曾向她盘问过露茜的生活细节：她有什么特殊的身体特征，得过什么病，平时吃什么，有什么习惯。布莱克曼夫人知道有事情要发生，但警方一点风声都没有透露。蒂姆对此一无所知。

这次，警方没费多大工夫就找到了尸体，尸体被埋藏在沿海的一处洞穴内临时搭建的围墙里。据说腐尸的味道非常强烈，几个年轻警察都感到身体不适了。他们找到了封在混凝土中的露茜的头颅，鉴定结果当天出不来，但大家都知道那是谁。“曲球”从现场打电话给我，让我知道了事情的经过。他知道我和蒂姆有联系，我估计他是想让蒂姆知道这个结果。

终于到了披露消息的时候，我不觉得难以启齿了。嗯，不像我原来想象的那么难。蒂姆·布莱克曼接起电话的时候，他已经知道我为什么打电话，我要说的是什么。

“蒂姆，我是读卖新闻的杰克。”

“哦，杰克。”

“我不知道该怎样告诉您这个消息会好受一些，就直接说了吧。事情正像您所担心的那样，警方今天早上找到了她的尸体。”

他沉默了很长一段时间。

“被埋了？”

“身体被部分肢解了；按照腐烂的情况来判断，她看样子已经死了好几个月了。正式的鉴定结果还没有出来，但所有迹象都表明那是她的尸体。我为您失去了她而感到难过，您还有什么想知道的事情吗？”

“没有，杰克。非常感谢你的来电。知道到底发生了什么也好。”你在他得当的回答中几乎觉察不到一点颤抖、咕哝什么的。我正准备挂断电话，他又开口问了一句：

“嗯，我有个问题，他们在哪里找到了尸体？”

“他的公寓附近，藏在沿海的一处洞穴里。”

又是很长一段时间的沉默。

“您没事吧，蒂姆？”

“啊，没事，该来的都来了，嗯，没被吓到，可这……毕竟……不是我所希望的。他们以前搜过那片海滩了吗？”

“搜过了，蒂姆。我不知道他们当时为什么没有找到她，但就是没找到。您有什么想要对报社说，或者对警方说的吗？”

“我非常高兴知道警方找到了露茜。我们得去日本收拾她的遗骸，等一切都得到确认之后给她办一个体面的葬礼。”

“我知道了。蒂姆，要是我说的话能减轻您的痛苦就好了。我所能做到的就是让您了解到调查的最新进展。”

“好——的，”蒂姆有点迷迷糊糊地拖着长声说道，“请这样做。你一直都那么亲切，让我们及时了解到调查中发生的一切，比日本警方强多了，真的。谢谢你。”

“嗯，下次再谈。”

“好，好，谢谢你的来电。”

“等一下就会有很多媒体打电话来询问您对这件事的看法，我想很快就会来了。”

“好的，谢谢你的提醒。我可以把电话关掉一段时间。晚安。”

“晚安，蒂姆。”

数小时后，我不得不又给蒂姆打了电话，读卖新闻想要一个正式的评论。这就是记者的生活状态。我第一次觉得自己是在往他的伤口上撒盐，但工作就是工作。

蒂姆已经准备好了一段评论：

“在我的内心深处，我宁愿认为露茜还活着，但我必须面对现实，事实可能并非如此。如果我停下来想一想所发生的一切，我无法否认那具存疑的尸体事实上极有可能是我的女儿露茜。这样说可能会让人觉得反感，但我确实有种如释重负的感觉。不知道她是活着还是被害了……才是最难熬的。我只希望再也没有别的尸体了。”

2月10日，警方验明那具尸体就是露茜的。4月初，警方正式指控织原犯有强奸她、导致她死亡，然后毁尸并遗弃在洞穴里的罪行。但在织原的第一次审判中，法院却认定他在涉及露茜的一切指控上都是无罪的。有时候，日本的法院真的让我百思不得其解。不过，织原还是因八项强奸罪及其他指控被判处终身监禁。这起案件正在上诉中，很可能会年复一年地审下去。①②

在日本，很多人都想回避露茜·布莱克曼案，他们认为那只是在一个世界最安全的国度里发生的有点畸形的犯罪事件。这是一起非同寻常的犯罪事件，但它向我们提出了一系列的问题。我总觉得最大的问题在于：这个人涉嫌强奸了一个又一个女人，犯罪期间长达十年以上，怎么每次都能金蝉脱壳？为什么警方不能尽早将他捉拿归案？

警方并不是只对涉及外国女性的犯罪事件采取消极的态度，而是对所有涉及女性的犯罪事件都是如此。他们似乎仍然没有领悟到，织原案表现出来的这种纠缠行为有可能导致严重的伤害，甚至死亡。

我现在不为报纸写稿，可以真实地表达自己的观点了。我觉得，对日本警方来说，针对女性的性侵犯事件一直是优先等级很低的犯罪事件。强奸罪的刑罚极

---

①原注：在2008年12月的最新裁决中，织原被法院宣判犯有肢解和遗弃露茜的尸体的罪行，但没有犯过失杀害或强奸她的罪行。

②译注：从技术上讲，涉及多起强奸案的织原，将不得不面临终身监禁的惩罚。但根据日本法律，他在服刑七年后便可申请假释，况且他在案件审理期间，已被关押了四年半。如果织原的律师上诉成功的话，他或许根本不用再等那么久便可重获自由。为此，织原的律师代表织原向布莱克曼送上了巨额的贿赂（或许权且称作“抚慰金”吧）——1亿日元（折合84.3万美元）——对他们的痛苦以示“同情”。织原的律师说，织原只想用这笔钱表示哀悼，并不意味着他认为自己对露茜之死负有责任。

出乎意料的是，蒂姆没等日本法院对案件作出判决，就接受了被告方的“抚慰金”。结果，4月24日，日本东京地方法院驳回了露茜遭强奸、肢解一案相关的一切指控，尽管法官声称那笔“抚慰金”没有影响到判决结果。可就在作出审判的前一天，布莱克曼的前妻斯蒂尔在伦敦表示，当初也有人要把这笔钱给她，但她拒绝了。她在接受采访时表示：“就我来说，布莱克曼接受了1亿个银币，而30个就让犹大把耶稣出卖了。”

英国媒体上充斥着谴责与批评的字眼。一位长期关注日本媒体对这起案件报道的旅英日本人说：“你可以说，这笔钱没有左右最后的判决，但大概没有人会相信这么烂的借口。在日本，没有人会在这种官司中接受任何钱财的。”法官在同一审判中裁定织原在1992年奸杀了书中提到的那个澳大利亚女子里奇韦。两起案件的唯一区别就是，里奇韦的家人没有接受被告方的金钱贿赂。

依照日本法律赋予的权力，露茜的父母计划对此无罪裁决提起上诉。但他们或许已经知道，他们胜诉的概率几乎为零，尤其是考虑到蒂姆曾作出了接受“抚慰金”的愚蠢决定。《每日镜报》专栏作家里德说：“布莱克曼可以用这么一大笔钱，买个世上最好的枕头，但很难保证他以后能睡上个安稳觉。”

不知出于什么原因，本书作者对这段事实只字未提。

Richard Lloyd Parry写的一本关于这个事件的专著《People Who Eat Darkness：The Fate of Lucie Blackman》也谈到了这方面的问题。参见：http：//www.guardian.co.uk/books/2011/feb/19/lucie-blackman-richard-lloyd-parry-review。

2010年12月，日本最高法院终审驳回织原的上诉，织原最终被判终身监禁。

轻（最高徒刑通常为两年），而且初犯者被判缓刑的可能性极大，它根本就不像是一种重罪。

织女在大多数地方的日本警方眼里并不是受害者，而是害人精，是贪得无厌、玩弄伎俩的妓女，那些外国籍织女尤其如此。我不知道怎样才能改变那种心态。即使受害者是一名妓女，她仍然是受害者。妓女有权利说不，而那些被违心地下了迷药的女性却什么也说不出来。

在过去的五年中，东京都警视厅已经在派女警官负责调查性侵犯的犯罪行为，这是一个好的开端。过去，男警官往往像对待罪犯一样对待受害者，问一些诸如“你是怎么怂恿他的”或“你为什么不拒绝他”之类的问题。我曾经跟三个受到强奸的女性交谈过，她们都曾在警方那里遭遇到极不愉快的经验——她们每个人都被迫等了三至八个小时才被送到医院去检查；在那段时间里，警方允许或者说是鼓励她们去洗个澡，于是，物证自然就被破坏掉了。

尽管我早已听说过确实有强奸检查包这样的东西，但它并不属于警署标准配备的物品，而且极少数警员知道它的使用方法。在一个不把强奸视为严重犯罪的国家里，像织原这样的人得以兴风作浪实在不足为怪。

英国大使馆里的一个消息人士告诉我，露茜失踪前许多年就有人向警方投诉过织原。我不知道这个消息是否属实，我在东京都警视厅里找不到能够正式确认这种说法的人。但我心里清楚得很：要是有人认真对待那些投诉，不仅织原早就已经入狱了，露茜·布莱克曼也还会活着。

自动存取款机和手提钻：社会部记者生活中的一天

我在读卖新闻社大厦三楼的寝室里醒了过来，汗流浃背，疲惫不堪。昨天晚上不得不在办公室里逗留到很晚，结果错过了回家的末班车。

三楼有两个寝室：一个是政治和经济采访记者用的，另一个是国内新闻采访记者和投递员用的。我们寝室里的床垫是凹凸不平的，枕头是用豆壳填充的，有一个加热系统让你觉得自己好像是睡在一间桑拿浴室里的。更让人受不了的是：有个出口标志把四下照得一闪一闪的，床边还有一台你随手就可以够着、随时都可以接听的电话机。当然，政治采访记者的房间很暗，还可以调温，床是新的，而且没有电话机。

我刮了脸，跳进公司准备好的车，就往我的老根据地埼玉赶去。我正在准备一篇有关自动存取款机连环盗窃案的报道。这类案件去年发生过大约57起，作案手段是这样的：自动存取款机盗窃犯到郊外物色了一台人迹罕至的自动存取款机之后，便闯入附近的建筑工地或建筑公司，偷来一台掘土机——有叉车也行（比你想象的更容易偷），然后用它把自动存取款机从地上连根拔起，整个拉到一个更偏僻的地方，把自动存取款机敲开，取出保险柜，转移到另一辆车上，溜之大吉。这类犯罪行动通常需要四分钟左右的时间，而警方接到报警之后的平均反应时间约为六分钟，所以，盗窃犯的行动必须相当迅速。大约有一半的时候，他们没有足够的时间取出保险柜，只好把钱留下逃走了。

我跟伦敦警察厅谈论过这类案件，他们在1990年代末曾被召来调查一系列类似的事件（这类犯罪行为被称作驾车抢劫）。英国警方曾敦促各银行用螺栓把自动存取款机固定在地面或楼板上，这种做法基本上解决了这个问题——虽然阻挡不了掘土机，但可以使破坏活动多花上两三分钟的时间，让警察更容易抓获盗贼。另一种解决办法就是在机器里加装油墨包，只要机器被摇晃或撞倒，油墨就会喷洒到钞票上，这样，钞票上就有了标记。然而，在日本，银行已经投保了所有的自动存取款机，即使那些机器被盗，他们也不会损失一分钱；他们宁愿支付保险，也不想花钱去加固那些机器。至于油墨包的方法，日本银行嫌调换沾了油墨的钞票太麻烦，否决了这种做法。因此，警察就得一直跟这种麻烦事打交道了。

我的第一站是埼玉县的警察总部，我要到那儿去问一问和该地区发生的七起自动存取款机盗窃案有关的问题。我十年前纠缠过的人——包括我的一些可靠的消息人士——都已经晋升了，所以，我轻而易举就能得到答案。他们基本上都还认识我，因为我离开之后一直给他们送贺年卡。在日本，你每年都要送贺年卡。

这是一种惯例。如果你没有送，就会被认为是个弃儿。就个人而言，贺年卡让我抓狂，但我还是在每年的12月份恭顺地发送出这些贺卡，这样，那些家伙就知道我在哪儿，在干什么，贝尼多大了……

我刚走上七楼，就碰到了铁路警察的前任负责人——“杰克，谢谢你的贺年卡。你的儿子真可爱。”我决心不点穿那个可爱的小东西是个女儿。接着，走过我身边的人都停下脚步打着招呼——“嘿，你好，好久……”就像有了个两三分钟的小型追星俱乐部。我随后去拜见了千叶，他过去是有组织犯罪特别小组的头儿，现在是堕落犯罪预防局的负责人。也就是说，他现在有了自己的办公室，里面有一张大办公桌、两个沙发、一张放着水晶烟灰缸和水晶打火机的大理石台；加上他可以在大楼里吸烟了，这里的环境就和埼玉县警察局没什么两样了。

千叶热情地接待了我。他说，在日本，大多数的建筑设备都是设计成用一种通用钥匙来运行的，这助长了自动存取款机盗窃案的发生。有了这样的设计，建筑工地里无论谁要使用施工现场的什么样的机器都不必四处找钥匙了。连不同厂家生产的机器都可以使用相同的钥匙来运行。也就是说，只要有钥匙，你就可以到施工现场里去偷走一台机器。没有人想花钱去换掉机器上的锁。另外，犯罪分子一般不会把那些机器盗走不还，他们只是借用一下，用完之后就留在了现场。

接着，千叶和我走过大厅去找吉村，他现在是盗窃赃物科的负责人。他的副手小畑以前是大宫派出所的副警长。他们三个人我都认识。我们一起出去吃鳗鱼饭，顺便聊聊天。他们询问了我的家庭，我把女儿和妻子的照片给他们看，他们看得目瞪口呆。淳按当代日本人的标准来看是相当漂亮的美人儿，他们简直不敢相信她会跟我有什么瓜葛。然后我们又跟平常一样抢着埋单。我很想去埋单，这样就会显得我是个知恩图报的人，这一点在和仍然有荣誉感的日本长辈打交道时是很重要的。不过，我不得不承认自己慢了一步，因为千叶在吃饭前已经把钱付给店主了。

小畑看上去很像约翰·马尔科维奇[①]，但头发多一些，他向我提供了自动存取款机盗窃案和入室行窃的最新趋势。最近，日本出现中国公民侵入住宅盗窃事件急剧上升的情况——事实证明，其中有些人很擅长撬锁，而日本的锁又非常容易撬。不过，那次盗窃浪潮过后，人们纷纷安装了更加坚固的锁，所以，现在那些行窃老手都带着电钻、螺丝锥（这些工具是用来转动锁芯的）四处走动，另外还带着可爱的开心脸小粘贴——凯蒂猫之类的。为什么要带小粘贴呢？小粘贴是

---

①译注：约翰·马尔科维奇（John Malkovich，1953—）是当代电影最重要的演员之一，他最为人知的电影作品当属《危险关系》，2011年还出演了《变形金刚3》。

用来掩盖锁上钻出来的孔，这样，小偷在里面偷窃的时候，路过的人就不会发现有什么不对劲的地方了。

我又到埼玉东边的吉川去查看自动存取款机盗窃案的最新现场，这附近有家挺像家得宝①的商店。我试图找一个目击者谈谈，但大家就是不让我进门，还告诉我，他们不订报纸。这种情景我记忆犹新。一位女士抱怨道，读卖新闻在她续订报纸的时候没有给她电影票，她不想再要洗涤剂了。我一句话也插不上。有些事情是永远也不会改变的。

看一眼就知道这台自动存取款机为什么会被盗了。它就像一间小屋孤零零地伫立在停车场的一角，旁边有个公共汽车站，面向大路，视野开阔，完全没有东西能挡住迎面开来的掘土机。打量一下遗留物就会发现这台机器是用金属薄片分三处铆在地面上的。那些坏蛋带着600万日元（当时约合6万美元）逃走了。

我终于在马路对面找到了一名目击者——个头很小的石川太太，她在我出示了名片、带照片的身份证件以及《读卖新闻》小册子上的一篇关于我的文章后才开了门。她的故事是这样的：

“我听到外面噪声很大，听起来像‘哐哐哐’的声音，我在想会不会是地震或者什么的。我能感觉到地面在震动。但后来我想起路那边一直在施工，也许他们今天非常非常早就开工了。但后来我听到了这种‘哐哐’的声音，我丈夫起来朝窗外看，我也朝外看了，我们看到有两个人正在用一台大掘土机把自动存取款机从地面上拔起，然后砸成碎片。我丈夫打电话报了警。当然，等警察赶到的时候，那里只剩下一大堆碎片了，那两个人早就用一辆白色旅行车拉着保险柜逃得无影无踪了。

“我有一点惊讶，但我丈夫每天都看报——虽然我们订的不是《读卖新闻》，对不起了——看到过有关这类自动存取款机盗窃案的报道。事实上，他上周刚跟我说过：‘我想马路对面的那台机器迟早会被盗。’你知道吗，他们真干了！我想那些犯罪分子一定很聪明，或者说很幸运，因为附近的人都以为又有施工了，所以等大家想到打电话报警的时候就有点迟了。”

有地方特色，有引用价值，不错。

吉川市的警察局长我很熟悉，他曾经是埼玉县凶杀科的二把手。我们打过招呼后，他表情非常尴尬地谈起在他的地盘上发生的盗窃案。警方已经盯住了15处可能发生自动存取款机盗窃案的地点，但被盗的那台并不在名单上。事实上，警

①译注：家得宝（Home Depot）是全球领先的美国家居建材用品零售商，连锁商店遍布美国、加拿大、墨西哥和中国等地区，数量多达2234家。家得宝连续9年被美国《财富》杂志评为“最受欢迎的专业零售商”。

方已经派警察去监视另一个地点了，没想到却发生了这起盗窃案。吉川警察局负责包括两市一镇在内的方圆78平方公里的区域，人力有限，那些坏蛋得以逃之夭夭并不奇怪；不过，他心里还是觉得挺不是滋味的。

采访任务完成了，我盘算了一下，既然到了埼玉，我不应该浪费造访关口先生和他的家人的机会。我打电话通知他我要过去，然后告诉了驾驶员方位，我们就奔埼玉县的最北端去了。那里非常偏远，当地学校的校园里偶尔会出现野猪跑进去横冲直撞的问题。我在埼玉的时候还是个年轻的记者，一晃十年就过去了，但关口依然是我的导师，他的家人对待我就像自己人一样。我应当去看看他们。

车子开到房前已是晚上7点左右了，我恍若回到了过去的美好时光。大家都热情地迎接了我。关口先生和夫人看起来都很不错，但两个女儿肯定是变了，她们已经不再是幼小的小学女生了。

尽管关口最近被诊断出患有癌症，但他的精神状态很好，不停地说着他重新当上名副其实的警探的快乐，他的妻子为我摆出了速食食品——他们还记得我喜欢吃的东西。友纪拿来了一个硕大的凯蒂猫枕头，说这是她和她妹妹要我交给贝尼的礼物。我们笑着，吃着，谈着一些自己工作上的事情，关口谈到他的最新案件的详细情况，检察官已经不让他参与那个案子了——出于某些牵涉到县知事的政治原因，调查已经停顿下来了。有些事情是永远也不会改变的。

那天晚上，关口和我都没有抽烟。他正在努力戒烟。

我10点30分回到东京，就直奔江户川区去了，我约了在那儿跟一个韩国籍日本人见面，他是一家工业废弃物管理公司的总裁。

日本人在他们穷兵黩武的时期殖民统治了朝鲜半岛，战争结束后，很多被带到日本做苦力的朝鲜人留在了日本。这些人后来分裂成了两派：一伙人宣誓效忠于韩国，另一伙人宣誓效忠于朝鲜。朝鲜籍日本人有自己的教育体系和地方自治委员会。这家伙就曾经是地方自治委员会里的。

可以想象得到，因为朝鲜承认了20年前曾经绑架过日本公民——那些在海滩上散步的人——把他们诱拐到朝鲜去给间谍上日语课之后就不让他们回来，朝鲜籍日本人过去一直处于紧张的状态之中，今后也还会这样。这家伙答应跟我见面，谈一谈朝鲜人在日本的处境以及他们对朝鲜政府提供的援助情况。

有一段时期，许多朝鲜人返回朝鲜去协助重建自己的国家，他的姐姐加入了那些人的行列。等到他的姐姐和其他所有的人都看透了那个“劳动者的天堂”其实是人间地狱的时候，他已经没有办法把他的姐姐弄回来了，而且还被迫或多或少以支援朝鲜的名义支付一份“赎金”。他说，这种情况并不少见。

他正谈到朝鲜政府在日本的活动时，一个长相凶恶的年轻小伙过来打断了我们的谈话，立即跟那位公司总裁用朝鲜语大声而激烈地议论起什么事情来。我认出他是山口组下属的山健组领导层里的一个年轻压酷砸，我在一本压酷砸粉丝杂志上看到过他的面孔。当时有几本这样的杂志是采访有组织犯罪的优秀警方记者务必定期阅读的。当然，那两个人在说些什么我一句都听不懂，不过，他们随后毫不在意地解释说，他们是在谈论上周发生的一起办糟了的谋杀未遂事件。

两个戴着摩托车头盔的小阿飞冲进一间酒吧，朝住吉会的前头目开了枪。那两个小阿飞的枪法实在太次了——打死了五个人，其中三个是无辜的局外人，前头目毫发未损。那次意外行动促使警方严厉打击了住吉会。压酷砸没能圆满地向警方提出任何让他们逃脱干系的东西，只好交出了一个替罪羊，不过那个人看上去根本不像是个杀手。

那个年轻的主管把那个真正应该对这起枪杀事件负责的人的名字给了我。我到那儿并不是去收集有关这起事件的消息的，但我把了解到的消息通报给了当地分局和我过去很熟的一个警察。

11点左右，我在一间酒吧里见了国粹会的一个派系里的企业拜把兄弟（或叫“企业舍弟”），向他仔细查问了一些有关自动存取款机盗窃案的情报。我付了酒钱，还给了他一场职业拳击赛的前排票。

过了午夜，我才回到家里，淳和贝尼已经睡着了。我把水槽里的碗碟洗了，冲了个澡，钻进自己的被窝睡着了……一天终于结束了。

夜来香

日语中有些表达忧伤的词语太微妙，太费解，英译无法充分表达出它们的意味。

有一个词通常翻译成“忧伤”，不过，这个日语词汇更恰当的意味是，一种悲伤和孤独的感觉强烈到你的胸膛好像被压得喘不过气来——一种自然而真实的忧伤。另外还有一个日语词汇有“郁郁寡欢”的意思——悲哀或孤独的感觉太强烈了，你摆脱不了它，也驱散不了它。

有些事情就是这样。随着年龄的增长，你忘却了那些事情，但每当你想起那些事来，就有一种郁郁寡欢的感觉。其实那些事情从来没有从你的心头消失，只不过隐匿得暂时想不起来罢了。

日本画家竹久梦二写过一首优美的儿歌，叫作《待宵草》。待宵草是一种黄色（有的是白色）的花卉，它只在晚上开花；到了清晨，花儿就会带上一点红色，然后骤然凋谢。这首歌几乎不可能翻译，因为它有着“别有幽愁暗恨生，此时无声胜有声”的意境。任何一种翻译都只是一种解释，下面就是我对这首歌的解释：

你度日如年，翘首以待
那人儿却可能永远不会来
这无尽的郁郁寡欢
宛如待宵草在焦急地等待
今夜啊，仿佛连月亮都不会出来[1]

偶尔，你会遇见把你当作一个人（对我来说，就是当作记者）来扶植的人。大概我在别人眼里总像一条迎面走来的流浪狗，他们总觉得有必要收容我、照料我。浜谷麻美在我刚进社会部的时候就一直庇护着我。她也一直是个警方记者。我开始负责采访第四管区的时候，说实在的，给了我一些用得上的熟人的只有她

---

①译注：
原诗如下：
待てど暮らせど来ぬ人を
宵待ち草のやるせなさ
今宵は月も出ぬそうな
由来：
明治四十三年（1910年），27岁的竹久在避暑旅行中遇见当地一位叫贤的女孩。他们所做的无非是海边漫步，言谈甚欢。翌年，竹久故地重游，却听闻贤出嫁的消息，顿觉惘然。于是便有了这首歌。

一个。不知为什么，我们一拍即合，或许是因为我们在部里都是孤家寡人吧。从2000年初起，我们在一起工作了很长时间，我都把她当作我的干姐姐了。

浜谷看上去很像长久不衰的卡通片《史酷比》[①]里的那个戴着宽镜框、厚镜片眼镜的女孩威玛。她长着圆鼻头，头发剪得跟披头士一样。她一般不穿裙子，只穿休闲裤和有领衬衫来上班，打扮有点像个男的。她和日本国内新闻部的所有女性一样，能吃苦耐劳，埋头苦干。整个部门有一种大男子主义的氛围，女性不多。2003年的时候，部里的百余记者当中只有六七个女性。为了留在社会部里，女性不得不忍受着与男性一样痛苦而漫长的工作时间；在社交场合，她们还得为男同行们倒酒，却一点都不能抱怨。在许多方面，她们在工作中不得不比男性更勤奋一些。

一个吹毛求疵的电话敲定了我们的友谊。

我当时的工作是值白班，基本上就是坐在编辑部里接听电话，等着有什么事件发生的时候派人去应急。那时，我就是游军（后备军）——国内新闻部的精锐特别行动小组——的成员，我们的任务就是随时准备应对突发事件的报道；在没有重大新闻的时候可以自由走动，找些自己感兴趣的东西报道一下。我还负责一个连载了相当长时间的“安全危机”专题系列报道，文章论及日本犯罪率上升的程度、原因及其对国家的影响。尽管当时的犯罪率依然很低，但在几类重大犯罪方面，警方的结案率（破案能力）创下了历史新低。因而这是个热门话题。

那天本来是风平浪静的，并没有特别重要的事情发生。这时，电话响了起来，打电话来的是个怒气冲冲的读卖巨人队球迷，他不喜欢现任的主教练。我告诉他，我们是报社的新闻部门，既不是体育部门，也不是读卖巨人队的经营部门。我建议他打电话到别的地方去问问。

他自报了姓名，然后要求我也把名字告诉他。我照他说的做了——按照日语的发音把我的名字拼给他听：

“皆哭-阿爹戮死铁鹰。”

打电话来的人显得很不高兴：

“你在耍什么鬼把戏？你到底是谁？”

在他的要求下，我把自己的名字重复了好几遍。

“我是读卖新闻的记者，而且是个外国人。”

“你不是外国人。你是一种机器，是设计来戏弄人，让他们挂断电话的机器。”

---

①译注：《史酷比》（*Scooby-Doo, Where Are You!*）是一部家喻户晓的美国卡通片，由美国动画公司Hanna-Barbera从1969年制作至今。2002年和2004年还被翻拍为电影《史酷比》及其续集《史酷比2》。

“我向你保证，我不是机器。我是人类，非日本人的人类。”

“外国人，呵呵。难怪你听不懂我在说什么。让别人来接电话。”

我旁边只有浜谷。她点了点头，让我把电话给她。

“您好，我是浜谷。我认为杰克已经回答了您的问题。”

打电话来的人这下气得七窍生烟了。

“刚才是老外，现在又是个女的？让男的来接电话。”

“对不起，”浜谷嗲声嗲气地说道，“今天上班的不是外国人就是女人——搞不好还是外国女人哦。我想我们帮不了您这个忙咯。”

然后她就把电话挂断了。

我喜欢上了浜谷。

我每次提交自己整理的一组专题文章或一篇报道文章的时候，浜谷都会帮我过目一遍，提一些建议。标准的新闻报道和深入的分析文章在格式上是全然不同的，而我有一段时间对偏离了标准的反金字塔格式的专题文章非常挠头。

她颇具黑色幽默，取笑我的方式也显得和蔼可亲，尤其是对我那狼吞虎咽的吃相。她并不特别漂亮，但却属于那种相处越久就越觉得有魅力的不可思议的女人。

后来，浜谷和我都被派到信息技术采访组去了。日本当时正处于信息技术泡沫期，“互联网”、“黑客”和“计算机病毒”成了响当当的流行语。信息技术采访组的组员来自报纸各个版面——包括科技、经济、文化和商业的记者。我被派去采访信息技术的软肋：病毒、黑客、DOS攻击、网络诈骗、网上非法销售、儿童色情、压酷砸的企业入侵、预付费电话的滥用以及其他任何跟日本和世界的最新技术进步有关联的远程恶意事件。

我是个自学成才的电脑极客。我刚开始使用的是苹果电脑，后来换成了视窗操作系统，对第一人称射击游戏痴迷了很短一段时间。我掌握了计算机的工作原理，这样，我就可以尽可能地充分利用我手头的设备，用更高的分辨率玩《血祭》和《神偷》那样的游戏了——动机不纯，但效果不错。

浜谷是在我之后被派到这个部门来的。她勉强会使用电子邮件，我突然发现自己在教自己的老师了。但浜谷是个优秀的学生，我从来没有因为暂时的角色转换而感到不舒服过。我借书给她看，给她解释技术术语，教她使用各种网络浏览器，做书签……反过来，她会浏览我的专题文章，提出建议，指出我的语法错误……我还可以指望她在我需要的时候庇护我。

2000年9月17日，我得到消息说贝尼即将出生，浜谷没等我开口求她就把我“撵”出了办公室，还把我刚做完一半的文章也接了过去。

我因孩子出生得到了两天的休假。一周后，信息技术采访组的一个记者需要为一篇有关克隆的文章配一张婴儿的照片。浜谷立刻想到了我的孩子。

“杰克，这会给孩子一个开门红。何况我也想瞧瞧这个小家伙呢。我们都要去。”

就这样，我们带着一位读卖新闻的摄影师钻进一辆出租车，奔埼玉县去了——淳住在她母亲家里。浜谷非常喜欢孩子，淳让她抱贝尼的时候，我看到她眉开眼笑了，而我以前从来没有看到她这样笑过。她的脸上都泛起了红晕。

浜谷为了工作放弃了很多东西，我们这个部门里的女性大都是这样的。她错过了结婚的机会，现在即便能找到足够的空闲时间和别人约会，她也已经过了安全生育的年龄了。

摄影师拍下了贝尼哇哇叫时的照片。第二天，贝尼的照片成了蒙太奇照片的一部分，出现在《读卖新闻》的头版上，旁边的大标题写着：“克隆：我们要创造出一种超人类？”

又过了一天，浜谷把28份昨天的报纸放在我的办公桌上——分成四叠，用塑料绳整整齐齐地装订在一起。这竟成了一份绝无仅有的纪念品和遗物。

日本的报社（也许日本的企业和政府也一样）存在的一个问题是：你决不容许长期从事一样工作。人事变动不断，仅仅是为了变动而变动，这种做法损害了工作的连贯性，使一个记者很难具备他自己的专业领域知识。大多数的报道都不让署名的做法同样妨碍一个记者为争取在某一新闻题材上被认可为内行而努力。

浜谷的专业领域是智障人士问题，特别涉及到那些人触犯了法律时应对他们采取的适当措施。她还是个为残疾人士服务的热心倡导者，从社会融合的角度来看，日本在这个领域仍然落后美国几十年。

20世纪90年代末期，涉及精神病患者的法律及其实施方法引起过一场激烈的讨论。有些人大声疾呼，法律方面的官员在强行关押精神病患者方面应当具有更强有力的权限。

这场辩论的导火索是1999年7月23日发生的一起事件——从羽田机场（原东京国际机场）起飞的日本航空公司的一架飞机被一个精神病患者劫持了。他在犯罪过程中刺伤了机长，于是，在对他实施逮捕的问题上引发了一场大规模的辩论，辩论的焦点是应不应当把他的名字公之于众。因为他有精神病史，他曾经是一家精神病院的病人，按照处理这种案件的惯例，大多数报纸没有在报道中提及他的名字。然而就在27日那天，最保守的日报——《产经新闻》——提到了他的名字。

检察官事务所在起诉那名男子之前并没有把他送去做一次正式的心理能力评价，这意味着他被认定在心理上有能力承担刑事责任。到了8月10日，连读卖新闻的姊妹新闻电视台——日本电视台——也在报道中使用他的真实姓名了。

到他被正式指控的时候，几乎所有的新闻机构都在使用他的真实姓名了。事实上，多家媒体非常详细地曝光了他的心理问题和病史。

浜谷竭力反对公布那名男子的姓名，并在采访报道中表达了她对这种做法的不满。

“你知道吗，我们已经完全助长了一种暴民心态。所有刊登出来的报道几乎都在暗示，如果一个人在接受精神病治疗，那么，他离犯下可怕的罪行就只有一步之遥了。”

她在8月的一次午餐时跟我这样说，我当时并不同意她的看法，可以说是起初不同意吧。我的脑子里依然有我在警方采访时留下的烙印，像一个警察那样思考问题——要惩罚罪犯，而不是让他们恢复正常的生活。所有的精神疾病都是狡猾的歹徒编造出来逃避牢狱之灾的。

然而，她跟我介绍了那名男子的病史和打进心理健康诊所的各种电话之后，我重新认识了这个问题，开始理解她的观点了。

当时，所有我们这些日本媒体人都在拿患有精神病的人犯下可怕的罪行这一事件来说事，并由此推断出所有的精神病患者都有能力或有可能犯下类似的罪行。在很多方面，这种报道加深了许多过去对智障人士的偏见，怂恿了人们对他们的歧视。

然而，这并不符合公众的意愿，当然也不符合报纸的基调；而浜谷为人过于正直，她不会放弃自己的想法，也不会修改自己的文章来迎合一条不公开的公司政策。

就这样，她让自己被贴上“惹是生非者”的标记，并被看成是激进分子：“她和她所庇护的那些疯子一样疯狂。”打那以后，她的日子就开始不太好过了。

2001年6月8日，一个名叫宅间守的37岁的男子冲进大阪教育学院附属池田小学，刺伤23名小孩，刺死8人。宅间当时被认定患有精神病，但在调查的过程中发现，这明显是一起为了泄愤而事先策划好的犯罪行为，而且，他故意谎称自己有精神病就是以为这样自己不会受到起诉。这起事件再次让人们把精神病人与暴力犯罪联系在了一起，而浜谷也在继续发表她的意见，认为我们的报道不应该支持那种偏见，不应该以偏概全地认为所有精神疾病都是编造出来逃避处罚的。这种见解的确是一种合理的探讨，但却在部门内部引起了不合理的反应。

浜谷针对这个问题写下的文章并不被一些资深编辑看好。她在这个问题上表现出来的正直和热情反而被视为一种公然的挑战。

9月12日，一次会议上宣布了一则调令，浜谷被调到人力资源部门去了，她基本上是被撵出了国内新闻部。菊池部长要求浜谷在8月29日调任，并让她致告别词，而她的嗓音已经哑不成声了，几乎听不到她在说什么。她几乎快要哭出来了，但她克制着不让自己崩溃掉。

我不知道这个部门让人这么想留下来的原因是什么。或许就像一次不美满的婚姻吧：你的人生花费在这要命的事情里的年头越多，离婚的难度就越大——你不想让自己觉得这是在浪费时间。或许原因就在于，你感觉自己是新闻记者里的精英；或许原因就在于，这份工作成了你的身份、你的生活和你早晨起床的理由。被别人剥夺了这种感觉，你就会觉得自己受到了伤害。

那天晚上，我和浜谷一起去青山的意大利餐厅吃了饭。部长一个月前就已经把她叫去了，当时就跟她说，他准备动议她去《读卖周刊》——《读卖新闻》旗下的一份出版物。浜谷对他说："我想留在国内新闻部。如果我走了，没有人能妥善处理好智障人士和残疾人士的报道。"她说，部长看上去对她的答复并不满意；其实他把她的答复看成是对命令的违抗了。

在即将召开部门会议的几天前，他把她叫到他的办公桌前，直截了当地告诉她："你即将离开这个部门，被调到人力资源部门去。你要么接受这个决定，要么辞职，不然就会被解雇。只要在这个公司里，你就再也别想当记者了。我的话完了。"

然后二话不说就把她打发走了。

她什么理由和解释也没有得到。我能够体会到，她就像被人痛打了一顿似的。我们坐在餐厅里。"你再也别想当记者了。"她重复完这句话之后就完全崩溃了。她哭得那么厉害，我都以为她快要窒息了。她把头靠在我的肩膀上，我就一直让她哭到再也哭不出来为止。

我想，让她哭出来兴许会好受些。

"喂，"我使尽浑身解数，用最能鼓舞人心的声音说道，"部长就是个混蛋——他不会一直待在那个位置上的。只要耐心等待，事情就会过去的。你是个优秀的记者，还会有机会写报道的。只不过是迟早的事情。"

她问我是不是真的这样想的。我并不这么认为，但我撒了谎。我让她放心，这只是时间的问题。虽然我当时并不知道事情不会有所改变了，但我强烈地感觉到了这一点，不过你总想给人留一些希望吧。或许我应该把我的真实想法告诉她；或许我应该告诉她——赶快离开读卖新闻，到另一家能重视她的报社去工作吧。我不知道该怎么做才好。

和读卖新闻社里的人保持联络是一件难事。大家看起来都在一家公司里工作，但是，如果你负责了警方采访，在自己的部门里就成了陌生人。你吃喝拉撒睡都在东京都警视厅总部里，就基本上不回公司总部去了。尤其难得一见的是浜谷，因为她现在干脆就不在我这个部门里了。但我们还一直保持着联系。

信息技术采访部门的主编在他的公寓里举行了一次丰盛的晚宴，同时也邀请了以前的记者参加，我们终于有一些时间坐在一起聊聊八卦，谈谈各自的工作了。我拍了几张浜谷的照片，拍得挺不错，她假装挥起拳头打倒了好几个人。我们本来约好那一周的晚些时候一起出去吃个饭，继续聊一聊的，不巧我忙于采访一篇报道，不得不取消了跟她的约定。她似乎有点失望，我答应过几天重新定个日子。

我给她打过一次电话，但没人接。

我记不得确切的日期了。那天我要到公司的图书馆去复印一些材料，就顺便进总部去逛了一圈。我经过部里的时候，发现里面的气氛显得异常地压抑，菊池部长正在他的办公桌前跟一些高管在低声商量着什么。我走进大厅去取点咖啡喝，另一位女记者走到我背后，拍了拍我的肩膀。我转过身去，看见她面带笑容，神情激动，似乎有什么刺激人的秘密要告诉我。

“嘿，最近怎么样？”我问她，尽量不让咖啡烫到自己的舌头。

她凑近我低声说道：“你听说浜谷的消息了吗？”

“没有啊，是好消息吧，但愿。她要回社会部了？”

“你真的不知道？”

“上周到现在我一直都没跟她说上话呢。我真的不知道。她结婚了？有男朋友了？快告诉我吧。”

“她自杀了。”她几乎有点神经质地笑着说道。

“哦？别逗了，在食堂里‘剖腹’了？”

“不，她真的自杀了。”

“什么？怎么自杀的？”

“他们说她在自己的公寓里上吊了。她的父母今天发现了她的尸体。那些周刊杂志已经在四处打听消息了。你小心点。”

我一句话也说不出来，感觉就像自己的腹部突然中了一拳似的。

“你没事吧？”

她一定是问了三次我才答腔。

“噢，没事。谢谢你告诉了我。”

“很抱歉。我以为你知道了。”

“我不知道，不过还是谢谢你。”

我委婉地告辞之后，到卫生间里吐了。

我真希望有家周刊给我打电话。那我就会告诉他们，浜谷不是自杀的，她是被一句漫不经心的残酷宣判——“你再也别想当记者了”——逼得去自杀的。对一个认真、敬业的记者来说，这句话不啻是死刑判决。

我去参加了葬礼，那天热得令人难受。我很迟才去，还提前离开了。我在那儿看到了菊池，虽然知道这并不是他的错，但我真想揍他一顿。我不能正眼瞧他。我甚至不愿去想自己是否辜负了作为朋友的浜谷。独家新闻的采访进展得很顺利，我太兴奋了，几天前她说的话我大概只听进去了一半。如果我当时有注意听或者更早一点回她的电话，事情或许就不一样了。

第二天，在警察总部食堂里跟我的警方采访搭档共进午餐的时候，我跟她大致说了一下葬礼的情况。她过去和浜谷一直相处得很好。

她跟我说："你知道吗，我刚开始在都市新闻部工作的时候，浜谷对我真好，教我工作上的诀窍，告诉我不成文的规则。她是我所认识的最热心、最敬业的记者。"

我告诉她，她对我也一样。

"是啊，她了解她的专长——环境问题、心理健康问题、残疾人问题。环保局甚至发来一份电报表达他们的慰问，那篇悼文还在葬礼上被大声宣读了呢。

"那是葬礼上给我印象最深的一件事。那么多人，他们都被这位女士所感染，受到感化，深受感动。她一直是个优秀的记者。"

"嗯，"她说，"对她的辛勤工作的奖励，就是下放到人力资源部去。那段日子一定难以忍受啊。"

"难以忍受？"

"不是么？她在这儿是个优秀的记者，甚至可以说是个了不起的记者——而公司却剥夺了她的职位，不让她从事记者的工作。每次到了聘用期，她都不得不跟所有那些满怀理想的年轻女性打交道，刚参加工作的，告诉她们读卖新闻是个多么了不起的公司。这种为新人举办的开始工作前的打气座谈会我参加过一次，有些女孩甚至没有意识到浜谷曾经是个记者。她们只晓得她是人力资源部里的一个中年妇女。"

葬礼后的第二天，我查看了我的公司电子邮件账户，平时我很少查看这个账户。我收到了一封浜谷发来的电子邮件，还没有打开看过。

那封电子邮件大约是在她自杀的两天前发出来的。我一直没有把它打开来看，我一直没有这个勇气，也不想知道里面的内容。我好像把它备份到了硬盘的某个地方，但我也不打算去把它找出来了。

什么样的事情会让你觉得郁郁寡欢？

那就是一封你从未回复过也永远不会打开来看的电子邮件，那就是你给出的不得当的劝导、你应该打而没打的电话以及由此引起的一切后果，那就是你对好像觉得自己本来可以拯救而没能拯救过来的朋友的思念。

高利贷帝王

采访过信息技术的犯罪活动之后，我渴望重新回到街头上去。事遂人愿，2003年8月1日上午9点55分，我穿着在“西服工厂”定做的新西服出现在东京都警视厅的门前。门口的警员狐疑地盯着我的身份证看了半天，才挥手让我过去了。记者俱乐部没有太大的变化——东西还是那样杂乱无章，人们还是那样认真、勤奋，也还是那样身心疲乏。唯一不同的就是人员有了一些变动。

大久保先生——他长着一张娃娃脸，戴着一副圆眼镜，所以又被大家叫作“哈利·波特”——舒展着身子躺在沙发上。他挥手跟我打了招呼，坐起身来，叫了一个资历浅的记者去自动贩卖机给我们买罐装咖啡。

“欢迎回来，杰克。很高兴看到你完好无损地进来了。警卫没有把你这个老外拦下来？”

我笑了：“没有，但我经过那儿时心里没底。”

“我们也在担心哦，不过我们认为没有什么拦得住你，”他也对我笑道，“好了，你以后跟这儿的‘咯咯笑’一起工作。她负责采访社会安全局，你做她的后援，另外再负责一部分有组织犯罪监督局的采访工作。等她回来了，她会给你介绍一下当前的情况。”

“好的，知道了。我的办公桌在哪儿？”

他做了个哈利·波特式的鬼脸。“真的很遗憾，杰克，这儿没有你的办公桌。不过你肯定可以睡到下铺，”他指着靠墙的那张床说道，“东京都警视厅重组，建立了有组织犯罪监督局，我们的确需要一名额外的记者，但却没有额外的空间。就请忍耐一下吧。”作为一名忠实的日本职员，我别无选择。

我很高兴自己曾经跟“咯咯笑”的雅美合作过，她的实姓叫村井。

她是个能吃苦耐劳的记者，也富有幽默感——这两种品格都很可贵。她嗓音沙哑，口齿稍稍有点不清，笑的时候隔着整个棒球场都能听到她的笑声。这女子可一点都不懦弱。

我们两年前合作过一次。当时我被派到石川县写一篇有关“乐趣”的专题报道——在山坡的梯田上收割水稻。“咯咯笑”那时还在当地分局工作，我问她敢不敢跟我一起到山坡上去割稻子，她答应在她的休息日接受我的挑战；结果我发现她的本领比我强多了。作为记者，我也不是她的对手。

她跟我打招呼的时候，一副很高兴见到我的样子，然而又显得有些别扭。每个不入流的日本研究家都会告诉你，日本是个纵向社会。在公司的等级制度下，凭借我的资历，我的等级原则上是比她高的，但在东京都警视厅记者俱乐部的小世界里，她是领军人物。这种差别虽然微妙，却很重要；而她又是警方采访队伍中的唯一女性，事情就更不好办了。

在交谈中，她想到的时候会叫我“杰克桑”以示尊重，过一会儿又不知不觉变成了“杰克君”，让人联想到平等、亲密或轻蔑，似乎她在处理我和她的等级关系上拿不定主意。但我一直称呼她为“咯咯笑嫱”，这是一种让人感到亲切的尊称，尽管别人可能认为我大胆无耻。最后我说：“还是叫我杰克吧。大家都这么叫。”

“不过我那么叫就失礼了。”

“我并不那么认为啊。”

“好吧，杰克桑。”

“好的。现在就请带我四处转转吧。”

我上任的第二天就值了夜班。凌晨两点，我真想打一会儿盹，但那显然是个不可能实现的梦想。上午10点左右有东京都警视厅的一个新闻发布会，即将宣布一项逮捕令状——逮捕一个把魔爪迅速伸向日本全国的高利贷犯罪团伙的头目。

现在，我对这种犯罪行为有了一定的了解，也有了兴趣；这也是“咯咯笑”的报道任务，她已经调查这个团伙好几个月了；不过她外出了，我得替她尽可能多地收集情报。有两件事给我的印象很深：首先，这个放高利贷的是山口组的一个要人，说来也怪，却出现在涉嫌违反投资、存款和利率管制法的通缉名单里；其次，处理这个案件的是社会经济安全科，而不是有组织犯罪监督局。

我前面提到过，山口组是日本三个主要压酷砸团体中的老大。在股市渗透和高级筹资方面，山口组也是最极端和最活跃的。这就要求有极端的忠诚——告发老板的人一旦被逮住，就可能被迫断肢，甚至遭到谋杀。就扩张的程度和手法而论，这可以看成是沃尔玛式的有组织犯罪——有自身的财务部门，跟政治家（包括前首相）保持着稳固的关系。

梶山进就是高利贷王国的帝王，是主犯。梶山是山口组的分支五菱会的一个企业舍弟，他从2000年起在全国各地建立了近千家高利贷业务网点，形成了一个网络。

他大肆买进债台高筑者的数据库，那些人信用极差，再也无法从消费信贷公司贷到款了；他还设计出当今流行的高利贷战略——通过个人电话和电子邮件来吸引顾客。他成立了各种公司——有的提供接待顾客的店面，有的处理业务，有的从事洗钱。你随便走进这些公司的一家店铺，会觉得它跟合法的消费信贷店没有什么不同。接待处的妩媚女性让你觉得挺自在的，你可以贷到一笔别人不会贷给你的款项——虽然利率可能得提高一点，也就是法律允许利率的10到1250倍吧。

不过，你一旦拖欠了还款，梶山的讨债代理就会找上门来，嘴上说着放债人那套标准而微妙的台词：“你找死啊？”“你这混蛋，是想把你一家子都搭上啊？”“要我不请自到，把你的钱都骗走？”

在大多数情况下，讨债人并不会兑现他们的恐吓。他们不必那么做——他们没完没了地恫吓债务人，纠缠债务人的妻子，给债务人的雇主打电话，很多债务人都被逼得去自杀了。

我心里很清楚，梶山就是个压酷砸，不过，我向东京都警视厅局长询问这个情况是否属实的时候，他哼哼哈哈的，并没有给出明确的答复。他只是说，《反有组织犯罪法》生效之后，大部分压酷砸已经不在名片上写自己的压酷砸会籍了。我确信这种说法听起来很怪，不过，真是这样的话，要确认谁是压酷砸就更不容易了。

不管他是不是压酷砸，梶山的行为倒循规蹈矩。他住的公寓是租来的，每个月的租金是90万日元（约合9000美元）。尽管他在警方包围公寓的时候潜逃了，公寓里空无一人，但租金并没有因此拖欠过。

就在召开新闻发布会的同时，东京都警视厅还在遍布日本各地的梶山的数个事务所和店铺里收集着证据。就调查本身而言已经是一个很大的飞跃了。

“咯咯笑”回来之后，就派我到新宿的一间事务所去了，警方正在那儿展开突击搜查，她想要拍几张照片。于是我动身去了新宿。

我在现场拍到了几张模糊不清的照片：11个表情严肃的便衣警察正捧着装有文件的纸箱子从大楼里出来。

我的立场挺不错。我是“咯咯笑”的后援，做好了能得到奖赏，没做好也不必担责任。然而我故态复萌——梶山引起了我的兴趣，我想进一步了解这个男子的所作所为。他是个建立起一个王国的精明罪犯，他的事情可以拍成一部电视系列片。

我打电话给野矢——他是一位退休警察，我以前帮过他一个大忙——提议哪天晚上出去喝一盅。野矢是有组织犯罪监督局的一名老将，我估计，即使他对梶山的情况不太了解，找一个让他动心的漂亮欧洲女子做诱饵，他就会先去做足功课的。

我没有猜错。

爱沙尼亚女孩莉莉坐在野矢的膝盖上，啜饮着香槟，等这个让他分心的女孩一走开，他就开口了：“梶山进，职业压酷砸，70年代加入的，有12次逮捕记录。1974年3月在静冈县第一次被捕，罪名是人身攻击和人身伤害。但没有服刑——交5万日元（仅合500美元）罚款就完事了。

“两年后第二次被捕，敲诈勒索——在监狱里待了一年。1979年到1983年，他因脱氧麻黄碱又进了监狱——我忘了是使用还是贩卖了。他一出狱就搬到东京来了。我猜他是在为后藤组效劳。”

后藤组——实际上这是我第一次注意到这个名称。当然，我当时对它略有所知，只是没有想到，它后来竟成了我一生中津津乐道的一个话题。

“梶山和后藤之间有什么联系吗？”我问。

野矢不能确定这一点，但有他自己的猜疑：“后藤组为山口组侵入东京扫清了道路，奠定了基础——建立了下部组织。如果梶山1983年是在东京工作的话，十有八九他是后藤的一条走狗。

“还是回到梶山的被捕记录吧。1984年10月，他因涉嫌敲诈未遂被捕。1985年，因持有或供应大麻被捕。1989年，再次因人身攻击被捕。但在1990年，他因违反投资法受到查处，被罚款约400万日元（约合4万美元），受到了沉重的打击。1992年，他因人身攻击被捕，但只被罚了款。1994年，他再次因违反投资法被捕，还是只被罚了款，500万日元（约合5万美元）。看出来了吧，你打听的这小子变聪明了，再也不做毒品交易和敲诈勒索了，那种生意回报太低。投资和金融——那才是赚大钱的生意。

“他告诉警察，他不再是个压酷砸了。结果，我们写关于他的材料的时候不得不用‘前压酷砸’这个词。

“那简直就是胡扯。他是山口组五菱会的二把手，1984年以来一直是局中人。1985年的一次歃血为盟仪式的视频里就有他。他被逮捕了12次，定罪了12次，还跟其他大量的调查有瓜葛。前压酷砸？扯淡。”

“是啊，所以我要来问你嘛。”

“他们的做法是这样的。只要有同道被捕，他们就把他开除掉，而且会发出一封信函宣布这件事。他们认为这样做了警察就不会来找他们的麻烦。他们的观念是，如果是小阿飞的擅自行动，组织上是没有责任的。‘他是个坏蛋，所以我们开除了他。’从法律上讲，这种做法很聪明，因为法院说过，压酷砸老大要为自己的手下造成的损害承担责任。没有哪个老大想要受到打扰。”

“不过，梶山是五菱会的，对不？”

“嗯，原则上不是。去年，有人看到他进出尾内组——五菱会的前身。他是那里的老大的平民面孔，是个出头露面的家伙。他很有魅力，看上去有点像罗伯特·米彻姆①。”

“还有别的什么情况吗？”

“嗯……喜欢旅游。他曾经去过几次美国。在有后藤户头的同一个赌场里赌博。这是我认为他曾经为后藤卖命的另一个原因。”

---

①译注：罗伯特·米彻姆（Robert Mitchum，1917—1997），美国著名演员，以主演黑色电影著称，代表作为《战争与回忆》。

“是哪家赌场？”

“恺撒皇宫和梦幻金殿。也许两个都有。”

“梶山就是到那两家去赌博的？”

“不，那两家是后藤赌博的地方。梶山只在梦幻金殿赌，他在那儿就像个大亨。我猜就是后藤让他在那儿受到那种待遇的。”

“他是怎么进入美国的？”

“他是日本人，你认为会有人做记录么？日本警视厅是不会把压酷砸的名单交给美国的，所以，你们的人很难跟踪他们。”

“他们为什么不让美国知道？”

“这得去问日本警视厅的某个笨蛋了。我可不知道为什么。”

另外还有一个人也可以向我提供梶山的背景，但那几个月我都没有抽出时间去问，现在回想起来，要是我一直没有时间去问他就好了。

我把野矢告诉我的如实向“咯咯笑”汇报了，不过没有提梶山去拉斯维加斯的事情，这个消息虽然引起了我的注意，但现在说了似乎也没什么用处。尽管如此，我还是送了一份有关梶山的备忘录和一些报道文章给美国大使馆的美国移民海关执法局（ICE）专员杰里·河合特别事务官。[①]

8月11日，东京都警视厅突击搜查了静冈县境内的五菱会总部。

读卖新闻事先得到了这次行动的消息，等我那天早上10点来上班的时候，“咯咯笑”已经在做报道文章的收尾工作了。问题在于警方没有想到会遇上交通堵塞的情况，预定时间都过了很久了，突击搜查还没有开始。结果，编辑不停地打电话来催，说报道文章怎么还没有准备好。世事难料嘛。

搜查行动到了午间才鸣锣开始。读卖新闻静冈事务所的记者在现场拍了照，给他们的编辑做了现场报道，然后，所有这些资料都要送到东京事务所去汇编。那些照片很常见——身着深色西服、相貌骇人的压酷砸退到两旁，防暴警察来回巡视，面无表情的便衣警察进出大楼，搬出一个个可能装有文件的纸板箱。

令人感到滑稽可笑的是，大家事先都知道了警方的突击搜查行动——记者知道，压酷砸竟然也知道！即使压酷砸不知道，警察也会通知他们，突击搜查即将开始了。这样，一切都会进行得很顺利，也没有人会受到伤害。不过可想而知，这样的突击搜查能找得到什么有用的东西了。

---

①原注：美国移民海关执法局的河合和迈克·考克斯这两位特别事务官发起了一项针对梶山的调查，结果查获了梶山在美国的50万美元以上的钱财。他们还确保这一大笔查获的钱财返还到了梶山在日本的受害者手中。有一点是一点嘛。

突击搜查的当晚，梶山在律师的陪同下到警视厅自首去了。他应该说了一些体现搜查效果的话吧，比如说，他“不想给任何人带来更多的麻烦”……嗯，表现得不错，一个身陷囹圄的压酷砸——但记者还不能把梶山叫作压酷砸，因为警方还没有正式确定他是压酷砸。

这得归功于律师。山口组有很多这样的律师，他们随时准备代表他们的老板提出诉讼。这是日本有组织犯罪的另一个问题——办事效率太高，组织性太好了。据称（我们永远无法确切知道），有几家民间信用评级公司竟敢把压酷砸的一桩买卖称作幌子公司，结果压酷砸起诉了那几家公司，而这几起诉讼案都被悄然调停了。

梶山和警方的较量在进行着。帝王被释放出来，警方再次将他逮进去，帝王被释放出来，警方用其他的指控又将他逮进去。但每次他什么都不招。

大谜团（真正的问题）是：所有的钱都到哪儿去了？帝王的大量利润一定是去了山口组，可他把那笔钱藏到哪儿去了呢？日本的哪家银行里都没有它的踪影，到底是怎么洗掉的呢？有六万以上的受害者支付了既非法又高得离谱的利息，那笔钱照理说应该是个天文数字。按照警方的估计，集团总收入达数十亿美元。只要能追到那笔钱，这起案件就水落石出了。

“咯咯笑”要我去查出这个帝国的幌子公司。

8月20日凌晨3点，我被凶杀案采访组的三把手叫醒了。《朝日新闻》刊登了一篇报道，说是在梶山手下的公司在职人员名单里发现了两个压酷砸的名字，文章指出，这是那家伙跟压酷砸有联系的又一证据。哦，我说，这不像是新闻啊。这件事早就有人报道过了，但我们根本没拿它当一回事。我让他这样告诉“咯咯笑”。他回答说找不到她。

于是，我在上班前先去敲了几个警察的家门，试图确认一下这件事。跟平常一样，除了得到一声招呼和一颗探出门外的脑袋以外，我一无所获。

到了办公室，“哈利·波特”提到周日的《每日新闻》刊登了一篇报道说，一个佛教团体的女领袖认为，她在自己不知情的情况下成了梶山的房地产的抵押担保人，她正在考虑报警。

我们有梶山的所有房地产的契据，我从头到尾翻了一遍，也没有找到跟报道中提到的房地产相近的物件。我曾想去搞一份他在港区的那套一个月租金90万日元的公寓的契据，但那套公寓是租的，什么资料也找不到。

我确实写过一篇文章，谈到在梶山的老板晋升为五菱会（山口组的第二梯队）的会长之前，梶山的名字是怎样出现在阵内组的名册上的。换句话说，到一年前为止，梶山一直是山口组犯罪集团的注册成员。

我所做的这一切目的何在呢？我想用我自己的方式来证明，这个帝王是个压酷砸，他的整个帝国做的就是压酷砸的一种买卖。如果我能够证明这一点，这起案件就会有进展，我就会得到独家新闻。

“哈利·波特”认可我所做的努力，但他对这个案子的看法是这样的：“它可以成为一篇报道，但并不是一篇有分量的报道。我觉得真正应该报道的是，几百个不是压酷砸的人怎么会对从事高利贷行业的工作一点都没有感到良心上的不安。这是这个报道里还没有人写过的一个侧面。我们认为压酷砸才会去做卑鄙的事情，才会去剥削人并从中渔利。可那么多不是压酷砸的人愿意成为压酷砸的帮凶，这就非同寻常了。”

他说得对。梶山绝对是个压酷砸，但他却让“平民”在拼命地为他效劳。

有了有组织的犯罪行为之后才有了“有组织犯罪”这个词。这家伙实际上就是当代的莫里亚蒂教授①。梶山帝国就是一大串幌子公司：一家房地产代理机构，一家建筑公司，一个码头的股权……这家伙不单单是个放高利贷的，而且是个开连锁店的。他开了一家性店，强迫他的员工成为那儿的常客，但店里的姑娘长得实在让人提不起兴趣来，那些员工往往付了钱就走掉了，什么服务也没要；这样，他就达到了洗钱的目的。他在北海道创办了一个宗教法人机构，然后就强迫员工捐款。员工们被各种机构的管理人员叫去出席在东京的一家饭店里召开的各种会议。这些捐款本该由各高利贷店的利润来支付的。

他的大部分幌子公司的名称里都带SK（梶山进的首字母）：SK住宅公司，SK融资公司等等。容我在此啰唆几句，免得看不清这桩买卖的全貌：所有高利贷店的员工都不得不从SK食品公司购买午餐；管理人员不得不用各店铺的利润在一家韩国烧烤店用餐，而这家饭店碰巧又是梶山的一个同伙开的；这样，他就把钱洗了。管理人员和员工都不得不在指定的温泉和海滩度假胜地休假，交通和住宿都是安排好了的，这样，他就把更多的钱洗了。这是一种新型的压酷砸，他就是未来。这就是一个知道怎样欺骗大众的家伙，他这个帝王的称号不白给。

店面在新宿的SK融资公司看起来非常像在东京证券交易所上市的消费信贷公司邦民公司②的一个分店——蓝底白字的“SK融资”牌匾。这家公司已经获得东京都政府的许可，可以开展消费贷款的业务了，店里展示的许可证证明了公司

①译注：詹姆斯·莫里亚蒂教授（Professor James Moriarty）是阿瑟·柯南道尔创造的福尔摩斯探案小说中的反派人物，是伦敦“犯罪界的拿破仑”，福尔摩斯曾称他“像是一只位于网中的蜘蛛，任何一丝牵动都逃不过他的眼睛”。

②译注：邦民（Promise）公司是日本第二大消费信贷公司。2011年，作为后盾的三井住友金融集团旗下的三井住友银行宣布将通过股票公开收购（TOB）的方式取得其全部股票，成为日本三大银行中首家将消费者金融业者作为其完全子公司的银行。

的合法性。SK融资公司已经获得了评定这类机构的“东一”（“东”表示“东京”，“一”表示“一等”）等级。换句话说，大多数这类公司在毫无实际背景调查的情况下就已经获得了经营许可。

SK融资公司还是一家房地产公司——许可证就是证据。对梶山这伙人来说，这真是一桩一本万利的买卖。房地产可以当作贷款的抵押品，如果债务人违约，房地产就会被没收并拍卖掉，所有这些业务都没有讨厌的中间人参与，也就不存在利润分成的必要了。当然，这家公司也经营日常的房地产出租及租赁业务。

我想搞到一张梶山的照片，便去了SK住宅公司的一家支店，这家分店也在新宿，不过好像已经歇业了。我去了他的另一家在车站附近的房地产中介公司，让我惊讶的是，那里的工作人员非常主动，即使看到我是外国人也没有退避，他们没过几分钟就找到了一间非常宽敞的公寓，是在一家非常好找的扒金库店的上面。我表示会认真考虑。而我的目的是搞到一本带梶山的照片的公司宣传册，看来没有这样的东西。

有个刚过30岁的员工正在打扫店铺，捆扎纸箱子，他留着染成焦金黄色的短平头，穿着廉价的灰色西服和旅游鞋，表情有点凄凉。我向他介绍了自己是读卖新闻的记者，问他是否愿意回答几个问题。他心烦地看了我一眼，然后拿起一箱办公用品，塞进我的怀里，说道：“如果你想谈，就帮我把这箱破烂搬到楼下去。”我怎么拒绝得了？

我们把那些纸箱子（看样子警方已经拿走了一切有新闻价值的东西）堆起来的时候，我问道：“你没有意识到自己是在为压酷砸效劳吗？”

他耸了耸肩：“我可以告诉你的是，这只是一家房地产中介。我是通过那些招工杂志里的一则广告找到的，我到底该怎么去了解？我可从没见过缺根手指和满身刺青的人。”

“你一直在这个店里上班么？”

“不，我以前在一家SK贷款店上班。那儿对我也不错。”

“你不觉得利率高了一点？”

“我只负责安排顾客，不做任何交易。是啊，兴许利率是高了一点，但我觉得不足为怪。我过去在‘爱福’①干过，那家公司应该是合法的吧。你以为‘爱福’收取的就是法定利率吗？我们收取的是不会受罚的利率。借钱的人总是蚀本的。就我所知，这里做的业务都是一样的，只是公司不同而已。”

---

①译注：爱福（Aiful）公司是日本第三大消费信贷公司，其后盾是住友信托银行。2009年，爱福公司陷入困境，创始人兼总裁福田吉孝将自己与亲属的500亿日元（合4.6亿美元）投入公司运营，才赢得了债权人对债务重组计划的批准，从而避免了申请破产保护的命运。

"这么说，你既不知道SK公司是压酷砸的幌子公司，也不知道这家消费信贷公司其实是做高利贷业务的？"

"你把'消费信贷'和'高利贷'说得好像是两码事似的。"

"难道是一回事？"

"一个家伙进来要求一次性贷款，我们按离谱的利率收取费用，以后的几个月甚至几年之内他一直在还贷款。等到贷款还完的时候，他支付了也许是本金的五倍、十倍的金额。这种工作不太体面，但也是工作啊。而你呢，应该去看看《读卖新闻》，那上面到处充斥着'爱福'、'邦民'、'武富士'①和天下所有的消费信贷公司的广告。你们这些家伙都拥护高利贷行业嘛。"

"可你一点都不知道？"

"我是过了一段时间才知道的，大家都是这样，但为时已晚了。你进来了，钱不少挣。你只担心如果离开这儿自己到底会发生什么事情——如果他们让你离开的话。"

"那你对非法活动怎么看？你不担心自己被捕？"

"会啊，但他们告诉我们，最多就是罚款，他们会支付罚款，会花钱请律师，会为我们负责处理好的。我相信他们。况且，钱不少挣。老板们还会做些疯狂的事情来鼓舞士气。去年4月，他们租下东京巨蛋，举行了一场自己的棒球赛。整个东京巨蛋里都是我们自己的人。那种感觉真棒。"

这正是读卖新闻社在我当上记者的第一年里干过的事情啊。我当然没有提那件事。读卖新闻社那样做就是为了使全国各地的记者一体同心，也许还有培养员工对公司的忠诚度的目的。梶山想的是一样的事情，他一点都不傻。

而且，那个员工说得没错。在日本，《读卖新闻》和所有其他报纸都通过刊登各种消费信贷公司的广告得到了巨额的收入。

我们的常驻金融记者沟口准备做一个有关高利贷对日本社会造成的损害的专题系列报道，为了得到批准，他不得不游说了好几个月。这是个过于亲民的主题，而且许多消费信贷公司都在收取非法利率的事实也浮出了水面，要发这类报道就需要有相当强的说服力。不过，和《读卖新闻》往常的情况一样，报道最后还是战胜了企业的利益。起了决定性作用的事件是2003年6月在大阪发生的三起自杀事件——一对夫妻和他们的一个兄弟全部卧轨自杀了。那名女子留下了一份

①译注：武富士（Takefuji）公司1998年在东京证券交易所上市后成为日本最大的消费信贷公司，2000年发生了被称为金融界"水门事件"的丑闻后，把头把交椅拱手让给了以三菱日联金融集团为后盾的阿康姆（Acom）公司。2010年，排名跌至第四位的武富士公司终于申请了破产保护，成为日本首个大型消费信贷公司破产保护案。伦敦证交所、东京证交所对武富士公司进行了摘牌退市处理。武富士公司是这四巨头中唯一没有大财团做后盾的消费信贷公司。

遗书，里面说到她取得的一笔贷款如滚雪球一般地成了永远无法偿还的债务，说到讨债人是怎样威胁她，威胁她的邻居，摧毁了她的生活，还说到警方是怎样地无能，根本帮不了她。

三个人被讨债人逼得自杀了，人们才开始关注这个问题。隐藏在这些死亡事件背后的正是梶山这样的犯罪分子。有时侯，作为记者，你会忘了那些受害者。你会逐渐对人们犯罪的才能和无情的效率产生一种钦佩之情，你忘了，犯罪帝国是建立在人类的苦难之上的。

梶山是个连锁经营天才，他所投入运用的高利贷运作方法是精巧而全面的，他所要求的跟踪有不良信用历史的人的做法奏效了。正如他自己所说的："放贷的最佳人选就是已经负债的人。他们太绝望了，只要能马上得到现金，你提出什么样的利率他们都会答应的。他们一旦从我们这儿借了钱，就永远也别想还清。这样，他们就属于我们的了。"他雇了一个电脑极客，把那个人叫作秋叶君（照东京的电器街"秋叶原"取的），让那个人创建了一个顾客数据库。这样，每个顾客都有了债务和还款的记录、警方或律师的联络方式以及详细的个人信息——包括监护人、家庭成员甚至情妇。

发现有个顾客明显变得越来越绝望的时候，梶山会让另一家店带着贷款提议去跟他接洽——通常利率会更高。换句话说，梶山会以不同的方式多次掠食同一个借款人。他一直小心翼翼地避免引起当局的注意，但他的业务量已经庞大到无法不被察觉的地步了。

2003年，警方开始突击搜查梶山的公司指挥中心，他们发现办公室里摆放着一排排电脑终端。梶山在信息技术的基础设施上比警方超前了好多年。

静冈县境内的五菱会用梶山悄悄送回来的钱建了一栋三层楼高的总部，名匾是用石头雕刻后浇铸上金子做成的。其他资金则用来买通日本的政治家。这个帝王在数年间向原自民党政治家和要人亀井静香①捐赠了相当于400万日元（约合4万美元）的资金，而那只是有案可查的钱数。

到了2004年10月23日，东京都警视厅已经掌握了把梶山的业务和山口组联系起来的证据，可以对神户的山口组总部进行合法的突击搜查了。这一次，大家——警察、罪犯和记者——还是在突击搜查行动的前一天就知道了消息。山口组甚至已经向警方发出了一份正式照会，索要突击搜查的日期和时间，以便有所

---

①译注：亀井静香（1936— ）是日本自民党原重要领导人，进入政界前为警察官员。2005年因与小泉纯一郎闹翻，退出自民党另立了"国民新党"。2009年，国民新党与民主党及社民党联合赢得选举组成了联合政府。2012年，又退出了国民新党。

准备。不过，鉴于兵库县警方的声誉问题，这种照会很可能是反过来进行的。我自己预料到了这次事件的发生，一直在和一些压酷砸和前压酷砸谈论着这方面的问题。没曾想在一次记者的社交晚会上，共同社的资深记者无意间跟“咯咯笑”提到他们准备加大赌注、“在突击搜查行动开始之前”刊登有关突击搜查的报道的事情。

突然，所有在场的记者都陷入了恐慌。“咯咯笑”把所有的记者竞争对手召集起来，邀请大家进行一种新闻记者特有的作弊行为：一致同意刊登这个报道，这样就没有人需要独自承担全部责任了。因此，《读卖新闻》也在突击搜查行动当天的早刊上刊登了一大版的报道，公布了即将来临的突击搜查行动。

这次突击搜查行动不到20分钟就结束了。警察穿着类似日本短褂的鲜红夹克，给这次行动增添了喜庆的气氛。他们气势汹汹地走进山口组总部——“神户堡垒”——的时候，在离这大块头堡垒很远的地方都能听见压酷砸那种特有的叫骂声。

“25分钟？这不是突击搜查——是茶话会，”“哈利·波特”冷笑着说，“他们大概先花上10分钟交换名片。我敢打赌证据已经装好放在那里，就等他们来拿走了。”

“他们可能还会扔一支枪进去当纪念品吧。”我冷嘲热讽了一句。

“压酷砸头子这时搞不好正在把内幕透露给一个小流氓：‘为了让警方挽回面子，你看来得去班房待上几年了。’”

当天晚上，我完成了报道另一桩山口组高利贷业务的大块头文章。这篇报道专注于店面看起来像录像带出租店的买卖。跟我交谈过的有组织犯罪调查三科的警察向我描述了这个情况，他把山口组的业务比喻成一个庞然大物偷偷开着一家邻里街坊常见的夫妻店。

有组织犯罪特别小组里的消息人士补充说：“迄今为止，压酷砸的高利贷业务还是小规模的犯罪，很难提起公诉，只能作为闹事者轻微处罚一下。说到这种事情我就觉得惭愧，但我们又不能在这上面费工夫。”这大概就是社会安全局正在采取攻势的原因。

弄完了报道文章，我准备赶快离开办公室。我跟“咯咯笑”开玩笑说，如果不马上离开，很可能会被抓差赶往某个可怕的犯罪现场。果然不出所料，一个半小时之后，我正在家里跟妻女在一起准备放松一下自己的时候，局长打电话来说，有人在三鹰站前被捅死了。

我又亢奋了起来：打电话给当地的警察、医院、事务所和摄影师。愿意合作的人不太多，但我们还是设法拼凑了一篇报道文章。

凌晨两点，我出门去了六本木。

我已经建立起一个由脱衣舞娘、妓女、织女、掮客和街头摊贩组成的小小的消息网络。因此，我知道谁在买卖，谁在供给，我在适当的地方还有一个预警系统会通知我什么时候哪个俱乐部会有一次大搜查。毒品稽查只有抓住了名人才能成为新闻，但你必须知道稽查的消息才能展开调查。

我在“传道”酒吧见到了我很喜欢的智利籍掮客；他说有消息要告诉我。跟日本的出租车司机结了婚的泰国籍脱衣舞娘奈美给我们端来了各种各样的饮料。他们都不知道——没有人知道——我是记者，都以为我是保险调查员。我觉得这样既谈得深入，又不会产生我是否在调查问题的疑惑。

我在“传道”店里已经喝醉了，但就像没事一样又去了“追求”店，这是一家舞蹈俱乐部，里面那个旋转轮盘的家伙就在桌子下面做着毒品交易。（这家俱乐部的日本老板几年后被人用刀砍死了，没有人知道是谁干的。）

在“追求”店门前的台阶上，我点着一根烟，避开了聚集在公共厕所附近的哥伦比亚籍变性妓女们模仿着鸡叫的挑逗。一个身着宴会服装的金发女孩走到我跟前来问路，我对她说我正准备去新宿，就让她搭了我的车。在出租车上，她跟我说了她的故事：她是从以色列来的，在东京当织女谋生，但她讨厌这个职业。要是日本顾客知道这些女性对他们有多厌恶就好了。

我到歌舞伎町的那家不大的织女酒吧的时候，已经是清晨4点了，我要在这里跟我的消息人士见面。我想进一步了解梶山的情况，这家伙应该知道。我叫他“独眼龙”。（其实“一字眉”这个绰号应该更贴切，他长着一张扁平的圆脸，两道浓密的眉毛在鹰钩鼻梁上连在了一起，不管他的绰号是什么，他的相貌着实令人生畏。）

我在埼玉的时候就认识了“独眼龙”。他是有着朝鲜血统（原籍是朝鲜的，在韩国有亲戚）的日本人，也是山口组的成员，对黑社会的事情了如指掌。他是个出色的消息人士，但我对他没有好感。我信任他的情报，但决不信任他的动机。他还有严重的磕脱氧麻黄碱的习惯，会表现出反复无常的行为、极端的情绪波动和脱氧麻黄碱瘾君子特有的多疑。谁把他惹恼了，他也会暴跳如雷的。

我是通过“独眼龙”的父亲认识他的，他父亲曾辛辛苦苦地投资了一家韩国人开的信用组合（银行），但这家银行最终不得不在日本政府的帮助下摆脱了困境。据另一个压酷砸消息人士说，银行倒闭的原因是企业的渎职和借贷给稻川会犯罪集团的不良贷款。我和另外两名记者一起花了将近一年的时间调查这个事件，最终得到了一些可以登报的消息。我们的调查报道取得了可喜的成果——激励埼玉县警方逮捕了对银行倒闭负有责任的人。

没有哪个投资者能收回自己的钱，但韩国社会很高兴看到正义得到了申张。在调查这个事件的时候，我已经跟他们当中的许多人交上了朋友。我在那些家伙身上感到了某种亲和力，就像当年在石桥小学找到了另一个犹太人一样。也就是在这个时候，“独眼龙”的父亲把我介绍给了他的儿子。

“独眼龙”性情固执，整天缠着我要那篇即将登报的文章。当时难得在报纸上找到这家银行破产的消息——一部分原因在于，报道破产了的金融机构所产生的影响是巨大的；另一部分原因在于，没有人真正在乎一个大家（错误地）认为是朝鲜人的问题的事件；再有一部分原因在于，有个牵涉到不良贷款的宗教组织在施加压力，想让一切显得风平浪静。哦，对了，还有一部分原因在于，有个重要的政治家染指了这个事件。我设法搞到了一份埼玉县政府针对这家银行的内部审查报告的复印件之后，这篇报道才得以登报。现实是冷酷的。

我曾答应“独眼龙”和他的父亲，这篇报道不发表我是不会善罢甘休的，在“独眼龙”看来，我遵守了我的诺言。当时我并不十分了解山口组，它在日本东部的影响微不足道，我觉得没有必要作进一步的了解。不过，韩国人喜欢互相传话，不管你属不属于同一个有组织犯罪团体，“独眼龙”总是在极道世界的一个剖面上游刃有余。他可以自由地谈论住吉会和稻川会的八卦，而我从来没有问过他有关他的组织的事情。我想，现在是开口的时候了。

很难把“独眼龙”叫到东京来，埼玉是他的地盘，他在那儿才有安全感。不过，他还是如约而来，坐在一家典型的歌舞伎町织女俱乐部的丝绒沙发上等着我了。店里有一个吧台，一台卡拉OK，一盏俗气的吊灯，靠墙摆着一排沙发，沙发前面摆着大理石的桌子。每张桌子上都摆着一瓶威士忌、一个装冰块的雕花玻璃桶、一个装水的雕花玻璃壶和几只雕花玻璃杯。雕花玻璃碗里盛着花生、鱿鱼片及其他零食。一个女孩在恭顺地为他调着一杯兑水威士忌。

“独眼龙”示意我拉起他对面的椅子。他让那个女孩也为我调了一杯（我礼貌地接受了），我们端起酒杯，用朝鲜语说了句“干杯”。除了询问卫生间在哪里的朝鲜语之外，我只知道这一句。

“杰克先生，你想知道些什么？”

“你知道，东京都警视厅今天突击搜查了山口组的总部。”

“大家两周前就知道了吧。”

“我是一周前才知道的。我想知道的是，梶山到底在哪儿搞到那么多的钱？”

“嗯……你为什么想知道这件事？”

“因为可以写一篇不错的报道。”

“就算你写了那篇报道，又会改变什么呢？”

“什么也改变不了。”

“那有什么意义呢？”

“这是我的工作。我查明别人没有的消息，为公众的知情权服务。”

“他们有权利知道梶山把钱藏在哪里吗？”

“受害者有权利知道。”

“受害者。有趣的措辞。难道有人把枪架在他们头上，逼着他们以他们无法偿还的利率去借钱么？或者逼着他们借钱去买他们买不起的东西么？难道有人这样做么？”

“没有，不过有些人不知道自己会陷进去，有些人在签订合同的时候被骗了。他们难道不是这样成为受害者的？”

“你的日语真烂啊。这个词不是‘受害者’——是‘傻蛋’。”

“这么说，投资埼玉商银信用组合的人也是傻蛋了？他们很贪婪？他们想要得到过高的回报？他们应该投资股市？受害者？还是傻蛋？”

“独眼龙”一言不发地待了一会儿。他在思考这个问题，但他显然对得出的结论不太满意，皱起了眉头。他咬了一下嘴唇，又放开了，他拍了拍烟盒，让自己的情绪稳定下来。

“你想要内情，我就给你内情。钱在拉斯维加斯。”

“拉斯维加斯？”

“梶山在拉斯维加斯的米高梅大酒店赌掉了几百万美元。他赌输了，但也许你可以把那种赌博叫作洗钱。他在美国待了很长一段时间。他把现金放在这儿的银行保险箱里，到了那边就把钱取出来。他还有一些海外银行账户。”

他用一架镀金的登喜路打火机点了一根云雀牌香烟，吸了一口，吐了出来。这种打火机显然是压酷砸必不可少的时尚配饰。

“警察知道这件事吗？”我问他。

“啊，我想他们知道吧。他们现在可能已经扣押了那笔钱，或者很快就要这样做了。梶山是那家大酒店的贵宾。在恺撒皇宫也狂赌过。”

“像梶山这样的家伙怎么会成为米高梅大酒店或恺撒皇宫的贵宾的？”

“后藤。是后藤介绍的。后藤喜欢那些地方，他过去经常去。”

“过去经常去？”

“自从他做了肝脏移植手术以后，就去不了美国了。听说他是用一个赌场的账户支付了他的医疗费用。”

“后藤在美国做了肝脏移植手术？这到底是怎么回事？”

“我想你是对梶山感兴趣吧？”

“是啊，不过，后藤，这个日本犯罪集团的教父，在美国做肝脏移植手术。这可真够荒唐的。在哪里做的？”

“洛杉矶，一所大学医院。加州大学洛杉机分校。在杜蒙特。”

“杜蒙特。加州大学洛杉矶分校——我知道了。”

“是吗？那就好。总之，顺着拉斯维加斯这个藤摸瓜，应该能找到好东西。兴许你还可以因此免费去一趟拉斯维加斯呢。”

“梶山肯定还在组织里，对不？”

“你看到有除名信在流传吗？只要你没被组织开除，你就还在组织里。这就是规则。所以，他现在是一只信天翁，给组织上带来了很大的舆论压力。大家都知道会发生这样的事情，正因为如此，他们在两年前就开始把他的名字从名册中拿掉了。没有人想有记录在案的证据。”

“梶山在赌场里有多少钱？”

“两个赌场加在一起，大约400万美元吧，很可能还有100万美元在美国银行的账户里。他有200万美元的现金存在这儿的米高梅大酒店办事处里。不错吧，嗯？”

“在日本到底怎样才能收集到200万美元的现钞啊？”

“只要有一大堆走狗和一大堆时间就成。总之，如果你想追到钱，就查一查你老家吧，杰克先生。”

我感到脊椎战栗了一下，这听起来像是一大独家新闻啊。一定是的，它一定会改变我的生活。

我们又聊了一个小时。我询问了他父母的情况，他询问了我的家庭情况。我给他看了几张照片。不过，我问到山口组在梶山的业务中扮演什么角色时，他就再也不透露什么消息了。

我清晨5点回到家里，勉强睡了一个小时左右，贝尼就醒了。她爬了过来，把手指塞进了我的鼻子里……我一整天都待在家里享受着天伦之乐，就像度过了一个假日。

周二，我还没有把消息告诉他人，而是打了个电话给一个朋友——一个我在华盛顿特区的美国联邦调查局里可以信任的人，他证实了“独眼龙”说的情况。他说，东京都警视厅已经到拉斯维加斯去了，其实他们已经在东京的米高梅大酒店办事处里扣押了200万美元的现金。“独眼龙”给我的数字是精确的。虽然他没有告诉我其他任何事情，但有了这个数字，我就可以去找“咯咯笑”和“哈利·波特”了。

“咯咯笑”听了大吃一惊：“你不是在开玩笑吧？从哪里弄来的消息？”

我想最好还是不要提我在山口组里的熟人，说出来对我的消息人士和我自己都没什么好处。所以我告诉她，消息是从美国联邦调查局那里弄来的，这话也不假。她想把这篇报道立即写出来，我建议还是先找“哈利·波特”谈一谈。

我和“咯咯笑”走到“哈利·波特”跟前的时候，他正舒展着身子躺在沙发上，想要裁开《周刊现代》中间的折页①；他听着听着，表情慢慢显得激动起来，他一定觉得这有可能成为一个给人留下深刻印象的小独家新闻——特别是因为警方已经扣押了那笔现金。接着，他做出了一个他少有的动作：摘下眼镜，擦拭着镜片，然后笑了起来。他笑得太开心，把牙齿都露了出来。真不可思议，他的两颗门牙之间有条缺缝，看上去很像阿尔弗雷德·纽曼②。

“杰克，你可能并不像我们想的那么差劲啊。”他说道。这真是个莫大的褒扬，我相信自己一定容光焕发（或者说是脸红）了。他叫来了他的二把手，我们四个人一起出去，到一家中国餐馆的一个包房里去边吃午饭边讨论战略。“哈利·波特”让我尽量去收集美国联邦调查局方面的消息，“哈利·波特”和他的二把手试着到东京都警视厅的要人那里去确认一下，“咯咯笑”得到的指令是暂时按兵不动。她是我们最后的王牌，准备跟东京都警视厅局长交涉，争取得到这个独家新闻。为了让她和局长保持良好的关系，她无疑是最自由的——可以随便指责不当的调查，还可以随便冒犯我。

“哈利·波特”说道：“告诉他，杰克是从美国中央情报局打听到的，反正大家都认为他是特务。告诉他，杰克失控了，根本不理解警方和警方记者之间的微妙关系。让他相信，如果我们得不到这个独家新闻，杰克就会在没有你监督的情况下把报道写出来，到那个时候，鬼知道他可能会披露什么样的材料来损害调查行动了。这应该引起他的注意。”

“杰克，这样做对不起你了，不成问题吧？”“哈利·波特”转过头来对我说道，“局长会生气，但他反正不是你非得一起共事的人。也许有些要人会责怪你搞得他们手忙脚乱——这种事情对东京都警视厅来说可能早已司空见惯了——别理它就是了。”

“我不会在乎的。”

“再说，你是个犹太人。我敢肯定你已经习惯成自然了吧。”

我们在两三天内掌握了我们所要的一切。我跟拉斯维加斯的一个当地记者达成了一项协议，作为我给他提供消息的交换条件，他为我做一些现场采访。我在日本先把报道写出来，然后他在拉斯维加斯得到独家新闻。这种约定的成立得归功于时差和一亿美国人里只有一个人阅读日本报纸的事实。

梶山是一头“鲸”——在拉斯维加斯用来称呼巨额消费贵宾的术语（贵宾就

①译注：日本的这类周刊杂志的折页内一般都是裸体照片，必须用刀裁开才能观赏。

②译注：阿尔弗雷德·E. 纽曼（Alfred E. Neuman）是美国讽刺杂志《疯狂》的封面男孩——圆脸，招风耳，大嘴，门牙间有条缺缝。

像一头鲸，是一种消费力超群的罕见物种）。他这十几年来一直光顾拉斯维加斯，在赌场以及加利福尼亚的一家银行里都有账户，而且一直都是在美国取的钱。东京都警视厅接到美国当局透露的消息后，从夏天开始就一直在派遣官员去调查他在拉斯维加斯的交易。美国的国土安全部、内华达州博彩委员会和美国联邦调查局也都在调查他是否违反了美国洗钱法，米高梅大酒店象征性地积极配合着调查。

“咯咯笑”跟警察局长达成了协议。我们的有关梶山和拉斯维加斯的独家新闻先见报，然后东京都警视厅就公布它在东京扣押了梶山的200万美元以上的现金——这很可能是他的高利贷店铺的非法盈利。我们会得到那方面的独家新闻。东京都警视厅接着准备以违反日本洗钱法的罪名重新逮捕梶山，与此同时，我们会得到美国联邦调查局在美国调查梶山的洗钱案的独家新闻。

用“一头名叫梶山的鲸”做文章标题的想法把“哈利·波特”逗得直乐。其实，为了赶这篇报道，我们一直忙到了凌晨3点，想法就开始显得越来越好笑了。这就是睡眠不足的结果。

11月中旬，好戏开场了：“高利贷帝王的银行保险箱里的200万美元被扣押”，这个大标题后面紧跟着披露美国联邦调查局的调查和梶山怎样在拉斯维加斯花钱的文章。我们连续发了三篇独家新闻，竞争对手乱了阵脚（要小心眼了吧，我知道，但这就是警方采访的巨大乐趣啊）。东京都警视厅在保持各媒体势均力敌的问题上过于慎重了，要脱颖而出非常困难。

我跟拉斯维加斯的记者通话的时候，他告诉我说，内华达州博彩委员会已经将这起案件公之于众了；听到这个消息，我感到了莫大的安慰。作为一个日本记者，无论你核对了多少篇实情，如果手头没有官方发布的消息，发表一篇报道文章是要担很大的风险的。发一篇独家新闻的奖赏抵不上发错一篇报道的处罚。后来，警察逮捕了梶山的一个心腹——他从梶山的账户中提取了100多万美元，携带着装满现金的公文箱无数次往来美国，这时我开始觉得有点沾沾自喜了。

为了庆祝胜利，我在12分钟内跑了2500米，这可是头一回。我还做了一件非同寻常的事情——提早回家。我到幼儿园把女儿接了回家，我们三个人——贝尼、阿德尔斯坦太太和我——共进了晚餐。这是件很难得的事情。

几个星期之后，我们的风头被抢走了一些——据曝光，梶山在瑞士瑞信银行[①]里的一个日本籍员工的帮助下，在一家瑞士银行的账户里藏匿了5000多万美

①译注：瑞士瑞信银行（Credit Suisse）原名为瑞士信贷，成立于1856年，总部设在瑞士苏黎世，是全球第五大财团、瑞士第二大银行（仅次于UBS瑞士联合银行），是一家经营个人、公司金融服务、银行产品及退休金、保险服务的投资银行和金融服务公司。2006年正式更名为瑞信。

元。5000多万美元可是个大数目，几百万美元未免相形见绌。瑞士方面冻结了他的账户。

压酷砸喜欢外国银行，发现它们非常有用。瑞信银行并不是第一家长期被用来洗钱的外国金融机构。花旗银行于2004年9月失去了它在日本的私人银行业许可，据称部分原因就是被压酷砸利用来洗钱。一位熟悉调查情况的执法人员说，花旗日本的最大客户之一是竹下三郎，他就是后藤忠政本人的企业舍弟。另一位消息人士声称，另一个山口组的要人在花旗里也有一个银行账户——而且是以他自己的名字开的。即使是现在，我还能记得那几家跟压酷砸沆瀣一气的外国投资公司，但我没有足够的钱来冒险提它们的名字。（顺便说一下，花旗银行并没有吸取教训，日本政府于2009年6月再次因类似的问题处罚了他们。）

不管怎么说，犯罪地点转到了瑞士，“咯咯笑”和“哈利·波特”的二把手接管了报道事宜。洗钱不是我这个小脑瓜力所能及的范畴，而我也有自己想追的其他报道——特别是后藤忠政和他那神秘的肝脏移植手术。

梶山存在东京的美国赌场事务所里的钱并没有被全部扣押。就在梶山被捕前后，梶山的一个心腹打电话给恺撒皇宫的驻东京代表，让他们带100万美元现金过来给他。这笔钱被送到了东京市中心的一个停车场里。瞧，这就是服务。

梶山毫无屈服之意。最后，他在2005年2月9日被判处七年劳役，而东京法院一开始就决定不罚他50亿日元（5000万美元，等于他从人们手中窃取的金额总数）。我们感到很失望，谁说犯罪是得不偿失的？这个帝王很可能还有钱财藏匿在没人知道的地方。他刑满出狱可就是个非常富有的人了。

在法庭上，他并没有表现出雄赳赳的样子，但你还会感觉到他的一些个人魅力。他相貌堂堂，可以说非常有魅力，他的几个情妇可以佐证这一点。她们也许正在等着他，当然也在等着他的钱。

梶山被判刑之后，树倒猢狲散，他的心腹跑光了，五菱会这个名称也就不复存在了。他的一些弟子用精巧的“是我”手法继续行骗着。这种骗局有时很复杂——犯罪分子在电话里冒充诈骗目标的儿子或孙子，让诈骗目标确信他们遇到麻烦了，需要他立即汇钱给他们。这些不辞辛劳的家伙显然没有在这个新行当上弄到多少钱——不过，这起码是一种不诚实的生计啊。

另外，依照梶山的有罪判决，日本贷款法也得到了修订，对高利贷的处罚条款变得严厉多了，还设定了非常清楚的利率上限，即使是合法的消费信贷公司也只能按这个上限收取。我们只能期望日本人能够向他们的美国难兄难弟学习，发现信用卡债务的乐趣。如果这种期望成为现实，我们就可以期待山口组的威士卡或万事达卡的登场了。下一步必然是这样的。

第三部 | 薄暮

人口贩运帝国

人们向死者表达敬意的方式各有不同。我应该买一束鲜花放在她的墓前，但她的尸体至今还没有找到。因此，我只是从我的钱包里抽出1张一万日元的纸币，交给了在“日本北极星计划”工作的藤原女士。“北极星计划”在东京开设了一条人口贩运受害者的热线电话，那里的工作人员在致力于提高公众意识方面卓有成效。

藤原女士说，去年，打给“北极星计划”的电话数量增加了不少，大多数来电者都是韩国和东欧的女性。她感谢我的捐款，并问我是否认识会讲俄语的人。我答应试着帮她找一个。

我认为，我不再热衷于记者这一职业的根源可以追溯到我开始采访日本色情业非常肮脏的那一面的时候。等我真的意识到这种采访耗尽了我的精力的时候，我已经回天乏术了。

当犯罪采访记者的年头多了，人会变得麻木不仁。这是再自然不过的事情了。如果你为每个受害者感到悲痛或者为那些家庭分担他们的痛苦，你迟早会得神经衰弱症。谋杀、纵火、武装抢劫、家庭自杀……这些事件都成了家常便饭，你可能会觉得受害者没有人性，有时甚至会因为他们断送了你的休息日或一段计划好的假期而恼火。这听起来很可怕，但的确如此。不过，事情往往就是这样。

我认为，我对日本的“阴暗面”有了大量的认识。我采访过露茜·布莱克曼案，调查过一个连环杀手，险些触到了一具充满电的尸体，目睹过一名男子自焚致死……我认为自己还是相当顽强的——在某种程度上吧。

我觉得自己已经变得非常玩世不恭了，甚至变得有点冷漠了，但是，一个记者开始冷静下来，就很难再活跃起来了。我们都为自己编织了一层精神甲胄，来应付情绪的波动，保持克制的状态，应付若干个截稿时间……我们别无选择。

我采访过歌舞伎町，在六本木搜寻过情报。“女佣站”的女孩们从来不隐瞒她们的整个业务流程。我相当精通日本的性换钱行业的合法性。事实上，我曾经认为性奴隶的概念完全是那些不了解日本性文化的西方清教徒式的官僚凭空臆造出来的某种都市传奇。但是，我即将得到一次不折不扣的教训。

2003年11月的一天，我的手机响了起来。“喂！”我拿起了手机。

对方是个外国女性，我认识的人里面没有人会说这么好的日语。我听了一会儿，但还是没有完全听懂她在说什么。“你会说英语吗？”我终于开口问道。

“嗯，会说。显然你也会。很抱歉让你受够了我这口烂日语。”

“你的日语不成问题，相当不错了。不过，既然英语是我们的母语，也许用英语会说得更清楚点，对吧？”

“一个朋友把你的电话号码给了我，她是‘爱经’店里的一个脱衣舞娘，她说你可能帮得上忙。”

“让我试试看吧。”

“那好，在我工作的地方，有一些新来的女孩——都是从波兰、俄罗斯和爱沙尼亚来的——他们看起来好像是……被迫的。”

“嗯……你这话是什么意思？”

“她们是被强迫去工作的，她们得不到报酬。她们就……像奴隶。”

“像什么？”

“奴隶。在我看来就是这样的。”

“那你是做什么样的工作的？”

“我想你可能会说我是个妓女吧，”她直截了当地答道，没有一点尴尬的声调，“我表面上是个英语教师，实际上是靠跟男人上床谋生的。”

“你这么做是出于自己的选择了？”

“当然。不过，他们给俱乐部带来的这些新来的女孩……她们就不一样了。她们不想干这一行，但被骗了——被强迫——去干这一行。她们总是抽抽搭搭地哭，白天也不准出屋。”

“我听懂了。”我说。我知道这种反应很差劲，但我不知道还能说些什么，而且我需要时间来审视一下她说的情况。我问她想要我做些什么。

“你是报社的记者。写一篇报道吧。找出事情的真相，曝光那些王八蛋，帮着把那些女孩弄出来吧。”

这简直就像是个离谱至极的要求，而且还是一个刚刚突然打电话给我的人提出来的。我正想说我会去调查一下，忽然觉得她的声音有点耳熟：“你说是你的朋友把我的电话号码给了你。我们见过面吗？”

对方顿了一下。

“见过吗？”我又问了一遍。

“嗯……你在调查露茜·布莱克曼的时候，和那些在酒吧里工作的女孩交谈过吧，我就是那个当面侮辱过你的人。”

随着时间的推移，我已经掌握了从脱衣舞娘、舞女及其他从事夜生活交易的女性那里获取消息的约法三章。显然，这个年轻女子在我学会那些规则之前跟我打过照面。也许是我当时出言不逊，或者说只是表现得不那么精明老练，不管怎么样，她当时叫过我混蛋，我记得很清楚。

她名叫海伦娜，这当然不是她的真名，但确实配得上她。我们在六本木的一家星巴克的二楼见了面。她穿着一条黑裙子、一件紧身的黑皮夹克（里面是一件淡黄绿色衬衫）和一双齐膝高的黑皮靴。我必须说，她面容姣好。她的头发向后梳成一个马尾辫，看上去唯一使用的化妆品就是那熟石榴色的唇膏。她的上唇有一颗小痣。

我作了自我介绍，就好像我们是第一次见面似的，把我的名片给了她。她当时并没有把她的名片给我，那是后来的事情了。我们谈论了一下天气，喝了一口咖啡，她就跟我讲起她的故事来。

海伦娜是2001年从澳大利亚到日本来的，刚开始是在“贝立兹”教英语，私下偶尔做一做织女。一天晚上下课之后，她跟一个学生喝酒去了，他是个五十来岁的商人，结果她陪他去了情人旅馆。完事之后，他在床上放了五张1万日元的纸币（约合500美元），说这是给她的“差旅费”。

海伦娜渐渐找到了更多的顾客，最终，为了确保有份稳定的收入，她在一家名叫“美味小窝”的高级“绅士俱乐部”找了一份工作。她跟自己的顾客一直保持着联系，而白天就为不期而遇的顾客提供服务。

“我是自己愿意当妓女的，我喜欢做爱，这样赚钱远比教英语容易得多。我自己做这一行并没有什么。让我烦恼的是，那些不想当妓女的妇女却被迫去做那样的事情。让我气愤的是，那些混蛋竟然迫使她们去做那样的事情。

“有两个家伙在六本木操纵着这一切，还给我在涩谷上班的那家俱乐部提供女孩子。一个家伙是日本人——大家都叫他‘滑头’①——还有一个是名叫维克托的荷兰和以色列的混血儿。他们开着五六家俱乐部，从海外招募妇女，大多是从贫困国家，通过广告或掮客，把她们带到日本来。他们强迫她们到性爱俱乐部去上班，而且敲她们的竹杠。那些妇女完全受这些混蛋的支配。因此，她们最终就成了性奴隶。

“我听到的事情是这样的，起先，他们答应的钱数超出了她们的想象，可她们到了这儿一看，完全不是那么回事。她们不得不去卖身才能填饱肚子，因为她们没有选择的余地。然后，她们的收入中还要扣除她们从未听说过的这样那样的费用。‘滑头’跟她们说，她们是在非法工作，所以只能为他工作，因为他是合法的——如果你能相信他的话。如果她们不想为他工作，就请自便，不过在六本木的其他地方是找不到工作的。我认识的一个女孩报了警，结果被威胁说会自投罗网，最后她还不得不为他妈的警察提供服务。

---

①原注：这个“滑头”就是我采访露茜·布莱克曼谋杀案时遇到的那个人。

“维克托跟别人说他在这儿已经有六年了。他刚开始是做舞男，进而去卖淫，他感到非常自豪。他说，他知道日本男人喜欢什么样的女孩——金发蓝眼睛的。多花点时间弄清楚这件事，无论如何得帮帮她们，否则她们就别无选择，只能照他们说的去做了。

“维克托喜欢装成一本正经的样子——只要不涉及到钱的话。其实他是个他妈的乔装打扮的魔鬼……‘滑头’呢，他是结了婚的，还有个女儿。”

海伦娜说的听起来像是确有其事，我也看不出她有什么理由要撒谎。但我不清楚她会不会撒谎。她是个旁观者，而不是受害者本人；这些都是道听途说，也许她别有用心。我告诉她，我得跟其中的一个女孩面谈一下。

这让她感到有点不安：“如果这些女孩因为跟你交谈被抓到的话，她们可能会惹上麻烦，真正的麻烦。你明白是怎么回事，对吧？”

我说：“我明白，我会小心行事。”于是，海伦娜答应把我介绍给其中一个女孩。然后我们便分手了。

我独自做了一些核查。

我突然想起关口来，但转念一想，这不是他管辖的区域。然后我又想到了带我充分见识了歌舞伎町的“外籍警察”。“外籍警察”打那以后就从新宿警察署调到东京都警视厅总部去了，他在那儿也许能打听到一些可靠的消息。他应该是个可靠的消息人士。不过，要得到我想要的消息，我就得出血——晚上到闹市区去逛逛？当然可以。到酒吧或脱衣舞俱乐部找个外国小妞？一点问题没有。价格不菲啊，不过那时我已经有了一些关系。

我打电话给一个熟识的律师，他在为一家推广混合武术锦标赛的公司做事。那种打斗的动作就像是由拳击、摔跤和空手道的动作组合而成的，而且人气很旺。我磨到他勉强给了我两个第二排的座位，然后转手给了“地狱第八界”脱衣舞俱乐部的经理，他答应晚上免费招待我。

我发了个短信给“外籍警察”，约了碰头时间。

“外籍警察”还是那么体面而率直。我们交流了一下近况，后来，一个名叫“茉莉花”的胸部丰满的红发女孩过来把丰腴的臀部搁在他的胯上，用手指抚摩着他的小平头。我把海伦娜说的事情告诉了他，“茉莉花”在一旁若无其事地啜饮着“外籍警察”为她点的香槟酒。我一说完，“外籍警察”就皱起了眉头。他把腿上坐着的“茉莉花”抬了起来，用相当流利的英语告诉她：“请去给我拿几根烟来，安琪儿。我现在要跟朋友说点事儿。五分钟后再回来吧。”“茉莉花”顺从地告退了。

“呃，”“外籍警察”说着吸了一口烟，然后改用日语说道，“我会去调查一下。你的朋友说的很可能是真的。我认为现在这样的女性应该更多了，可惜我帮不了她们什么忙。这种事情一直困扰着我啊。”

“困扰你？”

“我喜欢干这一行的女人。我知道是我的钱在买她们的殷勤，但我还是喜欢她们。这是一场游戏。不过，如果一个女人不想干这一行，又被强迫去干，那我就不想跟她一起玩了。那样就不好玩了，就不是游戏了。你的朋友说得对：如果她们没有得到报酬，就不是那么回事了。”

他从口袋里掏出记事本，我把自己所能找到的信息都给了他：“滑头”的办公地点和那处房产的契据——房产是登记在“J商行”名下的。

五分钟过去了，“茉莉花”也没有回来。我们聊着闲嗑等她回来。

“杰克，你跟俱乐部的哪个女人上过床吗？她们好像都挺喜欢你的，我看得出来。”

“她们喜欢我，是因为我不跟她们上床。我不想跟她们上床，所以我跟平常的顾客就显得不一样了。”

“因为你不喜欢白种女人？”

“不是，是因为那样做不好。”

“为什么？”

“因为她们有时会给我提供消息啊，你总不能跟你的消息人士上床吧。我结婚前干过这种事情，可现在不行了。搞不好会把某种可怕的性病带回家去传染给我的妻子，那她就会恨死我，把我踢出门外的。”

“哦，要是有这样的好色女孩——她手头有你实在想要的消息，但只有跟她上床她才会把那个消息给你——你怎么办？”

“嗯……我会为得到可靠的消息跟女人上床的。我是个彻头彻尾的消息‘男妓’。你呢，‘外籍警察’？你有没有跟消息人士上过床？”

“当然有，这就像笔额外津贴嘛。我还没结婚，也没有孩子。”

“所以，如果我跟你一样这么干，你就会认为我是个浑球吧？”

“不会啊，我只是觉得你有点怪。不是说你是个奇怪的老外，而是说你是个奇怪的人。你是个有行为准则的人，而且遵守着这个准则。这个准则很古怪，但毕竟是个准则。我很钦佩这一点。而且，你是个好人。好啦，别误解我的意思，不过我要告诉你的是……”

“说吧。”

“你迟早会破戒的。邪恶会成全你的。俗话说，近朱者赤，近墨者黑。你会变黑的。”

“我会变赤的。”

“哈。没门儿。你不会只是为了金钱或消息跟人上床，而是因为这就像是件顺理成章的事情，就像握手。这是一条滑溜溜的坡道，你甚至不会因此而感到内疚。你不会去想这是不对的，是不正常的。工作使你产生了焦虑，你就应该要求换个职位了。你很幸运，至少你已经结婚了。我可能根本就不会结婚。”

“为什么不呢？”我立刻惊讶地问道。

“因为我已经在她们身上花费了太多的时间，性对那些人来说没有任何意义。结婚对我来说已经没有什么重大意义了。我不能忠实于一个女人，我也不相信她能忠实于我。一夫一妻制就是扯淡。性就像交换贺年卡，是一种仪式。我明白这对我以外的人来说是不同的，对他们来说这是件大事。我跟正常的世界不合拍，而且再也跟它合不上拍了。我决不会娶一个普通的小妞，否则我们之间的差异会把我们的婚姻埋葬掉。我可以娶一个妓女，但她必须答应主要是跟我性交，否则就不安全，而且我还可能会嫉妒。我也许可以娶另一个在警察缉捕队工作过的女警，但决不会娶织女，她们都是吸血鬼。”

“听起来相当凄凉啊。”

“等着瞧吧，你会明白的。不过，让我告诉你一件事情吧，这是我从所有既拈花惹草又信奉一夫一妻制的混蛋那里了解到的：什么也不要承认，决不坦白。如果你爱那个多半想要在一起的女人——那个最重要的女人，那么，撒谎吧。忏悔是为忏悔者准备的，忏悔会让自己觉得舒服，却毁了别人的生活。这是很自私的事情。不要坦白。”

“这可不是我希望从一个警察那里得到的建议。”

“我只是跟你说说而已，因为我觉得你有颗善良的心。你跟我说这些女孩的事情时，我看得出来，这件事让你感到困扰。你和我一样，喜欢这些女人。所以，我要告诉你生活中的一个很重要的秘诀——决不坦白。”

“茉莉花”回来了，手上拿着几根烟。她坐到“外籍警察”的大腿上，拿起香槟瓶子对嘴喝了一大口，点着一根烟，卖弄风情似的吸了一口，然后把烟插到“外籍警察”的嘴里，她的左手托着他的后脑勺，转过头来对我微微一笑，接着就把视线转向我的背后。一个又高又瘦、肤色浅黑、身着黑丝绸便服的白种女子漫步走到我们桌前，轻轻地坐到了我的腿上。我给她点了一杯喝的，这工夫，“外籍警察”做好了自己去密室观看个人舞蹈的准备。

“外籍警察”传过来一些确凿的消息，而我自己也通过登门拜访，以交换的方式得到了一些消息。三天之后，我对“滑头”和维克托的生意经有了一定的了解。这些消息大都证实了海伦娜告诉我的事情，有些消息还填补了一些空白。

不出所料，打着业务幌子的公司就是“J商行”，这是一家以六本木为据点、没有在日本当局注册的有限责任公司，是“滑头”今井拥有和经营的。维克托是他的合伙人。他们的业务包括把外国女性带到东京地区来，把她们送进性爱俱乐部和按摩院。“滑头”经营着都在六本木地区的四家俱乐部——天使俱乐部、乐趣小窝、神圣俱乐部和法典俱乐部，代理着涩谷的那家“美味小窝”，另外还经营着一项社交伴侣服务①。他是这个城区的外国肉体之王，每个月侵吞下相当于两万美元的不义之财。

“滑头”主要是从以色列招募女孩，也招募匈牙利、波兰及其他东欧国家的女孩。他在www.jobsinjapan.com网站上刊登了征集织女的广告。有一个21岁的加拿大女孩回应了这则广告，最后就是通过一家德国的招募机构辗转来到了日本。2003年的时候，“滑头”的公司名为“瓦伦蒂娜娱乐公司”；这个名称有可能已经改了。一般来说，那些女孩得到的承诺是，她们的工作是当高级织女，陪富商吃饭，每个月有400万日元（约合4万美元！）的巨额收入。公司同意向那些女孩的本国代理机构支付3000欧元作为她们的机票钱和在东京的住宿费。

女孩一到东京，就有人接机并把她送到公司的公寓，她将与另一些为公司工作的女孩共用那套公寓。如果她届时还没有反应过来，那很快就会得知等着她的是什么了。他们会向她施加财务压力，对她撒谎，用隐晦（和不太隐晦）的话来恐吓她——不听话就会伤害到她的家人，并对她进行简明易懂的思想灌输。

那些女孩在性店里上满九个小时的班，一天可以挣到相当于100美元左右的收入，而其中的75美元会被作为入场费收走。实际上，一天下来，那些女孩手里只剩下25美元，跟他们所承诺的每月4万美元相去甚远。那些女孩都是持旅游签证的，只允许逗留三个月，而且不允许工作。对“滑头”和维克托来说，这种状况大有好处，他们既可以走马灯似的更换新的女孩，又可以不断收缴日益上调的机票钱。许多女孩离开这个国家的时候，其实还欠着“滑头”的钱呢。

维克托身材高大，外表英俊，据说跟一个日本女子结了婚，这桩婚姻给他在日本开展业务打下了坚实的基础。

司法部的一个消息人士发现了一家注册在“滑头”名下的公司：“R&D”，这家公司成立于1993年，经营汽车进口、服装销售、咨询业务和保险经纪业务，现在显然不再做什么生意了。这家公司的董事小林高触犯了《防止卖淫法》——他把台湾妇女带到国内，让她们从事妓女的行当，于1989年在静冈（那里是后藤组的地盘）被拘捕。据称“滑头”一直是这家公司的董事会成员。很显然，“滑头”早就有了人口贩运的记录。

“外籍警察”带来了一个相当令人不安的消息：“滑头”是不能碰的。我怀疑，这是因为他的情报给露茜·布莱克曼案提供了一个关键的突破口。一直到了

---

①译注：提供青年男女作为社交伴侣的一种服务。

东京都警视厅给六本木管区派去新局长的时候，“滑头”才失去了为所欲为的自由。“滑头”在他的人生中做了一次善举，却要别人从此为这一善举埋单。

维克托大多是在欧洲直接招募女孩。他还处理后勤事务，安排前往马尔代夫的性观光旅行——这才是真正的摇钱树。

到了12月初，我收集到足够写一篇报道的资料，就写了一份初稿交给我当时的主管山越（又名史蒂夫·麦奎因[①]）。我实在不知道为什么他会认为自己是日本的史蒂夫·麦奎因，而不是汤姆·克鲁斯什么的，但他对我的文章还是有兴趣的。

不过，考虑到这篇报道的轰动性，他想要先把20件左右的事情搞清楚。他把这篇报道和我一齐交给了“蝴蝶结”先生——国内新闻部里最可怕、最苛刻的编辑兼资深记者。

“蝴蝶结”一边喝着咖啡，一边毫不含糊地把他想要的东西告诉了我。一个是要我去跟经纪人或人贩子谈一谈，听听他们的说法。另一个是要我去找到一个“无辜的受害者”。

“你说的‘无辜的受害者’是什么意思？”

“你认为我说的是什么意思，白痴？有些荡妇来日本就想一个晚上躺着赚上两三千美元，结果发现自己赚不到那么多钱，这根本就不是什么犯罪。我要的是一个受骗上当的女孩，一个无辜的女孩。我要的是一个凄惨的故事。如果只是个没拿到足额报酬的妓女对她的工作表示不满，你就写不成一篇报道。”

“我认为你没有理解我想说的。”

“我理解。我了解这种交易。我只是在告诉你该怎么写。你想写这篇报道，写一篇让人同情那些无辜的妇女、仇恨那些人贩子的报道。如果做不到我说的那样，你就写不成一篇报道，而只是在浪费我的时间，也浪费你自己的时间。”

我不喜欢他的态度，但我当时说什么也想要把这篇报道写出来。事实上，这正在成为我的一个奋斗目标。所以，我又去找海伦娜帮忙。她告诉了我跟一个逃出来的女人取得联系的方法。那个女人叫韦罗妮卡，她有幸在逃走前把自己的护照偷了回来。

韦罗妮卡个子不高，身材偏瘦，金发梳到脑后草草地扎了个马尾辫。她看上去精神不是很好，一层厚厚的浓妆也掩盖不了她眼睛下面的黑眼圈。她穿着一件带毛领的白色皮大衣，左耳长得像被压扁了似的。

---

①译注：史蒂夫·麦奎因（Steve McQueen，1930—1980），好莱坞著名动作片影星，赛车获奖选手，曾从师李小龙学习少林拳，于20世纪60至70年代期间从影20年，1973年出演的巴比龙（Papillon）被誉为“电影史上最伟大的越狱电影”。后因肺癌去世。

她26岁，老家在离华沙约50公里的一个小村庄里。“我在网上看到了这则广告：‘到日本去当织女吧！谁都可以在很短的时间里赚到很多的钱！我们正在雇用金发女郎。’我回应了这则广告。

“我到华沙去见了这个艺人公司的代表，叫米克尔。他给我展示了一家俱乐部的图片——真奢侈的地方啊——他说：‘你去的就是这个地方，和日本男人跳舞，用英语跟他们聊天。一个小时就赚100美元。’我的女儿六岁了，我让我母亲照顾她，自己就离开华沙飞到东京来了。他们让我到全日空饭店去，我在那儿第一次见到了维克托。他是荷兰人，很英俊，装得完全像个绅士，我觉得很安心。

“维克托开车把我送到住宿的地方。他说，我坐了那么长时间的飞机，一定很累了，可以先放松一下，明天开始工作就行。他把我带到那间公寓——位于西麻布的一栋大楼四楼。我清楚地记得那个地址。公寓里已经住着一个哥伦比亚女孩和一个加拿大女孩。三个人住在一间小屋里，我开始觉得有点不自在了。维克托拉出一个抽屉，让我把有价值的东西——包括我的护照——都放到里面去，说这样才不会被偷走。我照他说的做了。

“第二天，下午5点左右，维克托和一个叫‘滑头’的日本男人来到了公寓里。他们接着就把我们带到了‘小窝’。那个地方跟我在波兰看到的图片完全不一样。维克托非常粗暴地告诉我们，我们就在那儿工作。我生气了，心想，这是什么鬼地方啊？后来那两个家伙向我们说明了工作内容：我们要提供性服务——给那些男子按摩、行手淫。做口交就有4000日元（40美元）。不管我们有没有顾客，他们每天都要向我们征收7500日元（75美元）。如果我们不交，这个金额就成了我们必须偿还的‘贷款’。机票款是他们向我们收取的第一个款项，他们说我们已经欠了他们30万日元（3000美元）。那间公寓的费用是每天1万日元（100美元）。‘别拖拖拉拉的，’他们说，‘如果你们想要更多的钱，可以和顾客上床，这样可以赚到两万日元（200美元）。你在这个国家可以待上三个月，所以，只要你们工作，就可以还上所有的贷款。’

“我被吓坏了，心里反感到了极点，但我无能为力。我离开了酒吧，但我对东京一点都不熟悉，连回公寓的路都不知道怎么走。不过，不知怎的我还记得几处地方，两三个小时之后，我终于摸回了公寓。我以为我可以抓起护照和机票，做好回家的准备。没想到回到房间一看，抽屉里的东西都被拿走了。我没有办法，只好等着。

“我见到维克托的时候，他的脸上显得那么……洋洋得意。我很生气：‘你到底想干什么？还我护照！把回程机票给我！你是个贼，如果你不把那些东西还回来，我就去报警。’他一副无动于衷的样子，还告诉我说：‘是我们买的机票——机票是我们的，不是你的。我什么也没偷，你这个忘恩负义的婊子。去报警试试。你没有护照，对吧？他们会以非法移民罪逮捕你的。这儿的警察比地狱猎犬[1]还坏。请啊，随你的便，尽管去吧。他们会把你驱逐出境，但你欠我们的钱是不会不了了之的。恰恰相反，我们会向你索取赔偿的。我知道你家住在哪里，我的朋友也都知道。’

“我把女儿留给了我妈妈，把这一切介绍给我的人知道她们住的地方。听了维克托的威胁，我心里很害怕，我认为他们会伤害我的家人。我想，如果我逃了，当我躲起来的时候，我的女儿会被人杀了……我妈妈也会。如果是现在，我应该会去找使馆。但我当时担心维克托也会想方设法让我陷入困境，我想他搞不好在使馆里都有朋友。天哪，我真傻。

“我没有地方睡觉，没有钱，走投无路。只有‘工作’了。这是我第一次做那样的事情。他们解释说，只做按摩是1000日元（10美元）。我讨厌做那种事情，但还是做了。触摸男人是其中的一部分，但顾客总是要求口交。那样做会得到更多的钱。第一周，我只做按摩，但维克托和‘滑头’要求住一天公寓交1万日元（100美元）。于是，我就试着做了一次口交，但我跟不认识的人就是做不来。我开始拼命地哽噎起来，开始恨我自己了。有一天，我哭了起来，去乞求那个店里的经理。他说他不知道他们把我的护照拿走了。我不知道他是怎么跟维克托说的，但他帮我把护照要了回来。经理跟我说，我可以试着在别的地方找工作做。他后来还把电话借给了我，我就打电话给我妈妈和女儿，让她们到一个安全的地方去。她们说维克托曾经给她们打过一次电话。我真想马上回家去，回到她们身边，但我做不到。我没有钱。

“我到另一家织女俱乐部去找工作，但维克托几乎马上就得知了这件事。他到这家俱乐部来对我说：‘你不能在六本木工作了，我看着你呢。没有人会给你这种忘恩负义的婊子活儿干的。’当时‘滑头’也跟他在一起。

“我不是来日本当妓女的，我得到的承诺是当织女。那个店里的经理给了我机票和护照，所以，第二天我就决定逃走。我跟一些处境相同的女人谈了，准备去报警；但大家越想越害怕，最后还是没有去成。她们都这样说，‘他们会逮捕我们’、‘现在我们连债都还不上，而去了还得请律师’、‘日本的监狱很可怕’……

“维克托是不可饶恕的，‘滑头’也是。下地狱都太便宜他们了。

“他们还组织性观光旅行，你知道吗，那是给商人们准备的。他们在马尔代

---

①译注：地狱猎犬是神话传说中的一种有着三个头的恶犬。

夫有一艘大船，那些女孩都是社交伴侣。那些男人只要愿意，就可以每天晚上跟不同的女孩上床……另一个波兰姑娘告诉我，她在一个这样的旅行团里干过。她得到的承诺是五天20万日元（2000美元），但维克托不断以‘租金’为名克扣工钱，结果只付了一半该她的钱。‘这对你来说就像度假一样嘛，’他跟她说，‘我想，付10万日元让你去度假就够意思了吧。’

“我不明白，为什么日本的警方会容许这种事情发生呢？他们知道有这种事情，但他们认为到日本来的妇女都是妓女。我想，等我回到家里，我就会去报警，但我现在担心的是我的家人。

“这个俄罗斯女人卡琳娜11月的时候跟我在同一个这样的旅行团里。她脾气暴躁，总和顾客干仗。一天晚上，她不见了。维克托告诉我们，她假装胃疼，他们把她带到岛上的医院去了，结果她跑掉了。谁都不相信他的话。我看到她踮着脚尖走出她过夜的那个房间，绝对不像是要逃走的样子。我见她没有回来，就到她的房间里看了一下：里面已经没有她住过的迹象了，但床边上有血迹，看上去就像有人把它擦干净过的样子，我还闻到了清洁剂的味道。我非常害怕，但又不能去问别人，一问就会有危险，更不能跟其他女孩说了。船上有个家伙是日本黑帮里的。卡琳娜失踪后的第二天，他的脸上出现了一道很深的刀伤。也许是她反抗了，他就把她杀了。我是这样认为的，也许这只是一个巧合，但我不能不这样想。

“最后，他们额外给我加了一点钱，我认为这是封口费。大概等大家都回家了，他们就想把这可怕的经验忘掉吧。

“去找日本警方控诉一点用都没有。即使我告诉波兰的当地警方，他们也只是把我当成妓女。

“我再也不想跟男人在一起了，甚至跟谁都不想在一起了。这就是我现在的心情。我只是……肮脏的，甚至不是个女人，什么都不是了……”

韦罗妮卡讲了很长时间，我边听边飞快地做着记录。她不得不说出口的事情和我在别的地方听说的没有太大的不同——来日本的动机不同，细枝末节也不同，但那可怕的经历基本上是一样的。

我想先去追踪维克托，这样就得搞到他的电话号码。

为了达到这个目的，我在“迪斯帕里奥”店里泡了一个晚上，给我见过的最疯狂的以色列女孩琪琪买酒喝。她晒得太黑了，看起来就像黄褐色的果粑[①]，发

---

①译注：Pop-Tarts是美国家乐氏公司（Kellogg Company）生产的一种果酱馅饼。

型是地地道道的非洲式圆蓬头。她是维克托的前女友。

我试图取悦她，让她把维克托的电话号码给我，但她不是得到了警告，就是天生的慎重，或许都有吧。我还没有做足功课，钱就快花完了。那天晚上，两个小时、两万日元（200美元）都赔进去了，琪琪也喝醉了，但还是什么也没说。唉，她一直在说，但就是没有说我想听的。她几乎坐不直了，我把她扶起来，开始为她按摩肩膀。

“你的按摩真棒啊！在哪儿学的？”

“瑞典式按摩学校。85届的。”

她笑了：“你这个骗子！别停。”

我按摩了她的脖子，慢慢移到她的手上按摩了几分钟，然后就准备鸣锣收兵了。“琪琪，我该回家了。”我说道。

她把头枕在我的大腿上，仰望着我：“别走嘛。”

“我还有报告要写呢。如果你下班后给我打电话，我就会来见你，给你来一个全身按摩，不带胡来的。”

她扬起眉毛：“全身的？好啊，我要。”

凌晨3点，她打来了电话，醉醺醺地叫着要按摩。我又回到了“迪斯帕里奥”，我们一起去了一家情人旅馆。一进房间，她就脱光了衣服，扑倒在床上，喘着气说：“我累坏了。给我按摩！”

于是，我给她做了按摩。按摩了大约20分钟，这个时间刚好可以让她得到足够的放松，却不足以让她入睡。理想的按摩是不应该导致性兴奋的，但我没有在给她做理想的按摩，而是在让她兴奋起来。我的手段奏效了。

她翻过身来，抓着自己的乳房：“你按得我那么舒服，你可以操我了。”

“我操不了你。我心里有事。”

“比如说？”

“比如说维克托的电话号码。”

“你要那个混账的电话号码？你为什么要那个混账的电话号码？”

“他欠我的钱。”

这句话似乎让她觉得合乎情理了。她做了个鬼脸，恶狠狠地说出了那个电话号码。我赶紧记了下来。

“现在你可以操我了吧。”她说。

“我不准备向你收取按摩费了，但我要向你收取快乐收尾费。”

她坐了起来，盯着我问道：“什么？”

“我是说，我不准备操你，但可以让你升天。不过，这超出了正常按摩的服务范围。我得向你收费。”

听到这话，她笑了，伸手够到她扔在椅子上的衣服，掏出一叠1万日元（100美元）的纸币，朝我扔了过来。

“把你的钱拿去，贪婪的小鬼。现在就让我飞吧。我要高潮。”

我的手指修长——一件与生俱来的礼物。我用手指让她高潮了。

她一下子就瘫软了。我给她盖好被子，叠好衣服，把钱掏了出来。如果不是今天这样的情况，我可能会考虑跟她上床。如果我没有得到电话号码，而我认为跟她上床就会得到我要的电话号码的话，我应该就会那样做了。我这样想了一下，自己都觉得有点惊讶。我很可能会因此而感到内疚，但我应该会那样做的。

不管怎么样，我得到了我想要的东西，心里很高兴。我决定先回公寓看看贝尼和淳之后再去上班，也许我们还可以一起吃个早餐。我叫了一辆出租车，让司机送我回家。唉，我认为自己是让司机开回家去的，其实是让他开到东京都警视厅总部去了。出租车停在总部前面的时候，我才突然意识到自己说错了目的地，但我不想再坐回车里去了。

唉，这段时间我觉得这里更像家了。乐观点吧，这样谁都不会被我吵醒了。我坐着电梯回到记者俱乐部，从衣物柜里取出衣服，洗了个澡，倒在俱乐部后面的榻榻米房间里睡着了。我都有点庆幸自己犯的错误了。

我从露茜·布莱克曼案的报告中找到了“滑头”的电话号码。不过，在采访他之前，我想让他去给自己挖好坟墓。我让“迪斯帕里奥”酒吧里的一个女孩给他打电话。下面就是磁带录音的文字记录：

“喂，你是‘滑头’吗？”

“我就是‘滑头’。”

“我名叫辛迪·塞梅娜拉。我想找一份织女或社交伴侣的工作，有个朋友告诉我找你就行。”

“如果你要面试，就来面试吧。你是哪里来的？”

“我是加拿大人。”

“没问题。”

“我要到哪里去找你面试？”

“你现在在哪里？”

“我在六本木。你那里有什么样的工作？”

“我也在六本木。七八点钟怎么样？”

“真不知道会有什么样的工作。”

“俱乐部什么的怎么样？有家夜总会。”

“嗯，我想知道你有没有织女的工作。”

“是吗？当然有。织女的工作，当然有。也许你可以在酒吧工作。如果你要面试，就来面试吧。”

“我很想知道是什么样的俱乐部。”

“绅士俱乐部。我的俱乐部。没问题。非常近。我的俱乐部开了11年了，真的很酷哦。你是怎么要到我的电话号码的？”

“我的朋友安娜过去在你的俱乐部里工作过，也有可能是别人开的俱乐部。她告诉我也可以打电话给维克托。不过，我没有适当的签证，我只有旅游签证。没问题吗？”

“没问题。我会负责处理好一切的。没问题。”

“我在加拿大有当社交伴侣的经验。”

“我也有那种工作。”

“那正是我想要找的。”

“你现在在哪里？”

“在全日空饭店附近。”

“你知道杏仁咖啡厅吗？你能到那儿去吗？”

“我还听说在马尔代夫有海上航游的工作。那样的也可以。”

“我们见面再谈吧。一小时以后怎么样？”

“报酬怎么样？能得到多少报酬？”

“哪种工作？”

“社交伴侣的工作怎么样？”

“如果你干得不错，我想一个月有150万日元（1.5万美元）。”

“是手交还是口交还是……”

“什么都有，什么都有。”

“我能拿到全部回报吗？换句话说，你收手续费吗？”

“我们再谈。”

“我只想了解一下。”

“如果你真的很出色的话，一个月可以赚到两三百万日元（两三万美元）。可能的。”

“你提供住处吗？”

“我马上会有一个新成果，一家新酒吧。”

“你能不能给我住的地方？我现在住的地方真的太小了。”

“我们有住的地方。我们会给你住的地方。”

“我能搞到艺人签证或工作签证吗？”

“恐怕不能。”

“这些听起来相当不错。拿旅游签证去工作真的没问题吗？”

“没问题。没问题。”

“这里卖淫是合法的吗？”

“（笑）我不想在电话里说。我们见面再谈。你到了杏仁咖啡厅就给我打个电话，我就会过去。一个小时以内吧。”

六本木的那些人或多或少都认得我，但“滑头”大概记不得我了，不过为了保险起见，我还是把磁带给了后辈记者町江，让他去采访“滑头”。我认为町江去不会有什么危险。我自己并不介意有什么危险，只是认为这是最好的策略。但町江办事没有气魄，带回来的东西很可能会让那篇报道陷入僵局。我只好抛开谨慎行事的念头，借着后续调查的名义跟町江一起去见了“滑头”。

我们见面的地点是在凯蒂俱乐部：漂亮的立体派风格的室内装饰，黑色的大理石桌子，从那里还可以看到东京塔。自从上次跟町江谈过之后，“滑头”一定已经编造出他的故事，而且仔细入微地推敲了一番。他那种逍遥自在的姿态着实魅力十足。我本以为要面对邪恶的化身，没曾想却碰上了戈培尔①。

“维克托只是为了让她们恪守自己的诺言才拿了她们的护照。”他开始了。

他的英语不太流利，但还是能让人听懂大概的意思。后来，他改说日语，承认他有那么一两次把维克托（他说维克托是他认识了八年的熟人）交给他的护照扣押了好几天。“所有的女孩从一开始就被告知，她们来到日本以后将会在性店工作。至于韦罗妮卡②，他们把所有的条件都跟她说清楚了，但她拒绝了自己所承诺的工作。在她身上不存在上当受骗的事情。”

没错，他和他的同伙通过互联网甚至在www.jobsinjapan.com网站上招募女孩，然后通过一个地下网络把她们送到日本来。“我在德国的代理人要我给那些愿意当妓女的妇女找工作。”他漫不经心地说道。

他看起来没有一点防备之心，他是在跟我说话，但他并没有对着我说，而是在想让他的同胞町江相信，他是个被误解的商人，所有的情况都被歪曲了。

“维克托对事件的说法完全不一样，”我突然插嘴道，并没有完全讲真话，“他说你是无赖，是你对那些女孩撒谎，赚取她们的钱。如果你不相信我，就打电话给他——这儿有他的电话号码。”我把我的手机递给他，屏幕上显示着维克

①译注：保罗·约瑟夫·戈培尔（Paul Joseph Goebbels，1897—1945）是纳粹时期的德国国民教育与宣传部部长，被称为“宣传的天才”，以铁腕捍卫希特勒政权和维持第三帝国的体制，被认为是“创造希特勒的人”。

②原注：我在采访“滑头”之前确认了韦罗妮卡已经离开这个国家，没有危险了。

托的电话号码。

这一举动让他措手不及，他低声诅咒了几句，用力拉了拉他那条马尾辫，气得鼻孔一鼓一鼓的。“维克托是个他妈的骗子。”他最后用英国口音的英语咬牙切齿地说道。

他决定开口了。等他说完，我们的报道也有了足够的证据。我们掌握了他承认自己窃取他人护照、偶尔胁迫他人、充当外国妇女的皮条客、违反日本法律的事实。

那篇报道在2004年2月8日《读卖新闻》的早刊上发表了，《读卖新闻》周边的反应在某种程度上来说还不错，我也兴奋了起来，天真地希望有些事情会发生——说不定甚至会摆平公道呢。

我到底在想些什么啊？难道我真的相信东京都警视厅会突然袭击“滑头”和维克托，停止他们的买卖，把妇女解放出来？

“瘦子”给我打来了电话，他是个快要退休的警探，负责新成立的有组织犯罪监督一科，主要是处理非法婚姻和非法移民骗局的。他读了那篇报道，想找我谈谈。

我很激动，抱着我的档案、资料和记录，带着我的电话号码，早上10点就跑到“瘦子”的办公室去了。

他的态度很热忱：“干得不错嘛，杰克。文章非常有趣。”

“谢谢你，”我沾沾自喜地说，“那你们是不是准备去收拾那些混蛋了？”

“我是想这么做啊。你能不能让其中一名女士出头来跟我谈谈呢？”

“我想没问题。但你会保护好她的，对吧？”

“那可做不到，恐怕我们不得不以拿旅游签证非法工作的罪名拘捕她，然后把她驱逐出境。但是，有了她的证词，我们就能以违反移民法或者其他什么罪名突击搜查或拘捕那两个家伙，就可以这样停止他们的业务。”

我不喜欢这种说话的语调：“你为什么要拘捕那个女人？挺身而出的人反倒要坐牢？”

“嗯，这是法律。我们必须按法律办事嘛。”

我飞快地翻了一遍我手头上的档案，抽出一张从日本警视厅那里拿到的官方指导。“瞧，”我说，“这上面说了，日本的所有警方都要尽全力阻止人口贩运的活动，妥善处理这种犯罪行为的受害者。”

他哼了一声：“杰克，那纯粹是日本警视厅在胡说八道，完全脱离现实。我们不可能对在这儿非法工作的人不闻不问，还为她们提供庇护，即便她们是受害者也没有办法。我们没有确定谁是人口贩运的受害者的标准，这就是不可能对人贩子立案的原因。受害者会被当作非法劳工强行遣返。没有证人就无法立案。如果我们没有逮到一个被那些人骗来干活的妇女，那就是失职啊。”

我有可能会拯救出一帮妇女，使她们不再受到剥削，但我就不得不让我的消息人士在丢尽面子之后离开这里，包括海伦娜在内。我就不得不让她们成为牺牲品，我不能这么干。我感到既愤怒又沮丧，把维克托和“滑头”的电话号码给了他之后就收拾好东西准备离开。

“瘦子”探过身子来很小声地对我说：“我知道你会觉得这种事态很不像话，我也一样。这简直就是奴隶般的待遇。但是，这是卖淫活动，其实并不属于我们的管辖范围。我只能根据这些妇女持有的签证种类，按照非法移民或违反外国人劳动法的情况来处理。人口贩运属于灰色地带，我建议你去找警察缉捕队队长谈谈。”

我去见了警察缉捕队的头儿。他的办公桌上放着一张我的报道的复印件。他是个卷发矮个子，戴着方形无框眼镜，声音低沉。我想到他的时候总叫他“卷毛”。

“阿德尔斯坦，干得漂亮。你应该当警察啊。”

“谢谢。你觉得怎么样？你们会不会去把这些家伙逮起来？”

他咧了一下嘴，从牙缝里吸了口气，发出“咝——”的声音——上了年纪的日本男性被问到他们不想回答的难题时往往会这样：“这有点像是移民问题啊。你跟有组织犯罪监督一科谈过了吗？”

“他们说，如果是卖淫活动，就属于你管的了。”

“真的？”

“是的。”

“卷毛”拿起我的文章从头到尾读了一遍。

“杰克，我们警察缉捕队管的面很广——毒品、枪支、扒金库，给合法的性店发许可证，突击搜查不法性店……诸如此类的事情。不管有没有受到胁迫，这显然是卖淫活动了。那些女孩里有未成年人吗？”

“听说没有。”

“得，这就很难让儿童保护队接手这个案子了……只不过问问而已。”

“你的意思是？”

“好吧，把你掌握的情况告诉我，我们可以试着按违反卖淫法的案子处理，不过，这很费时，而且对被告的处罚也很轻，即便我们让被告得到有罪判决。”

“行。”

“还有一件事……那些妓女——她们都是外国人，对吧？”

“是啊。”

“唉，我们科里没几个警官会应付外语啊。也就是说，我们得去请刑事调查司的国际犯罪组做后援了。说实话，他们对协助低级别的卖淫搜捕活动可不怎么热心。”

“那就是说，你们什么也做不了？”

“不，我是说要花很多的时间。在后勤方面……有预算问题……人员问题……语言问题。”

“好吧，我可以把我手头上的资料给你。”

“我收下，或许我对此也无能为力啊。”

“显然有犯罪活动发生嘛。”

“显然有犯罪活动发生的地方多着呢。但我们只有人力去做一些象征性的拘捕，让大家学乖点……我们会管的，但对我们来说，这可不是个简单的案子。”

不必再多说了。

我第一次感到自己对警察大失所望了。我明白了，他们只能执行现有的法律，而我却要他们去做他们无可奈何的事情。

维克托继续把妇女带到日本来，“滑头”继续赚着钱。两三家俱乐部在那篇报道登报之后停业了，有些人不去参加那种马尔代夫观光旅行了，但事情并没有发生什么实质性的改变。海伦娜对我不满意，我对自己也不满意。我感到非常愤怒和沮丧，于是便带着完全败下阵来之后手头上剩下的所有资料去了美国大使馆，把它们交给了那里的一位国务院联络人。我指望这些资料起码有可能充当人口贩运年度白皮书里的一点有价值的炮灰。

我特意把那篇报道全部翻译成英文，而且很高兴地看到那篇翻译稿在互联网上相当迅速地传播开来。我听说维克托开始在招募妇女这件事上遇到麻烦了。

那年6月，美国国务院把日本放上了解决人口贩运问题最差国家的观察名单，我真的高兴坏了。特别是在行动的意愿上，日本的排名仅仅比朝鲜略高了一点。对日本人来说，这就像是刚刚起步的状态，但不要低估了日本政府为自己的慵懒开脱的国耻力。

另一方面，我感到很欣慰：那个月的下旬，美国大使馆在联合国大学举行了一次人口贩运研讨会，我受邀成为专题讨论小组的成员——不是以记者的身份，而是以与会者的身份，我感到很荣幸。

在这次会议上，日本警视厅的代表发言概述了日本在打击人口贩运方面所做的惊人之举。我在问答时间里忍不住举起手来，对他的发言做了很长的一段酷评。我叙述了自己跟东京都警视厅打交道的经历，然后用让我四处碰壁的那些障碍为例，进而解释了为什么日本警视厅的官方指导是一份毫无价值的自我宣传。

之后提出的问题也毫不留情，只是没有我的质问那么严酷而已。

第二天早上，我在会议上发表的论文以“日本：人口贩运帝国？美国希望日本为人口贩运定罪”的标题见报了。要知道，记者通常是无法为自己的报道选择标题的，但我特别留意了一下，用上了我自己想用的标题，只不过我得给那个搞版面设计的家伙买上一瓶8000日元（80美元）的清酒罢了。

那天一到会场，我就看见三个气势汹汹的日本官员站在那儿等着我。一个是日本警视厅的，一个是司法部的，还有一个是外交部的。那位外交部官员是个女性，她显然是被推举出来独当一面的，因为她会讲英语。她站在另外两个人的前面，拿着报纸在我面前挥了挥。“这个标题是不可原谅的。”她失去了自制，竟然用日语对我这样说道。

我从她手中接过报纸，端详了一下标题。“你说得对，”我说，“这个标题应该改一下。‘日本：人口贩运帝国’后面的问号应该是惊叹号。而且，提到美国的部分并不重要。整个标题应该改成‘日本：人口贩运帝国！和朝鲜一样糟糕？’”

我连连获胜了。尽管这种事情很棘手，我还是找到了一项真的可以为之奋斗的事业，获得了一种跻身于圣战的兴奋和力量。自以为是的愤怒才能真正激发起你的兴趣。我做了一些并不值得自豪的事情，但和我所报道的那些人口贩卖者相比，我就是活佛了——至少在我心里是这样觉得的。

而我还是愤愤不平。我气愤的是，虽然当时日本国内的人口贩运活动很猖獗，日本警方和日本政府却对这个问题漠不关心，根本不想去处理。其实，我不能过分责怪警方。法律就是法律，没有明文规定的真正的反人口贩运条例，他们该怎么办呢？这个问题的根源不在于警方，而在于他们的上级机关。

我的想法很像一个调查黑社会枪击案的优秀压酷砸缉捕警察。谁在乎开枪的人？他只不过是在执行命令。如果想要取得成效，就要严惩下令开枪的那个人。

我决定尽我所能去严惩日本政府。

这起案件的令人遗憾之处在于对剥削外国妇女的行为所表现出来的冷漠和默许。我需要证据来证实我的案例。我的脑子里有了一个想法。以联合国为后盾的国际劳工组织（ILO）已经开展了一项由日本政府资助的研究，调查日本的人口贩运状况。这项研究报告毫不留情地指出：日本既没有惩处人贩子，也没有妥善处理受害者。但日本政府责令国际劳工组织保守秘密，这份报告永远得不到公开了。

但是，我知道了它的存在，并通过某些渠道得到了一份拷贝。这个消息变成了2004年11月19日的《读卖新闻》的头版报道。我必须争取让它发到不错的版面上，而这样做是值得的。第二天，我紧跟着又发了一篇文章。我的消息人士告诉我，政府已经准备宣布一项对付人口贩运的行动计划，而我的文章也促使政府对政策作出了重大的修改来加强对受害者的保护措施。我觉得，作为一名记者，我终于做了一件很重要的事情，不管这件事有多小。

我没有放弃使维克托和“滑头”受到惩处的努力。最终，这两个人都进了监狱。缉毒队瞄上了“滑头”，突击搜查了他开的那几家俱乐部，它们都歇业了。有人同时向日本海关的官员和荷兰警方提供了大量有关维克托的业务的消息，维克托也进了监狱。显然还有人把他的名字给了当地的压酷砸，他们以侵犯了他们的地盘为由把这个混蛋赶出了六本木。

我做了一件很重要的事情。不，我应该改一下措辞：海伦娜和我做了一件很重要的事情。她鼓起了勇气跟我联系，在第一篇报道上比我出了更多的力，如果有正义可言的话，当时她的名字也应该出现在那篇报道里。

最终，马尔代夫的性观光旅行停了，“滑头”的俱乐部都被搜查、取缔了。正义基本上得到了伸张。

在调查人口贩运的过程中，我的内心发生了一些变化。我说不清那些变化是什么时候发生的，连为什么会发生也搞不清楚。我不太善于一边和受害者交谈一边保持着一定的距离。她们的经历在我的脑海里挥之不去，有一些景象还会让我觉得忐忑不安。一个泰籍性工作者的那个骨瘦如柴的六岁男孩满口没牙，那些人贩子却不允许她为儿子做牙齿护理，因为他们不想让当局知道她们都是非法逗留在日本的。

那个惨遭顾客殴打的韩国女子，乳房上留着别人把烟头捻灭在那上面的伤痕。干出这种事情的男人可能是个低级压酷砸，还带给她艾滋病和一个孩子。她认为那是上帝对她的诅咒。我很难同意那种看法。

还有一个爱沙尼亚女人，因为对顾客唾了唾沫便被人用酒瓶鸡奸，手段残忍至极，结果不得不做了手术。还有很多这样的事情。

而在几乎所有这样的场合，那些妇女永远都不知道是谁让她们成了受害者，不知道她们被关在什么地方，不知道那些有牵连的日本人的名字。她们记得自己受到的折磨，却几乎记不得能够找到那些责任人的线索。这就像是在和“幽灵”干仗。在大多数情况下，性爱俱乐部的老板被捕之后，当局就会立即以违反签证规定为由将那些妇女强行驱逐出境，这样，检方就得不到进行其他指控的证据。我力争让警察们明白，他们应该以绑架、强奸、殴打及其他任何可能的指控逮捕人贩子，但警察们总是告诉我说：“要这样做，我们就需要证据，而这些妇女不足以成为证人，因为她们听不懂日语，不能提供可靠的证词。此外，她们一直在日本从事非法工作，这本身就是一种犯罪，必须受到驱逐。她们一旦被驱逐出境，就很难立刑事案件了。”

这就像是佛教禅宗中的一个“问答”。我一直在跟执法人员进行着同样的对话。我知道，如果法律得到了更改，事情就会有所改变，但这种事情好像永远也不会发生。

我结交了多方面的消息人士，就是为了能和受害者交谈，但我怎么也找不出有关加害人的消息。我没有财力和物力去做这种事情了。我开始从工资里拿出大笔的钱来帮助我遇见的受害女性。有的时候，这就意味着要带她们去可以做人工流产的地方——不会记录在案的那种地方。

我不知道该怎样去看待流产这件事，但我心里明白，我认为哪个女人都不该把强奸她或买了她违心服务的男人的孩子生下来。有的时候我还不得不给她们掏机票钱，我倾囊相助了。而正因为如此，我在打破所有的客观性原则。“别陷进去”，我陷进去了。

随着时间的推移，我对性失去了兴趣。它似乎成了一种下流、肮脏、野蛮的事情。只要跟性有关的事情都会让我隐约觉得不舒服。我并没有阳痿，只是提不起兴趣来。慢性疲劳也使病情加剧了。

我本该跟妻子谈一谈所有这一切的，但我没有。我根本就不着家，哪有时间谈？我晚上打个电话回家跟孩子们道声晚安，心里想着白天给她发个电子邮件，却又常常忘了发。我觉得隔阂在慢慢地产生，就像在观察别人一样注意到了它的发生。我也许是能够跟她解释原因的，但我却不想这么做。她似乎对我的工作并不感兴趣，而我也就不想谈了……我们吵了起来。她指责我喝酒花了太多的钱，而我又不想说我一直给那些她不认识的女性钱。为什么？我怕她会不让我这样做。她可能并不会阻止我，可能还会表示支持。我只是没有给她一个机会。

说谎成为工作的一部分时，一个人就忘了爱应有的功用。

很晚回家的时候，我开始到里头的房间里睡了。我们本来是和孩子们睡在一起的，这样也很少有机会亲热。我们甚至没有一间真正的卧室，客厅里只有一个榻榻米，我们就把被褥铺在那里睡。

即便早回家（这种时候很少），我也开始找个借口睡到里屋去了。我觉得那儿比较舒服，而且睡着的时候再也不喜欢有人碰我了。

我知道自己的精力正在枯竭下去。我的父母跟我谈话时发现我总是走神。我开始考虑停职回家了。我觉得这样做是有益的，也是明智的，对自己、对我们的婚姻、对孩子们都应该是最佳的选择。

最后的一根烟

有的时候，我会惊讶地发现自己在不停地回到起点。

“这是一条市面上可以买到的最好的烟。”关口开门的时候，我举起免税店的袋子说道。他看到是我，吃了一惊——不奇怪，我本不该在日本的。但他似乎并没有太介意。我在2006年1月一天下午的5点左右出其不意地出现在他家门前，家里只有他一个人——而且还是合乎礼节的时间，这种情况很少见。

他愣了一下，接着大声嚷道：“杰克！新年快乐！”

“新年快乐！我想应该亲手把今年的贺年卡送过来。”我把贺年卡递给了他。给你，拿去吧，我们一家都在上面，还有贝尼和我儿子雷的搞笑照片。淳和我在照片里也显得很和睦。我们在卡片上同时用日文和英文写了问候语。我这次能够心平气和地坐下来做一张像样的贺年卡了，这种事情在那几个年头里可能都屈指可数。

关口被照片上的那栋六面体仿日本式房屋给逗乐了。

“谢谢你们的贺年卡，不过，你听说过邮票吧？还是你们这些中西部的野蛮人不知道这玩意儿？进来吧，老婆孩子都出去逛街了，一个小时以后回来。”

我在门口脱下鞋子，把它们头朝门摆好后，走进屋里，嘴上说着日本人必讲的客套话：“打扰了。”

我把伞挂在衣架上的时候，他看着我的脚。

“你的袜子今天不成对啊。淳和孩子们一定都回美国去了吧？”

我笑了。他的侦探技巧照例是一流的。

他谢谢我给他带来的那条香烟——虽然不是他抽的牌子，却是一种限量版的高级柔和七星。他掏出了一个显得格外干净的烟灰缸。

他拿出一包来，带着渴望的眼神看着它，耸了耸肩膀，把它打开了。我掏出了自己的丁香烟。他为我点着，我也为他点着了。

关口闻到丁香烟草的气味，皱了皱眉头：“那种玩意儿每次闻起来就像焚香的味道。要知道……我还没死哪……”他深深地吸了一口自己的烟。

“你这是什么意思？”

“你不是曾经当过一次小和尚么？焚香是葬礼上用的。你现在就不必抽了，可以等到了那个时候再替我点一根。不用急，你很快就有机会了。”

“那么糟糕吗？”

“啊，是的。我提早回家就是因为昨天化疗了。我病得干不动了，虽然我几乎每天都去。我还有什么可干的？打高尔夫？医生说我还有一年活头，也许还能活两年吧。”

关口的癌细胞已经扩散了——从他的阑尾开始，现在全身都有了，而且转移得很快。曾经有一段时期看起来好像已经治愈了，没想到还有够不着、查不到的溃烂留在那里恶化了。等第二次发现的时候已经为时太晚了。

如果关口是那个有势力的恶棍后藤忠政，他就会得到世界上最好的医疗护理——好几位医生会来分析他的体温记录，摸他的脉，不分昼夜地比对他的病情发展情况；东京大学附属医院里会有一间属于他自己的住院套房……但他不是后藤忠政，只是一个连警佐[①]都没有混上的下级警官，而且他也没有多少钱。

他不能待在家里慢慢康复，每天还得去工作。不死的代价是昂贵的，即使在日本也是一样。

“你知道吗，我终于戒烟了。虽然有点晚了，但我做到了。”

“对不起。不应该带这些烟来。”

“不，最后跟你一起抽一根嘛。好像是件有益的事情，即使是抽这种无益的高级香烟。或许我还要抽一根你的烟。”

“请抽。”我递了一根给他。

他用手指接过烟去，在桌子上轻轻磕了磕，上下打量了一眼，点着了它——他点了两次才点着，丁香烟是很难点着的——吸了一口。

“真香啊。我都能感觉到尼古丁快要把血管胀破了。不错，真不错。好啦，在我抽这玩意儿的时候，跟我说说近况吧。你最好要有一个充分的回到日本来的理由，否则我可就得打你屁屁了——别逼我做我从来没有想过要做的事情。我认为这么快就回来不太好啊。”

他说得没错，他说的话几乎总是正确的。几个月前，我们坐在新宿的酒店里跟后藤的使节进行的那次愉快的交谈，就让他说中了。从那时起，很多事情都变了。2005年11月，就在后藤的密使对我发出恐吓的大约一个月之后，我正式辞职，离开了读卖新闻社。

我认为，那篇关于后藤的报道将成为我最后的独家新闻，是我的毕业论文。它还没有写完，而我也并不准备留下来再写一篇自己不能在第一时间看到它登报的报道了。读卖新闻社允许我把大部分没用完的休假时间用来做我自己的事情了。我曾经喜欢过读卖新闻社的工作，但2005年初开始的人口贩运采访报道给我带来了伤害，与后藤的执行杀手的不愉快的会面终于让我下了卷铺盖走人的决心。读卖新闻社在整个事情经过中都非常理解我的处境，即使在我离开之后还让我保留着公司的保险。

---

①译注：级别低于队长或副队长的警官头衔。

辞职后，我回到了美国中西部的故乡。我报名参加了LSAT[1]预备课程，准备去上法学院。我努力让自己过渡到一种新的生活方式中去——不抽烟，到凌晨3点为止不喝酒，午夜后不接朋友的电话，不必跟压酷砸监督警察、脱衣舞女或妓女厮混，身边没有比草坪修剪机更危险的东西了……

后来，我接到了一封电子邮件，是好友肯发来的，他过去在美国中央情报局工作。美国国务院正准备赞助一项日本人口贩运的大规模调查研究。他说，他已经推荐我参加这项工作了，想知道我是否感兴趣。我把这封电子邮件读了好几遍。

我考虑了一下。我已经解决了和后藤的纠纷——表面上看是这样的，有了勉强称得上和平条约的东西。不过，我不想牵扯到我的家人，我也不信任那些家伙。这份工作看起来不错，报酬也不差，还可以为世界做一点善事。有了适当的资金，我也许能做更多的事情。然而，接受这份工作，就意味着让自己回到那个已经被自己抛在脑后的邪恶世界里去。

我想到了我上法学院的计划，想到了我对淳的承诺。不过，我还是没有跟任何人商量就回复道："行，我乐意接受这份工作。"

我觉得不接受这份工作好像是错误的，觉得这就像一种责任和义务。或许我应该把它看作一种诱惑吧。

就这样，那一年还没有过去，我又回到了日本，重游了我以前生活了那么久的地方。我必须去看望关口，我觉得自己希望得到他的首肯，而不是他的建议。

我把近况跟他说完之后，他对我的回答很满意。

"你有一个过去在美国中央情报局里待过的朋友？过去总觉得你比那傻乎乎的外表多了一点什么。不过，每次跟你说话的时候，我都会想'大概不会吧'。嗯，这份工作值得做，而且很重要。报酬好像也不错。你是准备把家人留在美国，自己去做这份工作的吧？"

"当然。"

"好。因为你做的事情有危险，让我告诉你一些报道压酷砸方面的事情吧。你可以尽情地写他们的火并，他们的文身，他们的性剥削，但是，你一开始调查他们到底怎么赚钱，开什么公司的时候，你就在深入虎穴了。别搞错了，人口贩运是这些家伙的一种财源。儿童色情、卖淫……什么利润高他们就干什么。现在这些家伙的眼里只有钱，而那种报道有可能会搞砸他们的生意。"

我想到一个问题。我想知道我跟后藤的"停战协定"是否靠得住。

---

①译注：LSAT（Law School Admission Test）是由美国宾夕法尼亚州的法学院入学委员会负责主办的法学院入学资格考试，几乎所有美国和加拿大的法学院都要求申请人参加LSAT考试。

“我敢肯定他知道你辞掉了读卖新闻的工作。修正一下，我敢百分之百打保票他知道。对他来说，你就是一个前记者。至于你现在在干什么，只要他不知道，就没问题。不过，你还是应该多加小心。东京是他的地盘，你即将在他的游乐场里擅自走动。如果你准备为那份报告四处打听情况，就要特别小心了。当心你打电话的对方，你见到的人，你说的话。明白了吗？”

我点了点头，表示明白了。关口的精神看上去不是很好，我不想再让他为我操心了。我们聊着的时候，关口夫人回来了，女孩子们也回来了，她们两个现在都是留着疯狂发型的少女了。世事难料啊。

她们都上来拥抱了我，我们聊了一会儿。关口夫人给我们大家炒了面吃，然后给关口按摩大腿，他的大腿硬得跟木板一样，是化疗的某种副作用。他让我敲了敲他的大腿，就像撞在木头上一样。

我待了一个小时，然后打电话叫了一辆出租车。关口亲自送我到门口，他示意妻儿留在屋里。通常都是全家一起告别的，但这次不是。

甲南的夜晚一片漆黑，唯一有亮光的地方就是门廊前的那片开阔地，那光亮就像从我们站的地方窥视着空地。关口先生把那条香烟和开了封的那一盒还给我说：“谢谢，那一根已经足够维持一会儿了。你的心意我领了。”

“知道了。要是我能再为你做些什么就好了。”

他摇了摇头，挥了挥手，仿佛在说，不必了。

“杰克，我认识你都已经十年了。太快了，是吧？你从一个天真的小新进记者一路走过来，不容易。认识你我感到骄傲。我认为你做的是正事，但你最好要知道这样做的目的，好吗？当心你的背后，同样要提防你所关心的人。你一开始调查这种性奴隶的事情——我忘了那个怪词——就会得罪很多人。有时人们会往后退缩的。你要保持联系哦。”

他重重地拍了拍我的肩膀，看着我坐进出租车，然后挥手告别。车要开动的时候，他优雅地欠了一下身子，孩子们和关口夫人这时也走到门廊外面来，朝我挥着手。

我珍视他的意见，但我不再是个分不清抢钱包和武装抢劫的新进记者了。我很清楚自己在做什么，至少我认为自己是知道的。

重操旧业

喘不上气来的时候是很难想事儿的；一个压酷砸彪形大汉把你按在墙上，一只手勒住你的脖子，另一只手猛击你的肋骨，而你的脚却怎么也够不着地面——这样让你喘不上气来的时候，你就更难想事儿了。

尽管如此，你还是会惊讶地发现，有众多纷杂的想法那么快地掠过你的脑海。

我在一家人们管它叫“俄罗斯酒馆”的俱乐部入口处，这在当时是东京圈内人口贩运做得最凶的店铺。店里的妇女都是从俄罗斯、乌克兰等地带过来的——先跟她们说是当织女，然后很快就把她们转交给压酷砸团体，压酷砸就把她们变成了契约妓女。

这家俱乐部位于池袋的一栋四层楼房的三楼，按“池袋”字面上的意思，这个地区可谓是名副其实了[1]。俱乐部的名字是“莫斯科骡子”。

这是比较新的俱乐部当中的一家。我从海伦娜那里听说了这家俱乐部的情况，就去核实了一下。跟大部分贩运外籍妇女的俱乐部一样，这里是不对外国人开放的。外国人的问题在于他们会同情在俱乐部里工作的其他外国人——他们对警方或非政府组织也是这样说的。

我把话音放轻一点，不流露出一点感情，再穿上西服，戴上厚厚的黑框眼镜，有时在极其昏暗的灯光下就可以冒充一下日本人。我就这样说着话混进了这家俱乐部，不料我正在采访的那个女人开始禁不住痛哭了起来，我一下子就露馅了。

门口的那个八根指头、满身刺青的麻脸巨人保镖一定是注意到了我们，他抓住我，把我拖到外面的入口处就开始狠狠地揍我。我快要坚持不住了，事实上我在想的是，我可能马上就会死掉，我可不想就这样离开这个世界。跟印第安战士不一样，我醒来的时候总是暗自思忖：“今天是个不死的好日子。”

我跟年轻的时候差不多，依然是个拙劣的武术家。尽管我从那时起就同时学习了空手道和合气道，我还是连常规动作都没能掌握好。我的空手道老师曾经给我的最高褒扬就是：“你什么动作都没做对，你的姿势难看，你的动作拙劣，你的步法拖泥带水——但往往把握住了根本原则，你做的动作……都会奏效。真让

---

①译注：池袋与新宿、涩谷并立，为东京副都心之一。以池袋站为中心有多家巨型百货店、各类专门店、饮食店与风俗店等，形成广大的繁华区域。池袋区也是东京都内与埼玉县邻接的一个区。

我百思不得其解啊。”

我实在没有太多的时间去想怎么深奥绝妙的锁腕动作会使我的对手放开我的脖子让我喘口气……就在我想到喘口气的时候，我记起那位上了年纪的合气道老师（他曾经是个警察）有一次跟我说过的最有效的合气道动作。这种动作很有效，因为世界上块头最大的人不吸氧也活不了。

我伸直手指，使出全身力气像连珠炮似的不停地捅他喉头下面的小坑——这是攻击要害的基本招数。穿刺肉质组织有一种很美妙的触觉，他后退了。这下我能喘过气来了。

他喘不过气来了；他开始窒息，然后跪倒在地上。就在他倒下去的时候，我把双手并拢成半贝壳形，使出全身力气拍击他的两个耳朵——这就是所谓的“爆破拳”。从理论上讲，它应该会打破人的耳膜，让人失去平衡，导致恶心，给人带来极大的痛苦。它好像真的奏效了。

他呻吟着，一边摇晃着身子一边往后退。我朝他的面门踢了一脚，然后以最快的速度冲了出去，一路狂奔到池袋站，跳进一辆出租车，让司机带我去六本木。我坐在出租车的后座上深深吸了一口气之后才意识到，我那该死的肋骨疼得要命。我以为手上都是汗水和血，后来才意识到手上沾着的是那个保镖把头发向后梳得溜光用的发蜡，有一种带药味的水果香。很可能是漫丹牌的发蜡。

我不想报警。也许我可以声称那是自卫，但我担心自己可能做得过头了。我是个外国人，这意味我90%会先被推定有罪，再被证明有罪。我可不想面对可能要去坐牢的命运。虽然我过去在出现争议的情况下有可能得到强大的读卖新闻社的保护，但我现在是个无名小卒，是个没有名片、没有正式工作的人。我现在只是个无足轻重的人，是个在日本为外国政府做调查员、没有真正的靠山的前记者。没错，也许有点危险，但我觉得这是一项值得去做的事业，是善与恶的对抗。我是好人，只是要多加小心。

第二天，我给一个在缉毒队工作的朋友打了电话。我看到有些女孩在她们的经理的怂恿下躲在后面吸食可卡因或安非他命，我知道那儿有毒品。跟我交谈过的那个女人说，她就想回家。我思来想去，觉得只有那样才能让她回家。我实在不知道自己还能做些什么了。

救了我的肋骨的是一件“防犯”背心——一种防刀捅的背心。如果一个人在日本被害，他很可能是被刀捅死的，而不是被枪杀的。对使用枪支犯罪的处罚过于严厉，反而鼓励人们去用刀犯罪了。近年来，对使用枪支的处罚又严厉了许多。持有枪支是一种犯罪，开火就是另一种犯罪，使用枪支把人打伤或打死还要加重处罚。这种趋势在压酷砸中间掀起了一股选择日本刀作为武器的复兴潮。所以，我穿了一件防犯背心。

调查研究进行得挺顺利。这项工作不是追踪受害者，而是追踪加害者——弄清性奴业的全貌或捕捉它的细部缩影。我的任务是找出把那些妇女带到日本国内的途径、主谋和受益者以及协助、怂恿人贩子的政治家和官僚。我设法让一个前移民局官员说出了一个日本参议员的名字——小林幸喜，这个参议员曾经亲自给他施加压力，让他停止突击搜查那些非法的性爱俱乐部。我找到了一个被认为是人口贩运的院外活动集团——全艺联[①]——它还在自由民主党（LDP）总部召开过年会。这是个令人震惊的消息。

我辞去警方记者没多长的时间，我的消息网络还完好无损。我自然需要一些人来帮我完成这项工作。我打电话给海伦娜，邀她出来吃个饭。听说她跟未婚夫分手了，心情有点沮丧。我不仅仅是想得到她的一些帮助，也希望能够让她振作起来。我也很想见她。西麻布地区有一家很棒的日本料理店，里面的包间安静明亮。我们说好了在店前碰面。

我在店铺外面的台阶上等着她，她的摩托车差一点把我碾了。我不得不往后退了一步。她停下摩托车，跨下车来，脱下头盔，甩开长发，活动了一下脖子，笑了。她穿着那身普普通通的皮夹克，一条紧身蓝色牛仔裤，一件好像从一个瘦小的伐木工人身上偷来的方格衬衫。她抹着乌黑的口红，看上去很靓——虽然显得有点疲劳的样子，但还是很靓的。

“嘿，混蛋，好久不见。”

“混蛋？你不能跟我好好说话啊？”

“你是这儿唯一的混蛋，混蛋。你知道这是我对你的爱称，杰克。”

“知道啦。”

不知什么缘故，她一定要我跟她骑摩托车出去兜风。我还在当记者的时候，有几次就是她载我回家的，我发现自己下车后就几乎站不稳了——我一路上腿太用力箍着摩托车了。我坐上车去，她让我用胳膊搂着她的腰。她拿起头盔，把它扔到饭店旁边的草丛里。我反对她这样做。

“活出极致来吧，杰克。那样对你有好处。相信我！”

她旋大了油门，在放开刹车之前，她回头看了我一眼说：“很高兴看到你回来了。我知道你不会外出多久的。”

接着，我们就出发了。我一坐这种玩意儿就感到极不舒服，我想，她就喜欢看到我的那种样子吧。她飞快地穿过小巷，闯过红灯，急转掉头——我根本不知道她开到哪里去了。

---

①译注：全艺联的官方网站是www.zengeiren.com。

这是一个寒冷的夜晚，但坐在那辆摩托车后面的感觉不错。我们漫无目的地开了大约20分钟——经过国防部的废墟，驶过六本木大街，最后又回到了饭店门口。

她一个箭步跳下摩托车，我自己爬了下来。

她微笑着看着我，然后抓起她的头盔，我们默默地走上楼吃饭去了。我跟她详细地说了我在做什么，为什么把家搬回去的计划还没有真正实现。我们谈到了互相认识的朋友。我跟她谈了我正在进行的这项调查研究，她则谈到了她自己的工作。

她依然不以她的工作为耻。她讲起自己的工作来就好像我会跟我在日本报社的记者朋友通风报信似的。后来才知道，她的一个常客竟然是跟我有一面之交的记者同行。

“你对这种工作不会感到厌倦吗？”我一直都想问她这个问题；在我看来，以她的能力，她能走得更远。

“你知道吗，我喜欢这种工作。我试过当英语教师，收入也可以，但我讨厌那种工作。特别讨厌和过分关心语法的人打交道。什么是过去完成祈使时态？谁会在乎这个，对吧？我第一次靠性交得到钱的时候就意识到了，我宁愿躺着谋生，也不愿意站着谋生。5万日元——我当英语教师每天八个小时干上三天还赚不到那么多呢。”

这是真的。

“阿德尔斯坦，”她一边用筷子敲了敲我的脑袋让我注意听，一边跟我说道，“你干傻掉才挣那点钱，而我一分钟就赚100美元，你知道为什么吗？”

“不知道。”

“因为大多数日本人也就支撑得了两分钟，也许是因为他们面前的大块头外国女人让他们兴奋极了……我不知道。他们插进来，还没等到你有感觉就完事了。会把你逼疯的是那些只想说话的家伙。比如日本放送协会的这个家伙，他从来没想做完就得。我真希望他做完就得，否则我就得又当保姆，又当心理医生，还要当英语教师。我听着他没完没了地说的时候，心里其实在想：‘妈的，赶快操吧，完事了就给我滚。’有的时候，我实在受不了，干脆把他的拉链拉开，把他的家伙掏出来，口交了了事。大多数男人在你嘬他那家伙的时候就闭嘴了。你大概也是这样的吧，不过你是再怎么也不会闭嘴的。”

听了这话，我笑了：“你说得对。要按分钟计酬的话，我的工作远远赶不上你的。但这种工作就不会让你感到有点沮丧？”

“嗯，那时可卡因就派得上用场了。有点悬，但我已经有心理准备了。”

听了这话，我笑不起来了。

“上帝保佑，海伦娜，”我对她说，“你很聪明，一定不会在干那种蠢事吧。你怎么了？”

她耸了耸肩，歪着头眨了眨眼睛。

“唉，那样操得更——舒服嘛。生意变得这么无聊，我需要有点什么来让我熬过白天，有的时候还得熬过黑夜……”

“你难道想跟去年那些可怜的家伙一样死去么？那些家伙还以为他们买的是可卡因，结果吸了过量的纯海洛因，你还记得他们吧？干那种蠢事会断送了你自己的命。你一定知道我在说什么，对吧？”

“我知道，我知道。我读了你那篇报道的译文，你送给我的……”

我又说了一些告诫她的话。我提高了声调，有点生气起来。她有点闷闷不乐，眼睛盯着地板。

“我知道你生我的气了。对不起……”

“你不必道歉。只要不碰那些东西就好。”

“我知道。我不碰。我不碰……”

我改变了话题。我们谈到了《门》——我让她读的一篇夏目漱石的小说的英译版。她很喜欢那本书。我们在这篇小说是否有圆满结局的问题上看法不一。她让我跟她一起回她的住处喝杯睡前酒，我觉得这个主意不错。

她住在涩谷附近。我要她答应我会安全行驶，她点了点头，和尚念经似的说道：“我画过十字，如果我敢说谎的话，就让我去死。我会当个模范驾驶员的。”

我想，我应该在坐上去之前先给“模范驾驶员”下一个定义。要是参加印第500公里标准赛①，她说的可能是实话。

到了她的住处，她把一张“俏妞的死亡计程车”②的专辑放进她的立体声音响，我们坐在沙发上交谈着。她点了几根蜡烛，往咖啡杯里倒了一些上好的澳大利亚红酒，端过来给我。她把她的腿架在我的腿上，身子靠着我，我一点都不介意。我用胳膊搂着她的肩膀，觉得非常惬意。整首歌唱下来，我们就那样待着……在我人生中的最近几年里，让我觉得自己真的是在与这个世界和平相处的时刻为数不多，这是其中的一次。

---

①译注：印第500公里标准赛（Indy 500）是在每年5月底在美国印第安纳州举行的国际性的赛车比赛，世界三大赛车赛事之一。

②译注：俏妞的死亡计程车（Death Cab For Cutie）是来自美国华盛顿柏林汉姆的四人独立流行乐（Indie Pop）乐团，成立于1997年。他们的歌大都像是歌者的自述，讲的都是生活中的领悟和对未来的美好憧憬。电影《暮光之城》里也有他们的歌声。

“跟我说点什么吧，你真的还好吗，海伦娜？我听说你跟未婚夫分手了。怎么啦？你想谈谈吗？”

“操，不想谈。操他妈的狗杂种混蛋。”

“你的嘴真脏。”

“你想象不到的。如果你真的很友好的话，我将会让你知道我的嘴到底有多脏，相信我，你不会后悔的。”

“我认为你是想谈一谈的。如果你能停五分钟不讲脏话，我愿洗耳恭听。”

“你真的觉得没关系？”

“当然。”

她告诉了我发生的事情。她曾经一直在和卡尔约会，卡尔是一家外国公司在日本设立的事务所的一个交易员。他外表正派，喜欢冲浪。我只见过他一次，并不十分了解他。他好像真的很喜欢她，他们已经订婚了一段时间。

卡尔在她的钱包里发现了她工作的性爱俱乐部的名片之后，起了疑心。他让他的一个日本同事替他去核实一下那家俱乐部。他自己去不了，因为外国人是禁止入内的。

“嗯……”海伦娜说到这里有点迟疑起来，“他的日本朋友来到了俱乐部，操了我，还用录音机记录了整个过程。够恶心的吧？我的意思是说，他干了件多么变态的事情啊。我真他妈的丢尽了脸。你想啊，卡尔不必偷偷背着我做那种事情就应该想到的。他以为我们去巴厘岛的钱是从哪来的？是我付的钱啊。一个英语教师的工资能付得起豪华度假酒店的费用吗？”

“后来呢？”

“有一天晚上我下班回家，他在等着我，在公寓的外面。他起初面带微笑，跟平常一样。我什么都不知道，然后他说，‘喂，我有一样东西你应该听一听’，然后他就把磁带放进立体声音响里去播放。天哪，真他妈的太可怕了。我想要解释……”

她停了下来，端起满满的一杯酒，一饮而尽。我又给她倒了一杯。她不看我了，把目光转移到墙上去了。

“他是真的生气了。他骂了我很多非常难听的话，然后还打了我，打了好几下。最后，他把我推倒在床上，掀起我的裙子，拉下我的内裤，操了我，嘴里一直叫我妓女。他完事了，走了。别的就不必再多说了。”

我知道了我正准备要问的事情了，我没能止住自己，可刚开口就被她打断了。

“嗯，我真的没有时间填写同意书——真有点失望。”她刚开始哭了一下，又含着眼泪笑了起来，“你知道吗，他也呜咽了一阵子呢。真是个脓包！我觉得他还是真心爱我的，我也哭了。我很伤心，伤心透了。”

有的时候，沉默是金。平常，我无论如何都会说上两句的；但这一次我沉默了。我把她搂紧了点，抚摸着她的头发，握着她的手。光盘已经停止了播放，我所能听到的就是外面汽车驶过的声音和海伦娜克制得几乎有点怯懦的哭声。我就这样搂着她，一直待了很长一段时间。

第二天，我们在星巴克见了面，一起喝咖啡。一切似乎恢复了正常。我有一些可靠的线索，该谈正事了。有一个叫做“国际演艺协会”的非营利性组织就在离奢华而极其昂贵的六本木新城住宅公寓区不远的地方运营着。它本该是促进国际友谊的，其实却干着为性交易提供外国妇女的勾当。它的一个职员还有着跟贩运外国妇女和卖淫有关的违反劳动法的前科。我想不通这个组织怎么能够得到非营利性的许可。

我让海伦娜帮我去调查一下这个组织。她有很多的关系，而且认识六本木的每一个人。我提醒她要非常小心，但我想她没有真正地把我的话听进去。她兴奋不已，想尽力协助我把这件事做好。

我们的分手让人觉得不太自在。

“听着，”我对她晃了晃手指说道，“如果你听到什么消息，那很好。但不要做过了头。我不太清楚运营这个非政府组织的人的情况，只知道他们不怎么样。”

“我知道了。我会小心的。”

“稍微打听一下就好了。只要有一点点觉得自己处境危险或者什么的，就马上终止一切行动。你有我的电话号码，随时给我打电话，不论我是在美国还是在这儿。”

“我保证会小心的。”

“很好，就这样。”

我问她计划还要在日本待多久。她说她准备在春天离开。她在澳大利亚买了一栋房子，正在考虑回大学读书——也许去学点“文学或同样没用的东西”。

我给了她一些材料之后就起身准备离开。她拍了拍我的肩膀，伸出双臂，扭了扭屁股。

“来一个离别的拥抱？”

“当然。”

3月，我在美国的家中接到了她打来的电话。她告诉我说，她一直在打听消息，她认为国际演艺协会是后藤组的一个幌子组织。

我手上的听筒差一点掉了下来。

我吩咐她别再往下查了，她显得烦躁起来——或许是认为我的反应过于激烈，或许是认为我瞧不起她。她可能已经处于很容易兴奋的状态了，而我一定是指责了她的这种状态。总之，我们的谈话慢慢变成了争吵，然后她就把电话挂断了。

我竭力想跟她取得联系，但她不接电话。第二天，我又打了一整天的电话。我还打电话让一个朋友去核实一下她的情况。他答应了，也去查了——她的公寓里没有人。我害怕如果我打电话叫正规警方去找她，她会因为妓女的身份而被捕。我必须亲自去找她，一天也不能耽搁了。我花高价买了去日本的机票，这把淳气得大发雷霆。

在漫长的旅途中，我不停地发送电子邮件给她。抵达成田机场后，我立即跑到她过去干活的地方。只是我到了那儿时她已经不在了，根本就没有外国妇女在那儿干活了。她的电子邮件账户也没有回应，她的电话也停了。我去了她的公寓，房东说她已经有两三天没有回来了。

一周之后，我确信在她的公寓和她平时教英语课的地方（我也去查了）完全找不到她的踪影了。她没有留下转发地址，所有的东西都原封不动地留在公寓里。

我不知道该怎么办了。

我做了自己唯一能够想到的事情——去工作。国际演艺协会与后藤组有关联，我必须去核实一下，就这么定了。我必须把海伦娜的线索追查到底。

假如后藤对她的消失负有不可推卸的责任——虽然我还没有了解到他有责任——我必须去了解清楚。即使他没有责任，我也应该回过头来调查他很久以前进行的肝脏移植的真相。这偏离了人口贩运调查研究的方向，但并没有完全跑题。我知道这样做会让自己冒生命危险，有可能会再次得罪后藤，但我真的不太在乎了。我大概已经得罪他了吧。

就像日本人常说的，既然已经吃中毒了，再舔一下盘子又何妨。

压酷砸的忏悔

我在弄清楚后藤怎样进入美国的问题上开始有所进展了。我有了一个线索，而且发展了一个可靠的消息人士——知道很多内幕而且愿意开口的人。

2006年12月的一天，天气晴朗而寒冷，我去见了柴田正树——一个住在东京市中心的一家非常讲究的医院里的前压酷砸。柴田是个非常理性的人，还曾经是高利贷帝王的朋友。世界真小啊。

我正在做人口贩运调查项目，同时进行着其他调查工作来维持进项。我很担心海伦娜，她完全消失了。

我在美国和日本之间来回穿梭着，孩子们似乎很满意他们的新家，英语学得也很快[①]。我们面临着心理调整的问题，而最大的问题是，美国没有像日本那样的国民健康保险。碰到贝尼发高烧病倒的时候，日子就变得非常艰难；我心里很清楚，除非万不得已，不能送她去看急诊。在日本，我们即使在半夜里也会不假思索就去的。我有生以来还从未像现在这样盘算过医疗保健的费用问题。

日本的公费医疗制度可能并不怎么样，但在大部分情况下还是说得过去的，总比没有好吧。

然而，日本有一件事情很奇怪：几乎所有的餐馆都是一尘不染的——地板发光，台面清洁，桌布明亮。但医疗设施里就看不到这种景象了。大多数医院的地板上都积着一层薄薄的灰尘；床单是洗过的，但污渍还留在上面；窗户也好像有几十年没有擦了。你必须把鞋脱掉，穿上带有霉味的拖鞋，走过光线昏暗、两旁摆满了医疗设备和医疗用品的过道。

柴田住的那家医院就不一样了。你可以穿鞋，里面窗明几净，光线充足，你也许真的可以把饭菜吃个精光也不必担心二次感染。

我没有在访客留名簿上签名。我不想留下访问过这家伙或认识他的任何证据。

柴田在他的有组织犯罪团伙里曾是个大人物，但他不再是任何组织里的人了。他被诊断出罹患肝癌的时候，突然想到自己以前过的是一种罪恶的人生。你也许会觉得奇怪，压酷砸群体为什么会成为肝癌的重灾区。这种现象和文身有很大的关系，大多数压酷砸在年轻的时候就文身了，而且用的针头也不干净。他们

---

①原注：我的儿子雷出生于2004年5月，当时我还在负责警方采访。他的名字的发音源于日语的“礼”。

当中有许多人得了丙型肝炎，还嗜酒成性——这是一种相当致命的组合。此外，传统的文身方法几乎把汗腺全部杀死了，身体不容易把毒排出体外，这也加重了这个器官的负担。

柴田知道自己是不会去做肝脏移植的，他决定与这个世界言归于好，弥补他所能弥补的地方。他娶了一位曾在他的一家俱乐部里工作的马来西亚女子，跟她有了一个孩子。

幸运的是，柴田想找个人谈一谈，以此来抵消自己的罪过。于是，一个和尚介绍我们相互认识了。这就是所谓的“赎罪”。当然，在他告诉我的消息和我处理这些消息的问题上是有条件的。他知道，他一死，报刊上就会披露有关他那些令人难堪的事情。我必须答应他，我会告诉他的儿子，他的父亲曾经有过另外的一面，曾想过要更好地做人。我还要负责把一封未开启的信函交给他的儿子。

柴田看上去精神相当不好。一个人到了肝癌晚期，脸色会变得惨白。他的脸色微黄，看来还没到那个地步。

随着肝脏的功能越来越弱，体内应该滤除的各种毒素就排不出去了。这样，你自己就不知不觉地中毒了。有些人还会变得脾气暴躁，神志不清。

作为一名记者，在询问你想知道的事情之前，先聊上一会儿总是没有坏处的。我提到自己在来看望他的途中经过了八重洲富士屋酒店①，想起了2002年的金永寿谋杀案。

他问我是不是想知道真相。不过，我得先把窗户打开，他想抽烟。我给他带了一条铝盒的好彩牌香烟，这是他最喜欢的牌子，我是在免税店里买的，一条十盒。我还得站到他的床上去，把烟雾报警器断开。

富士屋酒店枪击案依然历历在目，我只要低头看着自己的脚就可以了……我又一次装成傻乎乎的老外——这种角色用不着体验派表演方法②——成功地钻过警方的黄胶带，直接走到了尸体旁边。地上的血几乎覆盖了那段街道，那么浓，那么多。我仿佛都能看见血水坑上依稀冒出来的热气，空气中飘荡着类似铝箔的气味。

尽管受害者金的衣服上都是血，但一看就知道他的穿着打扮很奢侈——也许是阿玛尼牌的一套黑色细条纹西服。我不赶时髦，但好西服还是一眼就能看出来的。里面穿着一件做工精细的人字形图案的衬衫，深灰色的，显然是定做的，很合身。

---

①译注：八重洲富士屋酒店位于东京市中心的东京站附近，是1878年（明治十一年）创业的历史悠久的富士屋酒店集团的一家连锁酒店。

②译注：体验派表演方法是指美国采用的斯坦尼斯拉夫斯基表演方法，主要强调以内心体验塑造角色。

金是个守旧的人。我数了一下，十根手指都在，不过左手的小指看上去有点可疑——可能不是原来的，而是用一个脚趾通过修复手术复原的。只要脱下他的鞋子就会知道真相，但那样做一定要冒更大的风险。

我照了两三张照片之后就被一个惊慌失措的警察抓住胳膊、两脚腾空地拖回到犯罪现场胶带的外面去了。他拖着我往外走的时候，我发现双脚留下了一道血迹，黏糊糊的，就像蜗牛黏糊糊的足迹一样。我想搞不好会有人来指责我破坏了犯罪现场的完整性，不过这起枪杀案发生在世界最大的火车站附近的酒店前面，现场早就被破坏了不少，开枪的人也被拘留了，我并不觉得太内疚……

我在脑海里重现着这段情景的时候，柴田在默默地等着我。

“我说，当时你在那儿？”

“是的，我在现场。我看到了尸体。”

金永寿，真实年龄不详，但很可能还不到50岁，韩国血统的日本公民，是大阪的压酷砸团体侠友会（属于山口组家族）的头子。他跟六甲联合团伙（同样属于山口组）的头子龟谷直人在富士屋酒店前面的谈话进入了白热化状态。他们两个人本来是密友。

金突然不谈了，迅速钻进停在他们旁边的一辆黑色大轿车的后座。陪着金的30岁的下属兼司机高贯健一也坐进了驾驶室，只剩下龟谷一个人站在车旁边。

汽车正准备开走，龟谷突然掏出一支手枪，朝着汽车的后座扫射起来，当即就把金打死了。司机跳出车来，也被击毙了。龟谷徒步逃离了现场，但跑出五六十米远就被正好在附近转悠的警察捉住，并以涉嫌谋杀的罪名逮捕了。这表面上看似一起相当简单的凶杀案，但却是极不寻常的：这种派系间的暴力事件并不常见。

“你想知道真相吗？”

“是的，我想知道。”

“好吧。”然后柴田却没说什么，似乎陷入了沉思。我提醒他，我想知道真相，他点了点头。

柴田深深地吸了一口烟，一副心满意足的样子。他用左手的拇指和食指捏着烟，手指形成了一个圆圈，小指颇为优雅地翘着。他接着讲了起来。

真相令人难以置信，它牵涉到大阪检察官办公室的贿赂款、媒体对事实的隐瞒和骇人听闻的掩盖行为。尽管如此，它并不完全合乎情理，有点像日本比比皆是的阴谋论。我可以说得详细些，但还是让我活到天年吧。不过，我当时还想进一步了解一下。

“证据在哪里？”我问那个智者。

“我就是他妈的证明。我说是真的就是真的。”柴田断然回答道，然后把烟头捻灭在窗台上。那一瞬间，尽管他的面颊显得苍白而消瘦，我还是能感觉到一种强大的魄力，这种魄力使他成了他那个时代里会吓得你屁滚尿流的执行杀手。他的脸色显得那么紧张。

房间顿时变得非常安静，静得都可以听到烟丝燃烧的“嗞嗞”声。

“我觉得它并不完全合乎情理。”

“你是记者，自己去判断吧。”

“前记者。”

“是啊，是啊，反正都无所谓了，都成为历史了，谁也不会去理睬它了。不过，你难道不觉得奇怪吗？你难道不想知道龟谷为什么对自己的动机只字未提吗？你难道不想知道他为什么只被判了20年而不是终身监禁吗？”

“嗯，我认为，要是他杀了平民，就会被判终身监禁。”

“你们这些王八蛋。只要是压酷砸杀了压酷砸，那谁也不会管的。”

这话让我踌躇了一下。“你知道吗，”我说，“有一次我也跟埼玉的一个警察说过同样的话，然后我们就打了赌。结果是我带着他一家人出去吃了韩国烧烤，而他们点的竟然是和牛①！你想听吗？”

他点了点头。

那是好几年前的事情了，当时关口的身体还很好。

1994年11月16日，国粹会和山口组之间的敌对状态已经到了一发不可收拾的程度。国粹会率先开始了攻击，开枪重伤了两名造访他们的东京事务所的山口组打手。第二天，山口组进行了报复，那场火并扩大到了两个县——佐贺和山梨，然后蔓延到东京的新宿，最终蔓延到了埼玉县。

那天，我正期待着有什么事情发生，老天没有让我失望。我当时正在警方记者俱乐部里消磨着时间——向东京新闻的一位资深记者学习麻将的高招，这时，一个公共事务官跑了进来，大声叫着“发生枪击事件啦”。有人中枪了，是两个人，而不仅仅是事务所的门。我搭便车赶到了犯罪现场。

犯罪现场在鸿巢②市中心的一栋七层公寓大楼里，国粹会事务所的门上挂着“东欧侦探社”的牌子。这是该地区作为国粹会事务所的幌子的三家私人侦探社之一，连电话簿的黄页③里都有它们的广告。

几个压酷砸模样的凶汉在事务所进进出出，朝着他们的手机大声喊叫着，对

---

①原注：神户牛肉。译注：神户牛肉是世界上最有名气的牛肉，有香而不腻、入口即化的口感。顶级的神户牛肉能卖到一公斤1000元人民币以上。神户牛肉产量极低，在日本牛肉市场上仅占不到1%，在日本也供应不足，因此不对外出口。

②译注：鸿巢市位于埼玉县的东部。

③译注：公用电话簿中刊载公司、厂商电话的页面，通常采用黄色纸张，故称“黄页”。

那些正在涌入现场、忙着用黄胶带把整个一楼隔离起来的警察视而不见。人行道上有血，但没有尸体。

我尽可能多地抢拍着照片。有一个压酷砸，戴着一副超大的墨镜，穿着一身白丝绒运动服，一边瞪着我，一边对着手机说着什么。他猛烈地挥着他的手，仿佛在说："别他妈的拍我。"但我还是拍了。

这下可把他惹着了。他朝我跺着脚，操着下流话破口大骂起来，但他那些卷着舌头发出带"r"音的那种典型的压酷砸式咆哮我一句也听不懂，那一定是从拙劣的压酷砸电影里学来的，就像意大利的黑手党成员争先恐后效仿好莱坞电影一样，日本的压酷砸也在干同样的事情。事实上，压酷砸通常拥有拍压酷砸电影的制片厂，这就是说，在一部压酷砸电影里，有时扮演压酷砸的群众演员其实就是压酷砸。反过来说，在我面前的这些相貌可怕的家伙肯定不是演员。

我指着我的读卖新闻袖标："我是记者，我有权利拍照。"

我的灵敏反应并没有镇住他，他伸手就来抢我的相机。

我把相机往回一收，他没够着；我又伸出一根手指朝他摆了摆，嘴里发出"啧啧"的声音。我为什么敢这么神气活现？因为我最喜欢的警察关口这时来到了现场。他身穿黑色牛仔裤、深蓝色毛衣和长皮夹克，梳着背头，而且戴着皮手套，看上去比压酷砸更像压酷砸。

正当这个白丝绒先生靠过来准备一拳把我的肺打出来的时候，关口大喝了一声那家伙的名字，对他说道："别待在这儿碍事，把那讨厌的手机关了。"那个男子往后退了几步，但还在瞪眼看着我。

关口走过来检查了一下现场的子弹，低声说："杰克，不要再冒险了。别招惹那些家伙，他们可没有什么幽默感。"然后加了一句："晚上过来坐坐吧。"

我点了点头。我们定过一个规矩：绝不在犯罪现场交谈。我在附近转悠了一下，想听一听一般人的看法。二楼一间酒吧的老板娘告诉我说："我知道楼下的那些人并不是真正的侦探，但我没想到他们是压酷砸。他们至今都平安无事的。"

"现在你知道了，会害怕吗？"我问道，小心翼翼地套她的话。

"嗯，"她说着，慢吞吞地抽出一根七星牌香烟，"那倒不会。这就像闪电，从来不会闪两次的，对吧？"

一条完全用不上的评论。

有幸让三楼的一位退休教师说了一些比较靠谱的话："我总担心会发生这样的事情，这不就来了。我很害怕，想搬走。警方为什么不能想点办法来对付这些危险人物呢？"

这条评论应该能用上，不过也有些问题，需要编辑一下。因为如果警方知道压酷砸的事务所在哪里，当地居民也知道压酷砸的事务所在哪里，那政府还有什么理由不让它们关门走人呢？对啊，为什么不呢？但那完全是另外一码事了。我想，这句评论的最后版本应该是：“我当然希望警方把那些人抓起来。”

住在隔壁的一位家庭主妇补充了一句：“如果有一颗子弹打偏了……我可不愿意这样想。没伤着人真是万幸。”瞧，这句话更到位，虽然与事实不符——因为有两个压酷砸现在还情况危殆。在公众的眼里，就只有两个压酷砸吃了枪子儿等于“没伤着人”。

我把报道发了出去，小睡了一下，然后就出发去见关口了。

关口10点左右才回来，我已经在他家里了。我把双脚放在“被炉”底下，坐在他的大女儿友纪的身边，心甘情愿地帮着她完成英语作业。小女儿小智一边看着电视上的一档难看的音乐剧，一边吃着蜜饯鱿鱼串。关口夫人在看着报纸。房间小得我伸直两只胳膊就几乎能够摸到两边的墙壁，却让我觉得很舒适。

关口走了进来，把外套扔在榻榻米上，随即坐到地上，跟我们坐在一起，把脚也伸到了被炉底下。

“您辛苦了。调查工作进行得怎么样？”我不失时机地问道。

“嗯，国粹会的那些家伙不配合，他们不开口。不过，无论那个开枪的人是谁，他的胆子可够大的了。”

“你这话是什么意思？”

“看看所有其他的枪击事件吧——好几枪都射在门上，搞什么名堂？不过这家伙，这家伙干的这事儿，简直就是个神风特攻队队员。他按了门铃，走进事务所，然后说道，‘谁是头儿？’他没等别人回答，就走到坐在那儿的一个国粹会的家伙面前，举起枪来——‘砰砰’——正中胸部和腹部。然后，他转身用同样的手法干掉了另一个家伙，随后便走出门去。他是走出门去的。后来，有个想要成为压酷砸的18岁小阿飞在大街上抓住了那个杀手，想要抢那家伙右手拿着的那把枪，他们打了起来。那小子根本就不是对手，那个杀手用另一只手拿刀划伤了那小子的腹部，然后离开了那儿。大楼的管理人听到了吵闹声，跑到楼下，把那三个受伤的家伙扶上他的汽车，开车送他们去了医院，还报了警。犯罪现场调查组的人还在那儿呢。”

“知不知道用的是什么枪？”

“大概是托卡列夫[1]，俄罗斯制的。现在压酷砸都人手一支了吧。”

---

①译注：20世纪前半期，苏联托卡列夫手枪（又称TT30/33）是世界上最有影响力的手枪之一，这种枪具有结构紧凑、威力大的特点。中国仿照托卡列夫制造了五四式手枪。

“这些家伙是因为什么干起来的？”

关口点着了一根烟：“你都不会相信这些家伙是为了什么屁大点的事情打起来的。我听说是这样的：山口组的两个家伙登门拜访了东京都台东区的国粹会事务所。山口组里有个名叫中井的家伙，他的朋友出了交通事故，牵涉到国粹会的一个家伙。于是，中井就跟他的朋友一起上门去调解纠纷，清算账单什么的。显然，中井是个大嘴巴，他说的一些话把国粹会的那些家伙给惹恼了。其中有一个是韩国人——没错，所以脾气火暴——就把枪掏了出来。接下来，山口组的那两个家伙就倒在了地上。”

“一场交通事故引起的火并？”

“是，但也不是，事情不会只是那么简单。山口组控制着关西地区（日本西部），拥有约40%的市场份额。他们这些年一直在想把手伸进东京（属于关东，日本东部）。国粹会的那些家伙觉得自己受到了冒犯——关西流氓竟然踏上了自己的地盘。谁都不想让他们到这儿来。在埼玉，他们还一间事务所也没有，目前还没有，所以，我觉得那场纠纷有着更大的意图。好像在说，别过来。不过，这已经不太管用了。覆水难收嘛。”

这场火并发生的时候，国粹会还是埼玉县里继住吉会和稻川会之后的第三大犯罪团伙，有18个事务所，大约230名公认的成员。现在，每个事务所前都有警察在站岗了。

据关口说，压酷砸用私人侦探社做掩护并不稀奇，但他们比较喜欢使用的幌子是房地产中介公司和建筑公司。国粹会装私人侦探装得挺不错，他们会接下一起不忠行为的案子，尽可能利用顾客来赚钱，如果发现配偶在欺骗对方（事情差不多都是这样的），他们就会敲诈背叛者——威胁说要把真相告诉他们的顾客。这是个不错的小黑市买卖。

11月18日上午，东京都警视厅接到了一个电话，有人自称是那个开枪的人。

“鸿巢枪击事件吗？我就是他妈的开枪的。”

他说下午会带着枪来自首，而且如约而至。他叫菅谷武彦，当时27岁，是山口组的成员。

埼玉警方派关口去审问菅谷，关口的审讯技能制服了他。压酷砸们看到关口都知道要立刻供认，以免在审讯过程中被弄得把其他罪行的相关罪证也泄露了出来。（尽管关口在其他受过常青藤的教育、有着妄自尊大的背景的调查人员里显得鹤立鸡群，他在白领罪犯里的口碑还是不坏的。我听说是这样的，他对待压酷砸总是带着敬意和尊重，仿佛他们是重要人物，而他对待官僚和企业的犯罪分子就好像他们是地球上的败类——仿佛他们才是压酷砸。）

我是过了一天才去见关口的。这时，一起涉及压酷砸伪造扒金库收据、从扒金库巨头那里骗走数百万美元的案子即将告破。火并已经结束，而且由于开枪的人已经被捕，这个事件已经成了旧闻，但关口的工作并没有结束。

关口夫人在为我们炒一些饭做夜宵，关口和我则蜷缩在被炉底下继续谈着这起案件。关口说，他越来越觉得菅谷是个难对付的家伙。这小子一直声称那起案件是他的自主行动，不是别人唆使他去干的。关口有理由相信事情并不像他所说的那样。在山口组里，如果你教训了敌对团伙的成员后去自首，你一出狱就会被晋升到行政级别。这是一个成年礼。但在很多案件中，真正的杀手却逍遥法外，组织上会派一个替身去自首。关口要确定菅谷是不是真正的杀手；幸运的是，由于受害者还活着，关口有最可靠的目击者。

我深深地吸了一口烟，试着做了一下我并不拿手的吹烟圈。然后，我作出了那天的愚蠢评论："很好，但谁会在乎呢？菅谷会被定罪，但待上三四年就会出狱。只要是压酷砸杀了压酷砸，那谁也不会管的。如果压酷砸并没有被杀，而只是被打伤的话，就更不会管了。"

"是啊，我觉得这是个问题。"

"是个问题？"

"为什么那些家伙应该比别人更容易脱身？犯罪行为是一样的。因为他们知道法院会对他们区别对待，这样会怂恿他们去火并。那些家伙更愿意互相开枪，因为他们知道自己坐不了多长时间的牢。"

"嗯，也许你说的没错，不过，菅谷还是只会被判个四年——顶天了。看看统计数据就知道了。"

"我是审讯员。我能让这个家伙服十年刑。"

"十年？做你的梦去吧，关口先生。"

"十年，最起码的。"

"那我要跟你打赌了。如果你让这家伙服十年刑，我就带你和你的家人出去吃烤肉，你们爱吃什么样的牛肉就点什么样的。如果他被判的刑期不到十年，你必须把埼玉县内的所有压酷砸的事务所及其主管的名单给我。"

关口捻灭了烟头："你会后悔打这个赌的哦。别看我只有两个小女孩，但她们吃起东西来就像五个小男孩。准备埋单吧，阿德尔斯坦。"

看着这两个男人在较劲胡闹，关口太太咯咯地笑了起来："我来做证人吧。杰克先生，我认为你这次赢不了。"

我让她放心，我有生以来打赌就没有输过，然后庄重地说："人身侵犯的量刑从来没有到过十年，即使是在违反枪支条例的情况下。"

"谁说这是人身侵犯？这是谋杀未遂。"

我没有想到这一点。不管怎么样，这就得证明犯罪的意图了："菅谷说过

‘去死吧，你这个混蛋’或者‘我要杀了你’这样的话么？”

关口皱了皱眉头：“没有，他没有说过。”

“哦，那你准备怎样去证明意图？”

“法理是‘故意的过失’[1]。通情达理的人都知道，如果你近距离开枪打中一个人的胸部和内脏，那个人极有可能会死。”

“菅谷不傻，他就会说本来是打算吓唬他们一下的。否则把枪顶到他们头上不就完事了。开了两三枪，他跑了——惊慌失措，没有杀人的意图。”

“你大错特错了，杰克。这家伙是个打手，他才不在乎他们是死是活，他们死了他才高兴呢。”

“也许是这样，但有人会蠢到承认这一点吗？”

“哦，他会向我承认的。”

“祝你好运。让我来拿名单的时候告诉我一声。”

我们用我们打的赌继续互相揶揄着，但关口对一件事很担心：他讨厌山口组，很高兴看到他们没有在埼玉活动。“他们一旦在一个县里扎下根来，就会像癌症一样蔓延开来。我会随时让住吉会去对付那些家伙的。”

长话短说，除了违反枪支武器法之外，关口还让菅谷受到了谋杀未遂的指控。他诉诸菅谷的“男子汉的骄傲”，让他说了实话。菅谷被判了十年刑，我不得不带着关口一家出去吃烤肉——吃了一顿上等的日本牛肉，损失了3万日元（300美元）。

柴田笑了。

“杰克，有时你真是个‘混蛋’。跟警察是绝不能打赌的。连我都听说过关口这个人。他不是我们的朋友，但每个人都尊敬他。而菅谷那家伙——我也很佩服他。压酷砸过去就是那样的——你犯了罪，也坐了牢。这就是极道。你既不抱怨，也不辩解，就像那个小崽子当时做的那样。你活着得像个人样，受罚也得像个人样。

“现在的小混混都怕去坐牢，太他妈没志气。所以，我们就把脏活包出去给中国人和伊朗人干。那些人被抓了也什么都不说，只是被驱逐出境而已。菅谷即将出狱，他会发现没有哪个组织会要他，也没有什么地方会赏他面子。”

“你真的这么认为？”

“现在什么都讲钱。对上司的忠诚、荣誉、忍耐、义务——这些都不值钱

---

①译注：原文是“未必の故意”，这是日本法律中特有的量刑标准，和中国法律中的“故意犯罪过失”有所不同。

了。菅谷开枪打的国粹会现在已经成了我们这个团体的一部分。我们去年跟他们合并了，所以我们现在来到了东京。用不了多久，我们就会支配整个国家，虽然我认为这未必是一件好事。”

我有点摸不着头脑：“你本身就是个压酷砸，你的团队自豪感跑到哪里去了？”

他笑了：“也许我会对自己曾经是这个组织的成员而感到骄傲。不过，人越接近死期，怀疑的事情就越多。你会开始怀疑，你以前认为理所当然的一切是不是那么美好。我加入的这个组织和以前不一样了。规模变得过大就会失控，就会变质。很多压酷砸都没了规矩，他们不尊重普通市民，什么都不尊重了。他们参与了各种下流卑鄙的勾当，尤其是后藤组。”

“不如以前了？”我问道，真不愿意破坏了他的怀旧情绪。

他静了下来，把双手放在膝盖上，做了一次深呼吸。“也许，”他说道，“也许始终都是下流卑鄙的。我不知道。我在一生中做过不少的坏事，但也做过一些正确的事情。我从未背叛过我的上司，从未出卖过一个朋友，从未临阵脱逃过。也许这些远远不够，但还是可以评判我的为人的。”

“可以说明一些问题。”

“当然可以。好啦，你想问我什么事情？”

“我有两件事情。”

“我没有要你去数数。问吧。”

“我的一个朋友不见了，有两三个月没有见到她了。”

“把名字给我。”

“海伦娜。”

“你有她照片吗？”

我给了他一张。他看了一眼照片，目光转回来看着我。

“说详细点给我听。”

我把详细情况告诉了他——她是谁，我曾请她做了什么。当我提到后藤组和那个非政府组织的名称时，他突然往回缩了一下，嘴里喃喃地说了些什么，然后示意我到他坐着的窗边去。我几乎听不到他在说什么，就把身子探了过去。

他狠狠地掴了我一个耳光，力量大得惊人，我向后一仰，一屁股坐在了地上。我的耳朵里嗡嗡作响，觉得那只耳朵已经聋了。他站起身来，怒视着我，示意我爬起来。他的呼吸显得有点沉重，但似乎没有什么大碍。但我的感觉却不太妙。

“你到底在想什么？”他对我尖声喊道。

“我不知道。”

“你应该知道。你不是个小孩，你是个男人。你不应该让她去调查那个组织。你怎么了？”

“该死，柴田。我告诉她不要再查了。”

“那你应该知道她不会停下来的。你喜欢这个女人，也许不仅仅是喜欢，她也一定很喜欢你。那你为什么还要冒这个险？有的时候你真他妈的聪明，杰克先生，有的时候你却只是个他妈的白痴。”

他伸出一只手来把我拉了起来，他的手掌很有力。然后他又坐了下来。

“我会去查一下。我认为你得不到你想要的答案，但我会去打听一下。好了，另一件你想知道的事情是什么？”

我坐在床上，想要挺直身子坐稳，但我的平衡器官好像有点不听使唤了。

“我知道在加州大学洛杉矶分校做肝脏移植的不止后藤一个，我听说还有别人。我想知道另一个人的名字。”

柴田递了一根烟给我，我接了过来。他已经快把那盒好彩抽光了。

他摇了摇头，盯着地板看了几分钟，然后抬起头来盯着我的眼睛看。我不知道他在看什么，但他又点了点头。

“我知道你想干什么了，我认为这是不明智的。但我明白你的心思。你一定要沿着这条路走下去么？这可是一条‘野兽之道’啊。”

“野兽之道？”

“有的时候，山上的动物会反复使用相同的路线，久而久之就形成了一条道路。如果你不知道自己在做什么，你可能会以为这是人类开辟的道路——它看上去是那样的。如果你走上这条道路——野兽之道——就哪里也到不了。人在荒野中迷了路，走上这种道路只会越走越迷糊。有的时候，他们走不出去了，就死在那里。它不是人走的路，是一条危险的岔道。你确定那是一条你要选择的道路吗？它是不会把你带到你想要去的地方的。”

“喂，我只是在作报道。我不打算做什么傻事。”

“是的，你根本没有打算。想一想吧。看着正道，别走错路了。”

接着，这老家伙又朝我脸上抽了一巴掌，手更重了，而且在我这次摔倒的时候还飞起一脚踢在我的肚子上。我竭力不让自己吐出来，但身子缩成一团，像个胎儿，觉得自己非常傻，又有点害怕。其实是真的害怕了。

“我现在不是在开玩笑。你不能掉以轻心，不要相信任何人。如果你认为这很痛苦，如果后藤知道你们在干什么，他会让你或你的朋友尝到比这个严重一千倍以上的痛苦。别干蠢事。”

“我明白了。”

“那就好。别坐在地上偷懒，再给我拿一盒好彩来。这一盒抽完了。那条烟在电视那边。”

我把烟拿了过来，但我不会交到他手里。我绝不会走到他打得到我的距离之内了，而是把那条烟朝着他的头扔了过去。他伸手接住那条烟，咯咯地笑了起来。然后，我们又谈了很久。临走的时候，我费了九牛二虎之力，才把烟雾探测器重新装上了。站在椅子上真的很难保持平衡。一定要有人使出全身力气掌掴了你，你才会想通一些事情。

2007年，柴田死了。但他在去世之前跟我通了电话，给了我一个名字：美尾久敏——美尾组的创始人。他也是高利贷帝王梶山的后台老板。这就很好理解了。后藤教会了梶山把钱转移到拉斯维加斯的办法，后藤也认识美尾就不足为奇了。我现在可以肯定，后藤的案子不是一个孤立的事件，在加州大学洛杉矶分校发生的一些事情非常蹊跷。我遵守了与柴田的约定，把那封信函交给了他的妻子，她答应等她的儿子长到看得懂的时候交给他。我有朝一日可能会回去确认一下他是否得到了那封信。

他没有给我带来任何有关海伦娜的消息。

柴田走了的那年秋天，关口也走了。我突然失去了两个主要的消息人士——压酷砸的和警方的。我的那篇准备揭穿后藤的老底的报道一下子变得希望渺茫了。

关口那年48岁。回想起来，我认识他和他的家人已经快14年了。他在8月底一个雨天的下午3点45分咽下了他最后的一口气。我们全家人当时已经回到日本，跟我的岳母住在一起。这对孩子们来说有好处——他们对英语已经非常精通，现在该温习一下日语了。

就在我们准备返回美国的前一天——8月29日左右——我们一起在中国餐馆吃饭的时候，关口的妻子打电话来告诉我说，他去世了。我当时就想取消航班，留下来参加葬礼。

我的决定让大家——除了孩子们——很生气，我跟淳和我的岳母发生了激烈的争吵。她们都认为我应该去守灵，然后等我下一次来日本的时候再去拜访他的家人，我不同意。没有人想得到，一个满脑袋怪念头的犹太小鬼和一个比他大10岁的有组织犯罪监督警察竟然会成为这么要好的朋友，然而，经过了这么多年的风风雨雨，这样的事情就是发生了。我想留下来，但淳一直不答应。我问淳能不能由她自己带孩子回家，我会把她送到成田机场，然后叫人到美国的机场去接她，开车送她们回家，但我受到了把个人的需求凌驾于家庭的需求之上的指责。

我们吃完饭，离开中国餐馆回到淳的家里。我想，我至少应该去看望一下关口的家人，同时表达我对死者的敬意。晚上10点，我叫了一辆出租车，冒雨前往地处荒凉的甲南的关口家。淳跟我一起去了，但我们一路彼此无话。雨下得太大了，出租车在路上不得不停了一两次，光车费就花了近250美元。

每次半夜跑到关口家里去都恍若回到过去的美好时光，但这次不同往常了。我穿着一身我带在身边的黑西服，还从淳的母亲那里借了一条黑领带。

我知道，葬礼和守灵都是没有什么意义的仪式，但对仍然活着的人来说并非如此。我答应过关口，他去世的时候我会去参加他的葬礼，跟他告别；我会穿上一身道地的西服；我会尽量穿对袜子……我至少欠了他一炷香——你以为人们会理解有时承诺在死后也是必须遵守吗？这是我人生中少有的几个遗憾之一：我曾答应去参加他的葬礼，但我没去成。

我到他家的时候，他的尸体已经运回来了，但不是按日本常见的佛教方式摆放的，看来准备举行的是神道式葬礼①。我到那儿的时候，他的尸体停放在客厅里的一个蒲团上——神道方式。我对神道仪式一无所知，是一种全新的体验。

和我所认识的其他人相比，关口教会我更多有关报道、审讯、荣誉和信任的东西。我几乎把他当成了第二父亲。我是先把我的贝尼带去给他看过之后才带去给自己的父母亲看的。看来即使在死亡方面，关口还要让我学到一些关于日本的事情。

看到他那样躺在榻榻米上，心里有一种怪异的感觉。他们拿下他脸上盖着的白布，让我瞻仰他的遗容。他看上去似乎在笑——那种在我面前晃着一则消息、说一则邪恶的笑话或者又赢了一次我跟他打的赌的时候常有的沾沾自喜的傻笑。

前几个月里，他一直在剧烈的疼痛中度日，连吗啡静脉注射剂都不管用了。癌细胞已经扩散到了他的全身。有一阵子他坚持每天到离他在埼玉的家大约三个小时、位于台场的有明癌症研究所去。他看的是门诊，所以，在接受了化疗和放疗的摧残之后，他还得乘着电车艰难地返回埼玉，遇到上下班的高峰时段，车上连座位都没有。

我坚持要出钱让他治疗后在离医院不远的台场太平洋大酒店里逗留一下，他在回家之前需要休息。当然，他不同意，拒绝了。他不能接受那样的礼物。作为一名警察——令人难以置信的是，他还在工作——他不想从我这里得到些什么，更不用说值钱的东西了。我告诉他，那个酒店是雇我做事的一家公司开的，我免

①译注：神道是日本的传统民族宗教，最初以自然崇拜为主，属于泛灵多神信仰（精灵崇拜），视自然界各种动植物为神祇。日本国内约有1.06亿人信仰此教，占日本人口的比例近85%。一般说来，日本人都以神道的方式举行婚礼，而在死后按佛教的仪式来举行葬礼。

费得到了那个房间。

这当然是个谎言。我认为他知道这是个谎言，也知道我对此心知肚明。但这个谎言是必要的，这就使他能够接受这个礼物，而我就是想要他接受这个礼物。这在日本是很常见的事情——首先必须维护好公众心目中的形象，也就是“表面原则”，然后再考虑真正的意图。这个“表面原则”就是，他只是借用了一个房间。这样，不论对他还是对我都说得过去。“说谎也是一种权宜之计”——这是来自一段佛经的一句谚语。

那段佛经里有个故事，讲的是一群孩子在一所房子里玩耍的时候，房子起火了，非常危险，如果那些小孩再不出来就会被烧死。但那些小孩玩得太起劲了，不愿离开那所房子。人们吆喝着让他们出来，他们就是不听，还把里面的门闩插上。这时，有个人跟那些孩子说，到房子外面来就有好吃的糖果在等着他们。这是个谎言，但却让孩子们离开了那所房子，他们因此都得救了。

“说谎也是一种权宜之计。”有的时候的确如此。

可惜的是，我没有力量让他离开那所房子。我能够为他做到的就是在房子烧塌的时候让他觉得稍微舒服一些而已。

我知道怎样在佛教葬礼上致告别礼，但这次我就不知所措了。我随着关口夫人的指导做完仪式——给他喂了水[1]之后鞠躬。我在他的头旁边摆着食品的桌子上放了一根香烟。

让他得了癌症的不是香烟，而是背叛。几年前，警力里的另一个警察向一家报社泄露了对他不利的消息。他是关口的一个同事，但对关口取得的成就一直心怀不满。

关口的“罪行”是，在把一个压酷砸带到派出所实施拘捕之前，打开了他的手铐，还给他买了一碗拉面吃。关口还制止了一起险些发生的监狱暴动，为此他把一个压酷砸拉到拘留所外面，让他抽了一根烟。所有这些事情都违反了警察规则。企图加害于关口的那个警察把这些事情告诉了每日新闻的记者，结果被报道出来了，而且所有的报纸都跟进了这个报道。总之，他成了“不良警察”。

他被剥夺了警探的职位，降了级，受到了惩戒，调去管理交通秩序了。他在那儿干了好几年也无人过问。这件事给他的打击很大，他很可能就是在那段时间得了癌症。我认为这才是真正的原因——让他经历了背叛、羞辱，最后产生了失落感。

在他去世的几个月前，他曾请求过我，要我为他做几件事情。我至今遵守着

---

①译注：让死者嘴里含一口水，以免在黄泉路上受饥渴之苦。神道仪式中的这一环节是由近亲进行的，说明他被视为这个家庭的亲人。

大部分的约定。我答应过他，我会定期问候他的夫人和他的女儿们，我还在这样做着。难以相信他的女儿们现在都成年了。我看着她们，还觉得她们是那两个试图让我相信我不可能是犹太人的六岁和九岁的小女孩（因为她们在学校里学过，犹太人在第二次世界大战中都被杀光了）。年纪小的那个还曾想把我带到学校去做“展示和讲述”课[1]上的一个展品呢。

关口活得规规矩矩，死得也规规矩矩。我最后一次见到他的时候，他看起来气色很不错；就是那个时候我相信他快要死了。大多数人似乎都会有回光返照的现象：半疯半癫的人变得神志清醒起来，癌症病人显得气色好看起来。在去世的前一天跟家人说话的时候，他的话语充满着乐观和自信，他们的交谈很愉快。他是在家人的陪伴下平静地离开这个世界的。这是关口太太告诉我的，我很高兴听到这样的话。

按照佛教的说法，49天之后，你就会脱胎换骨；不过，按照神道教的说法，50天后，你就会成为神——关口的家人是这样说的。我看着他，心想，真希望这会灵验。

有神在你身边总归是好的。

我知道自己遇到了麻烦。我知道我的家人被我拖入了危险的境地。海伦娜仍然下落不明。

我还能记得关口脸上的笑容，看起来好像他是在假寐。在我的想象中，我能听到他在跟我说话。我想让他告诉我该怎么办。我想听到他这样说：“杰克，有的时候你不得不先后退再反击。问问你自己，现在几点了？”

嗯，上帝知道我讨厌被人打屁屁。后退好像不再是一种选择，说不定是反击的时候了。反击的胜算似乎更大些。

---

①译注：指学生们以所带实物展开讨论的一种课堂练习形式。

两剂毒药

海伦娜的失踪给我的刺激很大，要是早知道她会发生什么事就好了。什么都不知道才折磨人。

我需要进一步了解后藤忠政的有关情况——他有多大的权力，谁是他的盟友和敌人。柴田的去世对我是个很大的打击，关口的去世带给我的打击就更大了。

下面就是我收集到的有关后藤的情况：

他在山口组侵蚀东京的行动中打了头阵，开了一百多家幌子公司。他的个人资产估计不止50亿美元。他甚至一度成为日本航空公司最大的单一股东。

使他声名狼藉的事件据说是在1992年5月下令袭击了受人尊敬的日本电影导演伊丹十三①。伊丹曾执导过一部电影，片名叫《民暴之女》。与以往日本所有的压酷砸电影不同的是，这部电影把压酷砸描写成唯利是图、举止粗鲁的乡巴佬，而不是清高的亡命之徒。后藤不喜欢这部电影，尤其是对压酷砸不会兑现他们的恐吓的种种暗喻感到不安。5月22日，他的组织里的五名成员在伊丹家门前的停车场袭击了伊丹，砍伤了他的左脸颊和脖子，使他身受重伤。

同年，日本政府实施了新的《反有组织犯罪法》，伊丹直言不讳地表示支持，成了有组织犯罪团体的眼中钉。他是压酷砸的真实所为的活生生的例子，而不是他们假装的那样。据说他在数年后从一幢高楼上跳楼自杀了。

我收集了数百页有关后藤组的材料。我用上了在读卖新闻社工作时学会的各种招数。为了得到这些材料，我不得不在道德上作出了一些妥协，因为我需要了解我的敌人。其中有一份材料对我非常有用，那就是2001年日本警视厅在日本各地的警察机构的协助下编纂的，有关后藤忠政和他的组织的绝密报告。这份材料是一个非常重要的消息人士为报答我所作出的贡献提供给我的。

> 至于计划袭击/报复的行动，他们会毫不迟疑地采取极端的手段，从不考虑所牵涉到的其他人。他们会在妇女和/或儿童在场的情况下采取行动，强迫那些人观看可怕、粗暴的行为，这样，那些人事后就不会提起刑事诉讼了。
>
> 报复行动的实施是极为蓄意的，而且是经过长期的计划，不慌不忙地进行的。分工明确（初步调查、杀手、望风者等等），没有人知道实际负责的人是谁。（因此无法进行深入的调查。）他们在进行犯罪活动时使用的是从

---

①译注：伊丹十三（1933—1997），原名池内义弘，日本导演、演员，他在日本乃至世界影坛都享有很高声誉，1997年跳楼自杀。著名作家大江健三郎是伊丹的同学及妹夫，也是他的挚友。2000年，大江发表了一部以他和伊丹十三为原型的小说《被偷换的孩子》来纪念他。

外县拿（盗）来的带车牌的客运车辆（同样加大了深入调查的难度）。

这份报告还指出，他的组织的另一个特点是“胁迫大众传媒”，同时说明“各成员会利用该组织的名称（和权力）对那些对不利的报道负有责任的人进行残酷无情的恫吓”。

总之，我怀疑，到2006年，甚至在我与柴田有联系之前，后藤以外的另外三个同伙也在加州大学洛杉矶分校接受了肝脏移植手术。

柴田给我的“美尾”这个名字起到了巨大的作用，但从某一方面来说，对我帮助最大的是后藤忠政本人。后藤维持组织秩序的那一套办法已经引起了他的亲信的反感。日本警视厅的报告生动而详细地描述了他维持秩序的办法：

> （团伙成员受制于）某种奖惩制度。成员立功时定会得到授勋或嘉奖（家庭生活开支、坐牢后的起诉金、现金奖励、汽车礼品等）。
>
> 出现个人的犯罪活动给组织上制造了麻烦的状况时，后藤会把那个人降级。为了惩一儆百，后藤会在那个人的同辈前面棒打那个人，或者强迫那个人的同辈来施行这种处罚。

由于后藤的手法是毫不留情的，他的一个打手曾被迫将一个朋友打残了，就是那个打手找到了我。他非常不喜欢我，但他更恨后藤。他不是我在那个组织里唯一的消息人士，但却是最可靠的。

2006年11月，我们在离东京很远的地方见了一面，他告诉我的事情使我完全不知所措了——后藤之所以能够进入美国，是因为美国联邦调查局放他进去了。

美国联邦调查局。

他给了我大致的日期，还告诉了我安排这件事的人的名字：吉姆·莫伊尼汉，美国驻日本大使馆的合法馆员（事实上是美国联邦调查局的代表）。

我认识吉姆，他是我的一个朋友，也是我的一个可以信赖的顾问。我不愿意相信这件事，但我知道这是事实。这下我明白了后藤不想让我写这篇报道的原因：为了得到美国的入境许可，他出卖了自己的朋友。这是一笔相当明确的交易。他向有关当局提供了一些主要组长的名字、档案和幌子公司的名单，甚至还向他们提示了山口组在美国洗钱时使用的金融机构。即使是在那些温文尔雅的压酷砸世界里，出卖自己人也不会有好下场。事实上，这种事情会让你受到组织上的除名，甚至会要了你的命。

2006年12月，我在跟吉姆一起吃饭的时候，一边喝着冰镇健力士黑啤，一边尽可能礼貌地问他，到底为什么要跟那样的人做交易。

吉姆把情况尽可能详细地告诉了我，我理解了。他没有把所有的细节提供给我，但他给我作了充分的说明，把所有可以公开的信息都给了我。

然而，2007年夏天，关键的资料出来了。当时有个警探在北泽警察署里用他的计算机下载色情照片，无意中将东京都警视厅有关后藤忠政的整个文件泄露到了文件共享网络WINNY[①]上。日本各大报纸都报道了那次泄露事件，我立刻下载了那份文件。

那是一次信息高潮。泄露出来的文件中记录着他的所有航班记录、他的大部分情妇（至少有9名，他一共有15名情妇）的名字及其他很有用的信息。这下我知道了他去加州大学洛杉矶分校的日期和陪他去的人。文件中还记载着另外一些有趣的八卦消息。名单中有一名情妇是一个著名的女电影演员，这条消息自然成了喜爱名人八卦的日本媒体关注和报道的话题。没有报道的消息是，“燃烧系”——日本最强大的演艺人才中介机构——就在幌子公司的名单里。后藤对“燃烧系”的控制是压制对他不利的报道的一个重要手段。跟后藤唱反调的电视台就有邀请不到日本顶级的女演员、歌手和艺人的风险。在日本，几乎每家报社都隶属于一家电视网络，这是很常见的。这也就意味着这些报社也可能受到间接的威胁。娱乐节目的收入总是比新闻的收入多啊。

在那份多达千兆字节的资料中，有很多事情证实了我早就有所觉察的可疑行迹。在跟美国司法部的一位消息人士和日本警方及黑社会里的消息人士交谈之后，我现在能够把这一切都串联起来了。

在2001年的一二月份，后藤在昭和大学的医生告诉他，他如果不马上进行肝脏移植就会没命。后藤得了丙型肝炎，心脏也有问题，但在日本不太可能找到肝脏移植的器官捐献者。

2001年4月，后藤通过仁星（他是昔日岸信介[②]的“调停人”，与自民党有很深的交情）找到了美国联邦调查局。（岸先生曾两次担任过日本首相，岸的外孙

①译注：WINNY是一种利用P2P技术在Microsoft Windows系统平台上操作的共享软件，软件开发者是东京大学前助教金子勇。2006年，他因此被京都府警方逮捕，由京都地裁判处“著作权侵害帮助罪”；他不服，上诉后在2009年由大阪高裁二审获判无罪；大阪高检不服二审判决，向最高裁提起上诉，现仍在审理中。

②译注：岸信介（1896—1987），日本政治家。第56、57届内阁总理大臣。在太平洋战争开战时担任工商大臣，是战后远东国际军事法庭认定的“二战”甲级战犯嫌犯，但是未予起诉。他在蒋介石死后修建了“蒋介石总统遗德表彰会”的中心，并在日本各地建立称赞蒋介石的石碑等活动来感谢“二战”时自己身为甲级战犯，却躲过死刑的不杀之恩。

安倍晋三[①]在2006年9月当选了首相。）岸信介转达了后藤的提议。

美国联邦调查局希望得到重要压酷砸的名字，因为日本警视厅一直以“隐私问题”为由拒绝提供这些信息。这样，美国联邦调查局就不可能有效地对压酷砸在美国的活动进行监视。

后藤答应给美国联邦调查局（也可能是另一个情报机构）提供一份详尽的山口组成员、关联幌子公司和金融机构的名单，外加有关朝鲜动向的情报。

作为那些情报的交换，后藤希望得到去美国的签证，这样他就可以在加州大学洛杉矶分校接受肝脏移植手术了[②]。后藤凭借自己的力量跟加州大学洛杉矶分校谈妥了交易，这一点是毫无疑问的。迫于美国联邦调查局的压力，美国移民海关执法局勉强答应了。于是，后藤获得了签证。

如果我是吉姆，我也会接受这笔交易的。这些情报的潜力是巨大的。美国联邦调查局并没有为他提供肝脏，只是给了他一把进门的钥匙。其他的一切就都是加州大学洛杉矶分校的责任了。据一名记者宫崎学（他是压酷砸的代言人，也是后藤的密友）称，除了与压酷砸有关的情报外，美国联邦调查局还对后藤掌握的有关朝鲜的信息特别感兴趣。当时朝鲜已经卷入了制造高仿真美元假钞的犯罪活动，这也引起了美国的极大关注。后藤一直与朝鲜保持着紧密的联系，据称那个国家为他提供了毒品、枪支和金钱。

手术是在7月5日进行的[③]。然而，后藤只向美国联邦调查局提供了他曾经许诺的一小部分情报。他一换完肝脏就乘人不备坐上飞机回到了日本，然后就再也不跟美国联邦调查局联络了。美国方面连后藤返回日本的记录都没有。

对美国联邦调查局来说，那次“行动”没有获得非凡的成功。

对后藤来说，那次手术获得了巨大的成功。后藤在那年年底前返回了日本，眼睛不再是患黄疸病那样的颜色，而且显得再健康不过了。

在那年的山口组年度新年晚会上，后藤的健康状况堪称完美。他在庆典活动中就像日本人常说的“鲸鱼般狼吞虎咽”，烟抽得像不停地冒着烟的烟囱。

有一次，他对另一个压酷砸老大稻川智广吹嘘说：“自从我得到了那个年轻

---

①译注：安倍晋三（1954— ）是日本政坛中强硬的右翼人士，多次否认日本的战争罪行，是对华强硬的“鹰派”。他执政不到一年就以政治现实，政令无法顺利执行为由突然宣布辞职。

②原注：据称，后藤是通过日本最有名的足球球员三浦知良（又称“知”）的父亲纳谷宣雄介绍给加州大学洛杉矶分校和他的医生的。（出于种种原因，“知”回避使用他父亲的姓。）

译注：三浦知良（1967— ）在1993年成为日本首位获得亚洲足球先生荣誉的球员。三浦知良的父亲纳谷宣雄在他四岁时与其母亲三浦由子离婚，三浦知良与兄长泰年一同由母亲抚养，并改随母姓三浦。

③译注：后藤忠政的移植手术是由世界知名的肝脏外科手术专家罗纳德·布苏蒂尔亲自主刀的。

的新肝，就没有立不起来的时候。”同时指了指他的胯部。据说稻川接着对后藤说道：“你真是红运当头啊。你的器官捐献者多完美，是个十几岁的小年轻[①]，而且在你排进器官移植等候名单后仅仅两个月就出车祸死了，巧得令人难以置信啊。”

后藤窃笑了一下，答道：“噢，那可不是什么巧合。”

稻川没有笑。

我完全无法确定后藤指的是交通事故死亡的事情，还是他很快就跳到器官移植等候名单顶部的事情。不知什么缘故，我无法想象他不会设法操纵那场赌局。

稻川自己后来也想去美国做肝脏移植，只不过他的签证申请被拒绝了。他得到了一次特别安排的面试，在他向美国的官员陈述情况的时候，负责此事的特别事务官直言不讳地告诉他：“如果你想知道为什么我们不让你入境，就去问问后藤先生吧。”

美国移民海关执法局不想再次上当受骗了。它不看好跟美国联邦调查局做的交易，觉得这笔交易得不到多少可以提起诉讼的情报。

后藤告诉他的一个助手说，他为那次换肝一共支付了300万美元。（警方的调查报告里的数字为100万美元，而且推测后藤的医生每次到日本来“出诊”都得到了10万美元，而且大抵是在帝国饭店[②]进行的。）只有后藤的一个亲信知道了后藤跟美国联邦调查局的交易——知道得真好。

就是在仔细推敲山口组的其他材料的时候，我才意识到，后藤可能不是唯一在加州大学洛杉矶分校接受了肝脏移植手术的人。大概有三个人接受了这样的手术。

我认为我的报道好极了——不只是从美国人的角度，而且还从日本人的角度来观察这个事件。日本的器官移植制度非常严格，捐献器官的人不多，手术也很罕见。大多数需要进行器官移植的日本人要么出国手术，要么在等待器官的过程中死去。从美国人的角度来看，这种状况似乎一样很可悲——为什么得以优先考虑的是日本的犯罪者，而不是守法的美国公民呢？我真搞不懂。

我把自己了解到的事情写成了一本书，本来准备由讲谈社国际部出版，那是日本历史最悠久、名气最大的出版商之一的讲谈社旗下的英文出版部门。我还试着给一本周刊杂志写了一篇纪实，但得到的是直截了当的回答：“没门儿。”而且什么理由也不给。

---

①译注：肝脏来源于一名死于交通事故的16岁男孩。

②译注：东京帝国饭店是东京都的一座已经有一百多年历史的标志性建筑物，从建筑风格来说它是西方和日本的混合，而在装饰图案中同时又夹有墨西哥传统艺术的某些特征。它接待过皇族、国家首脑、各界名流和国际商业领袖。

我决定等待时机。如果不是出了一个小差错，我大概还在等着呢。

讲谈社国际部没有跟我打招呼就在它的欧洲网站上刊登了一篇很长的书籍介绍文章，我到了2007年11月才发觉。那篇文章没有对那本书的所有内容作出详细的介绍，但若你是后藤忠政，你就会从中得到足够的线索，发现麻烦就要来了。我要求讲谈社把那个网站上的相关页面删除掉，但我既低估了后藤的心腹阅读英文的能力，也轻视了他们会使用“谷歌快讯”的可能性。后来有一个后藤的助手告诉我，有人可能设法搞到了我那本书的目录说明的拷贝，证实了他们的猜疑。到了2007年12月，外界开始传来我闯了大祸的消息。2008年1月，我得到了确证，后藤又在计划弄死我。

我的消息人士让我出钱在歌舞伎町跟他见一面。我去了，在他中意的酒吧里见到了他；他喜欢那个地方，因为那儿有很多波旁威士忌[1]可供挑选。他等到我醉得不行了，才把事情摆出来给我听。

“杰克，你遇到大麻烦了。后藤知道你在写一本书，他很不满意。我要是你的话，就会非常谨慎的。”

我不想拒绝他的好意，便耸了耸肩：“他想要干什么？威胁要弄死我？他以前已经干过一回了。”

“他不会威胁你。他的确会这么干的，而且会让它看起来像是自杀。”

“用什么方法？我又不是那种会自杀的人。”

“你对伊丹十三的死是怎么看的？”

“那是自杀。当然，我的意思是，我第一次听到他的死讯时，我还以为他是被害的，但我后来听说不是他杀。因为《星期五》周刊准备曝光一桩婚外情，他很消沉，便从屋顶跳了下去。如果有疑点的话，我相信警方会展开调查的。”

“你读报道了吗？你知不知道记者采访他的时候他只是莞尔一笑？他说：‘哦，她已经知道了。’这样的话你听起来像一个既消沉又懊恼的人说的么？”

“我不知道。我不清楚其中的细节。不过，他留了一张短笺吧。”

“没错，一张用文字处理机打出来的短笺。那种短笺谁都可以写。”

突然，我的波旁喝起来没有那么香了。

“那到底是为什么？”

---

①译注：波旁（Bourbon）是美国肯塔基州一个市镇的地名，过去在波旁生产的威士忌酒被人们亲切地称为波旁威士忌，现在成为美国威士忌酒的一个类别的总称。波旁威士忌酒的主要原料是玉米，酒液呈琥珀色，晶莹透亮，酒香浓郁，口感醇厚，回味悠长。

“他准备拍另一部电影，讲述后藤组以及它与宗教团体创价学会[①]的关系。后藤很不满意。他手下的五个人捉到伊丹，用枪逼着他从屋顶跳了下去。这就是他自杀的方式。”

“你怎么知道那是真的？”

“问这样的问题很粗鲁无礼的。”他的手指把玻璃杯攥得那么紧，我都害怕他会把它捏碎了。

我连忙道歉。

“那我应该怎么办？”

“小心点。如果可能的话，现在就把它写出来。”

“我知道大部分的真相。”

“如果你不知道所有的事情，谁也不会相信你。那一点用都没有。你必须把一切都写出来，包括其他的那几个人。”

“没错，我听说是有其他几个人。可他们是谁呢？”

“我不知道，但你应该知道。我可以把你介绍给能帮你搞定这件事的人。她非常不喜欢后藤。”

“她？”

“众多女人中的一个。她有她的理由。”

“那对她来说不是有危险吗？”

“我想她不在乎吧。”

他把她的名片给了我，背面是她的地址。他还给了我另外一张名片，我认出她是在那份被泄露出来的警方材料上的一个。

“为什么是这两个女人？”

“我想，他向她们吐露了秘密。你对付女人有手腕，她们会跟你说心里话的。她们喜欢你。我听说你对一个女警非常友好。”

“我对大家都很友好。我是个好人。”

我叫人结账付了钱。我们往外走的时候，我问他为什么后藤不趁现在就把我除掉。

“他在等着什么东西来下决心，我不知道那是什么。他大概还不清楚你知道了多少，你把你掌握的消息告诉了谁。他不着急，在观察着你，收集着有关你的信息。也许他会在你有机会写出点什么之前尽力败坏你的名声——在你的公寓里放上毒品，然后打电话报警；让一个女人出来声称你在电车上调戏了她……有的

---

①译注：创价学会原来是以推进教育改革为目的创立的“创价教育学会”，后来演变成宗教团体。名誉会长为第三代会长池田大作，他也是国际创价学会SGI的第一任会长。

是办法不用杀你就让你变得无能为力，因为弄死你……嗯……会引起众人的关注。你知道他还在受审吧？”

我当然知道后藤还在受审。事情是这样的：

2006年5月，作为一家房地产公司总裁的后藤和另外八人因涉嫌非法转让涩谷区的一幢大楼的所有权被捕。据警方称，作为上市公司“菱和生命创造”的首席执行官的后藤伙同其他犯罪嫌疑人通过虚假登记，让渡了一幢12层楼房的所有权，后藤组的一个幌子公司拥有这幢名叫新宿大厦的楼房的部分所有权。这次逮捕行动源于一年多以前开始的一项调查——2005年3月，58岁的某楼宇管理公司顾问和新宿大厦的部分所有者野崎和辉被人捅死在东京都港区的街道上。

警方以违反物权法的罪名逮捕了后藤，因为他们认为他应该对野崎遇刺案负责。大家都知道这一点。

那次杀害完全是按后藤组的典型手法进行的：一小撮人，没有证人，很少或根本没有证据。我想，如果除掉我的时候到了，这可能也是我的下场——在某条偏僻的小巷里遭捅，最后流血过多而死亡。

我告诉他，我非常关心那个案件的审判。我很想知道为什么我没有遭遇到野崎先生的命运。

“大家都知道你，他们认为你在为美国中央情报局工作，起码后藤是这样想的。而且你还是个犹太人。他认为对你下手太重可能会带来不良的后果。”

“这跟我是犹太人有什么关系？”

“你有可能是摩萨德[①]嘛。”

“我简直不能相信我们会在做这样的交谈。”

“我已经把所有能说的都告诉你了，你自己看着办吧。祝你好运。不要低估了那个人，他可没低估你哦。”

我相信他说的是对的。

事态急转直下。有人告诉我说，后藤已经决定，如果他被判有罪——按他的情况会被判死刑——他就会派人弄死我。

2008年3月5日，警方把我保护了起来。美国联邦调查局的特工陪我到日本警视厅去了，他们讨论了他们所能采取的措施。美国联邦调查局联系了当地的美国执法机构，让他们监视我在美国的家。在这次会议上，他们要求我说出我在后藤组里的消息人士是谁，我拒绝了。他们警告我说，这样的话，日本警方这边要将24小时保护措施正当化就比较困难，而我只能说“那你们就看着办吧”。

---

①译注：摩萨德（Mossad）全称为以色列情报和特殊使命局，由以色列军方于1948年建立，与美国中央情报局（CIA）、苏联内务委员会（KGB）并称为“世界三大情报组织”。

我被带到东京都警视厅去见了有组织犯罪监督调查三科的警探们，那些人将负责保护我。过去，那些人都是我采访的对象，而不是我为了活命而要依靠的家伙。

在去东京都警视厅的办公室之前，我发送了一封快速电邮[①]给那些我认识的警察，提醒他们要假装不认识我。其中一位警探很快就给我回了电邮：“在这样的时刻，当一个好朋友遇到麻烦的时候，我才不在乎这会不会影响到我的职业生涯呢。我和其他几个人，我们现在就要去跟上司说，我们认识你，你是个正直的家伙。那次‘肥皂乐园’行动的情报我们还欠着你的人情呢，我们会支持你的。”

我跟那些警察走得并不是非常近，把他们当作泛泛之交，但这次让我深感光荣。我这才发现，自己认为是好朋友的人根本就不是非常要好的朋友，而自己认为只是相识的人里面却有一些是曾经拥有的最好的朋友。我们的生活中不会经常有衡量朋友的忠诚度和奉献精神的机会，一旦有了，结果可能绝不是我们所预期的那样。

在东京都警视厅，我们谈得很愉快。一位在场的警探在我要走的时候握着我的手补充道：“后藤真是个讨厌鬼。这家伙跟17起以上的谋杀案有瓜葛，还有那次在成城发生的谋杀未遂案——就是后藤的打手找不到他想整死的家伙，就捅伤了那家伙的妻子的那次。你在让他活得不自在，你在做我们应该在做的事情。祝你好运。”

他的话让我心里很舒坦。

我有一份表格要填写，而且必须回到日本警视厅去把它交上去。交完表格往外走的时候，一位我还在埼玉的时候就认识我的日本警视厅官员邀我到楼下的咖啡厅去喝杯咖啡。

我们一边喝着相当不错的卡布奇诺，一边聊着过去的事情。这个曾经的首席法医在担任埼玉县警察署的负责人之后，转而成了当地交通安全协会的主席，他对自己的工作很满意。另外几位曾经参与养犬人连环杀人案的警察也已经退休了。

他给我带来了一些好消息，也带来了一些坏消息：“你可能在想应该回家了。别回去。如果你回家去，他知道你住在哪里，你会让你的家人遭殃的。他很可能会雇某个少年犯罪集团成员去干这种事情，如果你的家人在你身边，他们就

---

①译注：指用某种快速发送邮件的超小软件发送的电子邮件。这样，无需使用大的电子邮件套件即可完成邮件的快速发送。

会被卷进去。如果他找不到你，很可能会去找你的朋友。”

这不是我想听到的话，我想回家。他还没有说完。

“后藤去加州大学洛杉矶分校的那一年，日本警视厅查到有近100万美元通过他的赌场账户转走了。他在东京就有一个账户，是一个大赌场的日本分公司的。你报道过梶山的案子，应该知道那种账户的用途。你的消息很可靠。”

“你有什么建议吗？”

“其实我本不该现在说这番话的，不过，情况是这样的：你对他的名声和地位构成了一种威胁。如果他把你抹掉，也许他可以保持沉默。一旦你把书出版了，弄死你的意义就没有那么大了。你是个记者，对不？是写出来的时候了。”

3月7日，我去东京地方法院旁听了后藤的审判，把日本警视厅惹恼了。据负责那起案件的警察称，主要证人受到了严重威胁，拒绝作证了。我设法进去旁听了几分钟的审判，就坐在后藤的背后。

如果我真的想伸出手去掐死他，或者把铅笔戳进他的喉头的话，是可以办到的，我没有那样做。但我忍不住有点想用手去碰碰他，哪怕只是一秒钟，看看他真的是不是人。他好像没有注意到我。

我不得不在审判的中途退场了，本来就不应该待在那里的。我在法庭外面的大厅里等候着。

无罪判决向等候在大厅里的新闻媒体公布之后，一个负责此案的警探对我说：“你知道吗，在这次审判中出庭作不利于后藤的证明的每一个人都会消失。他们会一个接一个地死掉。”他摇了摇头。

紧接着，一件意想不到的事情发生了。后藤走出法庭，跟他的保镖一起向电梯走去——没有走后门，也没有耀武扬威。没有一个记者想要上前去跟他说话。当然，他们都在看着，但没有一个人跟在他后面；后藤的律师一出现在大厅里，他们就朝那个律师跑去，尽快地远离后藤。有那么短短的一瞬间，电梯前只有我、后藤和他的保镖。只有这一次，我跟那个人面对面站在了一起。

我第一次能够理解到他为什么如此强大了。他个子不高，既不强壮也不显眼，但他直视着你的时候，就有一种用手卡住你的喉咙的感觉。我们都认出了对方，他嘴动而不出声地用日语对我说了些什么，他是不会留下一句你听得见的恐吓的。看来是对我的恐吓，可惜我哪种语言的唇读都不擅长。我同样无声地作出了回答——竖起中指。这就是我们必须说给对方听的一切。

后藤的保镖把他那恼怒的老板轻轻推进了电梯，我就跟在一群记者后面，来到了后藤的律师、前检察官牧义之召开记者会的地方。

牧抚摸着他那带灰色斑点的下巴，喋喋不休地诉说着对后藤的逮捕和起诉的不公正待遇。他还想方设法地暗示道，如果后藤真的提出要求的话，任何一家把他的委托人报道成好像是被推定有罪的报纸都可能会被起诉。这是后藤通过牧把枪口对准了已经唯命是从的记者们。

"由于后藤先生被非法逮捕并经受了这么漫长的审判，他穿过了一次心灵的地狱。我希望媒体多少反映一下我的委托人所承受的痛苦……"

我实在忍受不了这样的胡说八道，举起手来问了一个问题，这个问题结果变得更像是一段酷评。这种做法不是非常专业，一个人不应该把对与错的问题带到法庭里来。我们不应该指责为压酷砸辩护的律师本身是变节者或者罪犯，他们只是在做自己的工作。不过，我有点无法让自己从审判结果中摆脱出来。老实说，他所说的也是对死者的一种侮辱。如果压酷砸中有人应该遭受折磨，那就是后藤。

"对不起，你所谓的他的痛苦究竟指的是什么呢？正是这个人，他组织杀人、贩毒、散布儿童色情作品、对外国女性进行性剥削。后藤组，也就是后藤给无辜的人们造成了巨大的痛苦，为什么还要别人对他的痛苦表示关怀？作为一名前检察官，你怎么还能说出这样的话来？"

牧吃了一惊，不是因为我提的问题，就是因为我表现出来的愤怒。他明显退缩了一下，我身旁的记者都纷纷离我而去，仿佛我是一条疯狗。牧清了清嗓子说："为我的委托人辩护是我的工作，而且毫无疑问，后藤先生并没有犯下任何非法的行为，这……"

他还在继续用低沉单调的语调往下说，我转身走开了。几秒钟后，我听到记者堆里响起一阵"吃吃"的笑声。我想应该是牧拿我开涮了，而且我觉得有点像是关于我本身的笑话。不过，我已经看到他退缩了一下，那种感觉不错。

后藤受审后的第二天，我又开始工作了。我把自己的所有笔记整理了一下，交给了我所认识和信任的记者们，并把一部分内容给了我所认识但不信任的记者们。我不想要什么独家新闻了，我就想让这个报道得以发表，我不在乎它归功于谁了。

尽管我准备豁出去了，但还是遇到了一个严重的问题。

有几位日本警视厅的人到我的住处来喝酒，他们中间有一位名叫晃的，他在群马县警方供职的时候我就认识他了。有的时候，我会到他训练"剑术"的地方去跟他一起练。我也没有练那种武术的天资，不过，在大汗淋漓的几个小时里跟警察混在一起、忘了各自的职业界限总是有益无害的。意外的好运是，"外籍警察"转到日本警视厅来也已经有一年的时间了，在有组织犯罪监督局供职。他带来了一大瓶"男山"清酒[①]。大学时代的好友、现在是兼职研究助理的亚沙子也来了，她在那里忙着倒酒，跟警察调情，开着玩笑。我们在有榻榻米的房间里盘

①译注："男山"清酒是宽文年间（1661—1673）在伊丹开始酿造的，是江户时代以来传承至今的古今第一名酒。

腿围坐在一张古色古香的折叠式炕桌旁边。

我们谈论着后藤的审判和不恰当的结局，谈论着对后藤的律师牧的看法，大家都认为他是个变节的讼棍，但我稍微替牧辩护了一下，指出他曾经有过善意的初衷，十多年前曾出过一本关于日本法律制度的非常出色的书。

酒会进行到一半的时候，“外籍警察”放下他的酒杯，对他边上的另外三个家伙点了点头，仿佛在说：“嘿，到时候了。”然后清了清嗓子。

“杰克，警队里有个听后藤使唤的家伙——K中尉。他一直在打听你。我们都知道他被收买了，但他可以搞到不涉及后藤的可靠情报，所以他就这样留在警队里做事了。”

我放下自己的玻璃杯，又倒满了一杯。

“这是什么意思，能确切点吗？”

“这就是说，后藤了解你的一切。你住的地方，你的家人住的地方……我们存档里有关你的所有信息。而且他有可能——实际上极有可能——还有你的通话记录。因为你把手机号码印在名片上，这种事情对他来说可能易如反掌。”

晃点了点头，补充道：“听说他雇了G侦探社来对你进行全程监视。后藤至少拥有两家私人侦探社，敲诈勒索是他的专长。如果你有了见不得人的事情，他们就会立刻出动。”

很显然，压酷砸团体里并非国粹会才有自己的私家侦探。

“外籍警察”让我把手机拿给他看，我从口袋里掏出手机，递给了他。他查看了一下通讯录就还给了我。

“你需要弄清楚过去两个月里你跟谁通话最频繁。因为如果后藤找不着你或者想知道你在哪里的话，那些人就是他会去跟踪的人。K中尉就是后藤的代理人。如果K有了电话号码，他就可以找到地址，只需要打几个电话就可以了。即使他找不到，G侦探社还有办法。你应该提醒跟你走得很近的人当心点。”

“外籍警察”又给我斟了一杯酒：“干了。我不信那老头真的会干出什么事来，但我们认为你应该充分了解这一点——并非所有的警察都是你的朋友。”

“好的，”我说，“为好朋友——干杯！”

“对了，顺便说一下，”“外籍警察”一边为每个人（包括亚沙子）把酒斟满，一边说道，“显然K在找你的照片，但看得清楚的不多。他知道我认识你，就问我有没有。我说没有。他可能会设法见你，别答应跟他见面。”

“为什么不能？”

“K中尉是个有过目不忘能力的素描画家。有的时候，素描其实比照片更容易辨认人。你只要跟那家伙见一次面，后藤组总部的墙上就会挂上一张跟你惟妙惟肖的肖像。而那些被派来收拾你的家伙手里也许就会有一张钱包大小的拷贝。”

“真了不起。那我现在应该怎么办？”

“写那篇该死的报道吧，别浪费时间了。打消他们想让你闭嘴的念头，就这么简单。然后你就可以带我去脱衣舞酒吧找遍所有带奶牛乳房的白种姑娘啦。你欠我的，阿德尔斯坦。”

亚沙子听到这话笑了起来　“杰克，没想到你还经常光顾这种地方啊。”

“外籍警察”咯咯笑着说　“那你就完全不了解他了。”

喝到一半，“外籍警察”和我偷偷跑到外面去抽了一根烟，他问我最近怎么样。

“还行吧。”我只能这么说了。

“我去查了一下你那个朋友的情况。”

“有结果吗？”

“什么也没有查到。她干活的那个地方被突击搜查了，可能是在2006年2月。店铺是重新开张了，但没了老外宝贝。我试着去查了她的行踪，叫人帮忙去入国管理局查了一下，那里没有名叫海伦娜的人的出境记录。或许她另外还有一个名字？双重国籍？”

“不会吧。”

“你跟她上床了吗？”

“没有。”

“为什么没有？”

“因为她是个好朋友。我的意思是说，她一直是好朋友。”

“你和她有问题吗？”

“那倒没有。”

“你在操别人吗？”

“我是绅士，原则上是不会回答这个问题的。”

“我没说错吧？”

“你说什么了？”

“你知道的。”

“哦，知道了。利己法则。不过，有一件事你说错了。”

“哪件事？”

“那不是滑溜溜的坡道，是要人命的滑水道。”

“杰克，有的时候，你知道吗，你必须以毒……”

“……攻毒。这个成语我很熟悉。”

“做你该做的事，把这个麻烦了结了。这比什么都要紧，你懂吧。”

“我懂。”我让他放心。他一点都不像关口，但他还是颇为慎重的——也许不是个好警察，但是个好人，是个好朋友。为了我，他不顾自己职业的安稳，打破了警官之间互相袒护的潜规则。我不知道自己是否做得到对他的仁义受之无愧，但我很高兴得到了这份仁义。

一直喝到11点30分，大家才匆匆离开，去赶末班车回家。他们走后，我给自己倒了一杯酒，点着一根烟，放上一曲迈尔斯·戴维斯[①]，调暗灯光，沉思了起来。

当你自斟自酌的时候，就知道自己有问题了。整个世界仿佛死掉了，唯一听得到的就是香烟噼啪作响的声音，风轻轻摇晃着挡雨的百叶窗，光碟在博士牌立体声音响里轻轻地旋转着，播放着歌曲《Final（Take 2）》。

我想，在我的一生中，我从来没有感觉到这么寂寞过。

有种意识袭上我的心头，就像肚子挨了一拳：自己的行为已经危及自己所关心、喜欢、爱着的或只有一面之交的每一个人。他们怎样体谅我其实并不重要，问题在于我用那该死的电话通过话的每一个人现在都成了某个人可以利用的对象，而这个人却是个把人当炮灰使用也不会觉得良心不安的人。

我真的需要有人说说话。我有点醉了，思维也不是很清晰了，我拨通了关口的手机（他的号码还留在我的通讯录里，我一直没有把它消掉），它响了几次以后，我才意识到他不可能接了。现在，没有人会来给我指明方向，没有人会给我有益的建议了。没有了良师益友，一切都得凭自己的力量了。

关口会怎么做呢？

这是我私下的口头禅。对了，他首先会评估一下事态。我评估了一下，看来事态并不太妙。

大部分压酷砸不会让平民卷入冲突之中，这是他们至少应该做的事情。一般都认为袭击跟你有过节的人的妻子、情人、挚友是不体面的。真正的压酷砸是不会去痛打一个赖债者的兄弟的，他会去痛打赖债者本人。

后藤忠政是个不同类型的压酷砸。他以刻薄、无耻著称，而那个狗日的警察实际上就是在给他火上浇油。现在，我必须弄清楚他最有可能烧到的是谁，也许这种事情真的会发生。

我需要采取一些应急措施，而且不能等了。我上楼抓起名片盒，回到楼下，把所有的名片倒在地上摊开。我打开笔记本电脑，把手机上有的每个人的名字都敲了进去（我还没有足够高明的手段把那些名字用数据线传输到电脑里去），然后按照潜在的风险把我的朋友排了名。因为没有自己的通话记录，我仔细查阅了两个月的电子邮件，试着从中重现我去过的地方，跟我在一起过的人。

---

①译注：迈尔斯·戴维斯（Miles Davis，1926—1991），小号手、爵士乐演奏家、作曲家、指挥家，20世纪最有影响力的音乐人之一。

在那些名片中，我找到了海伦娜的。皱巴巴的，在我的钱包里来回拔插得边缘都磨毛了，在我的口袋里装得纸张都褪色了，上面满是折痕，字迹也模糊了。

我记得她把名片给我的时候，我不得不去争取那张名片。第一次见面的时候，我就把自己的名片给了她，可直到第三次还是第四次见面的时候，她才觉得我的信用足以得到她的真实姓名。她当时穿着一件黑色皮夹克，里面是一身简简单单的红连衣裙，脚上穿着长统靴，头发梳到脑后扎成一条马尾辫。她用双手递过名片来的时候，滑稽地模仿了一下日本式的鞠躬，嘴里还说道："我叫海伦娜，妓女，不过不是普通的妓女，是职业妓女。"她说着说着就笑了起来，被她自己的玩笑逗得眼睛一闪一闪的。

我一直杂乱无章地记着日记。记日记是件好事，因为我们的忘性都太大。作为记者，你见的人那么多，采访的悲剧那么多，写的报道那么多，很难记得发生了什么事，去过了什么地方。但有些小物件里储存着的回忆却比电话簿大小的日记本里的多。我把那张名片拿在手中，觉得它饱含着沉甸甸的回忆。

我们曾把那张名片当作她的大富翁游戏[①]里的"公园广场"。一个阴雨的周日，我在办公室里做了一些事情之后，顺路去了她住的地方，我们玩了一局"马拉松"。因为一直找不到"公园广场"的卡片，她就把她的名片放在那个位置上。我争辩道，那上面租金等相关的信息一个都没有，她便凭着记忆把所有的数字都说了出来，还说道："我了解'公园广场'，宝贝儿。这个女人只想要高档的房地产，我就是这样的，结束的时候让你输到光屁股。"

果然不出所料，游戏结束时我便成了日本的雷曼兄弟[②]。她真的很擅长战术游戏——大富翁、战舰、奥赛罗。这很伤我的自尊心。我想，那些游戏就是她的唯一爱好吧。

在那堆名片里，我找到了那张"公园广场"的卡片。我想，我就是当时拿错卡片的人吧。

我想不起最后一次玩大富翁是什么时候了，于是，我想起自己多么思念有她在一起说话的日子，于是，我一时间觉得自己喘不过气来。

我不愿去想这样的事情，但还是想到了。

---

①译注：大富翁（Monopoly）是一款2—6人参加的策略棋盘游戏。参加者先分得游戏币，然后凭运气（掷骰子）及交易策略进行买地、建楼来赚取租金。最后只有一个胜利者，其他人均以破产收场。

②译注：雷曼兄弟控股公司（Lehman Brothers Holdings Inc）创办于1850年，是一家国际性金融机构及投资银行，曾被美国《财富》杂志选为财富500强公司之一。2008年雷曼兄弟公司成为美国第四大投资银行之一。2008年中，受次级房贷金融风暴的连锁效应波及，雷曼兄弟公司宣布申请破产保护。

如果我没有在2005年的时候打退堂鼓，或许后藤已经失权，这样的事情也不会发生了。当时，那个决定看起来是正确的——战略性退却。不过，真的是那样？还是一种怯懦的行为？或许只是出于懒惰？那一幕在我脑海里重现了好多次。

于是，我下了决心，只要能把他打倒，我什么都愿意做。我厌倦了东奔西跑，实际上我也没有多少钱。我没有九百来号人为我工作，也没有几百万美元藏在银行里。但我有一些好朋友，一些消息，一些联络人和满腔的怒火。

不过，在放手大干之前，我必须打几个电话，发几封电子邮件。听到我不得不说的话，很多人会觉得非常不满意，他们当中的一些人就决不再是朋友了。如果说我一点都不痛苦，那是在撒谎，但我会理解。友谊中一般没有成为替身标靶这种默契吧。

我把那篇文章写了出来。

事情看起来就这么简单：不发表即死亡。真的。

问题是，没有人会发表我的文章，连我本来指望的人都不会了。

“这篇报道过时了。”“我们不想惹日本警视厅，如果这是真的，他们就显得非常愚蠢了。”“我认为美国联邦调查局不会为我们确认这件事。”……有家报社似乎对发表这篇报道感兴趣，但那家报社想要做的就是抨击美国联邦调查局，我认为那样做根本达不到真正的目的。我认为美国联邦调查局做那笔交易并没有错，而我也不想让吉姆受到冷嘲热讽。我不能同意那种做法。

只有一个人（某出版社的一位资深编辑）对我说了实话：“这是很吓人的玩意儿。我们发了这个，那就不但要跟后藤的律师打交道，而且还不得不花一大笔钱来加强公司的安全保障。报复是一定会有的，人员也会受伤，搞不好我们的办公室都会被扔汽油弹。而且坦率地说吧，我们一直在为创价学会印一些东西，那样的话，后藤还不让那里跟我们终止合同？对不起了。”

我想，那时可能是我一生中最糟糕的时期了。万事几乎俱备了，东风却怎么也唤不来。有份杂志向我保证，只要我能再找到一点确凿的证据，它就准备刊登这篇报道。我悄悄去了一趟美国西海岸，跟一个为后藤组洗过钱的艺术品经销商见了一面，结果却糟透了。

我得不到那份杂志希望和要求的东西，越来越觉得事情要落空了。我在一家20世纪20年代建的旧饭店里待了一个晚上，翻看着《完美自杀指南》，考虑要不要尝试一下。这似乎是一种选择。在若干年之后，日本有很多人寿保险的保单连自杀的情况也属于偿付范围里的了。要是用自己来抵债，我既可以为我的家人留下一笔钱，后藤也没有理由去招惹我所担心的每一个人了。十年前，我根本想象不到自己还有可能步入那些执行自杀指南的不幸者的行列。我对自己非常不满意，而且很担心——什么事都担心。

我可以说是有点沮丧了。如果不是那个适当的人在适当的时候来了一个电话，我可能已经那样做了——我真不好意思承认。

最后，我决定自己动手用英语写这篇报道。我抽着烟，看着太阳从机场上空升起，做着回日本的准备……我突然明白该怎么做了。我早就应该明白，想先用日语发表这篇报道是不可能的。我一开始就应该采取别的手段。

我估计自己能让这篇报道发表在日本外国记者俱乐部（FCCJ）的报纸上，结果又错了。提交了这篇报道之后，我意外地接到了一个编辑电邮过来的一份备忘录，要点是："美国联邦调查局给一个臭名昭著的压酷砸发放签证，这样他就可以得到肝脏移植？听起来完全令人难以置信。也许这家伙有点疯了。"

我心里很不痛快。是的，我敢肯定自己是被别人看成疯子了。你不得不承认，这是一篇令人难以置信的报道。

我向自己认识的所有人求援，后来一位世交把我介绍给了《华盛顿邮报》"观点"栏目的编辑约翰·庞弗雷特。他也认为我有点疯了，但我没有责怪他。他要证据，我把手头上的所有资料都给了他，有一百来页。

我从来没有哪篇报道接受过跟这篇报道一样苛刻的审查。我每天花好几个小时回答问题，核查事实，辨别我的材料的来源，这样过了一个多月，这篇报道才得到了庞弗雷特先生的首肯。最后，华盛顿邮报从美国联邦调查局得到了独立的证实，证明我说的是真话。5月11日，《华盛顿邮报》刊登了这篇报道。日本外国记者俱乐部也改变了立场，发表了我的文章，但删除了后藤的名字。

在这篇报道发表之前，我还做了一件事情。我跟另一派系的山口组（理事会）的一个家伙取得了联系。我知道后藤被山口组的高层看作是惹是生非的人。

我跟那个理事会里的家伙解释说，我正在写一篇后藤忠政跟美国联邦调查局做交易的报道，是用英文写的。我请他把这篇文章递上去，请求山口组总部给一个意见（虽然我并不认为他们真的会给）。我对他说："我想知道山口组总部是否同意了这笔交易，如果是，为什么？你们是否认为这件事有问题？"

我把用英语写的报道和我翻译的日文版给他看，他当场看了，但表情没有任何变化。

几天后，他打电话给我，态度非常礼貌。

"我们没有正式的意见。你也知道，山口组不再接受任何采访，我们也不会提意见了。不过，上面已经委托我跟你说，非常感谢你促使我们注意到了这件事，我们并不知情。我们其实宁愿内部处理此事。我们了解到你在这篇报道上花了很多的时间，愿意对你所付出的时间和努力给予补偿。"

我摸不透他在说什么，就直言不讳地问道：“我不是日本人，是外国人。微妙的措辞我听不懂。你说的是什么意思？”

“我可以给你30万美元，条件是不写那篇报道。只要把你的银行名称、你的账号和你存款的分行名称给我，明天你就可以拿到钱。”

“我不能接受那笔钱。”

“我可以为你在一周内准备50万美元。但我必须把它存到两个不同的银行账户里去。如果你没有两个账户，可以很容易地再开设一个……”

“不是金额的问题。谢谢。我会把最新消息随时告诉你。”

“嗯，我认为你没有在做最明智的决定。你可以实现我认为你想实现的事情，轻而易举地成为富人，开始新的生活。”

“我喜欢我现在的生活。我很感谢这个提议，而且感到非常荣幸。但我不得不谢绝你的好意。”

“请随时与我联络。”

我答应说我会的。

如果说我对拿了钱走人不动心，那是在撒谎。但是，如果我那样做了，他们就把我捏在手心里了。

在这篇报道发表之前，我给读卖新闻社送去了一份拷贝。我觉得这样做似乎比较合适。读卖新闻社没有理我，日本的其他报社也一样。我早就料到事情会是这样的。

这就是我在《华盛顿邮报》准备发稿之前就已经开始跟《洛杉矶时报》接洽的原因。我趁该报社的旧金山分局局长约翰·利翁纳在那一年5月来日本的时候去见了他，他很快就觉察到这是一篇有价值的报道。我跟他和查尔斯·奥恩斯坦一起忙活了好几周。《华盛顿邮报》的文章中没有提到加州大学洛杉矶分校，这让他们觉得非常满意。5月31日，这篇报道成了他们的报纸的头版消息。这下日本媒体不能不闻不问了，只是有些报刊还是装作不知道。几乎所有报道了这一消息的日本媒体都畏畏缩缩地写道：“据《洛杉矶时报》的一篇文章称……”这是日本媒体在报道棘手的新闻时的标准策略：归咎于别人。“我们没有说——是《洛杉矶时报》说的！”我没有看到有一篇文章说有人想要独立核查这个消息或做进一步的调查。

报道问世了。然而后藤那边却没有一点动静。我不知道他会如何辩解，但这个消息看不到有什么效果。我呢，晚上却好睡多了。现在我成了非常显眼的目标，而正因为如此，我受到扼杀、跟我有关联的人受到伤害的可能性都小了不少。但很显然，要把他打倒，我必须把一切都详细地写出来，而且必须用日语写。

我的一个好朋友，也是压酷砸粉丝杂志的前编辑铃木友彦找到了我，问我是否有兴趣为宝岛出版社的《被禁止的新闻报道》文集撰写一个章节。我问，我们能不能一起撰写——这种问法非常可怕，因为这意味着他也会惹怒后藤组。但他没有退缩，而是警告我说，我要做好承担巨大风险的准备。我说，我愿意做这件事。

就是那个时候他对我说，我需要一个保镖。我认得那家伙，名叫望月昭夫。他一直是远藤安亘（关根元在20世纪90年代杀害的压酷砸犯罪头子）的好朋友。他们并不属于同一个有组织犯罪团体，但压酷砸之间的友谊有时会超越组织上的束缚。一个住吉会的成员可以跟稻川会的成员结为“拜把兄弟”，一个山口组的成员可以跟国粹会的成员称兄道弟。望月和远藤就是这样的一种关系。好就好在我们都互相认识。我问铃木，望月为什么愿意做保镖。

“他不再是个压酷砸了，去年就脱离了组织。他有个一岁大的儿子，但没有工作。他是理想的保镖兼司机。他是个好汉。”

“是的，我认识他。不过，他过去可是个犯罪头子啊！我想有……好像……一百来号人为他干活吧。”

“没错。”

“那不是降格了，为我干活？”

“一点不错。不过不是那种九根指头的中年压酷砸，也不是那种会挑肥拣瘦的全身刺青的人。没事的！”

于是，我雇了望月。我在为加州的一个公司做报酬优厚的扒金库产业调查项目时攒了一点钱。我真的觉得自己没有多少选择的余地了。

到了7月，那本文集蓄势待发，望月跟着我也有一段时间了。我想在提交最终稿之前征求一下他的意见。他相当了解后藤，我认为向他求教很合适。

他读了手稿，读的时候表情不太妙。他是个非常有礼貌的家伙，过了一会儿才把他的想法说出来。

“杰克，你知道吗，如果你这样写，他可能会想把我们两个都杀了。当然是先杀了你咯。他真的会恨你。即使你不想这么做，也没有人会认为你没价值。你可以一走了之。”

望月先生从大衣口袋里掏出一根烟递给我，然后用手罩着他的“芝宝”打火机的火焰为我点着。

让一个前压酷砸犯罪头子在早上为你点烟、冲咖啡，感觉有点怪怪的。

当然，他现在不是犯罪头子了，是在为我干活。我觉得说他跟我一起工作更合适——不过望月先生并不这么看。我给他发工资，这样我就成了老板。他50岁，我39岁。他比我年长，也比我强壮得多，却在听从我的指挥。我一直不太理解压酷砸打手的心态，但我欣赏他们那种职业道德。

他跟往常一样穿着一件长袖衬衫，盖住了刺青，却掩盖不了左手那根残缺的手指。他不应该是个压酷砸，而应该是个艺术家。他曾经是个艺术家，而且还是个不错的艺术家。但他与一帮不良分子鬼混上了，在“肥皂乐园”里陷入了债台高筑的境地，结果稀里糊涂地成了压酷砸。有一次，他的手下把事情搞砸了，他砍掉了自己的一部分小指以示赎罪与自责，这在相当大的程度上扼杀了他重返艺术家生涯的机会——他从事的那种艺术需要十根手指齐全才能够胜任。他同时因为违抗命令被逐出了压酷砸团体。他不喜欢上层管理人员采取的“金钱就是一切”的变本加厉的做法，他落伍了，还活在所有压酷砸都信奉某种原则（虽然在道德上可能有瑕疵）的那个时期的遗风里。一年前，他曾掌管着一百来号打手；现在，他在为一个不如说是日本人的美国犹太怪小子点烟，而且还冒着风险做我的全天候保镖。

我想，我们在某种程度上都是流浪者吧，我们一定还没有走到自己准备去的地方。我浅浅地吸一口烟，深深地吐了出来。我的肺已经跟过去不一样了。我看了望月一眼，他在等我回答。

“我就乐意这样做。妈的，他反正要杀了我。他正在等着事情平息下来呢。如果这个机会能把那个人彻底搞垮，有可能让他被撵出山口组，我就想这样做。”

“那我就替你提防着点。”

“我很感激，但这对你来说算什么？”

“一个新的人生。我喜欢为你干活。”

“我给你的工钱太少了。”

“没错，是少了一点。”

“我还以为你以前的组织的事情一旦解决，你就会想回去当犯罪头子。”

“不会的，我改变主意了。过去的这几个月里，觉得跟妻儿在一起过日子真不错。我也喜欢你让我干的活儿。现在我可以在雨天走过街头也不必提防什么了。”

“我的钱只够雇你到年底。”

“嗯，到时候我会去找个新的工作。”

“谢谢你。有什么建议吗？”

“去掉‘背叛’这个词。‘背叛’这个词重了点。如果你说后藤‘背叛’了山口组，不啻是在火上浇油。找个更理想的词吧。”

我接受了他的建议。

那本文集即将出版的时候，他提出了一个小小的请求。

我们当时正坐在楼下客厅里抽着烟，听着他喜欢的一个不起眼的日本摇滚乐队的曲子，他请我帮他一个忙。

“杰克，我想让你知道，如果你出了什么事，我会去找出是谁干的，然后杀了他们。你大概知道我会这么做吧？”

“不，我不指望你这么做，你也不必这么做。”

“‘滴水之恩，当涌泉相报’——这是你应该知道的话。在压酷砸的世界里，这就是说，一个人让你过夜，给你饭吃，你就欠那个人的人情。你收容了我，照顾了我和我的家人，我就欠了你的人情。我一贯不欠别人的人情的。真正的压酷砸就是这样做的。”

“我很感激这种情义，但……”

“那就尊重我所说的吧。那就是我会做的事情。如果我不那样做，我还算什么男人？我压根就不是人了。”

“你有什么请求？”

“如果我出了什么事，不要想着去为我报仇，顺其自然。你不是压酷砸，但你到底是个好人。答应我，你会照顾好我的儿子——一定要让他得到良好的教育，好好地长大成人。这就是我要你做的。这就是我想请你做的。”

“我当然会这样做。如果发生那种情况，我会收养他。那你要我告诉他有关你的事情吗？”

“告诉他，他的父亲是一个压酷砸，一个最后的真压酷砸，而且觉得非常自豪。”

“我会的，如果发生那种情况的话。那你的妻子呢？”

“她啊？哦，不要让她跟一个混蛋再婚就行。跟记者也不行，那些家伙除了会惹麻烦外，别的什么都不会。”

我不确定他是不是在开玩笑。

8月9日，那本文集出版了，书名叫《2008年日本犯忌新闻》。早在这本书还没有摆上书报摊之前，我认识的那个在董事会里的家伙就得到了我写的那个章节的拷贝。

我添了一些从未发表过的内容：另外三个做了肝脏移植手术的压酷砸的名字。继后藤之后，有东京的另一个压酷砸团体松叶会的组长获野义郎[①]。他和后

①原注：据我所知，现在是松叶会组长的获野和其他压酷砸并没有与美国联邦调查局做交易，而是用化名及（或）假身份蒙混过关。据说后藤在让他们进入加州大学洛杉矶分校的事情上起到了作用，但目前还不清楚这另外三个人是怎样排进加州大学洛杉矶分校的肝脏移植等候名单的。

藤是拜把兄弟。据说荻野在手术后也向加州大学洛杉矶分校捐赠了10万美元[①]。继他之后的可能是美尾久敏——柴田给了我这个名字。接下来还有竹下三郎，他是后藤组里的恺撒·苏尔[②]——一个财务高手，他管理着20家幌子公司和后藤组的大笔收入。1992年，他和同谋者一起被静冈县警察署以威胁和施暴罪逮捕了。当时他去向当地的一家公司老板收款，那个51岁的男子没有钱交，竹下就命令他"把你的女儿带出来，这样我就可以划开她的脸"。那个人不从，竹下和同伙就猛踹他的胸部和大腿，结果他不得不住了数周院。

是啊，他们都是些勤劳的日本男人，当然应该在好吃懒做的美国人之前得到肝脏咯。

人们无法通过加州大学洛杉矶分校的辩词证实加州大学洛杉矶分校以及布苏蒂尔博士在做移植手术的时候知道这些患者当中有人跟日本黑帮是有联系的。双方在发言中都表示，他们没有进行有关患者的道德判断，而是根据他们的医疗需要进行了处置。然而，他们并没有明确否认他们知道这些患者中的一些人与压酷砸有关联，他们只是拒绝谈论这样的问题——他们对这四个患者都知道些什么，是什么时候知道的。还应当指出的是，美国医疗保险和医疗补助服务中心会同加州大学洛杉矶分校进行了一项调查——加州大学洛杉矶分校医疗中心及其工作人员在为这四个日本患者进行肝脏移植手术时是否有不当的行为。据《洛杉矶时报》称，这项调查没有发现任何不当行为的证据。然而，许多人对这种牺牲美国人的权益、把器官提供给有犯罪记录的外国人的道义提出了质疑。

在加州大学洛杉矶分校发生的事情可能不仅仅在道义上值得商榷，联邦执法机构的消息人士表明，加州大学洛杉矶分校可能在不知情的情况下参与了洗钱。有几个特工跟我解释过，国际水平的洗钱背景只是意味着把犯罪所得从海外转移到美国，就像高利贷帝王案一样。因为压酷砸的大部分金钱一般都来自犯罪活动所得，所以，在那四个得到治疗的与压酷砸有关系的人当中，很可能至少有一个人支付给加州大学洛杉矶分校的一部分钱是来自他们在日本的非法活动所得。据我所知，没有一个得到治疗的人曾经受到洗钱的调查，而且任何调查都需要得到日本当局的协助。当然，加州大学洛杉矶分校是否连他们治疗的那些人是压酷砸的事实都知道（据我所知，他们从来没有否认他们知道那些人是跟压酷砸有关系

---

①译注：后藤向加州大学洛杉矶分校医疗中心捐赠了10万美元以示感谢。为此，该大学在外科办公室入口设立的牌匾上写道："承蒙后藤忠政先生慷慨解囊，设立后藤研究基金，特此致谢。"

②译注：恺撒·苏尔（Keyser Söze）是电影《非常嫌疑犯》（1995）中的一个角色——一个冷酷无情、行踪诡秘的黑社会大佬。

的，但强调他们没有对他们的患者进行道德判断的审核），以及他们是否知道任何一笔付款（或与手术相关的捐款）可能来自非法活动所得的问题依然存在。我很想知道这些问题的答案。

这本文集引起了强烈的反响。铃木接了所有的电话，接下了所有的恐吓。我想，自己不必去面对这样的事情就够幸运了吧。到处都有一些媒体评论和报道这本书了。一本压酷砸粉丝杂志《周刊实话》发表了一篇关于这本书和我本人的文章，指责我第一是美国中央情报局特工，第二是美国中央情报局或国际犹太人阴谋集团的马前卒，第三是爱出风头的白痴美国人，根本不了解压酷砸有多么伟大，对日本社会作出了多大的贡献。

我不知道有这篇文章的存在，但就在这本文集出版前后，望月的一个还在组织里的拜把兄弟把四辆汽车整天都停在我家附近。这是对后藤组的一个警告——我实质上受到了另一个犯罪团体的保护。我并没有请求他们这样做，但我很高兴有这样的举动。望月没有征得我的同意，因为我会说不行。我从来不想让自己欠任何日本黑帮集团的人情，但事情还是成了这个样子。我欠了这个人的人情，而且我不得不尊重他了——他是在为我铤而走险。

我得到了一个更不积极的回音。讲谈社国际部突然决定不出我的那本书了。它让外部的人做了出版风险评估，结论并不理想。

然而，在10月14日前后，后藤被山口组正式免职了。谁说文集缺乏效力？其实说白了就是这个国家最有钱、最有影响力的压酷砸因为“聚众逃学”被开除了。不过，警方明确地告诉我，事实上《2008年日本犯忌新闻》的出版才是引爆点，他们提醒我暂时不要露面。

后藤的许多助手也被停职、免职或终身开除出那个组织了。后藤组被分成了两个犯罪小组，而后藤不再是犯罪头子了——他成了前犯罪头子。这对我来说是个重要的日子。我接到了来自警察、朋友、其他记者和消息人士的祝贺电话。

15日，我接起那个电话时听到了一个令我震惊的声音。我以前在看一张山口组某个仪式的DVD时听到过这个声音，但我万万没有想到会接到由那个组织里那么高层的人亲自打来的电话。他自报了家门①，他的话简短扼要：

“感谢你促使我们注意到了这些事情。我相信我们已经圆满地解决了它们。我们对你所付出的辛劳表示感谢。”

随后他便挂断了电话。

我不知道他是怎么搞到我的电话号码的。

---

①译注：这个人应该就是山口组的现任第六代组长司忍。

尾声

还有一件我不得不办的事情。

我跟一个人商定了在香港见面，这个人就是最早让我觉察到后藤那件事的人——“独眼龙”。他已经被组织遗弃了，非常难找，是他的父亲替我们牵了线。他有点责怪我的意思，说是我让他陷入了困境，但我还不清楚个中的原因。不过，他还是同意见面了，也许是出于某种残余的责任感和义务感吧。我们在香港国际机场见了面，我想让活动范围安全点。我不信任他，自有我的理由。我们坐在候机厅里做了一次短暂的交谈。我想知道一件事：他是不是故意把那个消息给了我，我是不是上了圈套？我这段时间一直对此感到疑惑。

“独眼龙”对此很快作出了答复。

“当然是我们为你设的局咯。如果你做了你本来应该做的事情，后藤2005年就已经完蛋了。你没有做。我跟大家说你会写的，而你却一走了之。结果我遭殃了。我成全了你的梶山报道，而你却让我完蛋了。你毁了我的生活，害得我被开除了。”

我对此真的不知道该怎么回答好了。

“我凭什么应该知道我本该怎么做？你根本就没有告诉过我。你敢说你不是因为满脑子冰毒被开除的？”

这是真的。他有严重的脱氧麻黄碱瘾。上瘾了这么久，只要不磕药，他就是个易怒、易激动、多疑的混蛋。但这样挑明了可能不太好。

“大家都在磕，没什么大不了的。不是因为那个让我被撵走的，就是你的错。”

“你给我出了个难题，我没有足够的消息写那个报道。如果你把关于美国联邦调查局的事告诉了我，那就另当别论了。”

“我没说美国联邦调查局而已。我跟你说了，他跟警察做了交易，这应该就够了。”

“不对吧，你根本就没有提到警察。”

“胡说八道，是你没注意听。”

也许他说得对。他第一次无意间透露出来那么一点点后藤在洛杉矶大冒险的消息时，我们已经喝醉了，或者说至少我醉了，但我敢肯定，那样的重要细节我是会记住的，我有99%的把握。

“好了，现在结束了，他没戏了。我也做了我本来应该做的事情。我郑重声明，我不喜欢做别人的马前卒。”

“很遗憾。”

我们中间隔着一张小桌子，他把包搁在地上，我们面前都有杯咖啡，他喝的是清咖啡，我给自己的加了奶精和糖。

我又喝了几小口咖啡，觉得我们已经无话可说了，便起身准备告辞。我刚要走的时候，他说还有一件事。

“喂，你的情妇到底出了什么事？”

“什么情妇？”这个问题让我感到非常不安起来。

“你认识我说的那个婊子吧。”

“不认识。”

“那个婊子老外啊。海伦娜是她的名字，对不？”

我当即感觉到一阵很强烈的反胃。我没有马上接茬，而是坐了回去，又喝了一口咖啡。

“我认识一个名叫海伦娜的女人。我一直想跟她取得联系，好长时间了。”

“你永远得不到她的消息了。是你杀了她，知道吗？”

那狗娘养的笑了，那是一种趾高气扬、自命不凡、得意洋洋的笑容，一种小孩子没等你说完笑话就点破你时露出来的坏笑。他发着“r”的舌尖颤音让话语像弹珠一样从嘴唇里蹦出来：“你让她调查国际演艺协会，对吧？她在到处探听消息的时候被抓住了。他们把她拖到他们的一个事务所里，惠比寿的一个偏僻地方。她身上带着你的名片。她不肯说，你知道吗？她还想包庇你这个贱骨头。”

他详尽地说了他们对她做的事情：“他们花了好几个小时，先折磨了她一阵子，然后打她，还奸污了她，用边上扔着的东西。她流了很多血，有可能是被塞在她的嘴里的阴茎噎死的，也有可能是被她自己吐出来的东西噎死的。他们可能并不想杀了她，可你知道吗？她不肯说嘛。”

他满不在乎地说了这一通话，连声音都不肯放低一点。

他说完后又加了一句：“这是你的错，谁叫你让她四处打听来着。如果不是后藤组认为你有点像伪装的警察，他们当时也会把你杀了的。你真是个讨厌鬼。”

“你这是在胡说八道。”

“哦，那我为什么会知道她的名字？”

我也回答不了这个问题。我知道自己没有给过他这个名字，所以哑口无言了。我曾问过我的一些消息人士，试图查出她的下落，或许有个家伙把她的情况告诉了他。我不能提这件事，否则就有出卖那个家伙的风险。我陷入了沉思，他踢了踢桌子。

“愣在这儿干吗？喂，怎么不开玩笑啦？”

他从皮包里掏出一个牛皮纸信封来，“啪”的一声掷在桌上。

“把这个当作是件礼物吧。我欠了你一次人情，为你去四处打听了一下，现在我们两清了。”

“这里面是什么？”

“照片。干吗要浪费掉一具漂亮的尸体？他们拍了照片，拿给那些在俱乐部里干活的其他女孩看：‘这就是惹是生非者的下场。’看看吧，然后你就明白我不是在耍你啦。”

我把照片拿了出来。那些照片太吓人了，我觉得没有必要详细描述了。

那是一个女人，但我不知道那女人是不是海伦娜。头发跟她一样，是栗色长发；两眼发直，我认为那双眼睛不像她，但活人的眼睛跟死人的眼睛看起来可能大不一样。我想看看她上唇的那颗痣，但没有找到。不过话说回来，他们切掉了她的嘴唇，这个用意不难察觉到。

还没等我把那些照片仔细看一遍，他就从我手里把照片夺了过去，把它们塞回信封里，然后把那个信封塞回包里去了。

我竭力克制着不让自己呕吐出来，不让自己显得特别地难受。突然，地心引力就好像被调大了一样，在把我往地面上拉，我瘫坐在椅子上，动弹不得。

“不管怎么样，干得还不错嘛。后藤事实上已经完蛋了。这样我也好过一些。”

“我有个问题。”

“我不回答了。”

“是不是后藤下令把她杀了的？假如她真的被杀了的话。”

“你认为呢？”

“我不知道我会怎么想。我想知道发生了什么事。”

“我敢肯定你会想到的。也许有人打电话问过他该怎么办。也许是他们自己决定这么干的。我不知道。你为什么不自己去问一下后藤呢？”

“你认为他会告诉我吗？”

“那倒不是，我觉得，如果你去问了，那就好玩了。即使他下了命令，我认为他不可能记得了。”

“你为什么要告诉我这件事呢？”

“那你就会知道……那你就会知道不做我们本该做的事情时的下场了。”

“什么是我该做的呢？”

“你本该写一篇报道文章，报道后藤忠政为了到美国去肝脏移植如何跟警察做了一笔交易，还有，他在那笔交易中如何出卖了弘道会的成员。这是你本该做的。那当时就会断送了他的生涯。”

“现在我不是已经做了么。后藤和另外三个也在加州大学洛杉矶分校做了肝脏移植手术的无赖，我把他们都曝光了。”

“独眼龙”咯咯笑了起来：“嗯，你不应该报道那另外三个人的。你甚至不应该知道这些人。你挖得太深了，惹恼了很多人。我就跟你说这么多了，你这个记者比我想象的更出色啊。你既无聊又愚钝，既顽固又鲁莽，但归根到底，我想这样才能成为一个出色的记者吧。”

我们都坐在那儿沉默不语，我在想着心事。

他伸了伸下巴，扬了扬眉毛。

“嗯？”

“什么？”

“人家给了你一件礼物，你平时都不会表示感谢吗？”

“谢谢你。”我唯一能想到的就是这句话。

“不客气，我还以为你想知道呢。大家一定很难搞清楚你做的事情是不是对的，她是不是还活着。这其实是很糟糕的。你知道吗，像这样的事情还有可能毁掉一个记者的职业生涯。谁还会信任一个让自己的消息人士丧命的记者？”

“要是你说的是真的……是的。”

“你知道这是真的，你这个懦夫。我干吗要撒谎？”

“哼，”我说着有点生气了，“你就是在撒谎。你上次骗了我，我还有什么理由相信你这次不是在骗我？”

“我为什么要骗你？”

“因为你这个混蛋报复心强，想让我变得跟你一样惨。”

他发出了一阵傻笑，他肯定是因为什么东西而神智恍惚了。

“以为我编造这样的事情就是为了跟你瞎胡闹？”

“我不知道，那你为什么不告诉我呢？”

“你要那样想，那就随你的便了。我们到此为止了。”他站了起来，我也站了起来。

“喂，”我伸出双手说道，想再留住他一会儿，“就算你跟我说的是实话，让我拿一张照片吧。我可以让别人检查一下，或许做一下照片分析，比较一下骨骼结构什么的。我想确认那是她的。我就求你这件事了。”

他的包已经在他的手上了。他把包放回桌上，离我一尺来远——近得我一把就可以抓过来，好像是在挑唆我去抓。他抱着胳膊，盯着我，歪着脑袋，脸上浮现出一丝几乎觉察不到的笑。

“你侮辱我。”

“你骗了我，你不直说你想干什么或者想要什么。你操纵了我，把我耍得像傻瓜一样。我怎么知道你是不是又犯了老毛病？如果你是我的话，你也会这样做的。”

“独眼龙”不动声色：“可我不是你啊。如果我是你的话，我就会跟你说我会怎么做。我会像个男人，亲手杀了后藤。这并不难，我可以告诉你到哪里去找他，他会一个人去的地方。”

“我不是压酷砸。”

“你也算不上是男人。”

“你也是个不怎么样的压酷砸。”

“胡说八道！”

“是吗？得了吧，你连柴田的葬礼都没参加，忠诚、尊敬都跑到哪里去了？”

“我去了。我在那儿可没见到你这个白屁股老外。”

“那你认识柴田了，是他跟你说我在找她的吧？”

他从桌子上拿起包，耸了耸肩：“如果我欠过你什么，现在不再欠了。我们用这个两清了。”

“就给我一张照片嘛。如果那是真的，就像你所说的，那我就肯定会知道。就一张她的脸的照片。我想要的就是这个。”

“你愿意为它付多少钱？这些可都是值钱的玩意儿。”

“你想要多少？”

“多少都不够。”

“我需要真实的答案。”

“祝你好运了。只是千万别挡了我的路。”

“我不知道能不能做到。”

他微微探过身子来，非常小声地说道：“你上次挺幸运，但别玩命，因为你有用处才没有要了你的小命。一旦后藤没了，人家可就不会对你这么看了。别走错了路碰上我或我的人，否则我们就会把你灭了，甚至不用碰你一根指头都有的是办法做到这一点。”他说罢便转身朝他的登机门走去。我不知道他现在身在何方，但我肯定不会去找他了。

我知道，海伦娜想要开始新的生活。她在银行里存了钱，买了一栋房子。她很漂亮，很有责任心，很勇敢，而且非常幽默——如果你体会得了她那种粗俗可笑的幽默的话。我有点愿意相信她只是整理了行装，断绝了联系，开始了新的生活。我从那时起就一直跟她的朋友们保持着联络。我依然往她的旧电子邮箱地址发送新年的问候，但总是因无法投递而被退了回来。不过，我希望有一天我会得到答复。也许她会在脸谱网站上跟我们当中的某个人取得联系。有时走在东京的街头上会觉得自己看到了她，听到了她的声音，但没有一次是她。

我记得，凶杀案警察用来逼犯罪嫌疑人招供的一样法宝是“你不坦白，死者就无法成佛”这句话。这简直就是老生常谈了——在电视上的警察电影里经常会看到。这句话粗略地翻译一下就是“如果你不坦白，（死者的）佛性就不会升华——受害者将永远不得安宁（成佛）”的意思。这种说法起源于日本的一个民间信仰——那些被害的人会被困在肉身里，就像饿鬼，要等到他们的死得到了伸冤才得以解脱。在佛教神话中，就连天堂与地狱也只是两种存在阶段。据说，我们注定要到作为人类的我们从仇恨、无知和贪婪中解脱出来才可以再度经历诞生和重生。解脱出来之后会怎么样——唉，我们从来没有得到过真正满意的答案。我想，那种存在感一定非常美好吧。

如果我有可能被人缠住的话，我认为这个人是海伦娜——或者只是我自己。我敢肯定，她已经不在这个世上了，但我宁愿相信她还在。我偶尔会梦见她——有时她很宽容，有时她非常生气，有时她只是求我搂着她……我睡得很不安稳。2006年3月以来，我就一直睡不好。如果她已经死了，也许要等到后藤离开了这个人世，她才会得到最终的解脱，才会最终去到她想去的地方。我很想知道她到那儿了。

我在收集最后一部分证据的时候跟后藤的一个情妇走得很近。她在2008年5月就要离开日本之前，我们在成田国际机场又见了一面。我说起那个人的时候出言不逊，她刚开始耐心地听着。她可能比我更恨他，我的长篇大论刚讲到半截就被她打断了。

“杰克，你有没有过这样的想法——你对他恨得越深，是因为你对他爱得越深？”

“没有，我压根不这么看。”

“你们俩一样，都是生命力很强的工作狂，都是肾上腺素上瘾者，都是无耻的玩弄女性者。你们酒喝得过多，烟抽得过凶，要求别人对你们忠诚。你们对待朋友慷慨大方，对待敌人残酷无情。你们会不择手段得到自己想要的东西。你们是非常相像的人。我在你们身上看到的就是这些。”

“我不承认。”

“你应该想想这些问题了。”

“那你是说我们是一丘之貉咯？”

她笑了：“不，有两个地方大不一样。”

“这真是一种解脱。告诉我有什么不一样的。”

“你不从别人的痛苦中获取快乐，你不出卖你的朋友。在这两点上有天壤之别。”

她在我的脸颊上轻轻地吻了一下，然后朝安检和登机口走去。我后来一直没有见过她，她的新生活一定过得很好吧。

以前，我曾想当一个和尚，想成为一个善者，为这个世界做点什么——比如行善。我在寺庙里待过一段时间，尝试过这样的生活。我不抽烟，不喝酒，想走圣道。但我发现自己做得并不是很好。

2009年4月8日，后藤忠政在神奈川的一家寺庙[①]皈依佛门，开始了他成为一个和尚的修行。当然，十之八九这一举动与其说是出于忏悔他在这个世上造成的所有苦难的诚愿，不如说是宣传噱头。他还面临着另一项审判，可能是想给法官留下一个好印象吧。据传闻，山口组的上层已经作出了付钱给杀手去谋杀他的约定——他知道得太多，而且有与警察做交易的历史。也许他估计要和尚的命会对他们的公关不利。也许他希望念珠会和防弹背心一样管用。也许他真的对自己过去的人生感到悔恨了——因为他被剥夺了权力，整天过着面临死亡威胁的日子。

尽管如此，这一举动还是让我觉得有点恼火。这简直就是在亵渎神明。

如果他真的对自己的所作所为感到内疚，如果他真的悔过自新了，我应该祝他一切顺利。

我知道自己一开始是想成为一个善者，但我不敢肯定结果是这样的。

我对自己的大部分所作所为都不后悔。没错，也许我一开始是个棋子，但我尽可能做到了为人正直、办事公道。我采取了以毒攻毒的策略，可能在这个过程中也让自己中了毒，但这是唯一可行的办法。我保护了自己的人，完成了自己的工作，最后，这就是一种胜利。

我觉得很有意思的是，我和他都是业余的佛教徒。十之八九他成为佛教徒的理由与其说是出于信仰，不如说是权宜之计，但话又说回来，也许他确实有了一种有愧于心的感觉。这是可能的。

我平时喜欢读一些佛经，尽管我不是个皈依者。我不相信因果报应和轮回这样的事情。但我愿意相信这样的事情。我愿意相信恶有恶报，善有善报，愿意相信爱战胜恨，真理战胜谎言，人各有所报。你不必用过于愤世嫉俗的眼光来看待这个世界，觉得它一无是处。

也许作为犹太人长大的人方能在传统佛教的不宽恕品德中找到一些如愿以偿的东西。赎罪的唯一途径就是做正当的事，光说“对不起”是不成的。纸牌里没有“自由离狱”这张牌，让我觉得言之有理才行。

不过，我在圣书中找到一些安慰——你要找也能找到的。我特别喜欢佛教徒箴言集《法句经》——类似于基督教里的Q典[②]。如果后藤认真研习“圣道”，他迟早会读到它的。下面就是一些我愿意为他着重强调一下的段落。

---

①译注：神奈川县的天台宗净发愿寺。

②译注：从耶稣门徒直接而来的口传资料。

一切惧刀杖，
一切皆畏死，
一切皆爱生，
以自度（他情），
莫杀教他杀。
于求乐有情，
刀杖加恼害，
但求自已乐，
后世乐难得。[①]
非于虚空及海中，
亦非入深山洞窟，
欲求逃遁恶业者，
世间实无可觅处。[②]

我希望，后藤深夜躺在被褥里回想起自己不当生涯的心迹时，会反省他自己的所作所为，反省他的打手的所作所为，长久而冷静地想一想这些词句。

我心里明白，我的确希望他会这样。

①译注：以上出自《法句经第十：惩罚品（刀杖品）》第129—131条。“一切众生都害怕刑罚，都害怕死亡，都爱惜自己的生命。推己及人，人们不应杀害他人，或唆使他人杀害生命。伤害他人以求己乐者，来世不得安乐。”

②译注：以上出自《法句经第九：恶品》第127条。“无论是在虚空中、海洋里、山洞内或世上任何地方，都无处可令人逃脱恶业的果报。”

关于消息人士及其人身保护的说明

我在写这本书时曾经再三斟酌的一件事就是，采取什么样的方式才不会危及我的消息人士和/或给所牵涉到的人带来不利的影响。在日本，警官向记者泄露任何消息都可能被追究刑事责任；这种事情当然有可能会让他失业。这种事情并不常有的说法对那些因为我没有保护其身份而失业的警察、检察官或日本警视厅官员来说是没多大用处的。对压酷砸来说，揭露组织上的秘密或协助像我这样的人有可能会让他丧命。

在日本受到压酷砸恐吓的第一个人或者第一个记者一定不是我。如果他们只是受到了恐吓，那还不算怎么糟糕。当然，问题是压酷砸有时会说到做到。受人尊敬的压酷砸问题记者沟口敦就有过被山口组成员刺伤儿子的不愉快经历。他写了一系列让压酷砸出丑的文章之后，他们就下手了。他们袭击的不是作者本人，而是他的儿子——就因为他儿子碰巧被他们遇上①。这不是一个压酷砸袭击平民的孤立事件。报道日本有组织犯罪的问题时，保护消息人士可能是一件生死攸关的大事。我非常认真地对待这件事。

如果后藤忠政还掌管着他以前的那个组织的话，这本书就不会有献词和谢词了。不过，既然后藤的宗师兼导师塚越慈德②坚持说前组长现在是一个忠实的佛教徒，过着平静、赎罪和宽容的生活，我就姑且认为情况不同了。

我再三斟酌的另一个问题是，在我当记者时从事着色情行业的大多数女性现在都过着不同的生活了。有些人结婚了，有些人有了孩子，大多从事着完全不同的工作。使她们蒙羞或暴露她们的过去的做法会让我觉得心里过意不去。

在这本书中，我已经竭尽全力来保护我的消息人士的名字了。我已经做了改变名字、使用昵称、改变国籍和身份等诸多的努力。我已经竭力保持好遮掩和误导之间的平衡，我希望这种做法是有效的。

---

①译注：沟口敦毕业于早稻田大学政治经济学院，后成为专门写作山口组、创价学会等题材的自由作家。1990年8月，他在东京新宿区高田马场遇刺，左背负了重伤，凶手至今下落不明。2006年1月，他的长子在去东京三鹰市的路上，脚踝被山口组成员用剪刀捅成重伤。

②译注：据说他是个非常世俗气的住持。

致谢

我要感谢许多人，是他们帮我把这本书整理出来，让我得以幸存，保护着我的朋友及家人的安全——先后顺序完全是随机的。

东京警力和日本警视厅的15个小伙子，特别是“五人帮”。

为数不多的几个不错的压酷砸。没错，这样的人还是有的。

有种的米歇尔·约翰逊（Michelle Johnson），别人都溜掉时身边只有他，必要时还会用绷带为我包扎伤口。

霍华德·罗森伯格（Howard Rosenberg），感谢他为我父亲和我担当警戒任务多年。

淳·阿德尔斯坦（Sunao Adelstein），她含辛茹苦，几乎是一个人把我们的孩子带大；她是个伟大的妻子，是个了不起的母亲，是我见过的最聪颖美丽的女性之一。但愿我做对了事情，或者事情得到了更圆满的解决。

我美丽机灵的女儿贝尼（Beni）和超慧骁勇的儿子雷（Ray），我希望他们读得懂这本书时会从我的错误中吸取教训，过上更好的生活。

鲍勃·怀廷（Bob Whiting），一个了不起的作家和极要好的朋友。没有他，我就不可能完成这本书。

众神之殿图书公司（Pantheon Books）的蒂姆·奥康纳（Tim O’Connell），一个了不起的家伙，出色的寿司大厨，作者不可多得的最佳编辑。

凯蒂·普雷斯顿（Katie Preston），她那出众的百科全书式的英语、谙熟的日本语言和文化的知识以及作为编辑的鉴赏力是非常宝贵的。

克里斯蒂娜·金尼（Christina Kinney），忠诚能干的女助手、研究员和天才女孩！

米歇尔·勃兰特（Michiel Brandt），最开朗的研究员，世界上经历了两次白血病还幸存下来的人。她是鼓舞人心的存在。

一坂亚沙子（Asako Ichisaka），我最亲密的朋友和知己，世界上最好的助手。

读卖新闻社（Yomiuri Shinbun），感谢他们给了我第一次机会。

张波婷（Boting Zhang），24小时连轴转的编辑和顾问，我个人的观音菩萨。感谢失业编辑陶毛·伦格（Tama Lung）和她的丈夫菲尔（Phil）——他们俩在形势紧急的时候为我提供了藏身之地和支持，尤其是陶毛，她分享了跟我一起写作的乐趣。

此外，非常感谢庄司薰（Kaori Shoji），才华横溢的双语作家——“日本的多萝西·帕克[①]”——在我需要时出现的好朋友和知己。

凯西·劳巴克（Kathy Laubach），美国蒙大拿州的骄傲；而且特别感谢萨拉·诺芭克丝（Sarah Noorbakhsh），她以极大的热情和专业精神，不但为本书作出了极大的贡献，而且还管理着相关的博客www.japansubculture.com，是一流的记者，可以信赖的朋友。

感谢《华盛顿邮报》“观点”栏目的约翰·庞弗雷特（John Pomfret）和艾米丽·兰格（Emily Langer）审批并于2008年5月发表了我的文章。

道琼斯通讯社（Dow Jones Newswires）旧金山支局局长安德鲁·莫尔斯（Andrew Morse），感谢他的鼓励并把我介绍给洛杉矶时报社的约翰·“灵魂补丁”·利翁纳（John “Soulpatch” Glionna）。跟利翁纳和查理·奥恩斯坦（Charlie Ornstein）的合作卓有成效。

特别感谢拉腊·洛根（Lara Rogan），他的坦诚的意见使手稿生色不少。语言大师凡妮莎·莫布里（Vanessa Mobley）也引导我走上了正轨。

荣誉归于特工（美国移民海关执法局）杰里·河合（Jerry Kawai）和迈克·考克斯（Mike Cox），他们步步紧追，扣押了梶山的血钱，并把那些钱还给了日本的受害者。他们是令人称奇的家伙。我很感激前特工吉姆·莫伊尼汉（Jim Moynihan）能对我实话实说，并感谢他为了让日本部分禁止儿童色情而付出的心血。

我要感谢我在读卖新闻社的各位记者同行和前上司：丸山、小松、山本、清水、村居、平尾、沟口、山越、若绘、三泽、井上、梅村、栗田总编辑、疯狂的中村、远藤、水上董事长、“硬石头”石间及其他所有人。我非常感激他们陪我度过了那段时光，给了我训练的机会。

还要感谢在我日本的大学时代里帮助过我的那些人：让我在大学期间住在他的寺庙里的僧人足立两岸（Ryogan Adachi）；教会我欧洲餐桌礼仪和一些敏感话题的劳伦斯·莫里耶特（Laurence Moriette）；我在上智大学的教授们，特别是教会我欣赏日本文学的乐趣的詹姆斯·希尔德斯（James Shields）教授和让我了解到日本还可以那么古怪、神秘的理查德·加德纳（Richard Gardner）教授。作家、编辑和导师施佩尔·摩根（Speer Morgan）也提供了宝贵的意见。

还要向下面这些人致意：阿克蒂诺（Actino）和他的合伙人——两个我不能说出名字的人，明暗之中都有你们的身影，感谢你们时刻陪伴在我的身边。我的门徒依库鲁·桑岛（Ikuru Kuwajima），一个了不起的摄影记者和无畏

①译注：多萝西·帕克（Dorothy Parker）是美国作家。她的诗歌经常犀利直率地讽刺当代美国人性格上的弱点，其短篇小说也同样具有讽刺意蕴，常常包含着一种悲悯之情。

的朋友。一直支持着我的罗德·戈德法布（Rod Goldfarb）和容忍着我的蒂姆和吉娜·奥弗夏纳（Overshiner）。前乐队队友和我第二喜欢的天蝎座阿里亚娜（Arianne）。儿时的邻家玩伴、现在也是好朋友的香农·洛尔（Shannon Loar）。剧作家和先辈J.T.罗杰斯（J.T.Rogers）。男人杀手、超级妈妈和密友吉川绫（Aya Yoshikawa）和闭着眼睛跳舞、令人称奇的P-rama。再次感谢格雷格·斯塔尔（Greg Starr）和埃尔默·卢克（Elmer Luke），没有他们就没有初稿。当然还有我的母亲维拉·阿德尔斯坦（Willa Adelstein），她怀了我九个月——她经常这样提醒我。感谢我的姐姐詹尼弗（Jennifer）和雅基（Jacky），她们还认为我是个道德败坏者和大笨蛋，从而使我一直保持着谦逊的态度。我想感谢在美国司法部的特别调查办公室、美国海军犯罪调查处和美国司法部的缉毒署里的几位朋友，感谢他们为了我的事情而不辞辛劳。荣誉归于皮特（Pete）、乔（Joe）和三木（Miki），是他们使朝鲜的毒品不至于淹没日本。特别要提到的是压酷砸专家兼闻名的情报官员迈尔斯·萨维林（Miles Saverin）和了不起的记者兄弟足立亚纪（Aki Adachi）。我非常感激安娜·普热普拉斯科（Anna Przeplasko）做了封面照片的处理工作。寇·桑德博格（Kou Sundberg）在经济压酷砸方面的研究起到了无法估量的作用。另外还要感谢图书馆科学专家兼人口贩运研究者考特尼·沃特斯（Courtney Waters）、感谢宇宙大师简·雷恩（Jean Ren）对手稿的补充复审和建议。

我还要感谢丹·弗兰克（Dan Frank）、帕特·约翰逊（Pat Johnson）、保罗·博加德斯（Paul Bogaards）、爱德华·卡斯藤迈耶（Edward Kastenmeier）、克里斯·吉莱斯皮（Chris Gillespie）、大学的埼玉籍女校友美智子·克拉克（Michiko Clark）、阿尔蒂·卡佩尔（Altie Karper）、凯瑟琳·库尔塔德（Catherine Courtade）、弗吉尼亚·汤（Virginia Tan）、苏珊·史密斯（Suzanne Smith）和外国版权部以及众神之殿图书公司里为这本书出过力的其他所有人。

我还要向另外一些在日本勤奋工作的记者致谢并鞠躬，这些人在最后的几年里一直是我的好朋友，是鼓舞我的力量。压酷砸消息灵通人士大卫·麦克尼尔（David McNeill），无畏的贾斯汀·麦柯里（Justin McCurry），老练的经济记者利奥·刘易斯（Leo Lewis），消息灵通人士科科·马斯特斯（Coco Masters），犯罪专家马克·施雷伯（Mark Schireiber），亚文化专家田渊裕子（Hiroko Tabuchi），丹·斯莱特（Dan Slater），艾里逊·巴克汉姆（Allison Backham），玛莎·库克（Marsha Cooke），理查德·帕里（Richard Lloyd Parry），朱利安·赖亚尔（Julian Ryall），保坂智子（Tomoko Hosaka），美联社巨星，本杰明·博厄斯（Benjamin Boas），赌博专家，丽莎·片山（Lisa Katayama），了不起的访谈员、抄写员、博客主人，还有其他所有记者俱乐部系统外的人。我不清楚在谢词中加上道歉的话是否合适，但我要在这里做一次尝试。我要向我的家人和一些朋友谢罪，是我让他们承受了很大的压力，还可能遭遇危险。我有一段时间有点失去了理智，对许多人来说，那段时间里的我可能表现得相当令人为难而厌烦。我在此说声抱歉。

有些人不赞同我处理事情的方式，我敢肯定，我让他们失望了。我做了自己认为会奏效的事情，而且大多都如愿以偿。

最后，感谢所有在艰难的时候一直支持着我的人。我会牢记在心，自当以诚相报。

作者附记

有兴趣进一步了解日本的犯罪活动或压酷砸的人，或者想读到日本警视厅有关后藤组的报告摘要的人，请莅临我没有经常更新的网站www.japansubculture.com，我已经为你们把一些相关资料公布在这个网站上。

推荐语

针对日本黑帮的具有开拓性的报道……（凭着）他那宽宏的气度和对正义不懈追求的精神。

——《波士顿环球报》

扣人心弦……阿德尔斯坦从未丧失他那简洁有力的叙事才能和致力于救赎罪恶的出乎意料的真挚热忱。

——皮科·耶尔，《时代》周刊

我从未读过这样的新闻记者回忆录。

——大卫·戴维斯，全国公共广播电台《空气清新》节目嘉宾主持

扣人心弦……令人感叹……跟着阿德尔斯坦穿越12年的时空，报道从路边勒索到连环凶杀案的各种案件……一本描写日本警方与罪犯之间错综复杂的关系的入门书。

——彭博新闻社

太棒了。以大难临头的幽默和泰然自若的口吻，阿德尔斯坦带着读者踏上一段穿越日本黑社会的阴暗之旅，考察了记者、警察和恶棍之间纠缠不清的关系。叙事手法娴熟，故事极为风趣。

——乔治·佩利卡诺斯，奥巴马钟爱的警探小说《归途》的作者

阿德尔斯坦用自贬式的幽默与坦诚来对待自己的过失，让《东京罪恶》读起来特别地津津有味……不过，在看似幽默、纯娱乐的内容背后，发生着一个有不法之徒、执法人员、新闻记者以及想在他们之间走钢丝的其他专业人士登场的发人深省的故事。

——《明尼阿波利斯星坛报》

每一页都充满着风趣故事的真实犯罪惊险纪实。

——《自由兰斯星报》（美国弗吉尼亚州弗雷德里克斯堡市）

令人惊叹……《东京罪恶》为我们呈现了外国人眼里的日本世纪末报业文化的迷人的一瞥。书中充满着触目惊心的轶事和始料未及的真相……令人惊讶地证实了这一点——无论日本的形象在小说里显得如何怪异刚愎，真实一定会超出我们所期待的最极端的情况。

——萨拉·温曼，《一个特异心智者的告白》博主（http：//www.sarahweinman.com/）

引人入胜……快节奏的作品。

——《亚特兰大宪法报》

庄严、凶残、讲究实效。这就是阿德尔斯坦用与众不同的笔触描绘的日本黑帮。

——罗伯托·萨维亚诺，《娥摩拉——罪恶之城》的作者

曝光了东京最黑暗、最丑恶、最风趣的角落……20世纪犯罪报道的杰作。

——《日本时报》

非常精彩……非常风趣。

——《西雅图周报》

（一段）扣人心弦的经历……很吸引人……拉开了遮在西方人鲜见的日本社会阴暗面上的帷幔……阿德尔斯坦笔下的东京是个名副其实的罪恶之都，几乎每种亲昵行为都在合法地进行着交易。

——《旧金山观察者报》